·中小学生阅读指导目录·

哦，香雪

铁凝／著

人民文学出版社

图书在版编目(CIP)数据

哦,香雪/铁凝著.—北京:人民文学出版社,2020
(中小学生阅读指导目录)
ISBN 978-7-02-015824-9

Ⅰ.①哦… Ⅱ.①铁… Ⅲ.①短篇小说—小说集—中国—当代 Ⅳ.①I247.7

中国版本图书馆CIP数据核字(2020)第058202号

责任编辑　付如初
装帧设计　李思安
责任印制　任　祎

出版发行　人民文学出版社
社　　址　北京市朝内大街166号
邮政编码　100705
网　　址　http://www.rw-cn.com

印　　刷　大厂回族自治县彩虹印刷有限公司
经　　销　全国新华书店等

字　　数　258千字
开　　本　890毫米×1290毫米　1/32
印　　张　10.625　插页1
印　　数　1—5000
版　　次　2020年9月北京第1版
印　　次　2020年9月第1次印刷

书　　号　978-7-02-015824-9
定　　价　36.00元

如有印装质量问题,请与本社图书销售中心调换。电话:010-65233595

出版说明

阅读是帮助人获取知识、培养正确的价值观、提高审美水平和增强表达能力的重要手段。中小学时期正值人生的成长阶段，培养良好的阅读习惯，保证一定的阅读量，会让每一个孩子受益无穷。为此，教育部基础教育课程教材发展中心组织研制了一套《中小学生阅读指导目录》，于2020年4月向全社会发布。

《指导目录》推荐的书目涵盖小学、初中、高中三个学段，分人文社科、文学、自然科学、艺术四类，总计三百种图书。其中文学类图书占一百五十种，充分体现了文学阅读在中小学生课外阅读中的重要地位。人民文学出版社是全国最大的文学专业出版机构，七十年来始终坚持以传播优秀文化为己任，立足经典，注重创新，在中外文学出版方面积累了丰厚的资源。《指导目录》推荐的绝大多数文学类图书，本社很早即已出版，且经多年修订、打磨，版本质量总体较高。为使《指导目录》发挥实际作用，尽力为广大中小学生、教师、家长选书提供"一站式"便捷服务，我社充分发挥自身优势，推出了这套"中小学生阅读指导目录"丛书。丛书收书约一百三十种，以推荐阅读的文学类图书为主，并在我们编辑力量允许的范围内,酌情选入了部分人文社科、艺术、自然科学类图书。

　　青少年代表着国家的未来和希望,少年强则国强。希望这套书常伴孩子们左右,对丰富他们的精神世界、提升各方面素质,能有切实帮助。

人民文学出版社编辑部

2020 年 5 月

目　次

前言 ………………………………………… 1

哦，香雪 …………………………………… 1
峡谷歌星 …………………………………… 13
风度 ………………………………………… 23
小格拉西莫夫 ……………………………… 35
阿拉伯树胶 ………………………………… 56
大妮子和她的大披肩 ……………………… 71
小郑在大楼里 ……………………………… 78
咳嗽天鹅 …………………………………… 88
孕妇和牛 …………………………………… 99
树下 ………………………………………… 106
一片洁白 …………………………………… 116
两个秋天 …………………………………… 126
穿过大街和小巷 …………………………… 135
世界 ………………………………………… 149
沙果 ………………………………………… 153
醉年 ………………………………………… 157
老丑爷 ……………………………………… 166
砸骨头 ……………………………………… 174

灯之旅 …………………………………… *182*

晕厥羊 …………………………………… *189*

来了, 走了 ………………………………… *199*

六月的话题 ………………………………… *212*

1956 年的债务 ……………………………… *218*

胭脂湖 …………………………………… *231*

无忧之梦 ………………………………… *241*

没有纽扣的红衬衫 …………………………… *250*

前　言

　　短篇小说是一种灵动的文体,它在短小的篇幅内讲故事,捕捉生活中的吉光片羽。它或许不会勾勒人物命运的全貌,但它会用简洁微妙的方式,表现人物最突出的性格特征。有的短篇小说,靠转折、奇迹和偶然获得戏剧性,有的则选取生活的片段放在文学的放大镜下,让人换不一样的角度看世界。有作家说,短篇小说很像物理中的软物质,有弹力、复杂多变;也很像钻石,对生活的切割面越多,收进来的光越多。短篇小说可以晶莹剔透,也可以质拙朴素,但它的总体气质有一种精致的优雅,一种以小见大、回味悠长的美学韵味。

　　短篇小说《哦,香雪》是铁凝的成名作,也是中国当代文学史上的名篇,曾荣获全国优秀短篇小说奖。老作家孙犁称其为"一首纯净的诗,即是清泉,它所经过的地方,也都是纯净的境界"。小说紧紧抓住火车、鸡蛋和铅笔盒三个关键词,既写出了山村姑娘被火车激活的文明向往,也写出了以香雪为代表的山村人质朴、善良的性格特征。

　　铁凝的短篇小说,有一个主要题材是关注普通人对文明和艺术的向往。对他们而言,这种向往代表了更美好的生活、更明媚的未来,也因为这种向往,他们身上带上了积极纯净的理想主义气质,并且显示出了不向贫瘠的生活妥协的精神。这种精神有时候藏在青少年身上,比如《峡谷歌星》《风度》《沙果》等;有时候也藏在成年人身上，比如《孕妇和牛》《大妮子和她的大披肩》《穿过大街和小巷》《小郑在大楼里》等；有时候也藏在老年人身上，比如《老丑爷》等。他们需要面对虚伪和真诚的考验，也需要在利益和善良之间进行权衡。作家既写出了他们的挣扎，也写出了他们的选择和坚持，甚至作家也不善意地指出他们身上的喜剧色彩，比如《阿拉伯树胶》等。因此，小说也没有回避生活和人性的复杂性。

收入本书中的这些小说，无论以乡村为背景还是以城市为背景，无论是历史感强一些的，还是现实感强一些的，作家都在描写生机勃勃的生活，写普通人的烦恼、欣喜、悲伤和快乐，更主要的是写他们的坚持、乐观，写他们的不萎靡、不妥协，让人体会他们身上的筋骨和精气神儿。在这些小说中，作家对生活的理解是宽广而厚实的，对人性的看法是温暖而明媚的，因而她笔下的世界充满了高雅的文学格调和纯净的美学追求。

实际上，这也是本书的编选原则。我们从铁凝的几十部短篇小说中，遴选出富有"少年精神"的篇章，以适应中学生的阅读需求，提升中学生的审美能力和认识生活的能力。这一点，也得到了铁凝的支持，所有的篇目都经她审定。铁凝说，在短篇小说写作中，她力求做到筋道、耐读，而帮助她达成这个目标的，是她始终如一的对善良的肯定、对温暖的追求。

在体例上唯一的例外，是《没有纽扣的红衬衫》。这部描写"神圣的十六岁"的小说，是铁凝的第一个中篇，也是中国当代文学史上的名篇，其中昂扬的青春气息和乐观向上的情绪，在被改编成电影《红衣少女》后更是备受关注，多年后，依然有很多人会用"安然时光"来怀念自己单纯、透明、真诚的青春。显然，给中学生提供的读本，这一篇是不应该漏掉的。

人民文学出版社编辑部

哦，香雪

如果不是有人发明了火车，如果不是有人把铁轨铺进深山，你怎么也不会发现台儿沟这个小村。它和它的十几户乡亲，一心一意掩藏在大山那深深的褶皱里，从春到夏，从秋到冬，默默地接受着大山任意给予的温存和粗暴。

然而，两根纤细、闪亮的铁轨延伸过来了。它勇敢地盘旋在山腰，又悄悄地试探着前进，弯弯曲曲，曲曲弯弯，终于绕到台儿沟脚下，然后钻进幽暗的隧道，冲向又一道山梁，朝着神秘的远方奔去。

不久，这条线正式营运，人们挤在村口，看见那绿色的长龙一路呼啸，挟带着来自山外的陌生、新鲜的清风，擦着台儿沟贫弱的脊背匆匆而过。它走得那样急忙，连车轮辗轧钢轨时发出的声音好像都在说：不停不停，不停不停！是啊，它有什么理由在台儿沟站脚呢，台儿沟有人要出远门吗？山外有人来台儿沟探亲访友吗？还是这里有石油储存，有金矿埋藏？台儿沟，无论从哪方面讲，都不具备挽住火车在它身边留步的力量。

可是，记不清从什么时候起，列车时刻表上，还是多了"台儿沟"这一站。也许乘车的旅客提出过要求，他们中有哪位说话算数的人和台儿沟沾亲；也许是哪个快乐的男乘务员发现台儿沟有一群十七八岁的漂亮姑娘，每逢列车疾驶而过，她们就成帮搭伙地站在村口,翘起下巴,贪婪、专注地仰望着火车。有人朝车厢指点,不时能听见她们由于互相捶打而发出的一两声娇嗔的尖叫。也许什么都不为,就因为台儿沟太小了,小得叫人心疼,就是钢筋铁骨的巨龙在它面前也不能昂首阔步,也不能不停下来。总之,台儿沟上了列车时刻表,每晚七点钟,由首都方向开往山西的这列火车在这里停留一分钟。

这短暂的一分钟,搅乱了台儿沟以往的宁静。从前,台儿沟人历来是吃过晚饭就钻被窝,他们仿佛是在同一时刻听到了大山无声的命令。于是,台儿沟那一小片石头房子在同一时刻忽然完全静止了,静得那样深沉、真切,好像在默默地向大山诉说着自己的虔诚。如今,台儿沟的姑娘们刚把晚饭端上桌就慌了神,她们心不在焉地胡乱吃几口,扔下碗就开始梳妆打扮。她们洗净蒙受了一天的黄土、风尘,露出粗糙、红润的面色,把头发梳得乌亮,然后就比赛着穿出最好的衣裳。有人换上过年时才穿的新鞋,有人还悄悄往脸上涂点胭脂。尽管火车到站时已经天黑,她们还是按照自己的心思,刻意斟酌着服饰和容貌。然后,她们就朝村口,朝火车经过的地方跑去。香雪总是第一个出门,隔壁的凤娇第二个就跟了出来。

七点钟,火车喘息着向台儿沟滑过来,接着一阵空哐乱响,车身震颤一下,才停住不动了。姑娘们心跳着拥上前去,像看电影一样,挨着窗口观望。只有香雪躲在后边,双手紧紧捂着耳朵。看火车,她跑在最前边;火车来了,她却缩到最后去了。她有点害怕它那巨大的车头,车头那么雄壮地喷吐着白雾,仿佛一口气就能把台儿沟吸进肚里。它那撼天动地的轰鸣也叫她感到恐惧。在它跟前,她简直像一叶没根的小草。

"香雪,过来呀,看!"凤娇拉过香雪向一个妇女头上指,她指的是那个妇女头上别着的那一排金圈圈。

"怎么我看不见?"香雪微微眯着眼睛。

"就是靠里边那个,那个大圆脸,看,还有手表哪,比指甲盖还小哩!"凤娇又有了新发现。

香雪不言不语地点着头,她终于看见了妇女头上的金圈圈和她腕上比指甲盖还要小的手表。但她也很快就发现了别的。"皮书包!"她指着行李架上一只普通的棕色人造革学生书包。就是那种连小城市都随处可见的学生书包。

尽管姑娘们对香雪的发现总是不感兴趣,但她们还是围了上来。

"哟,我的妈呀,你踩着我脚啦!"凤娇一声尖叫,埋怨着挤上来的一个姑娘。她老是爱一惊一乍的。

"你咋呼什么呀,是想叫那个小白脸和你搭话了吧?"被埋怨的姑娘也不示弱。

"我撕了你的嘴!"凤娇骂着,眼睛却不由自主地朝第三节车厢的车门望去。

那个白白净净的年轻乘务员真下车来了。他身材高大,头发乌黑,说一口漂亮的北京话。也许因为这点,姑娘们私下里都叫他"北京话"。"北京话"双手抱住胳膊肘,和她们站得不远不近地说:"喂,我说小姑娘们,别扒窗户,危险!"

"哟,我们小,你就老了吗?"大胆的凤娇回敬了一句。

姑娘们一阵大笑,不知谁还把凤娇往前一搡,弄得她差点撞在他身上。这一来反倒更壮了凤娇的胆。"喂,你们老待在车上不头晕?"她又问。

"房顶子上那个大刀片似的,那是干什么用的?"又一个姑娘问。她指的是车厢里的电扇。

"烧水在哪儿?"

"开到没路的地方怎么办?"

"你们城市里一天吃几顿饭?"香雪也紧跟在姑娘们后边小声

问了一句。

"真没治!""北京话"陷在姑娘们的包围圈里,不知所措地嘟囔着。

快开车了,她们才让出一条路,放他走。他一边看表,一边朝车门跑去,跑到门口,又扭头对她们说:"下次吧,下次告诉你们!"他的两条长腿灵巧地向上一跨就上了车,接着一阵叽里哐啷,绿色的车门就在姑娘们面前沉重地合上了。列车一头扎进黑暗,把她们撇在冰冷的铁轨旁边。很久,她们还能感觉到它那越来越轻的震颤。

一切又恢复了寂静,静得叫人惆怅。姑娘们走回家去,路上总要为一点小事争论不休:

"谁知道别在头上的金圈圈是几个?"

"八个。"

"九个。"

"不是!"

"就是!"

"凤娇你说哪?"

"她呀,还在想'北京话'哪!"有人开起了凤娇的玩笑。

"去你的,谁说谁就想。"凤娇说着捏了一下香雪的手,意思是叫香雪帮腔。

香雪没说话,慌得脸都红了。她才十七岁,还没学会怎样在这种事上给人家帮腔。

"他的脸多白呀!"那个姑娘还在逗凤娇。

"白?还不是在那大绿屋里捂的。叫他到咱台儿沟住几天试试。"有人在黑影里说。

"可不,城里人就靠捂。要论白,叫他们和咱香雪比比。咱们香雪,天生一副好皮子,再照火车上那些闺女的样儿,把头发烫成弯绕绕,啧啧!'真没治'!凤娇姐,你说是不是?"

凤娇不接碴儿,松开了香雪的手。好像姑娘们真在贬低她的什么人一样,她心里真有点替他抱不平呢。不知怎么的,她认定他的脸绝不是捂白的,那是天生。

香雪又悄悄把手送到凤娇手心里,她示意凤娇握住她的手,仿佛请求凤娇的宽恕,仿佛是她使凤娇受了委屈。

"凤娇,你哑巴啦?"还是那个姑娘。

"谁哑巴啦!谁像你们,专看人家脸黑脸白。你们喜欢,你们可跟上人家走啊!"凤娇的嘴很硬。

"我们不配!"

"你担保人家没有相好的?"

……

不管在路上吵得怎样厉害,分手时大家还是十分友好的,因为一个叫人兴奋的念头又在她们心中升起:明天,火车还要经过,她们还会有一个美妙的一分钟。和它相比,闹点小别扭还算回事吗?

哦,五彩缤纷的一分钟,你饱含着台儿沟的姑娘们多少喜怒哀乐!

日久天长,这五彩缤纷的一分钟,竟变得更加五彩缤纷起来,就在这个一分钟里,她们开始挎上装满核桃、鸡蛋、大枣的长方形柳条篮子,站在车窗下,抓紧时间跟旅客和和气气地做买卖。她们踮着脚尖,双臂伸得直直的,把整筐的鸡蛋、红枣举上窗口,换回台儿沟少见的挂面、火柴,以及属于姑娘们自己的发卡、香皂。有时,有人还会冒着回家挨骂的风险,换回花色繁多的纱巾和能松能紧的尼龙袜。

凤娇好像是大家有意分配给那个"北京话"的,每次都是她提着篮子去找他。她和他做买卖故意磨磨蹭蹭,车快开时才把整篮的鸡蛋塞给他。要是他先把鸡蛋拿走,下次见面时再付钱,那就更够意思了。如果他给她捎回一捆挂面、两条纱巾,凤娇就一定抽出一斤挂面还给他。她觉得,只有这样才对得起和他的交往,她愿意这种交往和一般的做买卖有所区别。有时她也想起姑娘们的话:"你担保人家没有相好的?"其实,有没有相好的不关凤娇的事,她又没想过跟他走。可她愿意对他好,难道非得是相好的才能这么做吗?

香雪平时话不多,胆子又小,但做起买卖却是姑娘中最顺利的一个。旅客们爱买她的货,因为她是那么信任地瞧着你,那洁如水晶的眼睛告诉你,站在车窗下的这个女孩子还不知道什么叫受骗。她还不知道怎么讲价钱,只说:"你看着给吧。"你望着她那洁净得仿佛一分钟前才诞生的面孔,望着她那柔软得宛若红缎子似的嘴唇,心中会升起一种美好的感情。你不忍心跟这样的小姑娘耍滑头,在她面前,再爱计较的人也会变得慷慨大度。

有时她也抓空儿向他们打听外面的事,打听北京的大学要不要台儿沟人,打听什么叫"配乐诗朗诵"(那是她偶然在同桌的一本书上看到的)。有一回她向一位戴眼镜的中年妇女打听能自动开关的铅笔盒,还问到它的价钱。谁知没等人家回话,车已经开动了。她追着它跑了好远,当秋风和车轮的呼啸一同在她耳边鸣响时,她才停下脚步意识到了,自己的行为是多么可笑啊。

火车眨眼间就无影无踪了。姑娘们围住香雪,当她们知道她追火车的原因后,便觉得好笑起来。

"傻丫头!"

"值不当的!"

她们像长者那样拍着她的肩膀。

"就怪我磨蹭,问慢了。"香雪可不认为这是一件值不当的事,她只是埋怨自己没抓紧时间。

"咳,你问什么不行呀!"凤娇替香雪挎起篮子说。

"谁叫咱们香雪是学生呢。"也有人替香雪分辩。

也许就因为香雪是学生吧,是台儿沟惟一考上初中的人。

台儿沟没有学校,香雪每天上学要到十五里以外的公社。尽管不爱说话是她的天性,但和台儿沟的姐妹们总是有话可说的。公社中学可就没那么多姐妹了,虽然女同学不少,但她们的言谈举止,一个眼神,一声轻轻的笑,好像都是为了叫香雪意识到,她是小地方来的,穷地方来的。她们故意一遍又一遍地问她:"你们那儿一天吃几顿饭?"她不明白她们的用意,每次都认真地回答:"两顿。"然后又友好地瞧着她们反问道:"你们呢?"

"三顿!"她们每次都理直气壮地回答。之后,又对香雪在这方面的迟钝感到说不出的怜悯和气恼。

"你上学怎么不带铅笔盒呀?"她们又问。

"那不是吗。"香雪指指桌角。

其实,她们早知道桌角那只小木盒就是香雪的铅笔盒,但她们还是做出吃惊的样子。每到这时,香雪的同桌就把自己那只宽大的泡沫塑料铅笔盒摆弄得哒哒乱响。这是一只可以自动合上的铅笔盒,很久以后,香雪才知道它所以能自动合上,是因为铅笔盒里包藏着一块不大不小的吸铁石。香雪的小木盒,尽管那是当木匠的父亲为她考上中学特意制作的,它在台儿沟还是独一无二的呢。可在这儿,和同桌的铅笔盒一比,为什么显得那样笨拙、陈旧?它在一阵哒哒声中有几分羞涩地畏缩在桌角上。

香雪的心再也不能平静了,她好像忽然明白了同学们对于她的再三盘问,明白了台儿沟是多么贫穷。她第一次意识到这是不光彩的,因为贫穷,同学们才敢一遍又一遍地盘问她。她盯住同桌那只铅笔盒,猜测它来自遥远的大城市,猜测它的价钱肯定非同寻常。三十个鸡蛋换得来吗?还是四十个、五十个?这时她的心又忽地一沉:怎么想起这些了?娘攒下鸡蛋,不是为了叫她乱打主意啊！可是，为什么那诱人的哒哒声老是在耳边响个没完？

深秋，山风渐渐凛冽了，天也黑得越来越早。但香雪和她的姐妹们对于七点钟的火车，是照等不误的。她们可以穿起花棉袄了，凤娇头上别起了淡粉色的有机玻璃发卡，有些姑娘的辫梢还缠上了夹丝橡皮筋。那是她们用鸡蛋、核桃从火车上换来的。她们仿照火车上那些城里姑娘的样子把自己武装起来，整齐地排列在铁路旁，像是等待欢迎远方的贵宾，又像是准备着接受检阅。

火车停了，发出一阵沉重的叹息，像是在抱怨台儿沟的寒冷。今天，它对台儿沟表现了少有的冷漠：车窗全部紧闭着，旅客在昏黄的灯光下喝茶、看报，没有人向窗外瞥一眼。那些眼熟的、常跑这条线的人们，似乎也忘记了台儿沟的姑娘。

凤娇照例跑到第三节车厢去找她的"北京话"，香雪系紧头上的紫红色线围巾，把臂弯里的篮子换了换手，也顺着车身不停地跑着。她尽量高高地踮起脚尖，希望车厢里的人能看见她的脸。车上一直没有人发现她，她却在一张堆满食品的小桌上，发现了渴望已久的东西。它的出现，使她再也不想往前走了，她放下篮子，心跳着，双手紧紧扒住窗框，认清了那真是一只铅笔盒，一只装有吸铁石的自动铅笔盒。它和她离得那样近，如果不是隔着玻璃，她一伸手就可以摸到。

一位中年女乘务员走过来拉开了香雪。香雪挎起篮子站在远处继续观察。当她断定它属于靠窗那位女学生模样的姑娘时，就果断地跑过去敲起了玻璃。女学生转过脸来，看见香雪臂弯里的篮子，抱歉地冲她摆了摆手，并没有打开车窗的意思。不知怎么的她朝车门跑去，当她在门口站定时，还一把扒住了扶手。如果说跑的时候她还有点犹豫，那么从车厢里送出来的一阵阵温馨的、火车特有的气息却坚定了她的信心，她学着"北京话"的样子，轻巧地跃上了踏板。她打算以最快的速度跑进车厢，以最快的速度用鸡蛋换回铅笔盒。也许,她所以能够在几秒钟内就决定上车,正是因为她拥有那么多鸡蛋吧,那是四十个。

香雪终于站在火车上了。她挽紧篮子,小心地朝车厢迈出了第一步。这时,车身忽然悸动了一下,接着,车门被人关上了。当她意识到眼前发生了什么事时,列车已经缓缓地向台儿沟告别了。香雪扑在车门上,看见凤娇的脸在车下一晃。看来这不是梦,一切都是真的,她确实离开姐妹们,站在这既熟悉又陌生的火车上了。她拍打着玻璃,冲凤娇叫喊:"凤娇!我怎么办呀,我可怎么办呀!"

列车无情地载着香雪一路飞奔,台儿沟刹那间就被抛在后面了。下一站叫西山口,西山口离台儿沟三十里。

三十里,对于火车、汽车真的不算什么,西山口在旅客们闲聊之中就到了。这里上车的人不少,下车的只有一位旅客,那就是香雪。她胳膊上少了那只篮子,她把它塞到那个女学生座位下面了。

在车上,当她红着脸告诉女学生,想用鸡蛋和她换铅笔盒时,女学生不知怎么的也红了脸。她一定要把铅笔盒送给香雪,还说她住在学校吃食堂,鸡蛋带回去也没法吃。她怕香雪不信,又指了指胸前的校徽,上面果真有"矿冶学院"几个字。香雪却觉着她在哄她,难道除了学校她就没家吗?香雪一面摆弄着铅笔盒,一面想着主意。台儿沟再穷,她也从没白拿过别人的东西。就在火车停顿前发出的几秒钟的震颤里,香雪还是猛然把篮子塞到女学生的座位下面,迅速离开了。

车上,旅客们曾劝她在西山口住一夜再回台儿沟。热情的"北京话"还告诉她,他爱人有个亲戚就住在站上。香雪并没有住,更不打算去找"北京话"的什么亲戚,他的话倒使她感到了委屈,她替凤娇委屈,替台儿沟委屈。她只是一心一意地想:赶快走回去,明天理直气壮地去上学,理直气壮地打开书包,把"它"摆在桌上。车上的人既不了解火车的呼啸曾经怎样叫她像只受惊的小鹿那样不知所措,更不了解山里的女孩子在大山和黑夜面前到底有多大本事。

　　列车很快就从西山口车站消失了,留给她的又是一片空旷。一阵寒风扑来,吸吮着她单薄的身体。她把滑到肩上的围巾紧裹在头上,缩起身子在铁轨上坐了下来。香雪感受过各种各样的害怕,小时候她怕头发,身上沾着一根头发择不下来,她会急得哭起来;长大了她怕晚上一个人到院子里去,怕毛毛虫,怕被人胳肢(凤娇最爱和她来这一手)。现在她害怕这陌生的西山口,害怕四周黑幽幽的大山,害怕叫人心跳的寂静,当风吹响近处的小树林时,她又害怕小树林发出的窸窸窣窣的声音。三十里,一路走回去,该路过多少大大小小的林子啊!

　　一轮满月升起来了,照亮了寂静的山谷,灰白的小路,照亮了秋日的败草、粗糙的树干,还有一丛丛荆棘、怪石,还有漫山遍野那树的队伍,还有香雪手中那只闪闪发光的小盒子。

　　她这才想到把它举起来仔细端详。她想,为什么坐了一路火车,竟没有拿出来好好看看?现在,在皎洁的月光下,她才看清了它是淡绿色的,盒盖上有两朵洁白的马蹄莲。她小心地把它打开,又学着同桌的样子轻轻一拍盒盖,"哒"的一声,它便合得严严实实。她又打开盒盖,觉得应该立刻装点东西进去。她从兜里摸出一只盛擦脸油的小盒放进去,又合上了盖子。只有这时,她才觉得这铅笔盒真属于她了,真的。她又想到了明天,明天上学时,她多么盼望她们会再三盘问她啊!

　　她站了起来,忽然感到心里很满意,风也柔和了许多。她发现月亮是这样明净。群山被月光笼罩着,像母亲庄严、神圣的胸脯;那秋风吹干的一树树核桃叶,卷起来像一树树金铃铛,她第一次听清它们在夜晚,在风的怂恿下"豁啷啷"地唱歌。她不再害怕了,在枕木上跨着大步,一直朝前走去。大山原来是这样的!月亮原来是这样的!桃树原来是这样的!香雪走着,就像第一次认出养育她成人的山谷。台儿沟呢?不知怎么的,她加快了脚步。她急着见到它,就像从来没见过它那样觉得新奇。台儿沟一定会是"这样的":那时台儿沟的姑娘不再央求别人,也用不着回答人家的再三盘问。火车上的漂亮小伙子都会求上门来,火车也会停得久一些,也许三分、四分,也许十分、八分。它会向台儿沟打开所有的门窗,要是再碰上今晚这种情况,谁都能从从容容地下车。

今晚台儿沟发生了什么事?对了,火车拉走了香雪。为什么现在她像闹着玩儿似的去回忆呢?四十个鸡蛋也没有了,娘会怎么说呢?爹不是盼望每天都有人家娶媳妇、聘闺女吗?那时他才有干不完的活儿,他才能光着红铜似的脊梁,不分昼夜地打出那些躺柜、碗橱、板箱,挣回香雪的学费。想到这儿,香雪站住了,月光好像也黯淡下来,脚下的枕木变成一片模糊。回去怎么说?她环视群山,群山沉默着;她又朝着近处的杨树林张望,杨树林窸窸窣窣地响着,并不真心告诉她应该怎么做。是哪儿来的流水声?她寻找着,发现离铁轨几米远的地方,有一道浅浅的小溪。她走下铁轨,在小溪旁边蹲了下来。她想起小时候有一回和凤娇在河边洗衣裳,碰见一个换芝麻糖的老头。凤娇劝香雪拿一件旧汗褂换几块糖吃,还教她对娘说,那件衣裳不小心叫河水给冲走了。香雪很想吃芝麻糖,可她到底没换。她还记得,那老头真心实意等了她半天呢。为什么她会想起这件小事?她现在也许应该骗娘吧,因为芝麻糖怎么也不能和铅笔盒的重要性相比。她要告诉娘,这是一个宝盒子,谁用上它,就能一切顺心如意,就能上大学、坐上火车到处跑,就能要什么有什么,就再也不会被人盘问她们每天吃几顿饭了。娘会相信的,因为香雪从来不骗人。

小溪的歌唱高昂起来了,它欢腾着向前奔跑,撞击着水中的石块,不时溅起一朵小小的浪花。香雪也要赶路了,她捧起溪水洗了把脸,又用沾着水的手抿光被风吹乱的头发。水很凉,但她觉得很精神。她告别了小溪,又回到了长长的铁路上。

前边又是什么?是隧道,它愣在那里,就像大山的一只黑眼睛。香雪又站住了,但她没有返回去,她想到怀里的铅笔盒,想到同学们惊羡的目光,那些目光好像就在隧道里闪烁。她弯腰拔下一根枯草,将草茎插在小辫里。娘告诉她,这样可以"避邪"。然后她就朝隧道跑去。确切地说,是冲去。

香雪越走越热了,她解下围巾,把它搭在脖子上。她走出了多少里?不知道。尽管草丛里的"纺织娘"、"油葫芦"总在鸣叫着提醒她。台儿沟在哪儿?她向前望去,她看见迎面有一颗颗黑点在铁轨上蠕动。再近一些她才看清,那是人,是迎着她走过来的人群。第一个是凤娇,凤娇身后是台儿沟的姐妹们。

香雪想快点跑过去,但脚为什么变得异常沉重?她站在枕木上,回头望着笔直的铁轨,铁轨在月亮的照耀下泛着清淡的光,它冷静地记载着香雪的路程。她忽然觉得心头一紧,不知怎么的就哭了起来,那是欢乐的泪水、满足的泪水。面对严峻而又温厚的大山,她心中升起一种从未有过的骄傲。她用手背抹净眼泪,拿下插在辫子里的那根草茎,然后举起铅笔盒,迎着对面的人群跑去。

山谷里突然爆发了姑娘们欢乐的呐喊。她们叫着香雪的名字,声音是那样奔放、热烈;她们笑着,笑得是那样不加掩饰、无所顾忌。古老的群山终于被感动得战栗了,它发出洪亮低沉的回音,和她们共同欢呼着。

哦,香雪!香雪!

1982 年 6 月

峡 谷 歌 星

自从鬼沟改名大峡谷,这里的少年差不多都学会了哭。

大峡谷曲折幽深,有奇异的溶洞,有惊险的天桥,有只能侧身而过的山间小路,游人进去,很是摸不清头脑,带上一名当地少年做向导,成了十分的必要。当地人把这样的向导叫做"领人的"。

领人的少年把自己武装起来,脚蹬解放鞋,胸前挂只手电,后腰别上镰刀,带领游人攀悬崖、钻溶洞、登天桥。游人跟随他们,倒也万无一失。待游人顺利走出峡谷,少年们从游人手中接过为数不多的报酬,回家时还可以砍些荆条、黄蒿。一个兜里揣着钱,肩上背着柴的少年,在家人眼中是颇具些分量的。"领人的回来啦,捞面在锅里盖着哩。"他们的母亲、他们的姐姐大都这么说。往常,捞面只留给家里老爷们儿。

但少年们对口袋里的块把钱,对锅里的一顿捞面越来越不满足,才另辟蹊径学会了哭。他们的哭,大多发生在峡谷的溶洞里。溶洞幽暗、迂回,寒气逼人。钟乳石上滴下的水珠砸进一个个小水坑,声音清脆,但凄凉。这样的氛围,正适宜少年酿成哭的情绪,也便于唤起游人的同情心理。少年在前用手电把一块簸箕大的地方照亮,游人磕绊着紧跟上来。他们总要向少年问些什么的:多大啦,家里几口人呀,这洞的来龙去脉呀。少年却哭起来。游人们一阵惊讶,惊讶着就会问:"怎么回事,怎么哭了?"少年给自己再施加些悲痛,鼻涕眼泪一起涌来。当游人再次追问这哭的原因时,少年才不失时机地开始对这哭的叙述。这叙述一律是家中遭了不幸,或者是母亲患了绝症卧病在床,或者是父亲下山时摔断了腿。更有出口成章者还会说父母双双去世,眼下他已是孤儿,还养着一个小妹妹或者小弟弟,这一切都连着家里的经济拮据。游人再看看少年,手电的微光正把他们的脸照得一派青黄,浪漫的背景笼罩着一个真实的故事。谁能忍心亏待一个领他们进入大峡谷、此刻又正被厄运笼罩着的孩子?他们掏出钱来,或三块五块,或一十二十。少年不再哭,接过钱也不数,心想反正比光领人挣得多。

领人的任务结束了,少年们凑起群来,一路砍着荆条、黄蒿往家走时,还会相互地打问:"哎,今天你哭了几回?"

"×!三回。"有人答。

"你呢?"又有人问。

"两回。想再哭一回,愣是哭不出来。"有人说。

"我才哭了一回,哭软了一男一女,伸手就掏出一张大票,五十的。"

若再谈下去,少年们还会交换些哭的经验,比如有经验者说,不能见人就哭,要看对象,年轻的一男一女属于合适的对象,还得拣穿戴新鲜的。他们挎着胳膊箍着脖子进了溶洞,你就冲他们哭。要是男的说"别理他"你也别怕,因为女的肯定会冲男的忸怩一阵说:"多可怜呀,干吗那么小气?"男的不再小气,一掏兜一拽钱,摆出些派头说:"拿去。"

又有人说,别冲着老头老太太哭,再哭也哭不出仨瓜俩枣,他们心胸狭窄,手头也紧。

少年的谈话若再绽开来,涉及面会更广,大到国家机密、经济信息、干部任免,小到男女之事。只有他们的耳朵、他们的眼睛,饱了这耳福、眼福。

少年们一路议论,又有一位少年正朝他们走来。有人说:"嗨,那不是歌星吗?歌星,过来给我们说说,今天你的运气强不强?"

被称做歌星的少年走过来,同样是脚蹬解放鞋,胸前挂手电,后腰别镰刀,但神情却是矜持的,矜持中还带出几分豪爽。

歌星也是领人的,但他从来不哭。在他看来,世间最最恶心的一件事便是装哭。再者他确也用不着哭,他有另外的真本事,他会唱歌,会唱各式各样的歌,真声、假声、美声、通俗……谁被领进大峡谷,歌声便会伴谁一路,快乐也会伴谁一路。当然,歌星也并非把快乐白白施与谁,他心安理得地收取报酬——一支歌两毛。游人若自己点播,外加一毛。游人问这价格的根据,他说是参照了城市公共汽车的票价。听众想想,这价格倒也合理,情绪随之高涨起来。天天都有人争着要歌星做向导,歌星在这一带已小有名气。

歌星来到少年们跟前。一个少年说:"歌星,来,俺们也点播一个。"

"对,点一个!"有人附和说。

"点一个新的,别光是'东北风西南风'。"

"赇等着你们哪。"歌星显出些宽宏。

"《篱笆女人和狗》。"有人说。

歌星唱起来:"星星还是那颗星星哟……"

"不是这个不是这个,是那个,'生活是解不开的小疙瘩'。"有人打断了歌星。

"什么小疙瘩,是一团麻。"有人纠正着。

"对,一团麻。"

歌星不清嗓子,立刻重新开始。他把挂在胸前的手电握在手中,凑近下巴,这手电就变成了麦克风:"生活,像一团麻……"他唱道。

少年们都摘下了手电握在手中,凑近下巴,随歌星一起唱起来:"生活,像一团麻……"

歌星看看眼前这一群手电,歌声戛然而止。可少年们的兴致正高:"下边呢下边呢?"他们撺掇歌星。

"下边,你们不是都会吗。"歌星说。

"可你是歌星呀。"有人说。

歌星放下手电,却不再搭理少年们,掸掸袖子扬长而去。

在一个夏天的早晨,大峡谷正值翠绿,海棠花正开得铺天盖地,歌星把一男一女领进了峡谷。

这一男一女都很年轻,不像工人,不像学生,不像生意人,更不像干部。两人都穿着砂洗衬衫,花布短裤,男的头发很长,女的头发很短。不用说,一路又是搀搀扶扶的。

男的边走边对歌星说:"刚才你说唱一个两毛,是唱一个交一次钱还是最后一块儿结账?"

"唱一个清一次账。"歌星说。

"哟,还挺有心眼儿。"女的说。

"避免差错。"歌星说。

"那我先点个三毛的。"男的说,"就唱'星星还是那颗星星'吧。"

歌星唱起来:

> 星星还是那颗星星哟,
> 月亮还是那个月亮,
> 山也还是那座山哟,
> 梁也还是那道梁……

今天,歌星自我感觉格外好,他觉得只有回荡在山谷里的阳光能和他的歌声媲美。

男的叫起好来:"还真有点歌星的味儿!没白扔三毛。"他拽过女的手包,从包里掏出三毛钱。

歌星接过钱数数,摁进裤子口袋。

"我也点一个。"女的说,刚才她一直心不在焉,"《爱的奉献》。"

歌星立即唱起来:

> 爱是 love,
>
> 爱是"爱莫尔"①,
>
> 爱是 love,
>
> 爱是人类最美丽的语言,
>
> 爱是正大无私的奉献。

这次是女的命令男的拿钱:"快给人家呀!"

男的又拿出三毛,歌星接过来。

"请继续点。"歌星对男的女的说,语调模仿些京味儿。

男的又点了一首。

女的又点了一首。

歌星在前,男女在后。歌星侧着身子过悬崖,男的女的也侧着身子过悬崖;歌星从一块石头跳向另一块石头,男的女的也从一块石头跳向另一块石头;歌星坐着一块光溜溜的石头往下滑,男的女的也坐着光溜溜的石头往下滑。

歌星又让他们点,他们便让歌星自由唱。歌星自由唱了一首,唱完问道:"你们是干什么的?"

"我们?"女的冲男的笑笑。

---

① 泰语"爱"的谐音。

"我们是领人的。"男的想了想,冲女的笑笑。

"你们也领人?我不信。"歌星说。

"不信,算你没这个眼力。"男的和歌星搭讪起来。

"你们领什么人?"歌星问。

"专领歌星。"男的说。

"往哪儿领?"歌星问。

"地方多着哪,北京、天津、石家庄、保定。"男的说。

"还有深圳、珠海、广州、海口,想往哪儿领往哪儿领。"女的说。

"领走当歌星?"歌星问。

"当歌星,专业的。"男的说。

"领带一系,西服一穿。"女的说。

歌星不再问,站住不再走。

"动心啦?"男的问歌星。

歌星不说话,还是站着不走。

"瞧瞧,还真上心了。"女的说。

歌星走起来,撒欢儿似的赶到他们前面,猫一样地跃上一块巨石,显出激动地说:"我再给你们唱一个吧!"

"听不起啦,这说话就是一块二。"男的说。

"从现在起,免费。"歌星说。

歌星不等他们答话,放开嗓子唱起来:"飞机的马达轰隆隆响,我孤独地站在飞机场……"

歌星的歌声更加高亢,声音如金的铜的响器在四周峭壁上碰撞。

歌星的歌声领着他们走。他们走进一丛海棠,歌星唱:"生活像七彩虹……"歌声惊起许多蝴蝶,歌星唱:"你从哪里来,我的朋友,好像一只蝴蝶飞进我的窗口……"

前边已是溶洞,进洞前歌星宣布道:"前边已是著名大溶洞,请听:'从来不怨命运之过,不怕旅途多坎坷。向着那梦中的地方去,错了我也不悔过'……"

他们走进溶洞,歌星唱道:"在这茫茫的黑夜里,谁和我等待天明。"

既是在"茫茫的黑夜里",男的和女的就不免躲在岩石后头亲热一阵。歌星便站在远处唱:"投入的笑一次,忘了自己;投入的爱一次,忘了自己……"男的女的亲热够了,在黑暗中摸索着找歌星。避在角落的歌星突然打开手电照亮自己唱道:"你就像那冬天里的一把火,熊熊火焰照亮了我!"

歌星把男的女的领上"老虎嘴",女的已是气喘吁吁。歌星殷勤地接过他们身上的"双肩背"、折叠伞、旅行水壶,背上自己的肩,鼓动着女的唱道:"妹妹你大胆地往前走哇,往前走,莫回呀头……"

歌星终于领他们走完了整个峡谷旅程。他大汗淋漓,觉得从来也没有像今天这样劳累、这样痛快。他顾不得擦汗,清清嗓子对他们说:"我还得再送给你们一首。"

"作为临别纪念,是不是?"男的问。

"不是。"歌星说,"你们可是领人的。除了我,这山里就领不到歌星。"

男的和女的相互看看,都显出些窘迫。

"那你会唱多少歌?"男的像考试歌星一样问道。

"一百,一百多,没数过。"歌星说。

"好,领你走。把你这手电一扔,再定做一身燕尾。"女的说。

"大鬓角一留。"男的说。

"去去去,得留高鬓。"女的说。

"一登报。"男的说。

"大招牌一挂。"女的说。

"上写：山野风情千万种,大自然……"男的说。

"大自然专出大歌星!"女的说。

"那我就再给你们唱一个《三百六十五里路》吧。"歌星说。

"行,行,唱不唱也无关紧要了,走不走也不在这一首半首歌了。"男的说。

歌星唱了《三百六十五里路》,他觉得唱得不好,嗓子哑得厉害,最后的高音也没唱上去。歌星不满意自己,但男的女的却没有挑剔。分手时歌星问到哪儿去找他们,他们说今天住山光水色大饭店,明天回北京。

是有这么个山光水色大饭店,歌星想。离他们村只三里地,他进去过。屋里糊着壁纸,不出屋就有茅房,拉屎撒尿都坐着。

第二天凌晨,歌星又出了村,他身上不再有镰刀和手电,改背了一个不大的行李卷儿,一块黑羊毛毡卷着一条牡丹花被。他出村过了一条河,就找到了山光水色大饭店。

歌星打听到他们的房间,上去敲门。

"谁?"是那个男的。

"我。"歌星说。

"你是谁?"还是那个男的。

"我是歌星。"

"歌星?"是那个女的。

男的把门打开一道缝,他光着上身,腰里围着一块大毛巾。

"还真来啦。"女的还在一张大床上躺着,露着肩膀。

"来了就是贵客,来,来。"男的把歌星引进屋。

"这一大早儿又让听歌?"女的说着,翻了个身,趴在枕头上。

"是你们要领我。"歌星说。

"谁说的?"男的坐在床沿,光着脚。

"你们。"歌星说,"昨天我唱了一路,差一个就是一百。"他舔舔嘴唇,觉着嘴唇很干。

一阵冷场过后,那女的忽然大笑起来,一边笑一边说:"还真信以为真了,还真信以为真了……"她笑得直流眼泪,她笑得想止都止不住,她笑得把盖在身上的毛巾被踢到地上都不知道。歌星很是不敢看,背过脸去。

男的也笑起来,也笑得说不出话来。

他们分别笑一阵,男的仰在床上压住女的腿,又笑。女的抽出自己又把男的压住,还笑。

重叠着的身体,重叠着的笑。

很久,笑声终于停止了。歌星想,那是他们实在没有力气了吧。

女的从男的胳肢窝里探出头,想想,说:"歌星,再给我们唱一个吧,让我们再最后考考你。"

一直背着身的歌星转过身来,向前迈了一步。他下意识地摸摸胸前去抓他的手电,他抓了一个空。他想起了《昨夜星辰》。他想唱"昨夜的,昨夜的星辰已坠落……"但是他忽然发不出声音了。他试着咳嗽了一声顺顺嗓子,他没有咳出来。

歌星仍然在大峡谷活动,他不再领人,整天牵着一条狗。这狗在山里叫布袋狗,不丑也不俊,坐下有半人多高,很结实,很驯良。歌星给狗脖子上系了一条红绸子,在峡谷里飘飘忽忽的很醒目,现在他做的是狗伴人照相的生意。背着相机的游人都愿意和狗照相,他们问歌星:"跟狗照一张相多少钱?"

歌星不说话。

"问你哪。"他们又说。

"问他不如问他的狗,他是个哑巴。"有领人的少年过来说。

游人便问狗:"照一张相多少钱?"

狗一抬头一张嘴说:"汪汪汪汪汪!"

"五分?"游人问。

"汪汪汪汪汪!"狗又说。

"五毛?"游人问。

狗不说话了,垂下眼睑。

游人明白了,掏出五毛交给歌星。

照相时,狗眯着疲惫的眼由着人摆弄。人说:"跟我亲热点儿。"狗就伸出一只前爪挎住人的胳膊。人说:"狗脸离我的脸近点儿。"狗便把脸一偏,轻轻贴住人的面颊。有一回一个游人拿着一张狗脸贴人脸的照片说:"我怎么觉得这狗脸和人脸没什么两样儿啊。"

另一个游人接过照片看看说:"可不,许是跟人在一块待的工夫太长了。"

背后响起一阵笑声。两人一块儿回头说:"谁?"

背后没有人。远处只有歌星和他的狗。狗正坐在歌星身边打盹儿,和人的头一样,隔一会儿就猛地点那么一下。

1992 年 3 月

风　度

丽景酒店三楼,法兰西,六点。他们是这么告诉她的。法兰西是他们订的那间包房。

和法兰西这个称谓相比,她的名字就显出了几分"土",她叫程秀蕊,十九岁以前一直生活在乡村。不过,就像C市丽景酒店的这间"法兰西"并不在法兰西一样,今天的程秀蕊也已经不在乡村。那么,她去赴六点钟的这个聚会,原本谈不上什么忸怩和不自在。程秀蕊早就是C市的市民了,在市医院工会工作,一年前已经退休。

但是,这个聚会是和乡村有关的。那天胡晓南给她打电话说得很明白,他说知道谁要从北京来吗？李博呀。程秀蕊说李博不是在法国么。胡晓南说刚回来,他的公司和北京谈一个环保项目。三十多年不见了,我们这几个黑石头村的人……王芳芳啊宋大刚啊……我们要聚一聚,我定地方我买单……结果就定了丽景酒店。这是C市最贵的酒店,胡晓南刻意的选择。他从二十年前大量收购贵州的"苗银"起家,如今在C市经营着珠宝批发。如果不是李博要从北京来,程秀蕊和他们一年也难得见一面。

这是五月的一个晚上,程秀蕊提前给儿子儿媳和丈夫做好晚饭，换了身衣服，打车来到丽景酒店。她走进"法兰西"时，胡晓南他们几个以及他们的家属——各自的太太和先生，已经围在包房里一只象牙黄的大理石假壁炉前高谈阔论，他们在谈这间"法兰西"的格调。他们的谈论并没有因为程秀蕊的到来而打断，他们只是有个短暂的停歇，和她寒暄并告诉她李博的航班晚点了，大约八点才能到。但显然，他们没有因为航班的晚点而沮丧，毕竟李博是大家那么想见的人。所以他们又从法兰西说到这酒店的老板因为喜欢法国影星凯瑟琳·德纳芙，就在酒店的很多地方都摆了德纳芙的剧照。程秀蕊有一搭无一搭地听着他们的议论，一边给自己选了把据他们说是路易十六风格的软椅坐下来，接受了一名白制服上缝着金色肩章的服务员端来的普洱，就静静地自己待着了。

她喜欢这样，三十多年前就是这样。她从来不是事件和谈话的中心，她只是一个合格的倾听者。胡晓南他们也深知她的秉性，他们愿意和她交往，虽然就出生地而言，她生在黑石头村，而他们，是三十多年前从C市去黑石头村插队的人。她喝了一口被介绍为"1729普洱会所"出品的普洱茶，环顾着"法兰西"。这包房并不大，仿路易十六时期的家具精巧和不太过分的繁琐兼而有之，颜色以金红、金黄、乳白为主调，华贵中也还有明亮和舒适。除了壁炉之外，烛台和水晶吊灯等一应俱全，以郁金香图案的锦缎壁布装饰的墙壁上没有油画，正如胡晓南他们所言，凯瑟琳·德纳芙的各种照片占据了一整面墙壁。程秀蕊看过这位法国影星的一些电影，墙上的她高贵、优雅、神秘，她在墙上的凝固让这个房间变得更加具有现实感，或者也可以说更加戏剧化了。程秀蕊觉出今晚自己挑选的衣服和眼下的气氛相比，还是逊色了吧？她拿不准。她个子偏矮，穿了一条镶蕾丝花边的垂感不错的黑色长裙。她忽然觉得也许她不应该穿这么一条长长的黑裙子。她下意识地看看胡晓南他们，他们衣着都很随便。胡晓南经营珠宝，可他浑身上下没有一样珠宝,看上去他的夫人也和他一样——两口子就像和珠宝作对似的。王芳芳是一家国际品牌化妆品在这个省的总代理,可她自己却从来不用化妆品,也不向程秀蕊她们这些女士推荐。宋大刚供职于一家省级中医药学刊,刚从台湾参加一个两岸中药论坛回来,程秀蕊听见他正在讲台湾人把对某事或某人感到极端的恶心说成"恶到爆"。于是大家笑起来,一边齐声重复着"恶到爆",玩味着这三个字组合起来的响亮和彻底。程秀蕊喜欢和他们相聚,从当年在黑石头村时就喜欢。她觉得他们是不俗的文明的人,而她内心深处总觉得和他们是有差距的。比如眼下,他们坐在这间冒充的"法兰西"里,并不是真的推崇它。他们选择它,是想让从真的法兰西归来的李博知道,三十多年之后的 C 市也已经有了类似这种格调的酒店。他们衣着随便地坐在这儿,大大咧咧地高谈阔论,甚至已经是对它的某种讥讽。又比如眼下,虽然大家的衣服都随便,可到底,他们的随便显出了那么一种不一般。生性敏感的程秀蕊意识到这点,再次生出要和他们相像的愿望,这愿望是她在少女时期就强烈存在的。尽管她已经是快做奶奶的人了,这心中的愿望还是点点滴滴如隐身人一样地追随着她。

这时,只听宋大刚又从"恶到爆"讲起当年在黑石头村和李博走夜路拉粪的事,正是"恶到爆"让他想起那个倒霉的晚上。胡晓南立刻揭发说,是啊,几百斤的粪桶,你说不推就不推了,躺在地上破口大骂,人家李博劝了你一个多小时,人家比你还小两岁呢。宋大刚说敢情你没去推啊,那天晚上我实在是……实在是——恶到爆了!

程秀蕊知道那个晚上。

那年宋大刚和李博都是十几岁的孩子,李博十五岁,宋大刚十七。他们和胡晓南同在黑石头村的第八生产队,程秀蕊的爹就是八队的队长。村里为他们安排的房子在程家隔壁,一个只有两间干打垒小屋的院子。王芳芳分在六队，因为是女生，就选择住进一家农户。黑石头村是这一带平原的穷村，没有黑石头，有沙土地，产棉花。男劳力一天的工分是一毛二分钱。虽是穷，这三个城里来的学生却没有特别的沮丧，他们白天上工，晚上回来就着柴油灯读书写字。每当王芳芳过来串门的时候，他们还会一起唱歌，胡晓南有一只总是装在绿丝绒套子里的口琴。年龄最小的李博喜欢打乒乓球，每天不管多累他也要站在院里对着土墙打上一阵。常常在这时，隔壁的程家，程秀蕊的娘，一个头发蓬乱、颧骨红红的小个子妇女就会隔着墙头叹一声：唉，这些城里的学生啊，可怜不待见的！

　　黑石头村的农民一向把这些城里来的孩子称作学生，暗含着某种敬意甚至是歉意。程秀蕊早就发现了这点。那时她才是真正的学生，她在五里地之外的镇上读高中。但是村里没有人叫她学生，"学生"说到底是叫给城市来的孩子的。黑石头村的人自觉地用这个称谓把城里人和乡下人分开了，这样的分开，程秀蕊竟也认可。有时她会站在本来就不高的墙头看看邻家院子，她见过读了半夜书的他们，是怎样在早晨脸也不洗就抄起小锄或者铁锨奔出门去上工。他们的鼻孔被冒烟的柴油灯熏得乌黑，眼珠子却是通红，地狱里出来的小鬼似的。他们衣衫褴褛，但他们使她受到吸引。她要娘有闲时帮他们缝补磨破的衣服，当她被派去送还那些衣服时，就自然地和他们认识了。程秀蕊一直觉得，那是她生活中最愉快的日子。她从他们那里借来不便公开的书，车尔尼雪夫斯基的《怎么办》，屠格涅夫的《父与子》，托尔斯泰的《安娜·卡列尼娜》……她一边听着他们热烈的议论，一边怀着陌生的狂喜似懂非懂地"吞咽"着这些大书。年岁最小的李博，兴趣在另一类书上，他读《资本论》，并渴望读到《列宁全集》。为此他还托过程秀蕊，问她镇中学能不能借得到。程秀蕊对李博的阅读没有兴趣，她一天李博从县城回来,兴奋地告诉胡晓南和宋大刚,他能从小姨她们厂拉来一车大粪送给程秀蕊家。乡村生活已经让李博他们懂得,人粪是粪中的上品,是农人最珍爱的细肥,所以它才会被称为"大"。给程秀蕊家送一车大粪,这是在厂里当门卫的姨父出的主意。原来厂里厕所是包给附近一个村子的,村人一星期来淘一次大粪。姨父说李博他们可以在村人之前先淘一次,其实也就是偷粪的意思了,因此要在晚上。粪桶和推粪的平板车由姨父疏通关系从厂里借出,但他们把大粪拉回村之后得赶紧连夜再将车和粪桶送还,毕竟,姨父是在冒险。黑石头村离县城约二十五里,连夜往返一次意味着要走五十多里路。即便对于成年人,这也是个难题。李博问胡晓南和宋大刚谁愿意和他一起去拉粪,胡晓南说队长派他夜里浇地,明摆着,只能是宋大刚和李博一道进城了。

程秀蕊并不知道他们的偷粪计划,当他们就要去实施偷粪计划的时候,她跑来告诉李博一个消息:她们学校新来了一个名叫吴端的男生。这吴端的父母原是市政府的高级干部,因为有问题才下放到镇上。吴端在学校显得很突出,他穿浅驼色斜纹卡其布制服短裤,把小方格衬衫扎在短裤里;他的白球鞋也总是那么雪白,在尘土飞扬的镇中学,这几乎是不可能做到的。程秀蕊为此感到惊奇。但这并不是她向李博报告的主要内容,她要说的是,这个名叫吴端的男生会打乒乓球,曾经被市少年体校选中,来到镇上,已经代表校队打过多次比赛,听说是打遍全县无敌手。所有这一切都足以引起一所乡镇中学的注目,而最让程秀蕊兴奋的,是他的球技。她想到了李博,想到他孤单一人和土墙的拼杀,不知为什么,她突发奇想地要促成一场比赛,一场吴端和李博之间的"男子乒乓球单打"。她自然还有一种让李博打败吴端的愿望,如果用敌方和我方来划分,显然她觉得她和李博都属于"我方"。她撺掇李博说,约他来打一场怎么样?她一边撺掇,一边紧紧盯住李博的脸,眼巴巴的。她这样揎掇时李博和宋大刚正要去往县城拉粪,但李博向程秀蕊隐瞒了晚上的偷粪工程。他非常注意地听着程秀蕊带来的消息,然后用一声"嗯"表示他同意约吴端。这同意虽只短到了一个字,程秀蕊却听出了其中的热望,便立刻追问明天行不行。原来她早就向吴端介绍过李博了,她盘算着明天是星期五,下午又没课,吴端要是能来黑石头村拜访李博,在小学校院子里那张红砖垒就的球台上比赛就最合适。她在村里念小学时就有那张破球台,只是她从来没见过有人用它打球,倒是有男生站在上面摔跤。李博为了这个"明天"稍微迟疑了一下,结果还是答应了一声"嗯"。

那个下午,李博和宋大刚步行进城,在小姨家吃过晚饭就推上姨父预先准备好的粪桶和平板车,到厂里的几间厕所去淘粪。据宋大刚讲述,那个巨大的木制粪桶一个人都搂不住,他和李博轮流用粪勺舀个没完,怎么也是不见满。折腾了一两个钟头,大粪总算把粪桶填满时,他们估算了一下,足有二百斤吧。他们推着硕大的粪桶上路,天已黑透,路又不平,桶里的屎尿被颠簸着不断溅出来,臭气冲天。这打乱了他们原来的计划:他们不能走土路,得绕着县城平坦的柏油路回村,这要比土路多走出五六里地,却能保住大粪的平妥。一路上,他们轮换着推车。两人淘了一阵厕所已经很累,现在又要绕道回村,宋大刚就有点火不打一处来,一路走一路嘟嘟囔囔,抱怨着天黑、路远、粪臭;抱怨着这卖苦力的日子没有尽头。说到激愤处,他干脆双手一松将车把往地上一撂,躺在地上哭闹起来,仿佛一辈子的委屈都被这一车大粪勾引了出来,他非得对着这臭烘烘的黑夜撒一回泼不可。他口中喷射出一股又一股对所有人,甚至对某些大人物的诅咒。虽是无人的旷野,李博还是扑上去拿手捂住了他的嘴,他就冲李博的手上吐唾沫。几十年之后的宋大刚,最怕黑石头村的人讲这段,每逢讲到这里他就高喊着"打住望着这个瘦弱而又羞涩的学生,不明白为什么他会把乒乓球和《资本论》看成生活中那么要紧的事。

有一天李博的乒乓球从墙那边飞过来落进程家院子,他紧跟着就跑过来四处找球。正在院里给一棵小石榴树浇水的程秀蕊见他急成那样,就帮着他一起找。他们发现乒乓球落进了猪圈,躺在泥沼一般的猪粪上,几乎要被圈里那只瘦弱的黑猪践踏。只见李博毫不犹豫地跳了进去,手疾眼快地抢出了他的乒乓球。后来程秀蕊知道了,虽然一个乒乓球不过几分钱,但李博身上常常是一分钱也没有。她手持一只海碗大的葫芦水瓢舀来清水,让李博脱下粘满猪粪的球鞋,她要给他刷鞋。当他蹲下脱鞋时她就站在他的背后,她一眼就看见他头顶上有三个圆圆的"旋儿"。她想起娘常说的"一旋儿横,俩旋儿拧,仨旋儿打架不要命"。她不相信李博是打架不要命的人,可她又暗想,这个蹲在地上的少年身上,分明有一股子谁都没有发现的力量——那时她脑子里还没有"爆发力"这个词。她舀来清水,替他冲洗干净被他紧紧攥住的乒乓球。望着他手中那个重新白净的小球,她说为什么你不和胡晓南、宋大刚一块儿打球呢?他说他们不喜欢打乒乓球,他越是喜欢,他们就越是不喜欢。他这番话把她逗笑了,就又问,那你一个人和这土墙没完没了地打球可为了个什么呢?他说也不为什么,可以练发球吧,比如旋转发球。而且,不间断地练习,也能培养自己的球感。程秀蕊不知道"球感"意味着什么,但她很为这个词兴奋。她记得当时还问过他,干了一天活儿还打球也不嫌累得慌?他说干活儿是干活儿,打球是打球,打球是体育运动。她说干活儿不就是锻炼吗,还用得着专门运动?他说"嗯"。她记住了他这声再简短不过的"嗯"。

有时候,程秀蕊也会想到李博的身世。村里人都听说了李博的身世,都知道他母亲是个国民党军官的姨太太。如今父母已经去世，李博被送往小姨家生活直到来黑石头村。小姨是县蓄电池厂的工人，姨父在工厂当门卫。但这并没有让人们由此就把李博看成工人阶级的后代，村人仍然会说，李博的娘啊，是个国民党的姨太太呢。话里或许有一点好奇，但更多的仿佛是惋惜。每逢想到这些，程秀蕊就会对这个小她几岁的孩子，莫名地生出一种怜恤之情。她和她的全家有时会邀请他们过来吃饭，玉米、红薯两样面混合的素馅蒸饺。馅儿是大白菜，把用棉籽油炒过的花椒碾碎，拌在白菜馅儿里，香味儿就出来了。那时王芳芳也被程秀蕊偷偷从邻队叫来，她的饭量一点也不比男生差。逢这时他们会敞开肚子，把自己吃得龇牙咧嘴，昏天黑地。

他们感激生产队长家这种阶级阵线不清楚的温和，虽然，待他们温和的生产队长在家是打老婆的。程秀蕊的爹对待老婆——那个颧骨红红的小个子妇人很粗暴，为她白拿了队里豆腐房的两块豆腐，为她替队里一个被人揭发摘棉花时往裤裆里私藏了两把棉花的妇女说情，为她眼红邻队社员能偷着进城卖花生和黄豆赚零花钱，为天大的事和屁大的事……他都要打她。他打她有两个动作，一是揪住她的头发，二是脱下自己的鞋。他边用鞋抽打她，嘴里发出狂暴的怒吼，边"噗噗"地呼着粗气。这是程秀蕊最为厌恶和恐惧的场景，她尤其受不了爹的脱鞋打人，她觉得这是乡下人最愚昧、最野蛮的动作之一。尽管她不知道城里人打架是怎样打法，但直觉让她认定，脱鞋打人，只有乡下人才这样。有一次爹扬着手中的鞋狂吼着追娘到院里，被刚好进院的李博他们看见。程秀蕊正要从院角儿的茅房出来，这情景叫她把眼一闭，恨不得一头撞墙。她猛地又蹲回茅坑，把自己给藏了起来。她蹲着，恼怒着爹的粗野，也恼怒着自己靠在这个旮旯的委琐。

可是，爹和娘对城里来的学生们，那实在是好。学生们似又拿不出什么来感激队长一家。

打住"。然后大家就说,这可都是你一字一句告诉我们的呀,人家李博可什么都没提过!是呀是呀,宋大刚说,可谁会想到叫你们当成了我这辈子的一个保留节目呢。那个晚上,李博蹲在他身边又劝又哄,用细瘦的胳膊拼着全身的力气抱宋大刚起来,让宋大刚空手跟着走,然后他单独一人把粪推回了黑石头村。接着,他们又连夜返回县城送还粪桶和平板车。当他们再一次从县城回到村里时,太阳已经很高。

程秀蕊站在家门口,在光天化日之下闻着墙根那堆新粪呛人的气味,看着由远而近的李博和宋大刚。她已经从浇了一夜地回来的胡晓南那儿知道了这一夜的"粪"事,她粗算了一下,这一夜多,他们不停地走了七十多里地吧。她看着这两个人,他们脚步趔趄,灰头土脸,形容憔悴,神情却亢奋,仿佛刚刚合伙殴打了别人,或是刚被别人痛打。宋大刚只对程秀蕊说了一句话:粪来了,我可得去睡了。

程秀蕊对李博说,那你呢?她想到定在当天下午的比赛,很是不忍心。她告诉李博,吴端已经答应了今天下午。她又说要不咱们改一天吧。李博告诉她,不用改了,下午行。

在那个五月的下午,在经历了一整夜的长途跋涉之后,李博在黑石头村小学的破院子里和镇中学的乒乓球高手吴端如约会面。据说吴端还是身穿西式短裤小方格衬衫,白球鞋还是一尘不染。他的球拍是名牌红双喜的,他站在黑石头村小学的院子里,一定像是来自另一个世界。李博的球拍是低一级"流星"的,边缘的破损处粘着星星点点的橡皮膏。他的衣裳,严格地说,他的衣裳肯定还溅着一些大粪的斑点。但这并不妨碍他和吴端在开赛前和比赛后还互相握手——据说。所以用了一些"据说",是因为这场比赛的策划人程秀蕊没能来看比赛。那天她的娘,那个总是感叹李博他们"可怜不待见"的小个子妇人,在被丈夫又一次殴打时突发阑尾炎,程秀蕊和爹一块儿送她去了镇医院。虽然娘在镇医院当时就做了手术,但程秀蕊回到村里已经是第二天,赛事早已结束。很长时间里,这成为程秀蕊一个特别重要的遗憾。

守候了娘一夜的程秀蕊满心惦记的都是李博的输赢。她一回村就迫不及待地向胡晓南和宋大刚打听昨天的比赛。谁赢了?她问他们。他们不知道,因为他们没有去观战。程秀蕊想起来了,他们不喜欢乒乓球。她又去向村里的大人和孩子打听。谁赢了?她问他们。一些人去小学校看了比赛,但村人并不了解乒乓球,他们甚至看不懂输和赢,因此他们无法让程秀蕊满意。他们的注意力在另外的地方,比如两个少年人的握手,就让他们称奇并且开怀大笑。村人之间是不握手的,他们怎么也不明白为什么赛个球还非得握握手不可。两个半大的孩子家。

谁赢了?程秀蕊又急切地想要去问李博。她听说李博正在地里浇麦子,就直奔八队的麦地。远远地她就看见他正弯着腰改畦口。他的细瘦而有力的胳膊挥动着粗柄铁锨,显得那铁锨挺笨大。哎——,李——博!她铆足了劲儿冲他喊:

谁——赢——啦?

谁——赢——啦?

麦子正在灌浆,程秀蕊的喊声在饱满而又广阔的麦田里顽强地、不间断地泛着回音。她拖着长声叫喊着,叫喊着就冲到了他跟前。当李博直起腰就站在程秀蕊对面时,她却又谨慎地盯住他的脸,像怕吓着他似的把叫喊变成了小声,她小声问道:谁赢啦?

他当然知道她问的是什么,却不作答。他冲她无声地笑笑,她说不清那笑是腼腆还是自豪,是喜悦还是遗憾……接着,他把头微微一偏,望着远方低声感叹道:"那个吴端,嗯,真棒。"他的神情真挚而又惆怅,或者还有一种清淡的思念。

李博从来没有告诉过程秀蕊那天的赢家是谁,程秀蕊却永远记住了五月的麦子地里李博的那个瞬间。阳光之下有一个词在她心里突然就涌现了:风度。是了,那就是风度,那就是她在从他们那儿借来的书中见到过却从来没有感受过的词:风度。在这样的风度面前,一时间问和答似都已经显得多余。那时她站在五月的麦子地里,仿佛被定住似的不能动弹,世界也在那一瞬间变得安详静谧,洁白纯真。

她不记得自己怎样离开的麦地,只记得怀揣着李博的那声感叹,到底还是有那么一点不甘心。回到学校她还是忍不住向"真棒"的吴端问了那天的输赢。吴端一脸敬意的坦率回答印证了程秀蕊的猜想,吴端的回答也让她生出一种冲动,那是想要赞美他们的冲动,在她心中,从此就有了两个真正不凡的少年。

三十多年已经过去,黑石头村的几个年轻人早就各奔东西,程秀蕊也从乡村出来,成了C市的市民。她在城市生活里始终也没再见过那样的风度,而她一生的追寻,一生想要理解和靠近的,又似乎总和出现过那个风度的瞬间有关,直至中年已过,直至老年即近。

……

她喝了一口已经凉了的普洱,听见胡晓南正在讲李博,讲他的科研,他的资产,他的公司同国内合作的项目,讲李博当年逼迫他和宋大刚参加高考而他却没听他的话,讲如今发展最好的还是李博啊……他还调侃道,李博那么聪明说不定都是当年练乒乓球练的,反应就是比一般人快呀!宋大刚和王芳芳不时呼应着胡晓南,话里话外也不断满意着自己的现状。是啊,程秀蕊觉得胡晓南他们对自己无疑也是满意的,他们是生活的赢家。如若不然,他们为什么一定要把欢迎李博的地方选在"法兰西"呢?他们刻意占据了这地方,又表现着比它高出不少,不也是,不也是时刻在意着某种输赢吗?这样想着,程秀蕊就逐渐清晰地意识到,原来"法兰西"、珠宝、化妆品、"1729普洱"、真假壁炉、"恶到爆"……在她这样一个退休职工的心里都是可以忽略不计的,她赶来参加今天的聚会,其实也和生活的输赢没有关系。是啊,没有关系。她就一反从走进"法兰西"就开始的那么一点拿不准自己的小心思,她从那忽隐忽现的小心思里解脱了出来,她自在了许多,身上的黑裙子是长是短便更是无所谓了。

胡晓南接了一个电话,顿时"法兰西"里漾起一阵略微压抑着的小喧哗,是李博到了——已经在电梯上。大家都站起来走向门口,程秀蕊也站了起来。她没有跟随众人往门口走,她不能把握自己会不会一下子认出那个三十多年没见过面的李博。她本能地向后退了一小步,珍藏在心中三十多年的那个风度的瞬间突然就模糊了起来。

这时,门开了。

2009年2月

小格拉西莫夫

齐叔是我们家的朋友。如今朋友的定义很宽泛,成了一个游移不定状态的代名词,朋友便也可分为受欢迎或不受欢迎的人。齐叔在我们家受欢迎,家人说他嘴严,少是非。齐叔是位画家,画油画,画风和题材散漫不定。在国内外举办过不少个展,作品却很少参加国内大展,因为大展评委们对于一个六十多岁在画风上仍然声东击西的他,一直很陌生。但齐叔不在意,作品送展时,他只须向送展单位嘱咐一句"别把画给我弄丢了",了事。

我以齐叔为线索曾写过一篇叫《近的太阳》的小说,发表在《人民文学》上。齐叔得知后,便找我说,都说你写了我,给我也看看不行吗?我把早已准备好的杂志交给他,说,只是借了您个画家的身份,有时候不用真姓名写,你就像连自己都不相信一样。您肯定不会在意的。我替齐叔翻开杂志,指给他页码。他一口气读完说,我当怎么回事呢,这不属于名誉侵权案,不就是我给讲的那个故事吗?

齐叔会讲故事,这也是我欢迎他的原因之一吧,和他相处,我有便宜。

从前我们和齐叔都住 B 城,后来我家迁入省城,齐叔仍在 B 城,和齐叔见面就少了。

上世纪九十年代初，我应邀去挪威参加一个国际女性文学研讨活动。从莫斯科乘火车赴哥本哈根，计划在哥本哈根换飞机再去奥斯陆。傍晚，我独自穿过哥本哈根商业街，朝有"美人鱼"的海滨走，不想在国家歌剧院门前巧遇齐叔。他也是独自一人，正背着手在易卜生的雕像前徘徊。他穿一件风衣，很新，笔直的褶缝儿挺着，多了些中国人在国外的气质。这气质常招来外国人这样那样的眼光。在北欧那些穿着随意的国家，这穿扮就更显得惹眼。当时我真想为这个中国艺术家另外设计一下穿着。其实，齐叔并非没见过世面，早年他在列宁格勒学油画时，我还没生下来。他这次来丹麦，还见了女王玛格丽特二世。

和齐叔在斯堪的纳维亚半岛相遇，我十分惊喜。原来齐叔正在这个国家举办他的个人画展。但画展不在哥本哈根，在日德兰岛的另一个城市。我知道丹麦由三个岛组成：西兰岛、非英岛和日德兰岛。他是专程来哥本哈根参观博物馆的。齐叔问了我来北欧的目的，我告诉他我的目的地是挪威的奥斯陆。齐叔笑着说："奥斯陆，那也是我的目的地，那里有维格兰和蒙克。"维格兰是挪威的雕塑家。奥斯陆的维格兰公园集中了他一生的大半作品。油画家蒙克作为北欧表现主义先驱，比维格兰的影响更大。那么，我和齐叔将是同路人了。响应齐叔的提议，我们约定三天后在日德兰岛的腓德烈港乘船，穿过连接北欧三国的斯卡格拉克海峡去奥斯陆——我放弃了乘飞机的打算。

三天后，我们如约在腓德烈港见了面。齐叔还是穿着他的风衣，但风衣在他身上显得随和了些，就像他已经融入了北欧的氛围。

我们将要乘坐的轮船叫冰川号，船体很大，涂着黑色，像矗立在腓德烈港的一座黑色城市。我们踏上高高的舷梯，穿过一条条迷宫般的通道,迈上无数个台阶,终于找到了属于我们的舱间。几年后我看电影《泰坦尼克号》,总觉得那就是我们乘坐的冰川号,它实在是不逊色于泰坦尼克号的。

那天乘客不多,我的房间有四个铺位,乘客只我一人。齐叔在我隔壁,也是一人守着四个空铺。不能用豪华和现代来形容这房间,但舱内典雅、殷实,铺陈洁白干爽,一个小巧玲珑的盥洗间,使人想到意大利的老派饭店。我稍事整理,和齐叔来到甲板。船正沿着丹麦的格雷嫩角缓缓驶向大海。岸上正显现出灯火。十月末的季节,中国北方已是初冬,然而在北纬六十度的海湾,海风却温暖宜人。记得一位北欧友人同我说起,有了挪威湾的暖流,也才有了斯堪的纳维亚半岛的发展。当大海变得漆黑,岸上灯火齐放时,冰川号行驶离格雷嫩角。原来傍晚看格雷嫩角的灯火,是这个旅行路线的一大景观。看完无尽的灯火,我和齐叔来到他的房间。齐叔坐上他的铺位,点着一支烟,问我冰川号什么时候到达目的地。我说大约明天上午九点钟吧。我们不约而同看看表,现在是八点。齐叔说,当你真的走到地球另一面时,才能意识到地球真是圆的,不然你总以为这属于异端邪说。这时,我问齐叔对丹麦的印象,齐叔毫不掩饰地说,好,丹麦好。可人类的共性还是这山望着那山高。我那位馆长的女儿,非要扔下丹麦的一份好工作去巴黎打工,她说巴黎神秘。我看丹麦就很神秘。我请齐叔谈谈丹麦的艺术,他说都是些浮光掠影,他说"我这是浮光掠影丹麦国",实在没什么可讲的。我说,可咱们还要坐十二个小时的船呀,讲点什么吧,齐叔。齐叔抽了一阵烟,想想,突如其来地问我:"你今年多大?"

我说,您知道的。

齐叔说,糊里糊涂,就记着你跟你爸妈去过干校。有一次你丢了,让人好找。你在一个麦秸垛里睡着了,找回来头上还粘着麦秸。

我说,那年我六岁。

齐叔"嗯"了一声,翘起右手,用拇指数着食指和中指翻来覆去一阵,似在计算我的准确年龄。接着他问,那时候你净想什么?

我说,说不清,只觉得天很高,自己就像个小虫子。

你自由吗?齐叔又问,显然是指那时候。

我说,我觉得没什么不自由的。不是有麦秸垛吗?麦秸垛,钻进去很温暖。

哎,这就真实了。齐叔说。现在你是个作家了,我觉得写"文化大革命"就应该这么写,这里有文学。再则,"文化大革命"这五个字根本就不能落在纸上。还有"十年浩劫""十年动乱"都不能落在纸上。这都不是文学。

我说,您这个见解很像捷克那个作家 M.K.,他说他从来不把捷克斯洛伐克这几个字落在纸上,他用"波希米亚"这个老词儿。捷克人反对他,他说捷克斯洛伐克缺乏历史感。你只应该写波希米亚那块土地上发生了什么事,写人的行为。捷克斯洛伐克是苏俄十月革命后的产物。

嗯,很耐人寻味。齐叔说。

那么,那时候您自由吗?我反问齐叔,想起他当时的样子:穿件油渍渍的棉袄,棉帽子的耳朵向下耷拉着。到食堂打饭,身后还有人跟着。

齐叔说,没什么不自由的,我会装病,我会造假化验单、假诊断书。他们让我回城检查病,我每月寄一张就完了。

我说,听说那时候您净偷着上太行山画画。

齐叔说,是啊,画画,闻山里的味儿,沁人肺腑的气味儿。看麦苗返青,看柳絮纷飞,看牲口无顾忌地拉屎撒尿。早春冻僵的垄沟解冻了,潮湿着,自己决心给大地以生命。你的生命也被融入了这解冻的大地——一张化验单里有这么大的便宜,这不就是自由?

可是,后来您又被揪回去了。我说。

也许因为我提到了太行山,齐叔没有接着说他再次被揪回去之后,又是如何再争得新的自由的。他突然扭转话题说,哎,我给你讲个太行山的故事吧,太行山的小格拉西莫夫。不过你得躺着听,躺着听故事能身临其境。来,脱鞋,躺下。

我赞成齐叔的见解。人的经验都大同小异——躺着听故事,似乎真能身临其境。小时候躺着听大人讲狼,狼格外可怕;躺着听黑夜,黑夜格外黑。我脱了鞋,躺在齐叔对面。齐叔盘腿坐在他的铺上。

是个三月底四月初吧,嗯,三月底四月初,我正坐在垄沟边上画画。这是太行山西县,西县瓦坨大队。那时叫大队,不叫村。我脚下就是泛了青的麦苗,眼前有几棵开花的杨树。杨树开花,一串串的。颜色像玫瑰红,又像玫瑰紫。树下有几个女社员正给麦苗松土保墒,不干活,推搡着打闹。我脱下棉袄,垫着,垄沟湿呀。对,我还带着一个学生叫小三。那时候追着你学画的学生格外多。你出门画画前呼后拥,不管你方便不方便。这回我就带了小三一个人。小三在市文工团当美工,画样板戏画腻了。我坐着我的棉袄,起好稿,一边铺颜色,一边研究杨树花的颜色到底是玫瑰紫还是玫瑰红。画笔在调色板上和弄过来和弄过去,紫里加点红,红里又加点紫。画画,刮刮;刮刮,画画。两三个小时过去了,画面上的树还是一片空白。这时有两只脚出现在我眼前。是个男人的脚,穿双家做的布鞋。鞋帮上纳着密密实实的粗线,像沾上的芝麻粒儿。没穿袜子的脚在鞋里逛荡着,脚面很皱。我顾不上看人,继续作画,画画刮刮,刮刮画画。过了半小时,又过了半小时。我扭头看看,这双脚还在。脚的主人突然开口了,说:"回家去吧,晌午啦,馏山药去。"

听口音这是当地人,他们说话简洁,舌头有点大,有点发直。比如他们把"去"说成"却"——家却吧。

当地人给我讲过许多关于他们自己的大舌头笑话,笑话里有挖苦也有自惭。比如:买了个小居(猪)不其席(吃食);比如:有个人进城买药,花了五摸怯(毛钱),买了个大药窝(丸)。这药丸是老式中药丸,皮是蜡做的。买药人一出药铺就掰开药丸把蜡皮吃了把药丸扔了,还愤愤地说:白花了五摸怯,敢情包着这么大个合(核儿)。

我放下画笔站起来,站在我眼前的是个年轻人:瓜子脸油红,早该修理的头发很蓬乱;一件假军绿棉袄,扣子都掉光了,用根绳子系在腰间;肩上背只空筐。小三也走过来,知道是该回去吃饭的时候了,就弯下腰帮我收拾画具。没想到这背筐的年轻人制止小三说:"别忙收戏(拾),可以爷(研)究爷(研)究。"

小三觉得很奇怪,打量着年轻人说:"研究研究,你懂画?"

年轻人说:"说不上懂,俺们接具(触)过。"

接触过,我和小三都为这个"接触"惊异起来。

"你是哪个大队的?"我问年轻人。

"土坨的。"年轻人说,"我知道你们住瓦坨,瓦坨老闷儿家。土坨和瓦坨就隔着一条河沟子。"

小三说:"你刚才说你学过画?"

年轻人说:"我说我只是接具(触)过。"

小三说:"油画?"

年轻人说:"油画。"

小三说:"在土坨?"

年轻人说:"在土坨。"

我说:"想不到在这儿遇见个同行。"

年轻人说："哪敢,我得称呼您老师。"

他把"只是""哪敢""您"加在他的方言里,听起来很是"硌生",但从此又可发现他确实是接触过外界文明的。

小三对年轻人有点穷追不舍了,说,你说要研究研究我老师的画,我老师的画到底存在什么问题?

年轻人向后退退,眯起眼看看我的画,又看看眼前的对象,沉吟片刻说："老师的画是个观察问题,观察方法缺少整体意识。太注意树这个局部了,忘记了周围。我说的是颜色,啊,颜色。你看看后面的山,脚下的地,妇女们的大红袄,再回过头来看树。看见了吧,构成树的颜色不是紫也不是红,是蓝,钴蓝,湖蓝和普鲁士蓝。紫和红是表面现象,仅是一点小小的点缀而已,是些细枝末节。"

我更惊讶了。这可不是个一般观众的见解。何况这年轻人在讲这番画论时,不知怎么就换了一套普通话。我在外面写生,观众常品头论足,像啦,不像啦。昨天我也在画树,一个孩子在我身后说,你画的树一点也不像。我问怎么不像。他说,你数数那树叶有多少,你才画了几个。眼前这个年轻人可不是数树叶的问题。小三涨红着脸,心里七上八下,像为我受了委屈。

我对年轻人说："你的道理可不是一般的道理,你知道吗?"

"当然。"年轻人说,"你当这是我的发现,是我好不样儿的生就出来的?"

小三说："这是谁的观点,也请告诉告诉俺们。"

年轻人说："这呦,这观点出自小格拉西莫夫,苏联的。先家去吧,晌午啦,馏山药去。"

小三追问着还想听："俺们还想听呢。"

年轻人却一定要领我们到他家去馏山药,说,谈艺术,有的是时间,他也有一批作品要给我们看。说着,就去帮我提画箱。大中午到年轻人家去馏山药,这本是一件很吸引人的事,春天的山药好吃。可我们在瓦坨有派饭,我还是谢绝了年轻人的盛情。年轻人显得很遗憾,说,要不这样吧,我去就你们吧,赶明儿清早我就过瓦坨,老闷儿家的炕大。可是有些日子不画画了,手实在痒痒。

我们一起往回走,路上没有再谈小格拉西莫夫。我想这是一个大而严肃的问题,年轻人说有的是时间。

知道小格拉西莫夫吧?齐叔问我。

我说,我不太注意苏联的画家,虽然我在莫斯科也看他们的博物馆。

你不喜欢?为什么说"他们的"?

我觉得苏俄画家用油画的形式表现俄罗斯这个民族,确实作出了努力。像苏里柯夫、列维坦……可是世界一些美术史家为什么总不把他们放在眼里?排出近百年三十位画家,我不知道能不能排到列宾。

"嗯,难说。"齐叔也说,"不过苏俄画家对于中国可不一样。"

"这里有个感情问题,有历史原因,不代表艺术自身的标准。"我说。

齐叔说:"当时他们可都是我们的偶像,比如格拉西莫夫。格拉西莫夫有两位,一位是A.格拉西莫夫,也就是阿历克塞·格拉西莫夫,画列宁在讲坛上,我十几岁在解放区就看这张画的印刷品。那时不懂油画,以为是照片。后来他又画了不少苏联英雄肖像,晚年还画过《集体农庄浴室》,一群女庄员在一间公共浴室往身上撩水,腰很粗,屁股很大。这位格拉西莫夫,我们称他老格拉西莫夫。土坨那个青年说的小格拉西莫夫是C.格拉西莫夫,就是谢尔盖·格拉西莫夫。他主要画风景,画西伯利亚、白桦树、奥卡河……画得潇洒,颜色也讲究。"

可是,太行深山的土坨这个青年怎么会知道小格拉西莫夫呢?我觉得奇怪。

齐叔说,咱们先去喝点什么吧,我请你。也让我想想这故事怎么往下讲,是顺叙,还是倒插笔。

我们出了船舱,来到位于船体中部的酒吧。冰川号的乘客本来就不多,现在已是夜深人静,酒吧的客人更是寥寥无几:一对讲西班牙语的老夫妇,守着两只空杯子,在认真议论他们的旅行路线;几个穿着随意的当地青年男女,对乘船显然已没有任何兴趣和好奇,他们正相互依偎着打盹儿;还有一个苏联青年,是我从莫斯科乘火车来哥本哈根的同路人,我们在一个包厢里度过了十几个小时。他是个地道的俄罗斯人,人很和气,块头很大,能吃能睡,二十几岁已是大腹便便。他一路吃着随身带的和餐车里买的各种食品:炸鸡、熏鱼、猪肉冻……喝伏特加或者格瓦斯。他只会讲俄语,我又只懂几个俄语单词,所以,我们几乎一路无话。我只知道他是去挪威的卑尔根找他失散多年的父亲,他父亲好像在那里开着一家小商店。现在,他眼前又摊满了不少吃喝,杯盘相互挤压着。看见我,他不好意思地笑着,脸有些红。我和齐叔坐下,我要了爱尔兰咖啡,齐叔要了马提尼。我看着那个苏联青年的宽厚背影,心想,没准儿他也姓格拉西莫夫吧。由此又想到俄罗斯的艺术家,到底为俄罗斯贡献了什么。那天我和一个苏联友人在莫斯科看特列加柯夫博物馆,中午在街上找吃喝,走了几公里路,末了在苏联电影家协会俱乐部,每人只买到一个肉丸子和一勺土豆泥。就这,还因为这友人是电影家协会会员,有证件。那天正是苏联"8·19"事件的第五天,叶利钦的坦克正包围着"白宫"。莫斯科的商店本来商品就少,市民排半天队也许只能买到两个茄子。难怪酒吧里这位"小格拉西莫夫"对吃喝如此贪婪,看来他是决心要吃喝到目的地的。可我又实在佩服那些排队买票争看列宾、苏里柯夫,还有老、小格拉西莫夫的苏联人,他们排队有耐性,看画又仔细。

齐叔品着马提尼,继续讲土坨的小格拉西莫夫。

从那天起,小三就把土坨那位年轻人叫做小格拉西莫夫了,有时候我也叫。那天我们没有去吃小格拉西莫夫的馏山药,决心回瓦坨吃派饭。分手时小格拉西莫夫又说,明天他就过来。小三说,别忘了带上你的作品,让俺们也见识见识。小格拉西莫夫说,还用你提醒?好容易遇见个老师,这深山老峪的。

晚上,我和小三并排躺在老闷儿家的炕头上,小三翻来覆去地只说,嗯,小格拉西莫夫,神啦。我说,我也觉得很神。

第二天天刚亮,外屋就有了响动。我们都以为是房东在倒腾什么东西,便故意躺着不起。当外屋终于安静下来,我下炕来到外屋。原来,小格拉西莫夫正坐在一个蒲墩儿上。他缩在那里,猛抽着自制的卷烟。他看见我,忙站起来说,老师,你看,画箱我也背过来了,还有……他指指身后的墙。在我身后,那被灶烟熏黑的墙上拦了两条麻绳,绳子上别着他的一批作品:书本大的,巴掌大的,簸箕大的。"专为老师布置了一个展览。"小格拉西莫夫说。

小三也过来了,看看画,看看我;看看我,又看看画。

"当时您的第一感觉是什么?面对小格拉西莫夫的画。"我问齐叔。

齐叔说,说实在的,那是一大奇观。只觉得他们离自己很近,又觉得它们离自己很远。你想,在一个中国农村,一个深山老峪的农村,闻柴草味儿、闻猪粪、羊粪味儿才是合情合理的。你突然闻见了油画味儿,你知道,一排油画挂出来味儿是很浓的。松节油、亚麻仁油沁人肺腑呀。你常看画,知道那味儿。你说"文革"——我又用了"文革"这两个字。"文革"十年让一个画家失掉的不就是这股味儿？今后你就写，写一个画家是怎样失掉这股味儿，然后又找回这股味儿的，比写他钻"牛棚"、低头弯腰挨斗更具文学价值。

那墙上的画呢？小……格拉西莫夫的。我提醒齐叔。

齐叔说，小三在就好了。当时小三站在我身边搓着手，嘴里丝哈着只一个劲儿地说：可以呀，小格拉西莫夫你可以呀！

真可以吗？我问。

齐叔说，你是个聪明人，完全可以想像当时出现在眼前的一切，也可以替我做出评价。可，艺术这玩意儿，奥妙就奥妙在，有时好坏都使你没法下嘴。就像你吃有些东西一样，没法下嘴。这次我在哥本哈根看了不少博物馆，也看了不少画廊。在一家画廊我看见一幅叫《鸡的愤怒》的油画，倒是色彩斑驳。但我却百思不得其解。后来我请教画廊老板，老板说这张画是鸡画出来的。艺术家把颜料滚在鸡身上，让鸡在画布上拍动翅膀作画，还有鸡的爪子、鸡的嘴。不知为什么，当时我想起了土坨的小格拉西莫夫。

您站在小格拉西莫夫的画前也遇到了"鸡的愤怒"么？我问。

齐叔说，不能这么说，小格拉西莫夫的画有形象，有人手塑造的痕迹，不是鸡刨出来的。哪儿是山，哪儿是树，房子、石头……都能看出来。颜色堆积得很厚，有的作品，厚得鞋底子一般。可见他追求之虔诚、执着。对这样一个农村孩子，我实在不愿轻易给他泼冷水，油画又不是他们的祖传。他父亲、祖父都是种地、赶毡、卖柿子的。

他的画要是挂在哥本哈根，没准儿真能轰动。我说。

齐叔说，有时氛围很重要。作品与氛围的关系，永远是艺术家探讨的一个重要方面。可当时，小格拉西莫夫的画不是挂在哥本哈根画廊，而是可怜巴巴地捆在老闷儿家的土墙上，旁边衬着杈、耙、扫帚和干萝卜片儿。

可以想像,这氛围对小格拉西莫夫的画是不利的。我说。

齐叔说,当时小格拉西莫夫非让我立刻评价他的画不可,我说咱们还是先洗脸,吃饭,上山。画么,还是你先谈,谈谈你作画的体会。小格拉西莫夫说,也行。他说得很爽快,也很自信。但这时我们却研究起他的画箱了。小格拉西莫夫忙把画箱的三条腿拉开,打开箱盖,抠出调色板。画箱里,颜料、画笔、刮刀排列有序,该有的都有。看得出,这是一只典型的苏式画箱,是我早就梦寐以求的。在列宁格勒学画时,眼馋得不得了,买不起。现在我那个只能"摊"在地上的画箱显然就相形见绌了。小三又说:"可以呀,小格拉西莫夫你可以呀,自己做的?"小格拉西莫夫说:"完篡(全)是自个儿鼓捣的。"

我们吃完派饭,三人结伴上山。小格拉西莫夫背着他的苏式画箱在前头引路,画箱的金属饰件被早晨的太阳照得一闪一闪。有了小格拉西莫夫的引路,我们就少走许多冤枉路。在路上,小格拉西莫夫又让我谈他的画。我说,你还没有谈体会呀。这时小三插话说:"小格拉西莫夫,你为什么不先把形象画具体?连个比例也不讲,鸡和狗都一样大。还有你画的那门,狗能进去吗?"

小三的议论使小格拉西莫夫突然停住脚,他和小三站了个脸对脸说:"小三兄弟,就艺术的整体而言,你的话是有道理的;就艺术的阶段性而言,你的话是错的。"

"俺错在哪儿?"小三问。

小格拉西莫夫说:"错就错在你忽视了艺术的阶段性,也就是作画的目的性。你画一张画,就为了让狗能进门儿?这再简单不过。可你忘了,现在我们画箱里装的是什么,是颜色呀。也就是说,现阶段你要摆弄颜色。有一次小格拉西莫夫指导学生画写生——我说的是苏联的那位,不是我。他们眼前除了白桦和塔松,还有一座建筑,这建筑有十二个台阶,啊,听准了,台阶是十二个。

有个学生多画了一个,也就是说把台阶画成了十三个。小格拉西莫夫给他打了五分。相反,有个学生不多不少画了十二个台阶,小格拉西莫夫反倒给他打了三分。"

"这是为什么?"小三问。

"为什么?艺术的阶段性。"小格拉西莫夫说,"目前,小格拉西莫夫给学生讲的是色彩,就不必去计较一个台阶的得失。此时此刻老师打分的根据是学生对色彩的观察能力。颜色这玩意儿,神秘呀,它打动人又难为人。你要摆弄它,必得先了解其规律。齐老懂,为什么一上午画不完两棵树,是比例问题吗?显然不是。比例在齐老手下还不是如同探囊取物?他是为颜色问题而苦恼。齐老,您说对吗?我的话有不当之处,也请齐老指正。我,一个深山老峪的人。"

我对齐叔说,我很想知道,小格拉西莫夫说这番道理时,是不是又用了普通话?

齐叔望着杯中的马提尼说,是用普通话呀。

我们站起来往回走,路过"小格拉西莫夫"的座位时,他面前又换了吃喝。他看见我欠欠身,笑着,很讪。

我们回到房间,展开卧具,躺下。夜深了,才感到斯卡格拉克海峡的凉意。我把毯子拉到下巴,把自己团起来,听齐叔接着讲小格拉西莫夫。

从理论上讲,小格拉西莫夫的话无可挑剔,这是苏俄画家从谢洛夫开始对绘画色彩理论研究的核心之核心。他们主张绘画应该放弃固有色,大胆认识条件色。怎么认识?就是土坨那个小格拉西莫夫讲的,从改变习惯的观察方法入手。比如你眼前有个熟透了的苹果,我问你苹果是什么颜色,你准说是红的。可是如果我在苹果后面挂一块红布呢？你再看那苹果就不红了。认为天一定是蓝的，土一定是黄的，都是"固有色"在作怪。当时我们对这个理论迷得不得了。当然，这不是绘画色彩学的惟一理论。有专门用固有色画画的画家：马蒂斯、布洛克，还有拉丁美洲的万徒勒里，还有专画黑白画的画家，你能说他们不伟大？可当时苏派画家的色彩理论，确实让我们神魂颠倒过。土坨的这个青年认准了小格拉西莫夫，其实，C.格拉西莫夫并不是这个理论的代表人物。不过，有了小格拉西莫夫的提醒，那天我画得很顺手。作画，有时得有人给你提个醒儿。

那天小格拉西莫夫画得如何？我问。

嗬，猛貌我们。胆子大，画笔在纸上好一阵乱打。齐叔说。

齐叔用了个"乱打"来形容小格拉西莫夫作画。我有几分明白了，就又问齐叔，小格拉西莫夫的自我感觉如何？

好，好得不得了。齐叔说，他画着画着腾地站起来说："齐老，我给您翻个跟头吧！"翻了几个跟头又唱起当地的老调梆子。唱青衣，唱花脸，唱《潘杨讼》，唱《秦雪梅吊孝》。艺术这东西有时候是能把人弄得五迷三道，忘乎所以。

我说，我还是想先知道谁非要把小格拉西莫夫传给小格拉西莫夫不可。

齐叔说，应该是王××，我师姐。两年前王先生来西县画画，住土坨，小格拉西莫夫不知怎么就迷上了油画，也不出工了，柿子也不卖了，一天天摽着王××，还净给王××找鸡蛋吃。王××爱吃鸡蛋，一天吃十二个。那时候鸡蛋不好买，养鸡也属于资本主义尾巴。小格拉西莫夫就给她串着村子找。我想，谁传给他的这不是关键，再说也不是王××一定要把油画播种到土坨。关键是小格拉西莫夫不知怎么就迷上了它，还管王××叫干娘。走火入魔，你懂吧。面对那些高深理论，你不能说他完全是死记硬背，那的确是油画让他的灵魂不安分了。有了油画,他就成了一个生活中的胜利者。每次画画回来,他把新作别在麻绳上,唱着"我们没有见过别的国家,可以这样自由呼吸"——老调梆子又改苏联歌曲了。我们在他眼里反倒总像个失败者。

小三不甘失败,晚上在被窝里向小格拉西莫夫挑战:"哎,小格拉西莫夫,请再给俺们讲讲水怎么画,怎么画水?"

小格拉西莫夫把烟抽得很旺,露出光着脊梁的肩膀子说:"你问的是画水?水嘛,水就是一面镜子。"

"那山呢?"小三又问。

"山,一个沉默着的人。"小格拉西莫夫又胜利了。

不过有时候他也会很沮丧。不是为了他的画,是为了别的事。我们在土坨的房东叫老木,老闷儿是他的儿子。老闷儿的新媳妇很漂亮,我和小三想为她画张像。晚上跟小格拉西莫夫商量,让小格拉西莫夫去请。小格拉西莫夫不屑地说:"她长得不行,太敦实,脖子短,肉眼泡。这样吧,明天我把我嫂子领来吧,娜塔丽娅一般,你们一看便知。"你知道,娜塔丽娅是苏联电影《静静的顿河》里葛利高里的妻子。第二天,小格拉西莫夫真去领他嫂子去了。我和小三一天没出去,支开画具,等着,却没等来。

原来,小格拉西莫夫的嫂子死活不来,说是要"粉麦子",就是磨麦子之前先用揿布把麦子擦湿,当地人叫粉麦子。没领来娜塔丽娅,对我们倒没什么,小格拉西莫夫却吃不住劲儿了,就像在我们跟前丢了人现了眼。他进门一头扎在门后,抱住膝盖蹲下,很是显出狼狈和羞惭。嘴里叨叨着:"哼,非要今儿个粉麦子,今儿个粉哪门子麦子……"

一连几天小格拉西莫夫都很沉闷,晚上躺在炕上不再提"水是一面镜子,山是沉默的人",只是冷不丁来一句:"齐老,等着的,等秋后山药下来,我背筐山药竟(进)城看您去。俺们的山药是

'大红袍',小薄拼(皮)儿。"我安慰他说,娜塔丽娅的事不算什么,我们经常碰钉子。你看得上人家,人家不一定看得上我们。再说我们也有个画像画不像的问题。画不像人家,又耽误了社员挣工分,就觉得很对不起人家。

有一天,我们真到小格拉西莫夫家吃馏山药去了,还见了"娜塔丽娅"。娜塔丽娅收工回来,知道屋里是我们,故意不进屋,在院里闪来闪去。有一种农村的年轻女人遇见生人就是这样:又怕你看她,又愿意你看她。娜塔丽娅大概属于这类人。也是为那天画像的事"圆场儿",她背朝着我们冲另一间屋子喊:"娘,今儿后晌还粉麦子不?"小格拉西莫夫就自言自语着骂:"个×的,这家里要是粉得起麦子,还能让俺老师吃山药。"我和小三暗笑着观察娜塔丽娅,和电影里那位还真有点像。是比老闷儿的媳妇苗条,胸是胸,腰是腰,圆脑门儿,高鼻梁,像有西亚人血统似的。我们吃完山药出门时,她还故意站在门口让我们看,看来她知道她在土坨是出众的。小格拉西莫夫从嫂子身边走过,又骂着:"个×的。"

几天之后,小格拉西莫夫才缓过来。但对小三的画他却始终不屑一顾。小三请他看画,他头也不抬地说:"艺术嘛,各村有各村的高招儿。"小三说:"这也是小格拉西莫夫说的?"小格拉西莫夫说:"这是电影《地道战》里说的。画吧啊,你不是还没有出师吗?"小三说:"你出师了吗?"小格拉西莫夫唱起来:"我们没有见过别的国家,可以这样自由呼吸……"

冰川号继续航行在斯卡格拉克海峡。本来很安静的走廊突然传来一阵纷乱的脚步声,一些人议论着什么正往一个方向走。我看看表,冰川号还不到靠岸的时间,我和齐叔不约而同坐起来,披衣走出房间。原来人们正往酒吧走,好像那里发生了什么事。我们跟了上去。果然,酒吧里已聚集起不少人,他们正传递着一个消息:据路透社刚才的广播说,在莫斯科,叶利钦的坦克终于占领了"白宫"。这意味着苏联即将解体。聚集在这里的大多是苏联人和东欧人,有人兴奋着举起酒杯,碰着。有人很沉闷。我那位同路人"小格拉西莫夫"还坐在他的位子上,只对我耸了耸肩,摊了摊手。我想这是一个无所谓的姿态。

我和齐叔没有参与酒吧里的议论,回到房间。齐叔突然沉默了,一连抽了几支烟。我说,您怎么了?齐叔说,那不就是老、小格拉西莫夫的国家吗?当土坨的小格拉西莫夫唱着"我们没有见过别的国家,可以这样自由呼吸"的时候,我也感到过呼吸的阵阵自由,你就不一定。

说不定叶利钦能给俄国人一些呼吸的自由。我说。

齐叔说,这是一部正在写着的历史,一个国家就像一个人,每天都在不知不觉地写着自己的历史。

我说,我还是想着土坨的小格拉西莫夫,他的历史是怎么写下去的。

齐叔说,我们在土坨相处了差不多一个月,都画了不少画。告别前,我们在老闷儿家布置了一个三人联展。临走,小格拉西莫夫家真粉了麦子,白面饼烙了半尺厚一摞,还煎了腊肉——过年时腌下的。枣酒、山药酒弄了好几瓶子。娜塔丽娅跑进跑出,把饼卷肉亲自送到我手里,像要弥补那天的过失。

那么,小格拉西莫夫的画有长进吗?我问齐叔。

怎么说呢,齐叔说,经我一再建议,狗倒是能进门了。我说,小格拉西莫夫,让狗进门还是不可忽视的,小三的话你得重视一下。

就算是狗能进门了,油画之于他,他之于油画,意义到底又在哪里呢?我问。

这是我留给你的问题,你是作家。齐叔说。我们吃了白面饼卷腊肉,喝足了枣酒,就和小格拉西莫夫告别。他推个小车把我送上长途汽车,最后还是说:"齐老,等着的,等秋后我背筐山药去看您。"

秋后,小格拉西莫夫去了吗?还有他的山药——大红袍,小薄皮儿?我问。

齐叔说,没有。没等秋后我又出了事,干校查出了我的病假条,我又被揪了回去。我再次见到小格拉西莫夫,那是三年以后的事。

三年后,我专程去土坨找小格拉西莫夫,没想到在西县县城碰见了他。他没有画画,他在卖葱,正和一个买葱的老太太争执。老太太买了一把葱,交了钱,拿了葱,又去揪小格拉西莫夫的葱叶。小格拉西莫夫说:"干什么你,这买葱的不容易,这卖葱的也不容易。"老太太还揪,小格拉西莫夫便举起秤杆去梆老太太的头。可想而知,眼前的情景对于我们是个不方便的时刻。世界上的人都有个不方便的时候。我错过了小格拉西莫夫。

可我总是惦着这个青年,这个肩背粪筐的青年的艺术生涯。我四处打听——你知道,这几年我不断担任各类画展评委,每次都注意有没有小格拉西莫夫的画。有一次真碰见一位西县来省里送画的同志,我问他小格拉西莫夫的情况,他说不知道这个人。我说,土坨的,画油画。他说,你说的是二旦吧(小格拉西莫夫叫二旦,姓秦)。对对,秦二旦。我说。他告诉我,前几年二旦在县城开了个画廊。农民们觉得很新鲜,进去看看说,怎么画的都是些迷魂阵呀。小格拉西莫夫的画廊没有支撑下去。那你们对他的画怎么评价呢?我对西县那位同志说。西县的同志笑了,说,在大都市兴许可以,可在我们深山老峪,人们的素质上不去。

我还是想见见小格拉西莫夫,索性专程去了趟土坨。娜塔丽娅迎的我。五十来岁的人了,骑辆本田摩托,带着一手金戒指。她立刻就认出了我,大大方方地说,快来画吧,画个骑摩托的。我说,我是来看二旦的。她说,我知道你是来找你徒弟的。他呀,正在后山烧窑呢。我说,烧砖？她说不是。我说,烧瓦？她说不是。我说,烧花盆？她说不是,他烧的是艺术品,专烧小课(裸)体儿。"这回可行啦,生是让小课体儿救了他,销路可好哩。"她说。

我马不停蹄地爬上后山,看见一个乱石小院,院里有个小土窑正在冒烟。我直奔小土窑而去。

"有人吗？"我推开栅栏门说。

从一间乱石小屋里走出一个年轻人,瓜子脸油红,蓬乱的头发竖着,穿件假警服,腰里系根绳子。他站在门口,打量着我说:"找谁呀？"

我说:"找你呀。"

年轻人又把我打量一阵说:"认不得。"

"我们没有见过别的国家,可以这样自由呼吸。"我唱起来。

年轻人更显懵懵懂懂。

我说:"秦二旦你怎么了？"

年轻人说:"二旦是我爹。"

我这才明白过来,屈指算算,我和小格拉西莫夫相识是二十多年前的事了。

"你爹呢？"我问年轻人。

"送火(货)却(去)啦。"

"到哪儿送货去啦？"

"太原。快进屋吧。"

我跟年轻人进了屋。当屋支块铺板,上面有红泥、青泥和石膏。四周地下摆放的都是"货":泥质的,石膏的,烧过的和未烧过的;全裸的和半裸的"小课体儿";扇着翅膀的小天使;歪头读书的小爱弥儿。

我打量着眼前的货问年轻人:"都是你和你爹做的?"

年轻人说:"我翻模子,我爹挂彩。生是让我撺掇的他,先前他还不愿干。"

我这才注意到,原来石膏人都点着红嘴唇,有的奶头上也挂着"彩"。

我问年轻人他爹哪天回来,他说得五六天;又说:"我给你做饭吧,准是约(远)道来的朋友,有其席(吃食)。"

我早就发现在一个墙角码着好几个粮食口袋,口袋上都印着字:"雪花牌特一粉""免淘小站米"……米面口袋们大都敞着口。山药也有,和东倒西歪的"小课体儿"搅和在一起。

"那,你妈呢——你娘?"我问。

年轻人没有回答我的问题,自有不方便之处吧。这时,我发现这房子还有间里屋。我往里看看,有条小炕,炕上并排卷着两个小铺盖卷儿。

我没有等小格拉西莫夫回来,也没有吃他家的"特一粉"和"免淘小站米",年轻人也没有执意留我。

冰川号的走廊里又传来纷乱的脚步声,这次预示着我们已入挪威湾,船就要靠岸了。

"起床吧,小姐。"齐叔对我说。他已站在房间中央又踢腿又弯腰。

你看到小格拉西莫夫的油画了吗?在那个乱石小屋。我问齐叔。

齐叔说,让他儿子给烧了。据他儿子形容,烧的时候烟冒得很大,很呛人。连画箱都被他儿子烧了。他儿子手舞足蹈地形容:"嘎巴嘎巴……"

挪威湾被初冬的太阳照得金光灿灿。我和齐叔随着人流走下冰川号的舷梯,走出港口。我又见到了与我同行的那位"小格拉西莫夫"。又一次与我见面,他格外热情,放下手提行李就过来同我握手。我和他握着手,用我掌握的那几个俄文单词对他说:"格拉西莫夫同志,祝你好运。"

他说:"我不姓格拉西莫夫。"

我说:"对不起,能告诉我你的姓名吗?"

他说:"我姓科林,谢尔盖·科林。也祝你好运。"

我和科林分了手。齐叔说,你的俄文发音有毛病,有些单词字头的元音应该"软化",比如咱们说了一路格拉西莫夫,实际,"格"在此应该读"盖",小格拉西莫夫就应该读小盖拉西莫夫。

1999年3月30日

阿拉伯树胶

1

暮色苍茫的时候,贾贵庚把手搭上小美的肩膀。

他们并肩坐在县城北侧的黑石头山上,据贾贵庚说,论县城的风景,还要数这儿最美,而且也很清静,少有闲杂人。他们在这儿坐了一个下午,讨论着艺术、哲学和对个人未来的设计。他们讨论得很热烈、很尽情,互相欣赏着彼此的才华,并时不时地停下来,对这县城的闭塞、愚昧发一阵嘲弄。虽然他们都是土生土长的本县人,可他们的心气儿,却不知比这个县要高出多少万倍。那时的小美,二十岁刚出头,是县广播局的临时播音员,相貌俊秀,身材也好。因为小的时候跟着在县文化馆工作的父亲学过几天国画,自觉艺术素养远远深厚于他人,县境内的文化名人,全不在她的视野之内。那时的贾贵庚近三十岁了,是县旅游局的一名美工,负责书写、描绘进山的路标啊、景点示意图什么的——这县有一片原始次生林。一次县里举办美术训练班,贾贵庚和小美都参加了,两个人就在这个班上熟悉起来。

贾贵庚在男人里算是长得不出众的,他个子在一米五七左右,烟黄脸,肿眼泡儿,头顶上蓬着一堆粗硬而无光泽的乱发,由于吸烟和卫生习惯不好,嘴里的牙齿呈黑黄色。他的装束也不利落,上衣总是过肥过长,下摆每每挡住膝盖,像是以此来有意模糊自己的身体,也使他的个子越发的矮了下去。在结婚的年龄,他遇到了困难,因为以一座县城的标准来衡量,他几乎没有可取之处。他去一些女同事家串门,常常是院还没进,就被院中的狗撵了出来。虽说各家的狗脾气不尽相同,有厉害些的,也有温柔些的,可这些狗对贾贵庚的态度却十分的一致。它们冲他咆哮,冲他龇牙咧嘴,做扑上去撕咬状。逢这时贾贵庚便腿软地往地上一蹲——决不是假装捡石头让狗感受他的威胁,贾贵庚在这方面的小常识远不如一般人,他腿软地蹲下是向狗讨饶的意思。那时他的表情是受到突然惊吓后的失神,和失神状态下的自卑;那过于肥大的上衣下摆就扫到了地上。整个儿人就像被罩在了上衣里,或说整个儿人都仿佛卧在了上衣里。小美见过贾贵庚的这种形态——当贾贵庚向她家的狗乞求饶恕的时候。她从屋里跑出来,一边呵斥着狗,一边把地上的贾贵庚拉起来,请进家门。她觉得她们家的狗和这个县城的人一样,是有眼无珠的。

贾贵庚的才华和趣味,这县里的人又怎能知道?他们也不配知道。比方当这县里的人还不知道什么是油画的时候,贾贵庚就已经知道油画是画在画布上的,而画布在被画之前还须涂上一层底料;让小美敬佩的是,贾贵庚不仅知道画布要涂底料,还知道底料是用一种树胶熬制而成。并且他竟然还知道那树胶的名称——那不是一般的树胶啊!贾贵庚对本县几个热爱美术的青年说。

那是什么树胶呢?一个叫久成的青年问。这位久成,当时也正迷恋着绘画。

贾贵庚不看久成,单看着小美的眼睛,稍微顿一顿,说,那叫阿拉伯树胶。

阿拉伯树胶。

久成听见了，小美更听见了。如果饮食有口感的优劣，那么语言也分口感的美丑。她喃喃地重复着阿拉伯树胶，只觉得这几个字在嘴里翻卷滚动，吞吐迂回，文明而又遥远，奇妙而又浪漫。因为它出自贾贵庚之口，贾贵庚顿时也变得文明、奇妙了。小美这样的女孩子，原本就认定自己的趣味高出这县城，一旦有了这想法，就容易在行为举止上特意与他人不同。阿拉伯树胶使贾贵庚不洁的牙齿、蓬乱的头发、猥琐的体态都退到了远处。在小美眼里，这不是一个男人的缺陷，反倒是一个天才落拓不羁的表征。她不顾同龄人的白眼，主动接近贾贵庚，并邀他访问她的家庭。一个秋天，县旅游局接待了省里一位来此地写生的著名画家，贾贵庚负责陪同，小美也常伴随前后。贾贵庚借了局里一架相机，即兴为画家拍照片，后来其中一张还被画家选进自己一本画册里。画家进山写生，贾贵庚就坐在画家身后画，结果他得到了画家的称赞。画家肯定了他的写生和造型能力，甚至还夸奖了几句他对颜色的感觉，鼓励他一定要多画。在画家的鼓励之下，贾贵庚兴奋着胆大起来，与画家高谈阔论，论及他喜欢的和被他藐视不顾的一些中外名家。他在说起某些名家的弱点时，言辞尖刻，却能切中要害。比方某某某，他举出一个大名人说：他的画猛一看唬人，细琢磨，到处都是别人的影子或者一些外国人的片断，就是没有他自己。他是在用心画画吗？我看不是，他是在用一些支离破碎的观念画画。贾贵庚还告诉画家，他在一个游客手里见到过一本《霍克尼论摄影》。贾贵庚说霍克尼作为一个画家能对摄影谈出些不俗的想法，就这一点就让他佩服。可惜他不能从游客手里把那本《霍克尼论摄影》借来……画家有点惊奇，眼前这位其貌不扬的县城青年实在是有些见解。他再次鼓励了贾贵庚，再次要他多画，争取能参加省里的画展。这位画家担任着各种大展的评委，他对贾贵庚说，只要他送画,画家一定留意他的作品。贾贵庚激动着觉得自己终于碰见了知音。只是,自从画家走后,贾贵庚就再也没有拿起过画笔。他的那张被画家夸奖过的写生作品,一直挂在旅游局他的单身宿舍里,镜框有点歪,使整个房间都显得不稳定,他也不去把它扶正。那张歪在墙上的写生,几乎是贾贵庚绘画天才惟一的物质证明了。

不能说贾贵庚不热爱绘画,他缺乏的是行动上的呼应。他的行动总是在一阵阵激情澎湃的思想之后就停滞下来。比方他反复对小美讲起一张画的构思:深秋的玉米地,地头上堆着刚掰下来的玉米。两个妇女背对着观众,正弯着腰、撅着屁股收玉米,姿态非常忘我。陪衬她们的是充满画面的旗帜一样的金黄色玉米叶……贾贵庚陶醉在自己的构思里,小美也受着这构思的感动。但是三年了不见贾贵庚动笔。据他说,总是有一些事情出现在他的生活中,打断他的行动。比方他抱怨旅游局局长分配给他额外的工作:山上的几个新景点要修路,他又不是工程师,局长却要他选出最佳路线,测出这些山路的公里数,数出需要多少级台阶,多少条青石。这一测一数就是大半年。比方这中间他还有过一次不成功的相亲。女方是个颧骨绯红的山里姑娘,牙有点龇,但是很健壮。双方见面的一瞬间贾贵庚甚至有点冲动,女方那种天然的健康让他有种想要啃食的感觉。但那个健康的山里姑娘却没有看上贾贵庚。事后他听说,女方嫌他的手小,于是就连他那国家公务员的身份和每月固定的工资也不顾了。贾贵庚并不恨那个女方,他想,他的手比一般男人是小了些。通常他愿意把手袖在偏长的袖筒里,这使他看上去无所事事而又寒冷,即使在夏天。

现在,在暮色苍茫的黑石头山上,贾贵庚几经犹豫之后把一只手搭上小美的肩膀——他那偏小的手。那手不敢在小美的肩上用力,好像那肩膀是个烫手的馒头。那手就那么半是捂、半是盖,有点躲闪、又仿佛试探地似扶非搭地搁置在小美肩上,直到小美把一直冲前的脸偏向贾贵庚。这是一个信号了,一个不讨厌落在肩上的手,而且还鼓励他继续做些什么的信号。他立刻感觉到了她脸上的温度和她的呼吸,那呼吸有点清苦,像山上一种名叫"黄瓜香"的草的气味儿。这是他们第一次离得这么近,他想她一定也能闻见他嘴里的味儿。他觉得自己身上和嘴里的味儿都是难闻的,他屏住呼吸掉开头去,并且收回了搭在小美肩上的那只手。

也许小美闻见了贾贵庚身上脸上难闻的气味,也许她对他的敬佩足以抵消那些气味对她的搅扰,也许她根本就什么都没有闻到,有些女孩子在有些时刻是能够不顾一切的。但是贾贵庚掉过了脸,缩回了手,并且打岔似的说,你到北京去,学什么都可以,但是切记不要庸俗。像久成,俗,俗不可耐。

小美要去北京发展自己了,这个暮色苍茫的时刻,她坐在黑石头山上是和贾贵庚告别的。当贾贵庚把手从小美肩上缩回来之后,他就花很长时间来奚落那个名叫久成的青年的俗不可耐,好像是久成的俗不可耐打断了小美正在盼望的、他也应该给予的更深的一种情感表示。

2

久成本是这县的一名无业青年,曾经在文化馆的美术短训班学习国画,成绩却一般。后又练习书法,还是不见起色。可是忽然之间久成却在县里出了名,原因是他改了思路,他不再用手画画写字,他改用胳肢窝写字或者画画了。他在家门口支起一张桌子,铺上宣纸,自制了加长的毛笔,用胳肢窝夹住笔,就开始了他崭新的艺术实践。他画豺狼虎豹,写些气壮山河的句子,吸引着路人,也引起县电视台的注意。电视台记者拍摄了一段久成用胳肢窝写字的场面,并即兴采访了他。当问及他为什么要用胳肢窝写字时,这久成不假思索地说是因为双手得了一种奇怪的病呀,突然就拿不起笔呀,本人又是那么热爱艺术,一天不写不画恐怕都会有生命危险。所以他决心用胳肢窝来延续他的艺术实践,在艺术实践中得到生命的延续。然后他又斩钉截铁地表示:假如他的胳肢窝再出了毛病,他还会用他的下半身——比如腿弯处或脚趾缝儿等部位执笔,将他的艺术进行下去。县电视台播出了记者对久成的采访,又引来了市电视台。原来市电视台要搞一台综艺晚会,久成的胳肢窝写字恰好可以算作其中一个节目。久成被请到市电视台演播厅去搞表演,回到县里就出了大名。他不在家门口支桌子了,到街面上租了间房,挂了个牌子,上写:久成书法绘画艺术研究院。他卖字卖画,有时还被县政府的领导召去见客。上边来了什么要紧的人,酒足饭饱之后,县长会说,我们这里有个奇人,一会儿叫他来当场献艺。

当贾贵庚还在通往旅游景点的山路上数石头的时候,久成早就被这县的人公认为名画家了。趁热打铁,久成很快又开了个饭馆,来吃饭的人,都能免费得到一张主人以胳肢窝执笔的签名。开业时久成请了很多本县的头面人物,念及曾在一起上过美术短训班,他也请了小美和贾贵庚。他站在门口亲自迎接,和每个人握手——他的手——那据说是再也拿不起笔的充满悲壮意味的手,说康复就又康复了。那一刻小美和贾贵庚望着春风得意的久成,他们可能受到了某种刺激。他们对久成身上这种堕落的小聪明很是不屑,但他们却从这种堕落里看见了自己的没有长进。小美决定离开这恶俗的环境去北京闯一闯,她在北京有个表姐。贾贵庚呢,他的艺术理想他的奋斗目标在这一刻被重新激发出来,他想起省里那位画家,也想起小美对他的多次鼓动,觉得自己再也不能这样混下去了。旅游局美工这个位置从来就不是他的生活理想,他的理想决不在这座县城里。他给画家写了一封激情澎湃的信,请求到他身边去,到一个真正的艺术环境里去习画。不久他接到回信,画家告诉他,重要的是要多画,不动笔在哪里也是意义不大的。何况你是个有单位的人,更需冷静思考,不能扔下工作就走。贾贵庚读了回信,反而更不冷静了,他给局里写了停薪留职报告,背上行囊,直奔省城而去。

贾贵庚在省城住了五年。最初画家收留了他,让他住在正在装修的画室里。那是一套四居室的单元改造的画室,贾贵庚到来的时候,改造工程刚开始。贾贵庚主动承担了主持工程的任务。所谓主持,就是每天盯一盯装修工人,看看他们有什么零碎需要,缺几号的钉子啦,或者一桶白乳胶什么的,他代替主人给他们买回来。四间居室中有一间无须装修,那是画家的资料库,里边有很多画家收藏的画册,贾贵庚就住这个房间。他很兴奋,因为他立即从诸多画册里发现了一本《霍克尼论摄影》。自此,他便常常手拿这本《霍克尼论摄影》和装修工人聊天。即便不能时时拿在手中,他也要将它摆在众人看得见的地方。他把书往木工案子上一拍,也不管这举动是不是正妨碍着工人的劳作,就追问他们知道不知道这个外国人。工人们自然是不知道,而且也不打算知道。在电锯声、斧凿声和水泥、墙砖混杂在一起的这种室内工地上,贾贵庚的这种做派显得无力而又可笑,只有一种说法能够解释他这行为:他是想告诉他们,虽然目前我们同居一室,可我和你们是不一样的,我的精神是与这样的艺术为伍的,但是工人们却并没有因此就高看贾贵庚,特别当他要求和他们搭伙吃饭的时候。

对于贾贵庚的吃饭和生活费,画家有过明确交代,他让保姆把米、面、鸡蛋、食用油什么的给贾贵庚送来,另外每月付给他五百块钱,直到装修结束,算是画家对他在这儿"主持"工程的感谢。画家想得周到而实际,贾贵庚却涨红了脸觉得难以接受,他想这样一来自己算什么人呢?画家给了自己这么好的吃住条件,帮画家几个月的小忙还要什么生活费？他坚决不要。画家说，你是需要钱的，在城市里钱就显得更要紧。你画画，总要买颜料、画笔吧，你还吸烟。贾贵庚心虚着却豪迈着语气说：让我家里寄，我妹妹支持我。画家深明就里地笑笑，还是把钱给了贾贵庚。贾贵庚有了生活费，如果每天再用画家提供的米面做饭，就连伙食费也省了。但是前边说过，他是一个懒得动手的人，对钱也并不贪婪。他宁肯顿顿出去吃小馆，把钱都花在吃上。在他睡觉的房间里，米面口袋、篮子里的鸡蛋蒙着厚厚一层锯末和水泥相混杂的粉尘，他看也不看。倒是一个木工看了说，可惜了，这么好的粮食。贾贵庚说，那我就送给你们。工人们每天是要在这画室里烹饪三餐的，他们干活辛苦，装修中的房间又十分脏乱，可他们的烹饪却不马虎，营养、热量搭配得当，哪天烧鱼、哪天炖肉、谁负责采买、谁负责掌勺都有明确分工。贾贵庚奉献了粮食和鸡蛋，就理直气壮地入了工人的伙食。内心里他是有点羡慕他们的，他们是一些有手艺的人，做事一板一眼，明明白白。当他用自己那偏小的手，端起工人在工余时间烧好的饭菜时，或者他也有过瞬间的自惭形秽吧，目前他最不缺少的就是时间，却连给自己做一顿饭的决心都下不了。他的目标在哪里呢？他是来省城学习艺术的，可是他却成了一个闲待着专等着吃装修工人的蹭饭的人。他有很多机会临摹画家的作品，跟随画家去画模特儿，但不知为什么他从来也没有动过笔，仿佛总有一个更朦胧、更高远的目标打断着他的动笔，结果是那高远的目标便更加虚无缥缈起来。

3

后来，画室的改造工程结束了，画家又把贾贵庚介绍给一家出版社。因为读了《霍克尼论摄影》，贾贵庚声称自己对摄影情有独钟。他到了这家出版社,暂时算是画册编辑室的临时工。几年之间他就睡在办公室,他对睡觉的环境是很能将就的。他的待人厚道还使他交了几个朋友。他挣的钱是有限的,却动不动就请人吃饭,时间久了,一些朋友的朋友从外地来省城,也找贾贵庚借宿,和他挤在一间办公室。有时候他随编辑出差,有时候他也被派出去做些无关紧要的零活儿。某县为扩大知名度,要印一本宣传本县的图文并茂的旅游手册,出版社承揽了这活儿,贾贵庚负责去拍图片,穿上摄影记者常穿的那种胸前背后缝着无数个口袋的大背心。他的任务是拍摄几个景点和几款当地土特产,一种宫廷肘子啦,一种百年烧鸡啦……就为拍摄这一盘肘子几只烧鸡,贾贵庚白吃白住在那个某县的旅游局,竟拍了两个多月。对方一催,他就说慢工出细活儿。很久以后,贾贵庚回想自己多年来的生活,一定会格外仔细地品味这两个多月:他在局招待所住着单间,一日三餐有旅游局的人陪着,被尊称为贾记者。他从来没有体验过这样的日子,他的艺术狂想不断在这奢侈的单间里爆发,他那丝毫不逊色于艺术狂想的惰性也更强烈地在这奢侈的单间里蔓延。他经常昏睡不起,早饭要到上午10点才吃。他很想有人分享他这自由而又体面的日子,他开通了房间的长途电话,和北京的小美作了联系。小美还在一个周末,乘高速公路大巴到那个某县看望了一次贾贵庚。

这时的小美已经结婚,她在北京的几年,一直帮表姐经营一间美术用品商店。在这间商店里,小美认识了许多绘画所用的材料,她熟知各种油画画布的底料,她还知道,画家买回阿拉伯树胶自己熬制底料,那是上世纪中期的事情了。现在的画布底料都是现成的,也还有更多的画布,出售时就是涂以底料制作好了的。她有点不忍把这些告诉贾贵庚,她也没有因此就不再看重贾贵庚:她珍视的当然也不再是阿拉伯树胶,她珍视的是当年他们对文明和浪漫那种纯真的向往。又因为现实的小美是现实的,当年坐在家乡黑石头山上那份带点傻气的浪漫就更像是她的一个久远的收藏了。北京的这间美术用品商店没有让小美忘乎所以地认为自己已经浸润在艺术之中，相反她在这里发现了自己和艺术遥远的距离。她客观地想，从前她其实是有些不知天高地厚的。她自尊而又明智地接受了隔壁画框商店那个制作画框的青年的追求，两人结婚后小美离开表姐，靠了那青年的技术和维持住的老顾客，他们自己开了间画框店，直接从韩国进料，价位却低于同类店，信誉也好。他们的日子并不富裕，却是平和。

平和的小美和贾贵庚一直通着信息，她以为他真的调到了省级出版社，她以为他的才华和趣味终于被省城所接受。她像个可靠的老朋友那样接受了贾贵庚的邀请，她对他一直存有一种秘密的感激之情：多年以前在黑石头山上她向他告别的时候，如果不是贾贵庚的正派，借着当时的冲动，她差点就"一失足成千古恨"了。有了些人生经验的小美知道，这样正派的男人已经不多了，她顺利到达那个某县，受到贾贵庚的诚挚欢迎。招待所的单间，贾贵庚身上的大背心，摊在桌面的相机、胶卷、反转片等等，都说明着贾贵庚的现状是不错的。吃中饭时，他还闪烁其词地告诉小美，他本来是被调去画院做专业画家的，但听说那里的画家每年都要配合任务突击作品，妇女节、儿童节、劳动节、国庆节……都要拿画献礼，他便很厌烦，这不符合他的艺术追求。他高声对小美说着，大口吸着烟，一边噗噗地吐着鸡骨头——这县的被他拍摄过的著名烧鸡的骨头。饭后回到房间，小美要求看看他拍的反转片，他把小美引向窗户，让小美就着阳光看胶片。小美看见了好多张烧鸡和肘子。在观察了小美略感失望的神情后，贾贵庚解释说烧鸡和肘子不过是捎带脚的事，对这里的风景他有很多出其不意的构想，只是真的拍摄还需要时间。是的，时间，这是贾贵庚最乐意强调的一个词。

时间不早了，小美该走了，临别前她送给贾贵庚一只休闲手表,阿迪达斯的。她说这表算不上太高级,但适合在户外,也更适合贾贵庚的此时此刻吧。她要贾贵庚伸出胳膊,她亲自把表戴在他的手腕上,她还说卖美术用品那时候,看着来来往往那些买东西的画界的人,有时候她会幻想贾贵庚推门进来,指挥着她买这买那,她会帮他挑选,还会给他批发价。她还知心地说,画框生意的水分是很大的,如果他有作品要配画框,她和丈夫两人会一块儿替他参谋……小美的话几乎让贾贵庚掉下泪来。当小美坐最后一班长途大巴离开之后,贾贵庚好一阵地陷入了真实的自我谴责之中。贾贵庚并不缺乏反省自我的能力,他想他是在什么时刻染上了这样的虚荣心呢?在小美面前难道他不是像个骗子吗?可是他又有什么恶劣的目的呢?他骗她,只是不愿意让她对他失望罢了。建立在这层意义上的欺骗,又何尝不是一种善意啊!在长时间自我谴责和自我辩解的混乱思维中,贾贵庚又昏睡了过去。第二天,他仍在上午10点以后才吃早饭。

  后来,那个县的旅游局大概实在受不了贾贵庚这个"慢工",气愤地向出版社作了反映,出版社召回了贾贵庚,并且,他们终于把辞退他的事情提了出来。出版社也在改革,受过良好教育且有实际工作经验的年轻人多的是,没有人愿意聘用一个效率如此之低、手如此之懒的人,尽管他是被有名的画家所介绍。贾贵庚好像不能在省城待下去了,也许他应该回到他自己的县,自己县里的那个旅游局了。但是小小的县旅游局也在改革,通过竞争上岗,美工的位置已有他人。局里为此早就开过会,按政策,贾贵庚实在算是一个自动离职的人了,而这时,贾贵庚的妹妹——那曾经在经济上接济过他的妹妹,因为自己的孩子要上私立中学,也就不再接济贾贵庚了。贾贵庚去找画家拿主意,画家看着无地自容的贾贵庚说,他最稳妥的去处可能还是回到县里。

4

贾贵庚坐在久成饭馆的包间里喝酒,这是他回到县里的第二天。五年多来,久成的饭馆生意一直不错,新近还把一层楼接成了两层。听说贾贵庚从省里回来了,久成特意请贾贵庚吃饭。这其中有一点炫耀的成分,更多的还是对老熟人的旧情谊。一座县城就这么小,多年不见,就是仇人,也自会生出几分小地方独有的亲热劲儿呢。久成固然有着被贾贵庚称之为堕落的聪明,可他待人却并不刻薄。贾贵庚本来觉得自己无颜吃请的,他现在真正是四边不靠,什么也不是啊。而且连从前那间旅游局的单身宿舍也没保住,他只能先在妹妹家暂时借住;但是,如若他拒绝久成,会不会让对方生疑呢,好像他不是荣归故里,他没有什么新鲜货色来向这座县城炫耀。那么,他还是应该来久成这里吃饭。

贾贵庚戴上小美赠送的阿迪达斯表,穿上出版社辞退他时赠送的摄影大背心,走进饭馆的包间,刚一落座就说,现在我一看见满桌子的菜就头疼,在省里是天天吃天天吃,一万块钱一桌的席我都吃得不再吃了。久成你这儿有清淡点儿的没有?久成观察着贾贵庚的气势,忙说有啊,凉拌生茼蒿,我给你上一盘。凉拌生茼蒿上来了,久成又叫来两个女服务员专门伺候贾贵庚。久已不近女色的贾贵庚便怀着茫然的兴奋与她们高谈阔论。他觉得他还是要从艺术切入话题,这方面是他的强项。他说你们知道什么叫油画吗?知道油画是画在什么上面吗?知道画油画的布上得涂一层胶吗?知道那胶叫做什么胶吗?

女服务员只是哧哧地笑。客人里,干部、商人她们都熟,就是没见过贾贵庚这样的人。她们听不懂他的话,对他那些话也不感兴趣。画布上涂胶和她们有什么关系?至于那胶叫什么名称,难道她们会费心思去猜吗？除非吃饱了撑的。见女服务员不搭腔，贾贵庚终于按捺不住地喊了阿拉伯树胶，"阿拉伯树胶"啊——就像许多年前他对小美和久成的告诉。只是，由于眼前的两位女听众是如此漠然，贾贵庚这一声"阿拉伯树胶"，这一声本是文明的告诉就显得孤独而又落伍。如若这时贾贵庚换一种说法，比方他拿起饭桌上随意扔着的口香糖，对她们说：你们知道口香糖的主要成分是什么吗？是阿拉伯树胶啊！如若这样，也许他还会引起这两个女孩子的注意——口香糖谁没嚼过呀！不错，在中国，嚼口香糖的人已经为数不少，但知道口香糖的主要成分是阿拉伯树胶的人，肯定为数不多。遗憾的是贾贵庚对阿拉伯树胶的知道仅限于油画画布的底料，所以他的存在仍然不能吸引两个县城饭馆的服务员。他有些不甘，又追问女服务员是不是知道阿拉伯国家。地球上的热点呀，伊拉克你们总该知道吧……伊拉克，女服务员倒是知道，正和美国打仗，电视每天都在播，再不知道也知道了。但是这一切和贾贵庚有什么关系呢？他既不是刚从巴格达回来，又不是真正关心这场战争。他关心的是……是啊，他到底关心什么呢？这心里的疑问突然出现，可说是吓了他一跳。但他似乎还不具备承担这疑问的真正勇气，于是他话锋一转，大谈所谓在省里他画过不知多少女模特儿，大多是裸体，贵得很，按小时收费的。这话题倒是引起了女服务员的兴趣，一直出来进去兼顾其他客人的久成也坐了下来，重新打量起眼前的贾贵庚，仿佛在说，就你，当真捋得起她们？就为了久成的眼光吧，贾贵庚突然捋起袖子，向众人亮出了腕上那只阿迪达斯休闲表说，看见这表了吗，一个模特儿送的。白让我画，还送我表。这说明什么？说明层次的不同。人家看重的是艺术，是从事艺术的画家本身！说着摘下手表往桌上一拍道：不过我还真戴不惯这表，表带这种新材料我受不了，受不了啊，皮肤过敏。然后他又拍了一下那躺在桌上的表，仿佛那是他的一个负担,为了成全模特儿情义而不得不承担的一个负担。面对如此确凿的一块手表,久成还有什么可说的?没有。包间里的诸位立刻对贾贵庚深信不疑。这真是一座县城的浅薄,却也真是它的可爱。久成更加殷勤地劝酒劝菜,特别把凉拌生茼蒿往贾贵庚眼前推。贾贵庚夹了一大口茼蒿嚼着,这时他暗想,他更加需要的也许应该是肉类,自从离开那个拍摄烧鸡的某县后,他的伙食是十分凑合的。可是他却不能在久成这样庸俗的人面前流露他的欲望和他的营养不良。他大口嚼着茼蒿,这时只见门外进来一个服务员对久成说县长来了,进了隔壁包间。久成立刻站起来快步奔了出去,两个女服务员也跟着走了。

这里就剩下贾贵庚一个人了,他手中的筷子可以直奔桌上的肉类而去。可是,本该能够从容吃喝的他,却放下筷子侧耳细听起来,因为隔壁的事让他忽然意识到县长对于一座县城的意义。他侧耳细听着,隔壁响起隐约的寒暄声,久成的声音很突出,和县长挺熟的样子。贾贵庚想到了自己。县旅游局已经把他除名,可他突然发现他实在是需要一个单位的,哪怕局长天天派他去山上数石头。在这时他还无比清晰地想起,当年那供游人登踩的几百磴青石台阶凝聚着他多少汗水啊,为此他是受到过局里表扬的。那么现在,谁能帮他重新回到旅游局呢,无疑是县长这样的人。是的,县长。从前他不把他们放在眼里,如今,如今他倾听片刻又思忖片刻,忽又气馁下来。他自己跟自己怄气似的仍然打算不把他们放在眼里,于是他立刻觉得他这种侧耳细听本身就是一种不高级的行为。他吞了一大口久成的白酒,猛嚼几大口久成的酱牛肉,心里诅咒着久成这种人的庸俗和卑贱,痛下着东山再起的决心——仿佛他曾经有过高耸的"东山"。借着酒的兴奋,他给自己设计了数种奋斗方案,并打算立即行动。如果不是等着和久成告个别,他以为他早就拔脚跑出了这个包间。

以为毕竟是以为。到底,贾贵庚没有跑出去,他醉倒在酒桌上,直到第二天上午十点。我们已经知道,上午十点醒来,这是多年来贾贵庚惟一实施着并坚持住的最有把握的事情了。只是今天的贾贵庚不想睁眼,他知道自己正躺在包间的沙发上,他知道他醉得并不厉害,他知道他不能老是躺在别人的饭馆里,他知道他实在应该把眼睛开了。

　　可是他睁开眼又能到哪里去呢?

　　那么,把眼睁开还是继续装睡,这对贾贵庚来说的确是个问题了。

2003 年

大妮子和她的大披肩

大妮子牵马出了村。在山前,她看见一条俄罗斯大披肩。她想,那是什么?红花绿叶的半截炕大,四边还缀着一拃长的穗。大妮子上前摸摸,那东西柔软、滑腻。

披肩后头有人说:"哎,不买别光摸,看你那手。"是卖披肩的。

大妮子看看自己的手,手是不怎么干净,整天给马添草添料,拉缰绳坠镫的。她再看看卖披肩的手,也不算白嫩,可染着红指甲,便想,你要不染红指甲,和我的手也差不多。

"准知道我不买?"大妮子专盯着那些红指甲说。

"买,买,知道那是个什么?连我都当新鲜儿看,进货还不到一天一夜二十四小时呢。"卖披肩的说。

大妮子不说话了,也不摸了。她甩开红指甲,又盯住披肩上的花使劲看:不像牡丹,不像芍药,不像菊花,不像月季,纯粹是些个洋式花。不是中国花,就不是中国货。这大披肩跟前摆的洋货可不少:化妆盒,连裤袜,运动鞋,还有饮料和口红。卖披肩的冲着半天空(也是冲着大妮子)吆喝起来:"买吧买吧,不怕不识货,就怕货比货。进口的,出口的,'美地因柴那''恰盆尼斯',还有这玩意儿,新到的俄罗斯大披肩,俄国人说'巴鲁斯基'。不懂吧,俄国先前叫苏联,有一个叫叶利钦的生是给改了名。叫什么?现时叫'巴鲁斯基'。"卖披肩的喊着喊着揪住披肩往下一拽,往肩上一披,专冲着大妮子扭起腰身转了几转,四周的穗子忽闪忽闪上下翻飞,果真更显可爱。大妮子眼花缭乱一阵,真正动了心思,就问:"多少钱?"

"四十五。"卖披肩的说。

"太贵。"

"想买给个价。"卖披肩的说。

大妮子不说话,手在口袋里一阵摸索。有钱,就一张五块的。昨天的钱她交了柜("柜"就是她爹),就剩下这一张压底儿。大妮子是个策马载客的。

"给个价呀。"卖披肩的看大妮子直出神,便催她。

"给……"大妮子想说五块,又觉太寒碜,就反问一句说,"少了多少钱不卖吧?"

"二十五,最低限度。给你来个亏本儿大甩卖。"

二十五,可不算贵。大妮子思想一阵,又上前摸摸披肩说:"给我留着吧,后半天我再来买,可不兴卖出去。"

"专门留给你,别人想买也不卖。整天过来过去的,低头不见抬头见。"

"说定了?"

"说定了。"

大妮子和卖披肩的搭着话,她的马早在她身后着了急,直拿蹄子锛地,像催她上路。大妮子回头一望,原来火车上的人早就拥下来,正往沙滩里走,一群一伙,五颜六色的。越是到这深山老峪来的人,打扮越入时,都是旅游的。

大妮子常想,有什么游头,石头瓦块的地方。一条百十里的狼沟,一开发一改名就变成了旅游点,叫胜地。开发开发,无非是改改名呗。县旅游局局长专会给深山野岭起名,狼沟现在就叫"仙人探花峪"。什么仙人探花,都是些千奇百怪的大石头。石头,石头怎么啦,对城里人也是稀奇。天下万物,有卖的就有买的,连石头缝里的蝎子一经开发,也有人当山珍海味吃。牛、羊、骡、马也成了加倍的宝贝。

大妮子轰起马追赶过来,一眼就看见一个披大披肩的女子。她想,这披肩还真有人披。那女子上身大披肩,下身健美裤,健美裤配上大披肩,越发健美。从下往上看,小腿大腿紧箍着,大腿以上紧包着。再往上看,整个人像个大伞棚,很是不一般。大妮子刚想上前搭话,一个穿老板鞋、绅士裤、梳着油头的青年一把就将那女子拽进了怀里,把大妮子讪了个好看的。大妮子一阵羞惭,又有点委屈,赶紧调转马头回走。她知道,每天只有一趟火车停站,每天载客也只有这一次机会。眼下只有截住谁算谁。她左截右截截住个胖人。

胖人五十岁年纪,红脸,谢顶,肚子挺出去老远,只身一人,走得很慌忙。

"骑马吧。"大妮子说,"到'仙人探花'也是五六里地呢。"

"不骑,走走路。"胖人在鹅卵石上一跳一跳地说。

大妮子想,这肉大身沉的,还净装出些轻便。

"别走啊,五六里地石头子儿路,可不般走平地,你这岁数也不般年轻人。"大妮子把马一横,横在胖人面前。

"别挡道呀。"胖人说。

"不是挡道,是欢迎。咱们洽谈洽谈。"

"新词还不少,我不是生意人。"

"那,咱们对对话。"

"我不是领导,当领导的才给群众对话呢。"

"不对话也行,我迎接迎接你,接待接待你,要不服侍服侍你,还不行吗?"

"看你,越说越来劲儿。可不要这么说,服侍可不敢当。"

"怎么说才合适,你才……"

73

"我才能上马,对吗?"

"也对。我总不能眼巴巴地看着你走五六里石头路吧。你看我这伊犁马也光围着你转圈儿,也是挽留。"

"行,骑一回。"胖人一跺脚。

"我知道你早晚得骑。"

胖人一说骑,那马立刻站在了一块大石头跟前。大妮子扶扶鞍鞯,抻抻马镫,胖人踩着石头往上一滚,大妮子在后就势一搊,好不容易把胖人搊上了马。

马在前头一溜小跑,大妮子在马后也一溜小跑。胖人在马上揪紧马鬃,好一阵翻滚才安定下来。

"哎,小姑娘。"胖人说,"刚才光顾骑马,还没讲价钱呢。"

"好说。"大妮子说,"看着给。"

"不行,咱得说定了。"

"怕我乱要价是不是?"

"不瞒你说,还真有点犯嘀咕。"

"用不着嘀咕,给二十。"大妮子摸摸口袋,心想二十加五块,正好等于二十五,一条披肩钱。

"多少?"胖人费劲拔力地向后扭身子。

"二十。"

"不对,都是十块,刚才我听别人讲过价。"

"有十块的,有二十的。"

"怎么个区别法儿?"

"看人。"

"看人?"

"对,看胖瘦。"

"谁给规定的?"

"个人。"

"那……我下来。"

"下来,行,给十块。"

"为什么?"

"都一半路啦。"

"开始没讲好。"

"上马讲也不能算晚,莫非你真还能下来,跟一个小姑娘家……"

跟一个小姑娘家讨价还价,大老爷们儿十有八九抹不开。骑吧,谁让我上了马呢,此事显然不能和上贼船作比较。"二十就二十吧,胜利属于你。"胖人说。

"看你就不是个小店儿,光明就在你前头。"大妮子说。

大妮子的马小跑一阵,便通人性似的放慢了步子,信马由缰起来。它知道大妮子正在后头大汗淋漓。

他们一起走过乱石滩,一起走过漫水桥,桥下有条河,初秋的太阳把河水照得很耀眼。河滩地上有一片萝卜,有红有白。大妮子弯腰捡个白的拔下,在河水里洗洗,举给胖人说:"吃萝卜吧,自家的。"

胖人接过萝卜,又在衣服上蹭蹭,咬口尝尝觉得很解渴,却说:"刚才你说你的马叫什么马?"

"伊犁马。"大妮子说。

"伊犁在哪儿?"胖人问。

"在伊犁。"大妮子答。

"伊犁马有什么好的?"

"强。"

"还真会答话。"胖人说,"可你这马不是伊犁马。"

"你怎么知道?"大妮子有些不快。

"我喂过马。"

"在哪儿?"

"就在伊犁。"

"伊犁在哪儿？"

"不是在伊犁吗？"

大妮子和胖人都大笑起来，笑声在山谷里泛起回音。

"我不信。"大妮子说，"你不是个喂马的。旅游鞋，鸭舌帽，花毛衣，还有眼镜。"

"我说的是从前。"

"倒卖马呀？"

"从前可不兴倒卖马。是劳动，喂马，给马治病，什么都干。"

"现在哪？"

"北京八中。"

"敢情是个教书的，不能算富。"

"那你还要我二十。"

"二十谁拿不起，又是来旅游的。哎，可不兴反悔。"

"放心吧，不反悔。"

他们走上一条羊肠小道，大妮子信手撅根柳子轰轰马又说："你那么懂马，你给说说伊犁马什么样？"

"四蹄踏雪，额有白星。"胖人说。

"我这匹是什么马？"

"你这，张北马。咱华北这一带张北马最多，是蒙古马和高血马的杂交，跑不起来。"

大妮子本知道她的马不是什么伊犁马，这马还真是她爹从张北买来的。伊犁马，那是她对胖人那么信口一说，就像摆摊的举着国货喊"恰盆尼斯"一样。可现在她就愿意她的马是伊犁马——骑马的胖，马又好，二十块钱就更心安理得。

大妮子想着想着，猛轰她的马，马四蹄如飞猛跑过来，胖人却稳坐马鞍纹丝不动。大妮子想，果然是个养过马的人。她追上前去,勒住缰绳大口喘着气说:"骑得就是非同一般。前边也到了,你看看前边是什么。"

胖人抬头一看,眼前正是仙人探花峪。原来这是一条正开着海棠花的大峡谷,四壁悬崖上怪石林立。胖人想,什么仙人探花,倒更像是鬼怪聚会。

"到了。"大妮子又说。

"谢谢,再见。"胖人下了马,转身就走。

"钱呢?谢谢可不当吃不当喝。"大妮子上前一步。

"我白给你讲伊犁呀?"胖人笑笑。

"你白吃我的萝卜呀?"大妮子也笑笑。

大妮子翻身上马,调转马头往回跑,马蹄惊起伏在路边的蝴蝶、蚂蚱。跑一阵,大妮子便伸手摸摸口袋,口袋里已是二十五块钱。一想起俄罗斯大披肩,她就忍不住朝马猛加几鞭,她觉得她的胯下就是一匹不折不扣的伊犁马。转眼那大披肩就出现在她的眼前。大妮子下了马,就要上前去拽那披肩了,却突然迟疑起来。她倚住马头又开始出神。

卖披肩的说:"来呀,来拿你的披肩呀!"大妮子站着不动。

卖披肩的说:"没拉上客吧?赊给你。整天过来过去的,抬头不见低头见。"大妮子还是站着不动。

卖披肩的拽下披肩往大妮子跟前走,大妮子闪开披肩跳上马,离弦箭似的跑了起来。现在,只有大妮子知道大妮子的心事:她真要围上大披肩,仿佛立刻就要往一个男人怀里扑一样,那男人老板鞋,绅士裤,梳着油头。

大妮子想,我得留着点儿我自己。

1992 年

小郑在大楼里

小郑到政府大楼那年是十七岁。他头发蓬乱,衣着寒碜,但眼睛明亮,身体发育也匀称。这可能与他在老家上中学时爱打球有关,那时小郑打篮球也打乒乓球。

这座大楼是县政府大楼,小郑是大楼里的公务员。其实说勤务员更准确。小郑在大楼里的工作是擦洗楼道、楼梯、男女厕所,为各办公室、会议室打开水,并侧重"伺候"单身县长(本县人语)。根据中国自古就有的为官回避原则,这县的正职县长也来自外地,在这大楼里的二层住单身,仅有个带套间的房子,办公兼宿舍。清净时县长在政府食堂吃饭,忙时(迎来送往)县长的饭就在县招待所吃。小郑的主要精力看似花在了楼梯楼道,但伺候县长也从不怠慢。就为了小郑能接近县长,小郑的工作便受人羡慕。

伺候县长看似差事低微,然而很有些科局乃至县级官员的公子、亲戚乐意屈尊一试。谁都明白这最初的伺候别人正是为了将来不久的被别人伺候。从历史上看,在这县大楼里做过公务员的人,后来都以超于常人的速度得到了提拔:机要员、打字员、秘书、交警自是常事,科局级的领导、招待所所长乃至政府办主任也不是没出过。我们这个民族讲究人情,有些上级总是下意识地把下级视作自己的晚辈——至少也是兄弟。受着伺候,又都觉出这伺候的不能白受。因此在他们或升迁、或离任时均不忘把伺候过自己的人做些安排。小郑的前任小刘,新近就由临时工转正并安排为政府保密室的机要员,尽管小刘的不敬业作风给人留下了话把儿。人们说小刘那"卑下"的工作只卑下给了县长一人,他眼一份,嘴一份,手一份的,智商不高,可弄得县长挺高兴。背了县长,他专支使秘书们和一些副主任们打开水,支使传达室老冯擦洗楼道和男女厕所。那些拎着暖壶跑上跑下的人们心里说:什么东西,他老子要是个种地的,他也敢!可小刘的老子不是种地的,是这县退下来的一位副县长。

小刘敢做的事真不少,他敢支使国家干部擦地打水,他还敢结婚——以非法的十九岁年龄。现在刚满二十岁的机要员小刘已经抱上了儿子,他相信这一切刚是他前程的开始。

被小刘伺候过的县长走了,这县又来了新县长。在选择公务员的问题上新县长看出弊端,他忽发奇想似的说,过去的办法得改变,这么搞下去有点像近亲结婚。就是种地,也还讲究个倒茬呢。他提议,公务员要通过县劳动服务公司公开招聘,于是山里的孩子小郑才有了进政府大楼的机会。

小郑的家在离县城百里开外的深山区,母亲早逝,他和爷爷一起住。爷爷是个擀羊毛毡的手艺人,黑毡、白毡、灰毡,方圆几十里的人都睡他爷爷擀的毡。祖孙二人的生活不能说富裕,但是和顺。可小郑一天天长大了,在县席梦思厂烧锅炉的父亲希望他能来城里发展,就花些钱在劳动服务公司给他报了名。

为了小郑的进城,爷爷专给他擀了一张厚墩墩的白毡。小郑背着白羊毛毡下山进城,没出一个星期就被选中,这使得小郑父子总觉得是白日做梦。事后小郑告诉父亲,他之所以"击败"其余几个对手,是沾了会打乒乓球的光。面试时,主考人政府办公室主任问及应试者都有什么业余爱好,小郑不假思索地说,篮球、乒乓球他都会打。主任立刻拍了板:"就是你了。"原来这主任早就摸清了新县长有打乒乓球的爱好。

在小郑十七岁的脑袋里,对政府这个词很陌生。当他被办公室主任领着走进政府大门,绕过大院正中那个圆形大花池,进入政府大楼时,便被这楼的宽大、明亮、暖和所震动,他情不自禁地感叹着:"这厂子真大呀!"他的感叹让在场的人(秘书、科员们等)都大笑不止。他们笑着,或许于这些笑中还觉出一种知根知底的轻松:眼前这浑浑噩噩的半大小子,到底让他们有了一个可以大笑的机会。在以往,他们本是这楼里地位偏低的人。小郑不觉得好笑,他以为城里就是和厂子联在一起的,城里就是厂子,厂子就是城里。因为父亲连着城里和厂子,所以他的耳朵很早就和"厂子"打交道了。"机关"、"单位"这样的词于他却是陌生的,他甚至说不出"楼"这个字。当他面对一座属于城里的建筑想发议论时,"厂子"便是最自然不过的一个词了。小郑不喜欢旁人的大笑,虽说他出自深山没见过世面,可他的趣味不低且聪慧敏感。他不喜欢被人嘲弄,他也从不嘲弄别人。眼下他只忍住不快专心致志去听主任给他交代工作。

小郑对工作领会得快,干得也出色。起初他不会使用墩布,也不知道怎样对付男女厕所。传达室老冯帮了他。老冯给小郑讲墩布的运用,还给小郑讲这楼里必要的规矩。比如进领导房间之前敲门,上级说话不能乱插嘴,县长和人谈话时须躲开等。小郑在老冯的指教下很快熟悉了这楼里的一切,他的安稳和勤快赢得了上下一致的赞扬。他感激老冯,有一天他突然对老冯说:你像我的爷爷。老冯红了脸,说,可是,我才三十九岁呀。小郑知道自己说话打了锅,但他心里,实在是把老冯当爷爷看的。后来他才听人说,老冯在这儿当传达至少也有二十年了,来时就有三十多岁,到如今,是政府里一个永远三十九岁的老单身。小郑望着老冯那精干的身板和皱纹纵横的脸,工作之余就更愿意到老冯的传达室坐一会儿。两个人无话时,老冯就领小郑到传达室后边的小花园里走一圈。花园里有两棵笔直、粗壮的泡桐树,是老冯种的。泡桐这东西皮实,你不用太搭理它,三五年就成了气候。老冯说。

除了和老冯的交往,小郑闲时也偶尔去食堂坐坐。刚来政府时,小郑食量大得惊人,一顿饭吃六个馒头,为此他又一次成为秘书们的笑料。有一次在小郑吃了六个馒头之后,办公室的吕秘书和几个人撺掇小郑说,假若能再吃六个馒头,以后小郑的馒头就由他们包了。于是小郑赌气似的立刻又吃了六个——倒不是为了以后的白吃,算是小郑的一时冲动。再说,在山里时,十二个馒头他本是吃过的。哪知小郑在吃了十二个馒头之后就动不了了,在食堂一条长板凳上躺了一下午。傍晚炊事员给他沏了一碗酸辣汤,小郑喝下才消了食。自此小郑的饭量突然下降,平时的六个馒头减成了三个。他不明白是十二个馒头伤了他,还是城里的空气不如乡村的空气新鲜。乡村的空气诱发人的食欲,而在城里,需要用心的地方很多,肠胃的需要便日益地后退了。这一时期,小郑接近了炊事员,炊事员就一遍遍地对小郑发牢骚,不是说他一年年给这大楼里的人蒸馒头实在委屈,就是把自己跟吕秘书比,说自己比个秘书差不到哪儿去。小郑虽然也不喜欢吕秘书,可他却不太愿意听炊事员如此絮烦。如此车轱辘转的牢骚话本该是老年人说的,小郑以为。可炊事员才不过二十五六岁。

小郑饭量下降了,工作量却一直不下降。除了白天一系列差事,晚饭后他还要陪县长打乒乓球,之后就是"盯"领导们的各种会议了。这些会议常常延续到深夜,有时停了电,就点上蜡烛接着开。蜡烛就存放在小郑宿舍里,逢这时小郑就是那个走进会议室点蜡烛的人。点上蜡烛他还要回到宿舍继续等待,待会议散了他将会议室打扫干净了,打开窗子把室内的空气也换过了,这才能睡下。他觉得这样的会议室才能迎接明天的一个新会。不过,小郑因熬夜,工作也偶有闪失。有一次会议已经开过了夜里十二点,小郑趴在桌上睡着了,于梦中听见有人喊他。睁开眼,眼前一片漆黑,便知停了电。他迷迷糊糊打起手电拿着火柴蜡烛就进了会议室。他擦着火柴却不点蜡,只往自己手中那个射出光芒的手电筒上点,弄得一屋子人全笑了。这一笑,才彻底笑醒了小郑。第二天小郑到传达室去,老冯说,养兵千日用兵一时,有钢使在刃上。昨晚的事就是个刃上的事,哪有拿火柴点手电筒的。这事该找县长去认错。小郑认为老冯说得对,去向县长认错儿。县长说,其实我们也挺困,你拿火柴往手电筒上那么一点,把我们也给点精神了!来吧,带上球拍咱俩活动活动去!小郑心里暖乎乎的,他想县长是个多会说话的人啊!

转眼一年过去了,小郑又长了一岁。他身体愈加强健挺拔,嗓音也愈加浑厚,穿扮也不同以前,且很在意对头发的梳理。人们都说小郑变了。一切是因为什么呢?是像俗话说的么:爱情悄悄来到了小郑的心里。

提起小郑的爱情,就要讲到一个名叫杜康的青年。杜康是北京一个研究所到基层来锻炼的硕士生,被分配在这县的统战部,就住在小郑的隔壁。自此,小郑每天早晨打开水时,便也为杜康打上一壶。这使杜康很不好意思,作为回报,杜康就问小郑喜不喜欢看书,说他从北京带了些书来,小郑如果愿意,随时可以向他借。小郑说他不怎么看书,不过他愿意接受杜康的推荐。杜康随手捡了几本文学期刊给小郑。哪知小郑第二天便将杂志还给了杜康,他说他看不下去,他问杜康还有别的没有。杜康信手又从书摞里拿出一本,看也不看地交给小郑,是卢梭的《忏悔录》。

不能说这是杜康有意难为小郑,也不能说这是杜康对小郑的特别推荐。只有一个事实不容置疑,便是杜康无意之间让小郑认识了法国人卢梭。整整一个星期,小郑的心绪被这个法国人给弄得起起伏伏很不平静,卢梭陪他度过了一个个"盯"会议的夜晚。当他找杜康还书时,他头发老长面容苍白犹如大病一场。杜康问他书好看吗?小郑说这书……太厉害,把我整得难受得不行。小郑神情局促,对卢梭的评价却很果断。他这种特别的表达使杜康吃惊,杜康吃惊的是因为他低看了这个乡下孩子吧。于是他继续借书给小郑,间或也同小郑谈一谈对某本书的看法,他发现小郑有着极好的理解力。有一天杜康特意向小郑表达了卢梭的不以为然,他说卢梭那所谓敢于暴露内心黑暗的"坦率"其实是一种变相的哗众取宠的一种做作。他看见小郑红着脸迷惑地望着他,他想那是因为他竟能轻而易举对小郑视为伟大人物的卢梭品头论足吧,他就在小郑的迷惑里发现了自己的价值。于是他继续向小郑介绍一些作家和他们的轶事,可小郑在这方面是个认死理的人,在小郑的心目中任谁也比不上卢梭伟大。吕秘书发现了小郑和杜康的接触,一次不客气地推门进来对小郑说,你不去工作在这儿干什么?杜康就说是我叫他来给我换灯泡的。吕秘书走了,小郑和杜康相视一笑。杜康给这里带来了文明和平等。小郑心说。

读书以及和杜康的接触开阔了小郑的眼和心,他不再听炊事员絮叨,连老冯的传达室也很少去了。有一天老冯告诉他说自己就要回老家娶媳妇了,女方是个贵州来的黄花闺女。消息传开来,大楼里的人要老冯买酒买糖。小郑不会喝酒,他吃着老冯的"酸三色"硬糖,心里闪过一个人的名字:秦红。

秦红是县政府办公室的打字员,人长得标致,却是吕秘书紧追的女性。这一点,小郑并不知道。小郑只知道自己心里有了秦红,秦红就像和卢梭一起走进了他的心中。白天他有事没事都要从打字室门口来回过几趟,他甚至把打字室门前那一小段走廊擦得格外明亮。他听说秦红喜欢玻璃海棠就在打字室窗台摆满玻璃海棠;逢晚上秦红加班,小郑便站在院子里的花池前,仰望二楼的灯光。他惟独不敢跟秦红说话,有一回他端着一盆水经过打字室,碰上秦红出来,还是秦红先招呼了一声"小郑",却把小郑吓了一跳,脸盆跌在地上,溅了秦红一身水。还有一回县政府礼堂开大会,他也参加了,就坐在秦红后边。这使他紧张得发抖,发抖得上牙直碰下牙。为了不让牙齿磕出声来,他偷偷咬住了一块小木片……

咬小木片事件之后,小郑再也无法沉默了。夜不能寐的小郑需要向人述说,他毫不犹豫地选择了杜康。杜康一边鼓励小郑要勇敢,一边"红娘"似的前往打字室替小郑向秦红请求约会。也不知杜康怎样向秦红叙述了小郑,相信他不会漏过小郑咬小木片这个情节。总之标致的秦红答应了和小郑会面,时间是在这天晚上八点三十分,地点就选在杜康的宿舍。为显郑重,杜康还特意把自己那件胳膊肘打着皮补丁的时髦西服上衣借给小郑。当小郑穿起这件透着外界文明的衣服时,杜康发现小郑其实是个英俊青年。

这晚一切都如期进行:八点三十分,秦红来了;一会儿,身着西服上衣的小郑随之也敲门进来。杜康推托去看电影,就离开了自己的宿舍。

谁也不知道小郑和秦红的谈话是怎样开始的,然后又谈到了什么,但他们的会面却持续了两小时二十分。从这个不算短的时间里,不难看出这初次会面的愉快。十点五十分,杜康的门开了,先出来的是秦红,她步子轻快地下了楼。后出来的是小郑,当小郑替杜康关好门,正要拐进自己的宿舍时,吕秘书从暗处出现了,紧跟吕秘书的是办公室几个科员以及司机和食堂炊事员。他们上前扭住了小郑。

这显然是个"捉奸"场面。

小郑的被捉在大楼里传开,人们说他心比天高,居然把自己弄成了个新闻人物。有人说这是一次诱骗,还穿着花子式的西服。

有人则故意去找吕秘书探听这"奸情"的细节。办公室主任要小郑写检查,县长找小郑谈了话。这次他很严肃地指出,正当的恋爱可以,可你们是在深更半夜被人给堵住的呀。小郑啊,检查可以不写,但是你在我身边,我有责任提醒你要注意影响。

县长的话使小郑几乎昏厥过去,他感到自己再也没有能力辩白。他摇着头点着头,脸上看不出是要哭还是要笑,他只觉得这楼开始旋转。

杜康不信传言,他相信小郑和秦红的清白,他来向小郑表示歉意。他说是他把小郑和秦红约会的事告诉吕秘书的,他不过是想让吕秘书他们也和他一块儿高兴,没想到事情急转直下变了性质。小郑并不看重杜康的道歉,心里只有一种深深的失望。他对杜康说,原先我以为你和吕秘书不一样。杜康说现在你以为我和吕秘书一样?小郑说我只知道咱们俩还是不平等。杜康说怎么不平等?小郑说你能把我的事随便对别人讲。

或许杜康真有和吕秘书一样的地方?吕秘书对小郑不好,是想用这不好来证实自己同小郑这类人物的大不一样;杜康对小郑好,是想用这"好"来证实自己同吕秘书这类人物的大不一样。他们关心的本不是小郑的幸福或者过失,他们真正看重的是自己所能产生的分量和影响。杜康不乏自我分析的能力,不过他也许不打算这样分析自己。

"捉奸"的风波未了,小郑又迎接了另一个打击:老家来人报信说,爷爷死了。这天晚上,小郑卷起床上的褥子,让铺在床板上的白羊毛毡露出来,他和衣躺在爷爷擀的白毡上流了一夜的泪。

第二天是个星期日,炊事员叫小郑去喝酒。小郑说不会,炊事员说喝喝不就会了?二人在伙房喝了一些47度衡水老白干,就着蒜汁咸驴肉。炊事员对小郑说其实我知道你不是那种人,借给你个胆你也不敢呀。可人家吕秘书叫捉你就得捉你,不捉就是惹了他。小郑看看炊事员,意思是那天也有你?炊事员叹了一口气,又开始发牢骚,说早他妈不想在这儿蒸馒头了,看哪天非托托吕秘书的门子离开这儿,要么去交通局运管站,钱多;要么去公安局,抓人的事儿,过瘾(这句话使小郑的心隐隐作疼)。可是一天天过去炊事员也没有离开的迹象,他便在饭食上撒气,馒头蒸得一天比一天小,二两的馒头蒸得像元宵。碱也使不匀,馒头不是黄就是绿。

小郑喝过炊事员的酒,也吃了炊事员的咸驴肉,他却再没有话要对炊事员讲。他在心里只把周围的人过了一过,吕秘书,炊事员,硕士生杜康,包括令他激动不已的卢梭……末了他还是想到了老冯。

经历了爱情的失败和亲人离世哀伤的小郑坐在老冯的传达室。老冯不问什么,小郑反倒愿意说说。说起那天晚上,和秦红光说书里的人了,没想到外面就有了埋伏。老冯说又是黑夜,黑夜就不般(比)白天。小郑沉默一会儿,说这几天我只觉得累,先前在乡下,一天赛两三场球,串着村打,也不觉累。老冯说,知道累了就是长大了。

在小郑最伤感的那些日子里,老冯有时和他到泡桐树下散步。他们常常不约而同地望望二楼打字室的窗子,窗子是黑的。自那天晚上以后,小郑再没见过秦红。小郑和老冯知道,通过吕秘书的活动,秦红就要去省城上中专了,虽说属于"代培"性质,但能拿到文凭。小郑望着黑窗户就止不住落泪,老冯就在这时说起了自己。他说你当我真娶着媳妇了?那个女人,贵州来的,只和我睡了一黑夜,拿了我三千块钱就跑了。个儿又矬,人又丑,右眼皮上还有个萝卜花。到如今,这大楼里的人还当新媳妇在我老家哩。我平白无故地掏钱请人喝酒吃糖,还得假装着挺美——人生在世,谁愿意寒碜自个儿。唉,老冯说,一黑夜,梦似的。这一世界的人我可对谁说去?你哭,可你又丢什么了?你什么也没丢啊,就算全世界的人都不明白你,你自个儿心里横竖是明白你。

　　小郑停住了哭泣,老冯这不为人知的苦处平抑了他的一腔冤屈。他觉得世上的人要想劝人,也得讲个以心换心;他觉得这一世界的人,又有谁比得上老冯更会劝人呢。现在他心里安定多了,就又反过来劝开了老冯,他对老冯说你有的是机会你还不老。老冯笑笑说,你刚来那会儿说我像你的爷爷,算说对了。我哪儿还有三十九岁,过了年就是五十七岁。我不是你的爷爷又是谁?

　　小郑怔怔地望着树影儿里的老冯,喉头一阵阵发紧发热,他知道要涌上来的已不再是眼泪,那是什么呢?他又一时讲不清。隔了一会儿他只告诉老冯:我不说,你也不用再说。

　　小郑和老冯散步的时间也是领导们开会的时间,如遇停电,小郑便扔下老冯,一溜小跑着上楼去点蜡。现在他用不着先回宿舍又取蜡烛又拿火柴,火柴他整日整夜揣在衣兜里;蜡呢,他把它们栽在空酒瓶口上,酒瓶就在会议室窗台一字排开。一旦需要,这些托举着明亮蜡烛的瓶子马上就被小郑分布在会议桌上了。点蜡程序的小小改进被县长看在眼里,他觉得小郑聪明了。与会者在烛光照耀下也都变得很精神,他们望着神情沉重、动作轻快的小郑,都觉得眼前这位年轻人是很有些阅历的。

1998 年

咳嗽天鹅

天越来越冷了。早上,刘富蜷在被窝里拿被头围住下巴,一边不愿意起床,一边又想着,今天无论如何得看准机会再给省城的动物园去个电话。天真是越来越冷了,院子里那只天鹅,说什么也要给动物园送去。

刘富在镇上给镇长开车。这镇是个山区穷镇,镇长的车是辆二手"奇瑞"。车到刘富手里时,已经跑了快三十万公里了,可刘富照样把它拾掇得挺干净。前一位司机在车门上拴了根聚乙烯绳子,绳子上搭着擦汗的毛巾。刘富看着很不顺眼:这可是轿车啊,轿车又不是工棚,哪有随便往轿车上拴绳子的!刘富一边在心里强调着"轿车",一边扯掉绳子,把毛巾扔到远处——他嫌那毛巾的气味不好。

刘富爱干净,像是天生的。小时候,他最怕阴天下雨。那时他站在屋门口,眼看着雨水和着院子里的鸡屎、猪粪、柴草、树叶,把院子下成个脏污的大泥坑。他不肯向这泥坑下脚,为此甚至不打算去上学。有一次他还气愤地大哭起来,让家人以为他突然受了什么惊吓。后来他长大了,离开他的村子去省城当兵,在部队学会开车,并被选中给省军区一个副政委当驾驶员。虽然刘富最终还是回到家乡的镇上,但他毕竟去外边开过眼界。他变得更爱干净,并且滋长着一点从前并不明显的小傲气。比如他经常对香改说:"就你,要不是为了让我妈高兴,打死我也不会娶了你。"

香改是刘富的老婆,人长得好看,却生性邋遢,手脚都懒。结婚之后,刘富从来没在自家的大衣柜里找到过要找的衣服。那衣柜永远是拥挤混乱的,要么是某只袜子挤住合页使柜门怎么也关不住;要么是一拉开柜门,里边的衣物犹如洪水猛兽奔涌而出,劈头盖脸倾泻在刘富身上。这很让刘富受不了,就为了这个,他和香改闹起离婚。女儿没出生时就闹,生了女儿还闹,最近三年又一直闹。香改终于抵抗不住刘富的坚决,好比刘富爱干净一样,香改爱邋遢,也像是天生改不了的。所以有一天她说:"离就离,缺了鸡蛋还不做槽子糕了!"意思是,没了你我也能活命——说不定活得更好。刘富说,话已出口可不能翻悔。香改说知道你还惦着人家副政委的闺女呢。刘富说,哼,司令的闺女都不在我的考虑之内!香改说这家真是盛不下你了!话没说完突然大声咳嗽起来,从此这咳嗽没有一天断过。香改的咳嗽咳得刘富脑仁儿疼,当他脑仁儿疼的时候他甚至看见了脑仁儿的样子,就跟核桃仁儿差不离吧——这附近的山里出产核桃。香改咳嗽着索性躺倒在床上什么也不干了,包括不再给刘富做早饭。

现在,刘富钻出被窝洗漱完毕,空着肚子来到院里,西屋响起香改的咳嗽声。一明两暗的三间房,刘富住东屋,香改和女儿住西屋。刘富朝东窗根儿望望,那儿有个半人高的临时小窝棚,是刘富给天鹅搭的。那只天鹅,刘富一睁开眼就想起的天鹅,在这时好似响应着香改的咳嗽一样,从窝棚里伸出雪白的长颈也"咳、咳、咳"地高声叫起来,又仿佛是同它的临时主人刘富打着招呼。每逢这时刘富就想:怨不得这天鹅名叫咳嗽天鹅呢,一叫还真像咳嗽一样,可真不怎么好听。

这只天鹅是镇长送给刘富的。两个月前刘富和镇长去了一趟邻省内蒙古的蓝旗看亲戚,临走时镇长的亲戚用个竹筐把天鹅装上,塞进"奇瑞"的后备厢对镇长说,每年秋天都有天鹅群经过他们村边的大洼飞往南方过冬。那天他去大洼里拾野鸭蛋,发现了芦苇丛里这只天鹅:耷拉着脖子,毛参着,一看就是只病鹅。亲戚说他知道天鹅是珍贵动物,就把它弄回家想先给它治治病。可它不吃不喝一个劲儿拉稀,村中兽医也不知怎么对付天鹅。有村人说,眼见着活不了几天了,等它死不如杀了吃肉。亲戚说他下不去手啊,正好你们来了,就给你们捎上,我也就眼不见心不烦了。

天鹅随镇长离开蓝旗,乘坐"奇瑞"奔跑八十公里来到镇长的镇上。刘富把车在镇长家门口停稳,下车打开后备厢,掏出装着天鹅的竹筐就往镇长院里走。镇长却用身子挡住院门说别别别,这天鹅就归你刘富了。刘富说这么贵重的东西我不能要。镇长说你看我忙成这样哪有工夫管天鹅呢。刘富说人家不是叫你杀了吃呀。镇长说,你听说过那句老话吧:癞蛤蟆想吃天鹅肉——妄想。咱们是俗人,不敢乱吃。我要是吃了它,不是找着当癞蛤蟆啊。

镇长把话讲到这个分上,那不由分说的口气,和他那位蓝旗的亲戚不相上下。刘富便不敢不接下这天鹅。他拉着天鹅往家走,心里有几分恼火。平白无故的,怎么就非得他来管这只天鹅呢。因为从小讲究干净,刘富连家里养的猪、羊、鸡、狗都不靠近,现在带只病鹅回家,可真不是像歌里唱的——出于爱心,无可奈何罢了。他打算过几天怎么也得把它给出去。

天鹅来到刘富的家,刘富的女儿表现出热烈欢迎。女儿正念初中,立刻上网查了天鹅的资料,对照着家中这只活生生的鹅,她得出结论,它的学名应该是大天鹅,也叫黄嘴天鹅、咳声天鹅,属鸟纲,鸭科。全身羽毛雪白,身体丰满,嘴基本是黄色,且延伸到鼻孔以下。嘴端和脚呈黑色,腿短,脚上有蹼。主要生活在多芦苇的湖泊、水库、池塘中。全球易危物种,国家二级保护动物。女儿把这些信息告诉刘富,刘富听得清楚明白,尤其记住了"咳声天鹅"四个字,只是把咳声天鹅听成了咳嗽天鹅,从此没改口。

　　天鹅来到刘富的家,虽然还是无精打采,不吃不喝的,却一时没有被刘富"给"出去,刘富虽然对它很不耐烦,但还是和女儿研究起怎么给它治病。网上显示的资料说天鹅容易患肠胃炎,刘富蹲在院子里观察天鹅,猜这天鹅说不定得的是肠胃炎。刘富自己就常闹这病,司机的生活不规律,大多都有这病。刘富大胆给鹅用药,氟哌酸加黄连素,只两天,这鹅竟然好了起来,也吃也喝了,那咳嗽一般的叫声也亮堂了。天鹅该吃什么也是女儿从网上查得,它爱吃水生植物的根、茎、叶和软体动物,昆虫、蚯蚓什么的。这使刘富想起镇长那位内蒙古蓝旗的亲戚,天鹅就是病在那儿的芦苇丛里。可惜刘富这山里小镇缺的是水,和水有关的植物、动物实在有限,蔬菜也卖得很贵。头两天女儿只喂了它剁碎的白菜帮子,觉得没营养,就又上网查。这次查到了省城的动物园,动物园里有个天鹅馆,天鹅馆里的天鹅吃油菜、白菜、胡萝卜、鸡蛋、蚯蚓,还有掺了维生素的玉米粉什么的。刘富对女儿感叹说,这比人吃得也不差呀,就说鸡蛋吧,你爸也不是天天吃呢。

　　刘富不是不爱吃鸡蛋,他对饮食的安排自有一套算计。给镇长当司机就免不了随镇长出去吃喝,地方越穷,吃喝风越盛。刘富在家粗茶淡饭,好吃的都留给女儿,再馋也硬扛着。攒足了劲,在外边吃喝时便不遗余力,每回都把自己撑个半死。香改和女儿都知道刘富的算计,香改的炊事本领本来不强,更乐得省心省力。特别当她明确同意离婚以后,常回娘家去住,干脆就不给他做饭。香改的娘家也在镇上,女儿放了学就去姥姥家吃饭。现在一只天鹅就得每天吃家里一个鸡蛋,刘富很心疼。可他又知道,女儿要什么是不管他心疼不心疼的。再说,这天鹅在家里养了些日子,还显出和刘富挺亲，每天早晨刘富一出屋门，它准在东窗根儿的窝棚里咳、咳、咳地大叫几声，问好似的。常常在这时，西屋的香改也会咳嗽起来，好似迫不及待和天鹅比着赛。刘富不为天鹅的"问候"所动，他只觉得自己倒霉，稀里糊涂家里就添了女人的咳嗽和咳嗽的天鹅。

转眼间，天鹅来到刘富的家已经两个多月。一天早晨，刘富在院子里迎接了天鹅的问候之后，就见它步履跟跄地从窝棚里钻出来，站也站不好，走又不敢走似的。刘富蹲在地上仔细观察，立刻发现了问题：这天鹅的脚蹼已经干裂。刘富的脚就在这时也突然不自在起来，脚趾缝之间像有利刃在切割，凉飕飕的刺痛。女儿放学回来，刘富催她赶快上网再查。原来天鹅只能旱养两三个月，离开水过久脚蹼就会皲裂。刘富这才用心想想"候鸟"这个词。天鹅是候鸟，刘富的小镇既寒冷又没水，能管天鹅一时，却管不了它的一世。

哪里能管它的一世呢？刘富问女儿。女儿想了想说：动物园。

省城动物园有个天鹅馆，专门养天鹅的。刘富见过网上的图片，天鹅在馆中的水池里嬉戏。女儿在网上查到了天鹅馆的电话，写下来交给刘富说，可以给他们打电话，就说我们有一只天鹅要送给他们。

刘富接过电话号码，心想这网啊真是个好东西，天下没它不知道的事。又觉得女儿也挺不简单，小小的人儿，已经能指挥老子了。

刘富没有在家里给动物园打电话，他也不用自己的手机联络这样的事——不划算。他到镇政府办公室用公家的电话和省城联系，有点偷偷摸摸，可也无伤大雅。刘富每次用公家电话时都在心里鼓舞着自己说，谁也不能说我这就是私事。从根儿上说，这天鹅的事本来是镇长的事。刘富一连打了很多天电话，终于有一次打通了省城动物园的天鹅馆,接电话的是位男同志。刘富问他贵姓,对方说免贵姓景。刘富说景馆长好。对方说我们这儿不叫馆长叫班长,刘富说景班长好,然后就说了要送天鹅的事。景班长说对不起我们不直接从私人手里收养天鹅。刘富说可是它的脚蹼都裂了呀,我们这地方又没水,看着怪可怜的。景班长说我告诉你个号码你给野生动物保护协会打电话,我们只接收他们批准派送的动物。

刘富就给野生动物保护协会打电话。几天之间打了五次,到第六次通了。刘富说了自己的意思,对方问了刘富的姓名、年龄、职业、住址,又问天鹅的来历、外貌、年龄。刘富一一作答,唯一答不上来的是这天鹅的岁数。最后对方说考虑考虑再决定给他开介绍信。

过了一个礼拜,眼看着腊月近了,野生动物保护协会还没消息。刘富就又去办公室打电话,问对方是不是批准他往动物园送天鹅。对方说我们没见这只天鹅,不好下结论是不是能送给动物园。刘富说那你们可以来看看。对方说你那个镇离省城二百多公里,我们为了看一只天鹅得花多少行政成本啊。刘富有点不悦,说你们这个协会不就是保护野生动物的吗,不在这上花成本你们还干什么呀!对方听不得这个,啪地挂断了电话。刘富听着电话里的忙音,觉出自己的话太硬,弄得事没办成还伤了和气,这电话怎么说也还得打。

就又打。再打电话刘富低声下气的,说了很多他们这里养天鹅的难处。又经过十多天四五个回合,对方不再坚持要求目睹天鹅,终于答应刘富,批准他把天鹅送往省城动物园,并说念刘富这样执着,介绍信也免开了,他们会直接通知那位景班长,他们和动物园有业务关系。

于是,这个寒冷的早晨,香改和天鹅一块儿咳嗽起来的早晨,刘富赶紧又去镇政府办公室给天鹅馆的景班长打了电话。景班长在电话里说,他已经接到野生动物保护协会的电话。还说我算服了你了,为这么一只天鹅,你看你打了多少电话啊。什么时候把天鹅送来,我请你喝酒。

刘富终于等到了去省城的机会——司机是不乏这类机会的。镇长一个在省城的亲戚生病住院,想吃这里的特产:土鸡和紫心地瓜。镇长就派刘富开车把地瓜和土鸡送往省城。

晚上,刘富对女儿说了动物园要收下天鹅的事,女儿说,明天早晨我要再喂它一个鸡蛋。然后,刘富又把香改叫到东屋说,明天你也跟我去趟省城。你那咳嗽从来也没好好治过,离婚之前,我得给你把咳嗽治好。香改不吭声,不吭声就是同意。兴许住娘家让她住出了甜头——娘家人不挑剔她邋遢,一回娘家她就浑身自在,离婚这事,也就越发显出不那么可怕了。

第二天天刚亮,刘富就把"奇瑞"擦洗得锃光瓦亮。他把天鹅装进当初那个竹筐,让天鹅和香改都坐在后排座上,他带着天鹅和香改趁着早起开赴省城。

中午之前他们就顺利到了省城,先去医院把该送的东西送到,接着他们直奔动物园。途中他们路过了省军区大门口,刘富当兵时住过的地方。刘富看见了那大门,他猜后排的香改也看见了。他想起香改讥讽他惦记副政委的女儿,那真是香改说颠倒了啊。当年是副政委的女儿看上了刘富,有一次非要把他放在车上的衬衫拿回家洗,刘富不让,那女儿便大发脾气,跑进厨房一口气摔了四个盘子。后来刘富就复员了。现在一切都过去了,刘富并不懂得什么叫伤感,他不满意眼下自己的日子,但也从来没有想念过那位副政委的女儿。

刘富把车在动物园停车场停好,搬下装着天鹅的竹筐对车上的香改说,你就坐在车上等我,一会儿我就出来。

这是一个晴天,风硬,太阳却很明亮。刘富带着天鹅来到动物园门口,对检票员说了要送天鹅,让他给景班长打电话。检票员和天鹅馆通了电话之后,放刘富进园,并指给他天鹅馆的方向。园内游人不多,刘富很快就找到了天鹅馆:敢情有这么一大片水啊,三十来亩吧。那馆就在水的中央,孤岛似的。现在水面结了冰,一只天鹅也没有,想必都在那馆中的水池里。在天鹅馆通往岸边的弯弯曲曲的小桥上,一个五十多岁的黑脸汉子迎着刘富走过来,这当是景班长了。他一边对刘富道着"辛苦辛苦",一边打量着他怀里的竹筐说,不错,是大天鹅,你在电话里总叫它咳嗽天鹅。

刘富随景班长进了天鹅馆,馆中的水池里,果然有一对对的天鹅在游动。刘富把竹筐放在地上说,看它这脚蹼裂的,快让它进水里泡泡吧。景班长说不忙,我们的人先要给它做体检,这是规定。说话间两个穿灰大褂的工作人员就领走了刘富的天鹅。

景班长在池边热情地为刘富做着讲解。他指着池中的天鹅告诉刘富,这一对叫疣鼻天鹅,在天鹅里算性情厉害的,叫声嘶哑;那一对红额头的黑天鹅叫澳洲黑,贵得很,万数块钱一只。还有那一对就不用我说了,和你送来的一样,大天鹅。我们这儿最多的就是大天鹅……刘富有一搭无一搭地听着,老实说他对各种天鹅并不感兴趣,置身天鹅馆他只有一个很具体的愿望,他想亲眼看见他的那只裂了脚蹼的咳嗽天鹅下水入了池中天鹅的群,他也就算对得起它了,他也就算了了一桩麻烦事。在池边溜达了一会儿,景班长引刘富出了天鹅馆,领他进了旁边一间小屋,说这是他们的值班室。值班室不大,一张旧方桌四周,散放着几把木椅。景班长指了把椅子请刘富坐下,又给他倒了一杯白开水,说快中午了,一会儿就在这儿吃了饭再走,这大冷的天……刘富这才觉出饿来,却还是虚着推让了一下。景班长叫刘富不要客气,说饭就在这个值班室吃,说他在这儿吃了三十多年中午饭了。又不摆席,就是馒头粉条菜。刘富便也不再推辞。他端起那杯白开水,本能地观察着水杯的卫生程度。他发现这杯子油渍麻花的,就不再想喝。怕景班长看出他的嫌弃,又赶紧找个话题。他看见屋角堆着几只敞口的麻袋,里边是些黄豆大的褐色颗粒,他问景班长那是不是喂天鹅的料,景班长说是,说现在方便多了,都是这种加工好的成品饲料,里边各种营养成分按比例搭配,既科学又省事。不像三十多年前,他十七八岁的时候,刚接替父亲到动物园上班,进天鹅馆喂天鹅。每天都得去饲养室领窝头,一个窝头就有海碗大,回来要切成小丁,一天得切一百二十多斤,切得他手腕子发抖啊。刘富就说,真是干什么也不容易,看不出喂天鹅也是个力气活儿呢。

两人说着话,有管理员已经在桌上摆出两副碗筷,两只青花瓷酒杯,一瓶"小二"——二两装二锅头,一碟花生米。景班长给刘富和自己斟上酒,刘富说这酒就不喝了,他开着车呢。景班长说两个人喝一瓶"小二"还能叫人开不成车?说完硬把酒杯塞进刘富手里。两个人真喝了起来。

一会儿粉条菜端上来了。

一会儿管理员叫景班长出去了。

一会儿景班长回来了。

一会儿一只热气腾腾的黑铁锅端了上来,锅里炖着灰褐色的大块的肉。景班长举起筷子冲着铁锅对刘富说,来,尝尝。

刘富说这是鸡呀?景班长说是鹅,你送来的那只天鹅。

刘富放下筷子,似懂未懂的样子。

景班长只好给他解释说,动物园医生已经为这只天鹅做了体检,结果是它太老了,足有二十五岁了,体内脏器严重老化,基本不再有存活的意义。

刘富说多老算是老啊?

景班长说天鹅寿命在二十五岁左右,你说它老不老。

刘富说可它正活着哪。

景班长说我们养这么一只老天鹅所要花费的成本你想过没有？

刘富不记得自己是怎么离开天鹅馆的，只记得他摔了眼前一个酒杯。当他出了动物园，开了"奇瑞"的车门把车发动着之后，才觉出自己的脚趾缝一阵阵钝痛，像被长了锈的锯子在割锯。他把头伏在方向盘上闭住眼，眼前立刻是黑铁锅里被肢解了的白天鹅。刘富的整个脑袋顿时轰鸣起来。他没有想到，这只麻烦了他几个月的天鹅，竟会让他的心有那么大的说不出的难受。该怨谁呢，他想不清楚。回到家又怎么向女儿交代呢，他更想不清楚。这时从车厢后排座上传出一阵咳、咳、咳的咳嗽声，刘富心里一惊：这不是我那咳嗽天鹅吗？难道它没有被送进黑锅它也没有那么衰老，刚才的一切只不过是我做的一个乱梦？他惊着自己，从方向盘上抬起脸，却僵直着脖子不敢回头，生怕一回头那咳嗽声便永远消失。但咳嗽声没有消失，只是由咳、咳、咳变成了吭、吭、吭，像是忽然被人捂住了嘴。刘富小心翼翼地扭转头朝后排座看去，他看见了歪坐在那里不急不火的香改。

刘富如果不在这时往后看，他就真的记不起香改还在车上等着他。大半天时间他已经把她给忘了，他原本要在离婚前给香改治好咳嗽的。是啊，咳嗽，刘富曾经那么厌恶香改的咳嗽，他也同样不喜欢天鹅的咳嗽。每当女人和鹅同时在院子里咳嗽起来，他就觉得他的生活纷杂、烦乱，很没有成色。但是就在刚才，当他听见后排座上突然响起的咳嗽声时，竟意外地有了几分失而复得般的踏实感。

刘富发动了"奇瑞"一心想要快些离开省城，路上他只下了一次车给香改买了一套煎饼馃子。香改不挑食，也不抱怨刘富丢她在车上那么长时间,只扎着头吃煎饼。吃了一会儿才冷不丁问刘富一句:"哎,你不吃啊?"刘富摇摇头,香改就又自顾自地吃起来。唉,这就是香改了。刘富叹道。其实香改从来就是这样吧?只是他忘了她从来就是这样。他没有在医院门前停车,也没有征得香改的同意。也许他是想,要是从今往后给香改治咳嗽还有的是时间,他又为什么非在今天不可呢。也许他是想,眼下回家才最是要紧。他记起今天是腊月二十三,年已经不远了。

2008 年 6 月 18 日

孕妇和牛

孕妇牵着牛从集上回来,在通向村子的土路上走。

节气已过霜降,午后的太阳照耀着平坦的原野,干净又暖和,孕妇信手撒开缰绳,好让牛自在。缰绳一撒,孕妇也自在起来,无牵挂地摆动着两条健壮的胳膊。她的肚子已经很明显地隆起,把碎花薄棉袄的前襟支起来老高。这使她的行走带出了一种气势,像个雄赳赳的将军。

牛与孕妇若即若离,当它拐进麦地歪起脖子啃麦苗地,孕妇才唤一声:"黑,出来。"

黑是牛的名字,牛却是黄色的。

黑迟迟不肯离开麦地,孕妇就恼了:"黑!"她喝道。她的吆喝在寂静的旷野显得悠长,传得很远,好似正和远处的熟人打着亲热的招呼:"嘿!"

远处没有别人,黑只好独自响应孕妇这恼,它忙着又啃两口,才溜出麦地,拐上了正道。

远处已经出现了那座白色的牌楼。穿过牌楼,家就不远了,四下里是如此的旷达,那气派、堂皇的汉白玉牌楼宛若从天而降,突然矗立在大地上,让人毫无准备,即使对这牌楼望了一辈子的老人,每逢看见蓝天下这耀眼的存在,仍不免有种突然的感觉。

孕妇遥望着牌楼,心想多亏我嫁到了这儿啊。每回见到牌楼,孕妇都不免感叹她的出嫁。

孕妇的娘家在山里,山里的日子不如山前的平原。可孕妇长得俊。俊就是财富,俊就叫人觉得日子有奔头儿。孕妇的爹娘供不起闺女上学,却也不叫她做粗活儿,什么好吃的都尽着她,仿佛在武装一个能献得出手的宝贝。他们一心一意要送这宝贝出山,到富裕的平原去见他们终生也见不着的世面。

孕妇终于嫁到了山前。她的婆婆自豪地给她讲解这里的好风水:这地盘本是清朝一个王爷的坟茔,王爷的陵墓就在村北,那白花花的大牌楼就属于那个王爷。孕妇并不知王爷是多大的官,也不知清朝距离今天有多么远,可她见过了坟墓和牌楼。墓早已被盗,只剩下一个盆样的大坑,坑里是疯长的荒草和碎砖烂瓦。孕妇站在坑边,望着坑底那些阴沉的青砖想着,多亏我嫁到了这儿啊。这大坑原本也是富贵的象征,里边的宝贝虽已被盗贼劫空,可它毕竟盛过宝贝。这坑、这牌楼保佑了这地方的富庶,这就是风水。

孕妇在这风水宝地过着舒心的日子,人更俊了。没有村人敢耻笑她那生硬的山里口音。公婆和丈夫待她很好,丈夫常说,为了媳妇,什么钱多他就干什么。如今的城市需要各式各样的高楼大厦,农闲时丈夫就随建筑队进城做工。婆婆搬过来与孕妇就伴儿,净给她沏红糖水喝。红糖水把孕妇的嘴唇弄得湿漉漉地红,人就异常地新鲜。婆婆逢人便夸儿媳:"俊得少有!"

孕妇怀孕了,越发显得娇贵,越发任性地愿意出去走走。她爱赶集,不是为了买什么,而是为了什么都看看。婆婆总是牵出黑来让孕妇骑,怕孕妇累着身子。

黑也怀了孕啊,孕妇想。但她接过了缰绳,她愿意在空荡的路上有黑做伴儿。她和它各自怀着一个小生命仿佛有点儿同病相怜,又有点儿共同的自豪感。于是,她们一块儿腆着骄傲的肚子上了路。

　　孕妇从不骑黑,走快走慢也由着黑的性儿。初到平原,孕妇眼前十分的开阔;住久了平原,孕妇眼里又多了些寂寞。住在山里望不出山去,眼光就短;可平原的尽头又是些什么呢?孕妇走着想着,只觉得她是一辈子也走不到平原的尽头了。当她走得实在沉闷才冷不丁叫一声:"黑——呀!"她夸张地拖着长声,把专心走路的黑弄得挺惊愕。黑停下来,拿无比温顺的大眼瞪着孕妇,而孕妇早已走到它前头去了,四周空无一人。黑直着脖子笨拙而又急忙地往前赶,却发现孕妇又落在了它的身后。于是孕妇无声地乐了,"黑——呀!"她轻轻地叹着,平原顿时热闹起来。孕妇给自己造出来一点儿热闹,觉得太阳底下就不仅是她和黑闲散地走,还有她的叫嚷,她的肚子响亮的蠕动,还有黑的笨手笨脚。

　　像往常一样,孕妇从集上空手而归,伙同着黑慢慢走近了那牌楼。太阳的光芒渐渐柔和下来,涂抹着孕妇有些浮肿的脸,涂抹着她那蒙着一层小汗珠的鼻尖,她的鼻子看上去很晶莹。远处依稀出现了三三两两的黑点,是那些放学归来的孩子。孕妇累了。每当她看见在地上跑跳着的孩子,就觉出身上累。这累源于她那沉重的肚子,她觉得实在是这肚子跟她一起受了累,或者,干脆就是肚里的孩子在受累。她双手托住肚子直奔躺在路边的那块石碑,好让这肚子歇歇。孕妇在石碑上坐下,黑又信步走去了麦地闲逛。

　　这巨大的石碑也属于那个王爷,从前被同样巨大的石龟驮在背上,与那白色的牌楼遥相呼应。后来这石碑让一些城里来的粗暴的年轻人给推倒了。孕妇听婆婆说过,那些年轻人也曾经想推倒那堂皇的牌楼,推不动,就合计着用炸药。婆婆的爹率领着村人给那些青年下了跪,牌楼保住了。那石碑却再也没有立起来。

　　石碑躺在路边,成了过路人歇脚的坐物。边边沿沿让屁股们磨得很光滑。碑上刻着一些文字,字很大,个个如同海碗。孕妇不识字,她曾经问过丈夫那是些什么字。丈夫也不知道,丈夫只念了三年小学。于是丈夫说:"知道了有什么用?一个老辈子的东西。"

孕妇坐在石碑上,又看见了这些海碗大的字,她的屁股压住了其中一个。这次她挪开了,小心地坐住碑的边沿。她弄不明白为什么她要挪这一挪,从前她歇脚,总是一屁股就坐上去,没想过是否坐在了字上。那么,缘故还是出自胸膛下边的这个肚子吧。孕妇对这肚子充满着希冀,这希冀又因为远处那些越来越清楚的小黑点而变得更加具体——那些放学的孩子。那些孩子是与字有关联的,孕妇莫名地不敢小视他们。小视了他们,仿佛就小视了她现时的肚子。

孕妇相信,她的孩子将来无疑要加入这上学、放学的队伍,她的孩子无疑要识很多字,她的孩子无疑要问她许多问题,就像她从小老是在她的母亲跟前问这问那。若是她领着孩子赶集(孕妇对领着孩子赶集有着近乎狂热的向往),她的孩子无疑也要看见这石碑的,她的孩子也会问起这碑上的字啊,就像从前她问她的丈夫。她不能够对孩子说不知道,她不愿意对不起她的孩子,可她实在不认识这碑上的字。这时的孕妇,心中惴惴的,仿佛肚里的孩子已经跳出来逼她了。

放学的孩子们走近了孕妇和石碑,各自按照辈分和她打着招呼。她叫住了其中一个本家侄子,向他要了一张白纸和一支铅笔。

孕妇一手握着铅笔,一手拿着白纸,等待着孩子们远去。她觉得这等待持续了很久,她就仿佛要背着众人去做一件鬼祟的事。

当原野重又变得寂静如初时,孕妇将白纸平铺在石碑上,开始了她的劳作:她要把这些海碗样的大字抄录在纸上带回村里,请教识字的先生那字的名称,请教那些名称的含义。当她打算落笔,才发现这劳作于她是多么不易。孕妇的手很巧,描龙绣凤、扎花纳底子都不怵,却支配不了手中这支笔。她努力端详着那于她来说十分陌生的大字,越看那些字就越不像字,好比一团叫不出名称的东西。于是她把眼睛挪开,去看远处的天空和大山,去看辽阔的平原上偶尔的一棵小树,去看奔腾在空中的云彩,去看围绕着牌楼盘旋的寒鸦。它们分散着她的注意,又集中着她的精力,使她终于收回眼光,定住了神。她再次端详碑上的大字,然后胆怯而又坚决地在白纸上落下了第一笔。

有了这第一笔,就什么都不能阻挡孕妇的书写和描画了。她描画着它们,心中揣测它们代表着什么意思。虽然她不知道它们是什么意思,她却懂得那一定是些很好的意思,因为字们个个都很俊——她想到了通常人们对她的形容。这想法似乎把她自己和那些字联得更紧了一点儿,使她心中充满着羞涩的欣喜。她愿意用俊来形容慢慢出现在她笔下的这些字,这些字又叫她由不得感叹:字是一种多么好的东西啊!

夕阳西下,孕妇伏在石碑上已经很久。她那过于努力的描画使她出了很多的汗,汗浸湿了她的袄领,汗珠又顺着袄领跌进她的胸脯。她的脸红通通的,茁壮的手腕不时地发着抖,可她不能停笔,她的心不叫她停笔。她长到这么大,还从来没有遇见过一桩这么累人、又这么不愿停手的活儿,这活儿好像使尽了她毕生的聪慧毕生的力。

不知什么时候,黑已从麦地返了回来,卧在了孕妇的身边。它静静地凝视着孕妇,它那憔悴的脸上满是安然的驯顺,像是守候,像是助威,像是鼓励。

孕妇终于完成了她的劳作。在朦胧的暮色中她认真地数了又数,那碑上的大字是十七个:

忠敬诚直勤慎廉明和硕怡贤亲王神道碑

孕妇认真地数了又数,她的白纸上也落着十七个字:

忠敬诚直勤慎廉明和硕怡贤亲王神道碑

纸上的字歪扭而又奇特,像盘错的长虫,像混乱的麻绳,可它们毕竟不是鞋底子不是花绷子,它们毕竟是字。有了它们,她似乎才获得了一种资格,她似乎才真的俊秀起来,她似乎才敢与她未来的婴儿谋面。那是她提前的准备,她要给她的孩子一个满意的回答。她的孩子必将在与俊秀的字们打交道中成长,她的孩子对她也必有许多的愿望,她也要像孩子愿望的那样,美好地成长。孩子终归要离开孕妇的肚子,而那块写字的碑却永远地立在了孕妇的心中。每个人的心中,多少都立着点儿什么吧。为了她的孩子,她找到了一块石碑,那才是心中的好风水。

孕妇将她劳作的果实揣进袄兜儿,捶着酸麻的腰,呼唤身边的黑启程。在牌楼的那一边,她那村庄的上空已经升起了炊烟。

黑却执意不肯起身,它换了跪的姿势,要它的主人骑上去。

"黑——呀!"孕妇怜悯地叫着,强令黑站起来。她的手禁不住去抚摸黑那沉笨的肚子。想到黑的临产期也快到了,黑的孩子说不定会和她的孩子同一天出生。黑站了起来。

孕妇和黑在平原上结伴而行,像两个相依为命的女人。黑身上释放出的气息使孕妇觉得温暖而可靠,她不住地抚摸它,它就拿脸蹭着她的手作为回报。孕妇和黑在平原上结伴而行,互相检阅着,又好比两位检阅着平原的将军。天黑下去,牌楼固执地泛着模糊的白光,孕妇和黑已将它丢在了身后。她检阅着平原、星空,她检阅着远处的山近处的树,树上黑帽子样的鸟窝,还有嘈杂的集市,怀孕的母牛,陌生而俊秀的大字,她未来的婴儿,那婴儿的未来……她觉得样样都不可缺少,或者,她一生需要的不过是这几样了。

一股热乎乎的东西在孕妇的心里涌现,弥漫着她的心房。她很想把这突然的热乎乎说给什么人听,她很想对人形容一下她心中这突然的发热,她永远也形容不出,心中的这一股情绪就叫做感动。

"黑——呀!"孕妇只在黑暗中小声儿地嘟囔着,声音有点儿颤,宛若幸福的呓语。

1992 年

树　下

老于一向不喜欢参加同学聚会一类的活动。快五十岁的人了,弄那个干什么?他常跟家里人说,口气里带出点不屑。好像"同学"一词只能和青少年发生联系,同学聚会一类的活动也只有他们那个年龄段的人才搞。

老于被迫参加过一次初中同学的聚会,两三年前的事了。发起者是班中一个绰号"小狼"的男生。小狼上中学时就是一个瘦得皮包骨头却精力充沛的坏小子,这几年做生意赚了些钱,还是瘦得皮包骨头,精力十分充沛。小狼为聚会的事很是把老于寻找了一番,最后才在城郊一所中学里找到了老于。原来老于成人之后就和所有同学断了联系,现在他是这所中学的语文教师,同时也是一个家庭妇女的丈夫,两个孩子的爸爸。虽说老于和小狼二十多年不见,但小狼走进老于的教研室,他们还是一眼就把彼此认了出来。小狼说,看是吧,还是把你给找到了吧。老于笑着,搓着沾满粉笔末的手,不知说什么好。

小狼对老于讲了聚会的事,说,山南海北的同学都让我招呼来了,就差你一个了。新疆远不远?×××,他说了一个男生的名字,在乌鲁木齐呢,这次专程飞回来;海口远不远?×××,他又说了一个男生的名字,这次也专程飞回来。还有项珠珠,小狼对老于说,项珠珠你应该记得,写作文专和你较劲的那个女生,期末考试总分老比你少两分的那个女生,人家现在是省外贸厅副厅长,也亲口答应从省会赶来参加咱们的聚会。所以,老于你不能不去,谁不知道你是当年咱们班的高才生呀。

小狼末尾这句话说得老于怪不痛快,怎么听怎么像是对他老于的讥讽。但那次的聚会老于还是去了,也许他真是为了项珠珠而去。他想起了中学时项珠珠的样子,大脑门儿,薄嘴唇,小辫子编得紧紧的,背一只洗得发白的帆布书包,说不出哪儿有那么点儿与众不同。那时,老于暗暗把项珠珠看做学习上的对手,别的同学呢,全不在话下。中学时的老于很有些目空一切的气势。一次,项珠珠的一篇作文被老师当做范文在全班朗读,老于便在下一次作文课上,一口气写出两篇内容不同且立意都不低的作文交与课代表,以压倒项珠珠的风头。他这种令人意外的出众才华当即受到语文老师的赏识和表扬,并给全班同学留下了不可磨灭的印象。那时的老于,还萌生过成为作家的念头。记得有一回,几个同学在一起议论文学名著,老于说了陀思妥耶夫斯基,项珠珠连忙问道:"谁?"老于故作漫不经心且快而流利地又说了一遍陀氏大名,项珠珠就对他说,你能不能念慢一点儿?老于内心得意着,那一次的得意始终存在老于的记忆里。几十年过后,当了中学教师的老于回想起中学时光,仍能清晰地记起项珠珠当时的表情和她的问句:"谁?"——俱往矣!现在的老于感叹着。

在小狼操持的那次聚会上,项珠珠姗姗来迟,比原定时间竟晚出六个小时。几十位同学围坐在一家中档酒店的包间里,听小狼一直用手机和她联络,却原来,是厅里又有了临时的会。好不容易开完会上了路,又遇到高速公路堵车。这样,本来是中午的聚餐就推到了下午。大伙饿得头昏眼花,小狼只给每人叫了一份手擀面,还劝大伙耐心等待,还说谁让项珠珠是咱们当中官职最高的人呢。

老于想,什么话,官职高就可以让别人饿着肚子等她?我们是她的同学,又不是她的下级。想着,几次抬屁股要走。见大伙情绪都还高昂饱满,似是专心等待项珠珠,又似是借等待项珠珠再细聊彼此现在的日子。人又这么齐全,还有从新疆、海南飞回来的同学也在场,老于就不好告辞了。他听着大伙的闲聊,觉得他这一班同学平庸的居多;话题也琐碎、无趣,这其实是他预料之中的。但他深信他的生活水准在他们之下,这其实也不在他预料之外。比方说,他至今租着两间没有暖气的民房,他的老婆是当年他插队从乡下带回来的一个乡村姑娘,现在靠给附近一个农贸市场打扫卫生挣点钱。这些事老于的中学同学不知道。用不着,他想,让他们怜悯么?那又何必。只待大伙话题一转说起彼此的下一代时,老于才提起点兴致。他的一儿一女都是聪明过人的孩子,大儿子这年刚考入人民大学经济系,小女儿正上初中,老于认为她形象思维的细胞实在活跃。他想起女儿两岁时,有天晚上他抱着女儿出门散步,指着满天星星问女儿是什么,女儿说,满天都是大米花呀!老于认为一个能把星星说成大米花的孩子,你怎么会不去设想她应该是个诗人呢……还没容老于向同学们介绍自己的孩子,项珠珠的车到了。

项珠珠的到来使全班同学的精神为之一振,连老于也觉得眼前一亮。项珠珠没变,大伙儿都说。何止没变,简直比中学时更、更、更什么呢,总之,包括老于在内,所有同学都觉得项珠珠和他们不是一种人。她站在你的面前,神清气爽的样子,你不会觉得她疏远你,可你又决不能轻易亲近她。她和每个同学握了手,跟老于握手时,还特意对他说,她记得他一堂课能写出两篇作文。项珠珠吃饭时也挺随和,小狼说些在老于听来十分俗气的话,项珠珠也不在意。比如他说要论同学呀,大学、小学都不行,大学时都太精,小学时都太傻,惟有中学同学最亲呀!比如他说有项珠珠这样的同学是我们全体的荣耀,老同学之间可得互相提携呀等等。老于坚信项珠珠的不在意是有意做出来的,越是不在意,越显得她比他们高。聚会结束时,项珠珠让随行的办公室主任把带来的小礼品分赠大家——一种小巧的真皮名片夹。一切都很得体,老于想。只是他没有名片,名片夹他回家后就转赠给了女儿。

那次聚会之后,两年之间小狼他们又搞过两回,老于不再参加,受了伤似的。其实谁伤了他呢,他也不知道。后来的那两次,小狼把"宝马"开到他家门口来接都没能接动,仿佛就因为小狼看见了他的破院子,他的满手长着冻疮的女儿,还有院子里几只下蛋的母鸡。这没什么,老于心想,住在城郊是可以养鸡的,孩子正长着身体需要鸡蛋补养啊。冻疮不好,那是因为屋里太冷,烧煤又太贵。自从儿子去北京念大学,一家人得全力以赴供应儿子每月的开销,老于连烟都戒了,哪儿还能挤出取暖的煤钱。冻疮是不好啊,一个女孩子家……老于安慰着自己,又谴责着自己,坚持不去参加小狼他们的聚会,脸上几乎带出宁死不屈的神情,以后小狼再也没有找过老于。

又过了些时候,项珠珠从省会调至老于的城市,做了这城市的副市长。自此,老于和家人常在电视屏幕上看见她。老于的老婆说,这个女市长和你不是同学么?老于说是。老于的女儿说,中学还是大学?老于说,中学,同班。女儿说,人家都说中学同学比大学同学亲。老于的老婆就说,能不能跟市长说说,给咱们找两间有暖气的房。老于说,怕不好开这个口。女儿说,又不是别人,她不是你的中学同学么?此时全家正吃晚饭,老于盯住女儿的双手,手肿着,青一块紫一块的;再看看孩子的耳朵,也冻了。女儿吃饭却挺香,不挑食,呼呼噜噜地喝粥,喝得脸蛋子通红。女儿没写过诗,自从两岁时管天上的星星叫大米花之后,再也没有过类似的诗意。可女儿有数学天才,前不久参加全省高中组奥林匹克数学竞赛,女儿拿了个第二,回家后她对老于说,她的目标是北大、清华,非这两个学校不考。老于支持女儿,可他拿什么支持呢,至少他应该让女儿住在有暖气的房子里吧,至少他不该让女儿冻得攥不住笔吧。明年女儿高中毕业,最关键的一年,老于拿什么来支持女儿的关键时刻?也许真应该去找项珠珠同学,项珠珠市长。找找她又有何妨?谁让她总在电视屏幕上出现呢,谁让她是这城市的父母官呢,难道老于不是归她管辖的一个市民么?再说找她又不是为我老于,是为我的女儿啊!她是个人才,人才不是父母的私有财产,是属于民族属于国家的。让属于民族和国家的人有好一点儿的居住条件又有什么不对呢?他想起前两天,深夜苦读书的女儿双脚踩在炭火盆的边沿上,炭火烤着了女儿的棉鞋,差点烧着女儿的脚。要是房间有暖气,何至于女儿要围着一只小小的炭盆取暖呢?老于越想越觉得理直气壮,便有些后悔前两次同学聚会没去参加。那本是联络感情的形式之一啊!倘若在那样的场合不断见面,再开口求人办事就显得很自然。不过,即使没有参加那几次的聚会,项珠珠也否认不了老于是她的中学同班同学。这么一想,老于心里安定了。

老于家中无电话,第二天他特意早些上班,趁同事们还没进教研室,他给项市长打了电话。秘书问明姓名身份后,老于直接和项市长通了话。应该说,电话里的项珠珠是很热情的,热情而不啰唆。稍事寒暄,便问老于是不是有什么事找她。这边老于连连说着没事没事真没什么事,声音挺大就好像谁说有事谁就是诬陷了他似的。那边项市长说有事也没关系只要她能帮忙。这边老于仍高声坚持说没事,只是想见面聊聊。那边项珠珠就把家里电话、地址告诉了老于,欢迎老同学有时间到她家里去。这边老于硬着头皮问今晚行不行,那边项珠珠沉吟片刻答应了。这边老于急忙挂断电话,急忙到有点不礼貌,生怕项市长变卦。

这晚老于骑五十分钟自行车,从城郊赶到项市长家。他被一个面孔清秀的小阿姨让进客厅,然后项市长出现了,和老于面对面落座在两张小沙发上。

谈话一开始老于就觉得浑身燥热,他没有意识到,那是他穿了厚厚的棉袄、棉裤和棉鞋的缘故。在他的没有炉火的家里,他需整日这样穿戴,老婆和女儿甚至整日把毛线帽扣在头上。而在项市长温暖的家中,一件薄薄的开司米就足够了,项珠珠就身穿一件薄薄的开司米圆领衫。老于一下子意识不到这些,他甚至看不见客厅里都摆列了些什么。房间阔大,地板很亮,果盘里的水果鲜美,杯中的绿茶馨香……这些和老于无关,或者,越是置身此情此景,老于便越要使自己的谈话配得上这气氛和这气氛中的女市长。他于是就谈文学。他想起中学时的项珠珠是喜欢文学的,初次把陀思妥耶夫斯基介绍给她的正是他老于。果然,如今的项珠珠对文学仍然保持着并不虚假的爱好,她很轻易地就说出了一大串当代作家的名字和他们的小说,并和老于探讨这些作家的长短、得失。老于谈着自己的见解,他发现项珠珠脸上是信服的神态。他提到了作家的想像力,他说他认为很多当代中国作家是缺乏想像力的,他们用借来的想像力填充他们的小说。他说到新近读过的一篇美国小说名叫《热冰》的,他称赞《热冰》的想像力,那是一个投湖死亡的少女被父亲藏进冰库永远凝固了青春的故事。老于在讲这个故事的时候想起了自己的女儿,想起了他今晚的使命。这使他有点内疚,因为直到现在他也没能使谈话走上"正路"。可难道项珠珠不该知道这个美国小说么?不该知道他老于涉猎文学范畴之广么?不该知道他生活角色的平淡和他内心世界的高贵丰富不成正比?那么他应当继续讲下去:裸体的少女被藏进冰库里一个巨大的冰箱,一个下班时没来得及出去、被误锁进冰库的工人,当他怀着绝望的心情准备被冻死时,他发现了那具被冻住的少女躯体,

111

他伸手触摸她那冰冻的乳房,那乳房居然是温暖的。他依偎住它,那热的冰,竟奇迹般地抗过了一夜寒冷直至第二天上班的人开了冰库的门。老于被自己的讲述感动着变得欲罢不能,有一瞬间他觉得这是他给自己提供的一个机会,他已经很久没对什么人谈起过这类感想了,现在连他自己也惊奇自己肚子里有这么多要说的东西。他欲罢不能,由小说又绽开去说起电影。他说他在电影资料馆看过电影《莫扎特之死》,观摩票是从前他一个学生给弄的。他说他认为这是一部谈妒忌的电影,宫廷乐师对莫扎特怀有刻骨的妒忌,他认为莫扎特是横在他和上帝之间唯一的障碍,他必得让莫扎特死。莫扎特终于死了,几十年之后老态龙钟的宫廷乐师却不得不发出最真实的感叹,他说既然莫扎特是我和上帝之间唯一的障碍,为什么莫扎特已经死了三十多年,我还是这么平庸呢?老于讲到这儿咽了一口茶,并观察了一下项珠珠的表情,他确认她是专注的,没有因为他冗长的讲述感到疲乏。她的表情使老于很满意自己,当他满意自己的时候便也开始焦虑自己:房子呢?房子的请求他究竟什么时候才能开口呢?偏在这时项珠珠又饶有兴致地问起老于最近在读什么书,项珠珠的提问显然使老于必得继续偏离"房子",他于是讲起有关陈寅恪的一本书,可惜项珠珠没听说过陈寅恪这个人。不过老于并不怪她,他觉得没有道理要求市长一定得知道陈寅恪是谁。后来他又五花八门地说了一大堆杂书,有关二十世纪重大发明的什么硅片啦、阿司匹林啦、胰岛素啦、核能啦、人工肾啦、超导体啦、射电望远镜啦、因特网啦、心动记录器啦、防窃听蜂窝电话啦等等,最后他提到了印度哲人奥修。他说他非常喜欢奥修的一本书,那是一本探讨人类之爱的书,一本站在时代的高峰,为现代人设计的锻炼身心的书。他开始举奥修在书中举过的例子:在一个村子里一个人开了一家鱼店,并在店门口挂了块招牌:新鲜的鱼在此出售……老于开始说鱼,他滔滔不绝,心中却一遍遍问着自己:难道这是求人办事的样子么？这不是请求这是挑衅,是在向这客厅这市长挑衅,拿他读过的书看过的电影听过的奇闻向他不可企及的这房子和主人叫板。他滔滔不绝着,发现自己越来越无法对付自己,心中的另一个老于在同他捣蛋。他的话题越是宽泛,他说出房子的可能就越是狭窄;莫扎特他们越是高雅,他的房子问题就越是俗不可耐;他越是想说出房子,就越是说不到房子上去。他以为他是会步步逼近"房子"的,却不知为什么一直在朝相反的方向奔逃。他不知道他这是怎么了,他在点点滴滴、一分一寸地折磨自己枪毙自己,他同情自己又痛恨着自己,可是他必须讲奥修,必须一往直前地把奥修讲完。鱼,是的,那个卖鱼的挂了一个招牌:新鲜的鱼在此出售。一个人走进来说,难道有谁要卖不新鲜的鱼么？店主人觉得有理,便将"新鲜"二字去掉,剩下了"鱼在此出售"。又一个人来到店中,见了招牌,难道你还在别的地方卖鱼么？店主人觉得有理,便将"在此"去掉,招牌变成:鱼出售。又一个人走进店,看了招牌说:鱼出售？难道还有什么人会免费赠鱼么？店主人觉得有理,又将"出售"去掉,招牌上只剩下一个字:鱼。又一个人走进来说,瞎子也能远远闻见这儿是卖鱼的,招牌上的"鱼"有什么用呢？于是店主人拿下了招牌,什么都没有了一片空白啊。老于说,可难道这一片空白不是最接近事实么？最接近事实真相啊!谁都看见了鱼啊,人和鱼之间彻底没有障碍了啊!老于差不多要声嘶力竭了。这时候一个七八岁的小女孩走进了客厅,她穿着绒布小花睡衣,睡眼惺忪地依偎进项珠珠的怀里叫她"妈咪"。

老于的叙述被打断了,他有些惊奇地看着项珠珠怀里的孩子。项珠珠笑着告诉老于,她结婚晚,所以孩子才这么小。孩子把老于拉进了现实:客厅,水果,香茗,妈咪……时间太晚了,有十一点了吧,他的事还没说呢,可他已经没有理由再坐下去了。他站了起来,项珠珠也站了起来。以她的经验和洞察力,会猜出他是有求于她的,于是她又问老于,真的没有别的事么?没有没有没有真的没有……老于边摆手边大步向门口走,叫人觉得你若再问反而是你对他的不礼貌了。项珠珠没有再问。

出得门来,老于的脑子很乱。他解开棉袄领扣,让冷风吹一吹他那燥热的心。他推起自行车在便道上走了几步,站在一棵龙盘槐下。他是来求项珠珠解决两间带暖气的房子的,可他一晚上都说了些什么呀!什么热冰啊莫扎特啊陈寅恪啊印度人奥修啊,他们和他的生活有什么关系呢。他又想起了那个叫着"妈咪"的睡眼惺忪的小女孩,假若她早点出场,说不定话题就会由孩子很自然地转到房子上去。他还对那一声"妈咪"感到十分别扭,那分明是来自另一个世界的优越。他老于的女儿是永远不会管他叫"爹地"的,可这并不妨碍女儿能考上名牌大学。不会妨碍的绝对不会妨碍!他顽强地思想着简直是大声地思想着,可他的心依旧是憋闷的。项珠珠使他憋闷么?他觉得不是,因为她根本就没有拒绝他什么啊。那么错儿在哪儿?是哪儿出了错儿?后来他发现那是因为他到底没能面对项珠珠说出房子的事。他本是带着一肚子请求从家里赶来的,他不能再将这请求原封带回家去。他应该说出来,他必得说出来,他鼓动着自己又朝龙盘槐靠近了一点儿,就像夏日里顶着太阳走路的那些人总想钻到树荫里去那样。现在他心里好过了一点儿,仿佛就因为这龙盘槐伞状的树冠为他遮蔽了冬夜的燥热。他于是就把这棵树想成了项珠珠,他就对着树说出了他那难以启齿的请求。他把满心的重负卸在了这棵树下,然后骑车离开了它。

老于回到家时,已是夜半时分。他悄悄推车进了院子,见房间还亮着灯。他知道老婆和女儿还没睡,她们在等待他带回的消息。他站在院子里没有立即进屋,因为他发觉自己又把另一个难以启齿的请求带回了家来:他准备请求老婆和女儿再也别让他去请求市长了。他弄不明白为什么他会一下子不断地处在请求之中,或许到了他这岁数,谁的日子里都会伴随着一些这样或那样的请求吧。

这时老于坚信一年后女儿肯定能考上大学离开家,那么她就会住进学校里有暖气的宿舍。剩下他和老婆两人,又有什么对付不了的事呢?

日子会好起来的。

1999 年

一 片 洁 白

一连两年我都没有考上大学。

一连两年我都没有找到工作。

我就这么闲待着,一天天憋得要发疯。有时会突然跑到镜子跟前照照脸,看看自己是否已经老了。镜子告诉我,皮肤弹性很好,面色也挺红润,我正年轻。要么是我的心在长皱纹,不然为什么心总也舒展不开呢?

妈妈对我说:"瞧你这副迷迷瞪瞪的样儿,趁早去你二姨家住一段。乡村里空气好,朝哪儿看都豁豁亮亮。"

我站在镜子跟前不回话,因为我什么也没听见。

"你倒是说句话呀!你二姨不是也净托人捎信儿吗?"

这次我听见了。我不喜欢妈妈的声音,她在街道饭铺卖炸油饼,嗓子也像过了油似的那么滑亮。可她提到乡村的空气却打动了我,我真的想去了。

还是几年以前,我上初中拉练时路过一次,我们一个女生班就住在二姨家。那是一个紧靠村头的僻静小院,可惜我们只住了一夜。

一晃几年,我再没有去过二姨家。我只知道大表姐、二表姐都已出嫁,平时家里只有二姨、表妹小素和表弟小杰。

这次我来,进门还没站定,二姨一眼就认出了我,她一面让小素给我舀水洗脸,自己就去忙着烙饼、煎腊肉;一边和着面。二姨告诉我,小素也有婆家了,对象在县铁厂工作,吃商品粮。

只有小杰不在家。如果我没记错,他该是十七岁了。

"小杰呢?"我洗着脸问二姨。

"在家里看到他可不易。"二姨说。

"是上班了吗?"

"没有,也快了。"小素接过话茬儿。

原来姨父要退休,小杰可以去顶替。我不由想到,顶替姨父的应该是小素,她的未婚夫就在城里上班,这不是一举两得吗?

"怎么你不去顶替姨父?"我洗完脸,坐在炕沿上问小素。

"我?"小素有些吃惊地抬头看看我,那神色叫人觉得是我向她提出了不该提的问题。然后她淡淡一笑说:"小杰合适。你听,他回来了。"

随着一阵断断续续的口哨声,随着一阵干冷、新鲜的小风,一个高个儿小伙子出现在我跟前。已是初冬的天气了,他没戴帽子,一绺微黄的头发软软地斜搭在前额上,加上唇边那隐约可见的柔嫩胡须,又叫人觉得称他小伙子还为时过早。只有披在身上那件崭新的绿军大衣给他增添了几分英武。一见到我,他两只胳膊肘向后一甩,那大衣就跌到炕上去。他没穿棉袄,瘦削的肩膀显得有些单薄,仿佛还挂不住那沉甸甸的大衣。可是,他的表情很有自信,俨然是一个大人,要干一番大事业的神态。

他有些惊奇地招呼了我一声"大表姐",然后张口就告诉我:他就要去顶替姨父的工作。

"你快叫大表姐歇会儿吧,人家大老远来的。"小素不紧不慢地说。

小杰翻了小素一眼。

这时门外忽然拥进了一群姑娘,她们显然是来看我的。我原以为这个小院子能与世隔绝呢,没想到消息传得这么快。这个说我几年不见变白了,那个问我的头发帘是不是烫过的。还有人问我城市理发馆里那一排大铁帽子有什么用。不知谁的眼更尖,发现我戴着一块指甲盖儿大小的手表,托起我的手腕就叫大伙观赏。这使得小杰很恼火,他一举胳膊轰赶着姑娘们说:"行啦,行啦,快叫我大表姐歇会儿吧,别没事找事。我大表姐还有一块呢,比黄豆粒还小呢,亮出来还不得把你们看傻了。"

姑娘们知道小杰在诳她们,格格笑着转身就去捶他:"死小杰,净唬人,亮出来俺们看看。"

"多么不文明!"小杰两手捂着脑袋躲闪着。

"你文明,带着你那文明快上运输公司施展去吧!"

"那当然,五天以后见。"

说笑了一阵,姑娘们转身拥出了房门,穿过院里的杂树丛腾腾地跑走了,只有一个细皮白肉的姑娘又返回院子对小杰说:"小杰,你不是还要看一遍《第二次握手》吗?"

"啊。"小杰靠在门框上,居高临下地望着她答应了一声。

"我有。"姑娘仰着脸,脸上充满着希望,希望小杰主动找她把书借来。

谁知小杰并没有迎合,只是淡淡地说了一句:"我也有,我大表姐带来的。"说完又从大衣兜里掏出一把结构复杂的折叠小刀,开始摆弄起上面的小叉子。

姑娘显得很失望,像受了委屈似的一低脑袋就追赶她的朋友们去了。

我看着姑娘跑出院子,叫过小杰说:"我哪给你带什么《第二次握手》啦?"

"下次带来也不晚。"小杰说,"她们求我行,我可不求她们。"

他眯缝起眼睛,通过不高的墙头望着远去的姑娘们。

"烧包!"二姨猫腰翻着锅里的大饼,低声嘟囔着。

是啊,小杰的言谈话语,是流露出一股抑制不住的得意,得意得连姑娘们的热心都不顾了。这很自然,我要有他那么现成的工作,比他还要"狂"呢。想到这些,心中不由升起一丝哀伤。

二姨做了一桌丰盛的午饭,把一张不常用的炕桌,擦了又擦,亲自把饼卷腊肉塞到我手中。不知是在家里闻妈妈身上的油腻味闻多了,还是因为坐在炕桌对面的小杰和我的心情有着那样鲜明的对比,此刻我没有一点吃油腻的欲望。趁二姨起身盛米汤的空儿,我忽然冲小杰使了个眼色,他一下就会意了,伸手从桌子下边接过了我的饼。我又拿起一块,空着卷了起来。

"你不爱吃肉?"小素发现我的举动,问我。

"嗯……我爱吃鱼。"我有些慌乱地信口回答着。

"离这儿五里有条河,热天,人们净去捞鱼。什么鱼都有:鲫瓜、黄姑、小白条,可惜这会儿结了冰。"二姨说着把米汤分盛给我们。

我最害怕的事发生了,他们问起了我的工作。当大家知道我还在待业时,饭桌上的气氛一下就沉闷起来。二姨和小素不是那种能说会道的人,此刻,连句安慰我的话也找不出,只是你一筷子、我一筷子不断往我碗里夹菜。小杰呢,只是一口一口地咬着我递给他的饼卷肉。吃完饭,他把碗一推就往外走。

"又上哪儿去呀,你?"二姨追问着。

"散散心!"他回答着,人已到了街上。

"烧包!"二姨还是那句老话。

吃晚饭时他没回来,吃过晚饭他还没回来。

我问二姨小杰到哪儿去了,二姨拾掇着碗筷,头也不回地说:"他呀,整天美得像个刚彩画出来的风筝,落不住。"

话没落音,门"咣"的一声被撞开了,进来的是小杰。他手提一只鼓鼓囊囊的塑料袋,直冲着我走过来。

"你上哪儿去了?"我问。

他不说话,只是把那个鼓鼓囊囊的塑料袋往我眼前一举。

"啊,鱼!"我嚷道。

"快拿盆来!"他在屋里转着圈儿,吆喝小素。其实盆就在他身边。

小素赶忙把个白搪瓷盆往案板上一放。"扑噜"一声,半口袋银色小鱼,连泥带水拥进盆里。小鱼满盆冲撞,叫人眼花缭乱。

"怎么弄的,怎么弄的呀,我那傻杰!"二姨追问着。显然,这半盆银色的活星星,使她也激动起来。

"在河里。"小杰故意镇静着。

"结着冰哩。"二姨说。

"冰还抗得过钢纤?"小杰轻松地把额前那绺头发向后一甩。

我心里一阵发热,努力设想着小杰在冰上抓鱼的场面。我注意了一下他的脚,棉鞋湿透了,裤腿上也沾满了泥沙。

"快喝碗姜糖水吧。"我说。

"那是妇女们的事。"小杰说完一头扎进东里间换衣服去了。

二姨忙着点火热饭。小素把我拉到西里间说:"不喝拉倒,天生爱逞能。上炕来咱俩说会儿话。"她说着已跨上炕去,抄起钩针,飞快地钩起白线手套。钩手套,是这里妇女们的副业:从县针织厂领回半成品,加工好以后,五双一沓捆扎整齐,再交回去。加工一沓是两毛五分钱。小素告诉我,她在针织厂已经存了七十多块钱了,昨天刚支出二十,准备给未婚夫买双翻毛皮鞋。

小素麻利地钩着手套,原来就是把五个脱茬的手指锁拢,工艺并不复杂。找小素要了支钩针,我也钩了起来。外屋又突然热闹了,是小杰立逼着二姨煎鱼。不大工夫,风箱响起来了,油在锅里嗞嗞响着,一股暖暖的香气飘进里间。不知为什么,我这么怕油腻的人,这次却觉得飘进里屋的气味是清新的。

小杰进来了,他光脚趿拉着一双球鞋,举着一卷裹了小鱼的饼,把鞋一脱就上了炕。"给!"他把饼往我手里一塞。我有些不好意思地咬了一口,然后就贪婪地嚼了起来。小杰眼里流露出得意的神情。

"躺柜里那双新棉鞋,你先穿了吧。"小素看着小杰那双冻红的脚说,然后扯条被子给小杰把脚盖住。

"我要双皮棉鞋。"小杰盖好脚,把身子往小素眼前挪了挪。

小素愣了一下,停住了钩针。"你买吧,我给你钱。"她说完,打开躺柜,拿出二十块钱塞给了小杰。

"你不是准备……"我想起小素原来的计划。

"我再去支。"

小杰接过钱转向我说:"大表姐,明天我就进城买鞋。你给我拿主意,我骑车带你。"他简直是在命令了。可我却愿意跟小杰进城买鞋。

第二天早晨,吃过大米粥、煎小鱼,小杰就去给自行车打气。小素告诉我,晚一会儿她也要去,她是去交手套,昨晚赶出了二十沓。

初冬的原野显得沉寂、淡漠,只有公路上是另一番景象:各种车辆你挤我让,显得十分繁忙。小杰仰着头,迎着寒风掀起的烟尘,一股劲猛蹬着,一路上超过了许多人。每超过一个人,他就得意地吹一声口哨。然而他还嫌骑得不快,忽然间他扭头说了声:"你坐好。"接着就更加用力蹬起车来,像是要和谁比赛。我偏过头朝前面一看,原来前面有个骑车的姑娘,后衣架上驮着个红包袱。一沓沓白手套从包袱角里露出来,准也是进城交活的,小杰的车子从她身边闪过时,我才注意到,原来是昨天要借书给小杰的那个姑娘。

　　小杰骑过去了一边自言自语："哼,让你得意,不就趁一辆破飞鸽!"谁知这时,"破飞鸽"竟出其不意又冲了上来,刹那间又把我们甩出老远。小杰急了,弓着身子又一阵猛蹬,又把姑娘甩在后面。

　　一场心照不宣的竞赛开始了。时而是我们领先,忽而又是那"飞鸽"遥遥在前。我从来没有坐过这么快的"二等",我甚至觉得这速度,恐怕是自行车所能达到的最高时速了吧?我紧紧攥住后衣架,闭起眼睛,任风在耳边嘶鸣,任尘土溅上我的裤角,我愿意参加这场竞赛,我愿意小杰跑在前面,他就是把车骑到河里、海里我也甘心情愿。忽然间我像腾云驾雾似的离开了后衣架,被甩在了路旁。接着我才发现,原来我们车子的前轱辘扭在一道浅沟里。比赛因此终止了。我站起来拍着身上的土,只是为小杰遗憾。小杰望着飘然而去的"飞鸽",眼里竟蒙上了一层水汽。"这风真大。"他揉着眼睛说。

　　"怪我。"我说。

　　"怪车。"他说,"要是有辆'嘉陵',叫你美!"

　　我们重又上路了,小杰骑得一直很平稳。进了城,鞋很快就买好了,我们又去运输公司看了看二姨父,他说这星期回家就把要填的表给小杰带回去,小杰就可以来上班了。小杰没表示什么,若无其事地"嗯"了一声,我们就离开了运输公司。一出大门他才有些激动地对我说:"下次你再来,先到运输公司找我,我开车送你进村。"我也激动,激动得都有点嫉妒了。

　　路过针织厂时,二姨村里的姑娘们正围在工厂一个朝街开的小窗口前交手套。她们有的已经交完,夹着空包袱皮儿准备回家;有的刚支上车梯,一边搓着挂满灰尘的脸,一边赶紧排队。我一眼就看见了小素,她已排到窗口,正踮着脚尖和窗口里的收购员争执着什么。我刚想告诉小素,我们等她一块儿回去,谁知包袱突然被人从窗口里扔了出来。小素想再争辩,后面的姑娘已经挤了上去。小素被挤出了队伍。

"怎么回事?"小杰迎上去问她。声音之大,简直是在怒吼。

小素红着脸说:"人家说有几只不合格,所有的都不让交。"

"我找他去!"小杰一把拽过包袱,又挤了上去。

不合格的那几只自然是我手下的产品,我心里十分难过。小素却攥住我的手说:"是她们不讲理。几只不合格,可以拿回去重织嘛,为什么连合格的也不收?"我们就这么互相搀扶着,看着小杰在窗口和人家争吵,盼望事情能有个圆满的结果。忽然,我看见小素那包袱空了,包袱皮儿从窗口飘了起来。小杰一手攥着那几只不合格的手套,一手攥着包袱皮儿的一角,跑出人群,像举着一面胜利的旗帜。

"到底是你,到底是你呵。"小素感激而又骄傲地望着表弟说。

"这叫卡巴人!"小杰把空包袱和几只手套交给小素。

"你没骂人家吧?"我有些不放心地问。

"骂人?那多不文明。我只给她讲实事求是,还讲你们……"

"讲我们什么?"小素问。

"没什么,走吧。"小杰的声音很低。我们三个一起上路了。一路上,小杰把车子骑得很稳、很慢,好像车子沉重了许多,任人超赶。他脸色格外严肃,四周原野也变得分外寂静。是小杰在思索,还是大地在思索?

回到家里,二姨交给我一封信,是妈妈托人捎来的,说是工作有眉目了,叫我立刻回去。我匆匆忙忙离开了二姨家。谁知妈妈说的那个"眉目",原来是约了几个人搭伙蘸糖葫芦。单调难熬的捅窟窿、穿串儿、蘸糖,使我无时不在思念小杰和小素……春节前夕,我终于扔下工作,又走了。

一场大雪刚过,原野被白雪遮盖得严严实实,世界仿佛突然变大了好几倍。一条寂寞的公路,像是总也走不到头,汽车好不容易才开进了运输公司。我下了车就去找小杰,即使他不能开车送我回村,我也能再坐一次"二等"呀!我跑进一间房子,连寒暄一声都没有,就对人说找小杰。

"哪个小杰?"一个围着炉子抽烟的中年人问我。

"李小杰呀,李家佐的。"我说。

"噢,老李的儿子呀。"

"对,是接老李的班的。"

"小杰没来。"

"没来?"我吃惊了,"那小素呢?小杰的姐姐。"

"小素也没来。老李走了,小李不来,名额空着,没人来接。现时的事,你看新鲜不新鲜。"

"那小杰他……"

"当'厂长'啦。"

"厂长?"

"一点不假。"中年人一面卷烟,一面冲我点头微笑,"经县上批准,自己买了机子,开了个小工厂,对,织手套的小工厂。眼下是一个厂长,一个工人,工人就是小素。"我还是没有转过弯来,也许是为小杰没来接班而遗憾吧。

我自己走上了通往李家佐的公路,扑着身子就向前跑了起来。白雪在脚下格格地响着,那声音仿佛不是我踩出来的,是小杰,是一位穿皮棉鞋的年轻厂长踩出来的,我是没有这种力量的。在这种声音伴随下,我眼前总是闪现着那天交手套回来,小杰那张沉思的脸。

一辆拖拉机过来了,司机的白手套在我眼前一晃;一辆自行车过来了,骑车人的白手套在我眼前一晃。为什么都是白手套?也许那些农民几代连鞋袜都穿不上,现在却也戴起了白手套。啊,白的原野,白的手套,一片洁白。

二姨的院子已经隐约可辨了——一片银树簇拥着的青砖瓦房。烟筒又在冒烟了,是煎鱼,还是煎腊肉?我站下来猜测着。但我忽然不想进村了,我想回去,我真的转回了身子。你别叫我解释为什么,生活是解释不清的……

1981 年 7 月

两个秋天

刚过完大秋,村里就请来了县剧团,家家都在盘算着接亲戚看戏的事。

凡玉娘装了一篮子核桃、花生,叫过凡玉说:"还不到文庄接你大姨去,这篮子给他们撂下,他们那儿光有玉米和黍子。"

凡玉舀了瓢水洗洗脸,擦上"雅霜",换了一身鲜亮衣裳,就拎着篮子出了门。娘把她送到五里以外的小火车站,一路还嘱咐凡玉:"这回可一定要接来,可一定。"凡玉上了火车,娘还在举着手喊。

文庄离凡玉的村子二十里,小火车一路要过五六道桥,钻七八座山。凡玉把篮子放在靠窗小桌上,眼睛盯着窗外那扑过来的大山,掠过去的小树,耳边又响起了娘的嘱咐:"这回可一定要接来。"这回一定接来,就是说上次没有接来。

上次是什么时候?是去年。去年秋天村里也唱戏,比今年的戏还强,因为村里要成大集,请的是地区梆子团。凡玉就像今天这样,打点整齐,提上篮子,娘送她上了小火车,去文庄接大姨。可去年没接来。凡玉回来,娘数落了她好几天,说就怪她脾气茶懒,不会说话,连这么点事也办不成。可凡玉至今也想不通,那次能怪她吗?那次怪大姨,不,怪大姨父。为了别人家点事,连戏都不看了。大姨最爱看戏,土改时还参加过村剧团。她一上台,谁都说她身段、嗓子都赛过真戏子。嫁到文庄后虽然不上台了,可一听哪儿有戏还像慌了神儿一样。凡玉娘更愿意姐姐来看戏,百年不遇见一次面,还可以说说心里话。凡玉暗想,今年千万别再像去年一样。

去年秋天的事

凡玉一进村,就发现大姨住的这条街上格外热闹,妇女们顶着笸箩、提着暖壶、抱着一摞摞大碗,急急忙忙正朝一个方向走去。谁家办喜事,惊动了这么多人?凡玉想着,走进了大姨家的院子。

大姨正蹲在屋门里烧火,满屋子烟,满院子烟,可大姨还趴在灶前用嘴吹。烟包围着她,通红的火向她脸上扑着,凡玉一下想到电影里那些炮火连天的场面。

凡玉进不去屋,就站在门槛外叫了一声大姨。大姨直起腰来,攥住袖子揉揉眼,像个泪人儿似的,扭头朝门口张望着。

"大姨,我是凡玉。"凡玉说着迈进了门槛。

这下大姨看准了,和她一起裹在烟里的,原来是外甥女。她连忙扔下烧火棍,手扶锅台站了起来,拉住凡玉的胳膊说:"看你大姨这眼。柴火也湿,光冒烟。"说完接过凡玉手里的篮子放到炕上,把凡玉也让到炕上坐下,就又弯腰往灶膛里续柴火去了。她伏下身子又吹了一阵子火,才站直身子和凡玉说话。

火旺了,烟小了,凡玉才看清了大姨的模样。一年不见,凡玉觉着大姨老多了,黑红的脸上爬满了许多细碎的皱纹,身子还有点佝偻,才四十出头,就有点像老太婆儿了。也许是文庄的水土不好,也许是文庄的日子比她们那里苦,也许是现在让烟熏的。总之一句话,眼前的大姨已不像凡玉想像中的那样了。凡玉心想,眼下要紧的是赶快把自己的来意告诉大姨,让大姨高兴高兴。

"俺村唱戏哩,请的是地区梆子团,一天开两箱,唱三天。我娘让我来叫你。"凡玉竭力想多说两句话,把来意说得详细、明白,尽量不让大姨也认为自己是个苶懒人。

"几时?"大姨的眼睛果然一下就亮了。

"明天起戏。"凡玉说。

"行,去!蒸熟这锅糕咱就走。"

大姨说完,又赶紧蹲在灶前烧起火来。她往灶膛里大把大把地填着柴火,嘴对着灶膛一口接一口地吹着。火苗儿受了她的鼓动,一下蹿出了灶膛,蒸汽迅速弥漫了锅盖、弥漫了屋子,凡玉又好像钻进了伸手不见五指的雾里。她想,现在不年不节,大姨怎么蒸起糕来?就是年节,大姨家也很少蒸糕呀。蒸糕,在她们这里算是奢侈的事了。

"咱家蒸糕?"凡玉问大姨。

大姨摁了摁蒙在锅盖上的揎布说:"咱家?下辈子吧!"

凡玉话少,但脑子不笨,她立刻猜到大姨这是给别人家揎忙。她还想起刚才进村时,街上不是有那么多人抱着碗、提着壶朝一个什么地方去吗?谁家办喜事,这么大气势,惊动了村里这么多人,这么多壶、碗,这么一屋子烟?

"谁家娶媳妇?"凡玉又问大姨。

"是盖房。"大姨说。

"哟!"凡玉有点惊讶,刚想问问盖房的是谁家,却隔窗看见姨父进了院子。姨父怀里抱着个小男孩,一路走,一路和那孩子亲亲热热地说着话。

进屋后,姨父把小男孩往地上一放,从腰里拽出钥匙就去开躺柜。大姨也一时停住了烧火,赶紧走过来招呼小男孩。凡玉早就看清了那孩子的模样:他三岁左右,穿一条红花棉裤,黑绣花鞋,斜挎一只粉色塑料小挎包。孩子一直紧绷着脸,一见屋里有生人就赶紧往大姨怀里扎。

姨父早已打开了躺柜,像个魔术演员一样,在柜里东摸西摸,摸出一个大苹果,笑着举到男孩儿眼前,就像这个苹果是专为来人保存的一样。但孩子却显得很冷漠,姨父不得不替他装在身后那个小塑料包里。

这时姨父才发现凡玉的存在:"是凡玉?"他仅仅问了一句,就又关照那个小男孩儿去了。

凡玉从炕沿上站起来叫了声姨父,就不知说什么好了,只是红着脸,无目的地看着那只鼓起来的小粉挎包。

"支书家的老小子。"姨父对凡玉说,"家里盖房忙,给他哥哥盖,他哥刚复员回来。怎么还带东西?"他发现了炕上的篮子。

"来接我看戏呢。"大姨说,然后看了看姨父的眼色。

姨父没说话,倒揭开了凡玉的篮子。他先挑出几个皮儿白、褶儿少的核桃,又抓出一大把花生,伸着胳膊举到了小男孩儿面前。小男孩儿还是一脸冷漠的神情,连手都不伸。姨父只好让大姨给他撑开裤兜,把核桃、花生分别塞了进去。

不知为什么,姨父的举动使凡玉很不舒服。几个核桃、一把花生不要紧,她只是觉着,为了这个三岁的孩子,他怎么竟像忘记了她的存在。她还是远道而来的亲戚呢,他不过是当村一个刚会走路的孩子,就算是支书家的吧!

姨父打发好小男孩儿,大姨才又提起凡玉来叫她看戏的事。姨父又不接话茬儿,只是问起了锅里的糕。大姨告诉他已经烧了半天火,烧了他家足够做三天饭的柴。

"就看到你那点烂柴火!"姨父一脸不高兴地说。

大姨没说话。过了一会儿,又跟姨父提看戏的事。这回姨父说了一句:"看明天活儿吧!"然后就抱起那孩子出了门。

凡玉知道,姨父是大队的电工,挣大队的死工分,一年四百工。也许就为了保住这四百工?

黄昏时,一锅糕蒸熟了,大姨一揭锅,黄米糕的香味便弥漫了屋子。凡玉帮着大姨把磨盘大的、撒着红小豆的那块黄米糕扣进笸箩,大姨舀了一盆凉水,然后就蘸着凉水在糕上噼里啪啦地拍打起来,直把这块四十来斤重的东西拍打得又实着又光滑才停下手。凡玉忽然觉得真像过年一样,她想,没准儿吃饭时大姨还能让她尝一块呢。但大姨没有让她,她只是让凡玉帮她把笸箩扛上肩,就斜着身子出了门。

凡玉一时有点不好意思了:我想了些什么呀!我们家什么没有?自从实行了大包干,想吃什么不行?我要是把大姨接回去,我就给大姨蒸糕,蒸熟了还得用油炸,切成各式各样的花样用油炸。

大姨回来,只给凡玉熬了一锅破米粥。喝着粥,大姨告诉凡玉:"地分不下来,还是干部们说了算。非说分地是少数人撺腾的。眼下社员和干部正闹矛盾。其实啊,还不是他们当干部当惯了,不愿像社员们一样下地干活。"凡玉觉着大姨的话就像白天蒸糕时屋里那些烟雾一样,使她非常憋闷。

晚上,她躺在大姨旁边一心盼天亮,盼望天亮了,就领着大姨上火车,让大姨也坐在火车上风凉风凉。

姨父很晚才回来,嘴里喷着酒气。大姨又问他看戏的事,这次他倒是同意了,说天一亮就让她跟凡玉走。

天不亮,大姨就起来找衣服,找完衣服又找香胰子洗脸。屋里黑,就举着镜子到院里去照。收拾停当,凡玉才像刚认出大姨一样。娘儿俩正要出门,院里就有人喊:"她大婶,起来啦?"

大姨答应了一声开了门,进来的是一个又宽又胖的女人。她把半口袋什么东西往当地一放说:"你看盖这几间房,找的这点事吧!你还得帮帮忙,这是黍子,还是晚上吃。"

没容大姨说话,姨父早就从里屋奔了出来。他一边系着扣子一边瞟着地上的口袋问那女人:"就这点儿?"

"就这点儿,五十斤,今天又添了人。"女人说完也不等大姨说声同意,连句客气话也没有,就大步迈出了屋门。

凡玉站在大姨旁边真想哭一场,大姨也两眼直呆呆地看着姨父。姨父却沉着脸说:"还不早点儿去占碾子!"然后又对凡玉说,"凡玉再住一天吧!"

凡玉又住了一天。她问那女人是谁,大姨告诉她,那就是支书的女人,叫大嘴。

上午凡玉和大姨一起推碾子、筛面,下午又和大姨轮流着趴在灶前吹火,替大嘴蒸糕。吹尽了一肚子气,吸进了一肚子烟,凡玉又开始盼望另一个明天。

天又亮了,大姨又换上了新衣服。谁知大嘴又来了,肩上扛的是半口袋黄豆。说又要让大姨磨豆腐。姨父又让大姨接了过来。

第三天大嘴又来叫大姨到她家去烧火,姨父又让大姨脱下了新衣服。

第四天凡玉一个人坐火车回了家,没进村就见人们拆戏台。河滩沙土地上遗留着许多脚印和红绿纸,空中还飘散着那农村中少有的油烟味儿……

今年秋天的事

今年,凡玉村里变化更大,社员们又"分"了山坡上那些红果树、山坡下那些核桃树,有的人家还自己买上拖拉机跑运输。生产责任制正向完备的格局发展。

凡玉坐在火车上净往好处想:再也别碰上去年那种事了。再说,都一年了,听人说大姨村里也在大包干,也都打了不少粮食。

下了小火车,凡玉挎着篮子,从高坡上一溜小跑着就进了村。她习惯地朝街那头望了望,她害怕再见到那些顶笸箩、抱碗的人。她暂时没有看到什么,只有村口上小学校的孩子们在仰着头朝她张望,就像她的到来和他们也说不定有什么关系一样。他们把凡玉看得还有点不好意思呢。

凡玉低着头走过小学校,走过龟背石街道,没抬头就进了大姨的院子。

谁知,屋里又在冒烟。凡玉心里一惊:天下会有这么巧的事?她在院子当中停下来,心跳着向屋里张望。确实,她看到大姨又被烟雾包围着,伏着身子吹火。她没有勇气再进屋了,两条腿仿佛长在了院子里。

这次倒是大姨先发现了她。大姨像上次那样拽起袖子擦擦眼说:"那又是凡玉吧?"

"是我,大姨。"

"听说你们村又唱戏?"

"是又唱戏。我娘又叫我来接你。大姨,你又在蒸糕?"

"又在蒸糕。"

"又是大嘴家的?"

"是大嘴家的。他们想得远,又抓挠着给老小子盖房。"

凡玉不知说什么好了。还说剧团一天开两箱吗?说她娘实在想大姨吗?说她娘送她上火车后举着手嘱咐她的话吗?可一想到那个穿红花裤、黑格花鞋的男孩,一想到姨父给他往兜里装核桃花生的情景,她觉着说这些话都没有什么用处。凡玉把篮子放到当院一块红石板上,自己也就着石板坐了下来。现在她只是盘算着:今天回去,还是再住一夜?最后她决定还是赶今天的晚车。再也不扎在这里等天亮,回去看拆戏台了。

"怎么不进屋?"大姨向外探着身子问凡玉。

凡玉低头不说话。

"生大姨的气了?"

凡玉还是不说话。

"这回是哪儿的戏?"

"是县剧团。"凡玉嘟囔着,"那有什么用,你又……那我走吧!"

凡玉一说走,大姨扔下手里的烧火棍,拍打着身上的柴草灰就迈出了门槛。"怎么刚来就走呢!得住一天!"她像下着命令一样。

"不!"凡玉语气也很坚定,说完就站了起来。但当她真要拔腿向外走时,心一下又软了:"大姨,你真的还要再蒸三天糕?"凡玉看着大姨的眼睛,自己眼里转着泪花问道。

大姨也不说话了,眼睛只是盯着一个地方,好像在琢磨什么。凡玉觉着大姨的眼睛比去年要好看多了,让人一下就想起了她上台演戏赛过真戏子的那些传说。她忽然觉着这台戏大姨要是不去看,好像台上就要失去了什么光彩一样。

"你真不能跟我走?"凡玉又问了一句。

这时,姨父进了院儿。紧跟着姨父进来的,又是去年那个穿绣花鞋的男孩子。凡玉的心这下才彻底凉了。她迎上去叫"姨父",那个男孩子早已忸怩着站在凡玉的篮子跟前了。凡玉想,现在就等姨父来揭篮子了。

哪知,姨父没揭篮子。他扭头对那个男孩子说:"去,去,大人都忙着呢,出去玩儿吧,啊!"男孩子仰头看看姨父,嘬着手指头出去了。凡玉有点纳闷:姨父这是怎么了?

"又接你大姨去看戏?"姨父主动地问凡玉。

"是呢。"大姨替凡玉说。

"怎么还不忙着换衣裳?"姨父问。

"你没见这锅糕还半生不熟?"

"这还不好说。我去叫大嘴。"

"可别……"

"你怕什么,如今谁还稀罕他那几百工分!"姨父打断大姨的话,快步出了院子。

他在当街碰见了大嘴,大嘴正一个人推碾子破黄豆,准备磨豆腐。他把她叫进院子:"你看,凡玉翻山越岭又接她大姨看戏来了,这锅糕……要不你接着蒸?我这儿的柴火也湿,你抱过点儿干的来也行。"

大嘴看着姨父的脸色,一时好像还没弄明白。当姨父又提醒她回去抱柴火时,大嘴才撇着大嘴,怒气冲冲地朝外走去。

凡玉心里一阵高兴。

谁知,大姨又叫住了大嘴:"她大婶儿,你等等。火车傍黑才到,你就推碾子去吧。蒸熟这锅糕,我给你送过去再走也不晚。"

"真是,谁家没个火烧眉毛的事儿!"大嘴白了姨父一眼,"她大姨,你这份情意我领啦!"说完摔打着胳膊又推碾子去了。

"也不知你到底还怕什么!你……你这不是成心给我下不来台?"姨父的嘴唇哆嗦着。

"不是怕谁。给人家扔下一锅生糕去看戏,咱站在台下心里就那么踏实?"

灶膛里的火已经快熄灭了,凡玉赶紧续了把柴火,学着大姨的样子,嘴对着灶口吹了起来。很快,蒸汽又冲上了屋顶。

太阳快落山时,黄米糕蒸好了。凡玉帮大姨把糕扣进筐箩,两人蘸着凉水在糕上拍打了一阵子。大姨叫过了姨父:"我该换衣裳去了,还是你给送过去吧。"

姨父皱了皱眉头,还是斜下身子扛起了筐箩。

大姨和凡玉上了路。她们一起站在几年前才修通的铁道边上,顺着笔直的铁轨向远方张望着,等待着火车钻出山洞后那第一声长鸣。

1981 年 11 月

穿过大街和小巷

1

牛小伍骑着一辆大摩托在不宽不窄的街上前进。

这辆老而笨重的大"加瓦"横眉立目(如果它能够横眉立目的话)地驱赶着同族姐妹:修长、优雅的"凤凰",稳重、朴素的"飞鸽",机灵的"金鹿",轻捷的"蝴蝶"……它们被它惊吓得溜向路边,稍个不留心,还会有跌倒的危险。至于同族中那些不上档的有着五花八门怪名字的"二二""二四""二六"们,大"加瓦"从来是不屑一顾的,它们早已自作多情地望风而逃,将路面让给了这位颇有背景的旧家伙——看起来它所向披靡。只有那些风流倜傥、装扮入时、擦着路面清高地滑向远方的"铃木"、"亚玛哈-100"能叫大"加瓦"顿时怒火中烧。它冲向它们,故意一歪一斜地和它们擦身而过,然后就气急败坏地怪叫着喷放出烟幕。当"铃木"和"亚玛哈"意识到这种不怀好意的挑衅时,牛小伍的大"加瓦"早已不见踪影。

大"加瓦"载着牛小伍奔过一条条街道,穿过错综复杂的胡同,停在一幢暗红色的旧楼跟前。它嘟嘟囔囔一阵牢骚过后,吭、吭两声才镇静下来。牛小伍单腿拄地跨下"加瓦",从车后的绿帆布兜里拽出一只毛了边儿的硬纸夹子,快步走进红楼。他的目标是三单元六号。六号户主叫温道济,是本市很有名气的老中医。

温大夫和老伴及两个女儿正围着一张圆桌吃晚饭,饭菜的颜色清淡、柔和,你仿佛能从这张饭桌上估出温家老小的性情:谦和本分,与世无争。温家大女儿温向洁正把一碗鲜笋汤送到父亲眼前,然后吹了吹被汤碗烫得微红的手指。她在北医毕业后,被分配在北京一家久负盛名的医院,现在是回家度假。温向洁端起浅浅的小饭碗正要继续吃饭,忽听门外一声瘆人的吼叫:

"温向洁,出来!"

温大夫一家不约而同放下碗筷,又不约而同站了起来,不祥的预感笼罩了饭桌。温向洁脸色苍白,慌恐地向房门望去。小女儿沉思片刻,自告奋勇说:"我去看看。"

"慢。"温道济站起来,挡住女儿。老人家虽说年事已高,又体态瘦弱,但男性的本能使他意识到在这个"女儿国"里,他应有首当其冲去承受一切意外和危险的责任。他扣好白纺绸短褂的扣绊儿,对妻女说:"我去。"

"先开一道缝吧!"老伴儿叮嘱着。

温大夫拧开房门,探出胳膊打开门灯,发现在昏暗的灯光下,站着一个满脸热汗的年轻人。没容温大夫再细端详,对方就先开了口:

"你是温向洁吗?"

"我是她父亲。你……"温大夫声音颤抖,但强作镇定。

年轻人不再问话,上前一步打开毛边儿纸夹,将一个信封般大小的白皮纸袋摔到他手上。温大夫低头一看,两个端正的方体红字赫然在目:电报。

温大夫缩回身子,老伴儿又碰紧房门。当这两个端正的红方体字映入全家的眼睛时,温家四口才真正意识到刚才那一声呼唤的内在含义。显然,一种实实在在的灾难正在抵消刚才的惊吓。电报主人温向洁战栗着接过电报,妹妹早已把她搀扶在椅子上。看来有力量和胆量撕开这个小纸袋者,仍应是温大夫。谁知温大夫刚一伸手,门外又一声吼叫:"温向洁,出来!"

全家惊恐的目光又从电报上移开,注视起房门。不用说,伸手开门的还是温大夫。

昏暗的灯光下,还是那位满脸热汗的年轻人。

不知为什么,温大夫开始以职业的眼光端详起他来。望、闻、问、切是中医诊病的四大法宝,温大夫虽说来不及切脉,但在刹那间还是断出此人肝火上逼,血随气涌。

"签字!"牛小伍不得不提醒这位死盯住他不放的老人。

温大夫这才放过眼前的"病人",回身接过大女儿递过来的钢笔,在电报回单上哆嗦着手写下了自己那个一生中书写过千万遍的名字。

牛小伍跑跳着下楼去了。

还是温道济拆开的电报,那是温向洁的未婚夫,一个在国外进修希伯来语的研究生打来的。

电文:×日已乘机归国盼来京

温大夫一家继续围上饭桌用饭。电文虽未给温家带来什么不幸,但刚才那种和谐气氛,再也没有回到饭桌上。温大夫盯住鲜笋汤,只是想到,如果给那位年轻人下药,他一定多用黄连、栀子、龙胆草。

2

牛小伍的"加瓦"穿过不宽不窄的街道在前进。

眼前是一座乳白色的两层小楼。"加瓦"又一阵牢骚过后，吭、吭停住。牛小伍从绿帆布兜里抽出夹子，扫了一眼门旁的电铃按钮。他知道那是这家主人才装上不久的一种会打曲子的新式门铃。只需轻轻一触按钮，一阵柔和的音乐就开始在主人房间里回荡，主人便会在这种柔和的气氛中出来迎接客人。但牛小伍需要的并不是柔和，也自知自己并非主人的客人。于是，他故意背对门铃，朝一个四周串满爬墙虎的、亮着灯的窗子喊道："霍东亮，出来！"

霍东亮便是这座小楼的主人，一位离休的海军少将。

随着喊声，一位留着银灰色平头的人在窗内一闪。但开门出来的并不是那位留着银灰色平头的人。站在牛小伍面前的是个衣着朴素但神情高傲、面孔冷漠、和牛小伍年龄相仿的男青年。牛小伍知道他是谁，说刻薄点是革命后代，说文明点是高干子弟，按照哥儿们之间的习惯，是某人的小子。男青年靠在银灰色铁门上，以居高临下的气势对牛小伍说：

"哎，你喊什么？"

"喊'出来'。"牛小伍弓起右手中指，磕打着纸夹子。

"为什么不喊'电报'？"

"为什么非喊'电报'？"

"你是送电报的。"

"你不出来怎么知道我是送电报的？"

"……"

牛小伍两眼直视青年片刻，从夹子里拿出他应该交给他的那个纸口袋，伸直胳膊说："拿着！"

青年站着不动，一股潜在的怒气显然在胸中上升，大有一触即发之势。也许按照这种逐步升级的局势真发生点什么，牛小伍并不是青年的对手，但牛小伍自有自己的经验和料事逻辑，"加瓦"

载着他,什么样的面孔没见过!

"好,你不要。"牛小伍收回胳膊,啪的一声合上夹子,转身就走。

青年到底离开了铁门,不情愿地向牛小伍伸出了手。

"你回来。"他说。

"这还差不多。"牛小伍返回身来。

"给我。"对方的手还伸在牛小伍眼前。

"回去!"牛小伍的脸色陡然又一变。

"告(诉)你,别故意找碴儿!"青年挨了一闷棍,但又不甘窝囊地说。

"没工夫找你茬儿,回去拿笔,签字。"

男青年喘着气,忽然盯住了牛小伍的帽子,因为那帽边下面正好闪耀着一支一毛四一杆的竹管圆珠笔。

"你不是有笔吗?"他冲着牛小伍的帽子说。

"那是我的。签字得用你的,谁签字用谁的。"

男青年返身进门。

一分钟后,伴随着"加瓦"渐渐远去的欢笑声,霍东亮父子在日光灯下展开电报。

电文:今日四点十三分小玲已会叫姥姥芬

芬是霍东亮夫人的名字,她目前住在女儿家。女人总是比男人认真。如果芬在家,她会立刻给邮电总局拨个电话,控告那个大喊"出来"的年轻人。

3

"出来"一词是牛小伍在业务上的"革新"。四年以前,当他高中毕业后,接过父亲那辆朴素、轻便的幸福牌摩托时,连怎样呼唤用户的姓名都不知道。确切地说,不是不知道,是叫不出口。那种难言的羞怯曾经使他苦恼过很久,那滋味如同一位初登舞台的演员双腿发僵、忘记怎样走路一样。走路是人类活动中顶顶自然的行为之一,然而要在舞台上,在千万双眼睛注视下再现这自然的行为,演员所经受的磨炼是观众始料不及的。演员要赢得观众,要面对千万双生疏的眼睛尽情展示他的才华,最重要的首先是自信,在表演学术语里叫信任。

　　艺术需要自信,生活也需要自信。在生活的舞台上,牛小伍的自信心不断增强,这自信来源于他对自己职业的理解和评价。他慢慢懂得了他在这座省城中不可忽视的作用,又悟出了他和本市公民们千丝万缕的联系。他还知道"速度"的含义,仅一个"电"字,就把他推上了一个特殊的位置。他那"带电"的职业,需要他尽可能快速地将帆布兜里那些包容着喜、怒、哀、乐的文字送给用户;尽快把幸福和欢乐送给等待幸福的公民们;尽快将灾难和悲痛告知惧怕灾难但又必须知道的公民们。牛小伍对业务逐渐熟悉起来。

　　当他将喜悦送上用户家门时,他会由于看到用户心花怒放的样子而快乐万分,尽管用户在自己幸福时大都注意不到那个送来幸福的牛小伍。他们十有八九是赶紧碰上房门,捧着幸福去和家人同享,只留给牛小伍一面严紧的门。那时他就像一架机器,就像那辆徒有"幸福"的摩托。

　　生活中,喜怒哀乐原本是交织在一起的,然而具体到电报,常常是悲多于喜。不然,为什么大红颜色染成的旗帜给人以热情和喜庆之感,而电报单上的红字分明又叫人更多地想到危险和恐怖呢?以至于人们由此继续展开想像,连那各式久经风雨的摩托和驾驶着它们的投递员本身都成了不祥的预兆。再进一步说,电报投递员简直就是灾难。也许有人瞥见牛小伍驾着"幸福"一闪而过时,还会低吟一声:哦,灾难来了!

那是一个春节前夕的下雪天,牛小伍的"幸福"在白茫茫的路面上飞奔,目标是市郊一所大杂院。尽管路线别扭,又赶上大雪,他还是顺利找到了用户。他站在院里两间平房门前,急切地呼唤用户收电报。开门出来的是一位三十岁左右的孕妇。当她站在雪地里,迫不及待地拆开电报读过电文后,不知怎么的,忽然软软地倒在牛小伍跟前。牛小伍赶紧上前搀扶,无意间扫了一眼飘落在地上的电报单。

电文:信悉计划已改春节不回家仍请速考虑离婚

牛小伍判断出这是孕妇的丈夫发来的,也意识到电报将在这两间平房内引起怎样的后果。果然,房内奔出两位老人(孕妇父母)。他们看看倒在地上的女儿,惊慌地叫嚷起来。父亲拾起电报,通读全文后就去搀扶女儿。牛小伍也想上前表示关切,却遭到老人的拒绝。他们用那样的眼光看着他,那是惊恐、疏远,还是怨恨?对,是怨恨,那砰然作响的屋门再次证实了这点。他被关在门外。屋门那么迫切地隔开了他和他们,因为在他们眼里,他是那么可憎,是他带来的消息搅得全家不宁,他好像就是那个没有良心、绝情绝义的丈夫。

牛小伍头顶白雪,第一次感受到莫大的屈辱。

后来在牛小伍面前,什么样的门没有急速碰上过?新门、旧门、屋门、街门、木门、铁门,红的、黑的、灰的、白的,光亮照人的、油漆剥落的……

牛小伍到底是牛小伍,屈辱和不快能够摧垮他热爱生活、热爱人们的天性,却没能减弱他对于职业的自信和估价。甚至可以说,这自信和估价正是由于这种屈辱的出现而日益高涨。不久,他终于想方设法放弃那个"幸福",换了一辆沉重的、呼吸粗糙的大"加瓦"。大"加瓦"全身心都已过时,和时代新潮流相去甚远,但牛小伍要的就是这个劲儿。就像有些故弄玄虚的女人能在众多的时髦服装包围下,忽然穿出一件过时已久的衣裳。过时的衣裳无疑会收到更强烈的效果。牛小伍驾着他的"加瓦",正是怀着这样的自信冲向大街、冲向属于他的服务范围。每当他看到那些让"加瓦"的怪叫和烟幕冲得四散的各种车辆,便常常想起这样一个词:够味儿。

于是,为了够味儿,他又革新了呼喊用户的方式,把"×××,电报"改成了"×××,出来!"虽只一词之差,效果却是天地之别。当他看到有多少人家由于这不清不白的呼喊而心惊胆战、恐惧万分,但那满腔怒火又不敢对他发泄,只能乖乖签过字、拿走电报时,他才真正体味到这种革新的社会效果。他更加自信了,自信他和他创造的气氛对于公民们的威慑力量。是啊,既然人们不能(或者说没打算)领略他本人对于他们的关切和同情,视他为呆板的机器或活生生的灾难,那么他何必还要自讨无趣、自作多情呢!来个彻底革命也没什么过分。但他决不把这种革命视为对用户的报复,用他们哥儿们的话:什么也不为,就是腻歪腻歪你们。他觉得只有这样,才能抵消他从用户面孔上、眼睛里领略到的一切轻视和不公。

4

"孙钺,出来!"

现在牛小伍站在一所大学的教授楼前呼喊着,历史系教授孙钺就住一门一号。

在省城,在大学里,在社会上,在一切有人的地方,很少有人直呼这位受人尊敬的、对宋史研究有着新贡献的教授的名字,这就更增加了牛小伍的自豪感。是啊,历史成就和他有什么关系?宋朝有电报吗?宋徽宗字画再好,也没有人骑着摩托把电报送到他手中。所以,牛小伍不光呼喊着温向洁、霍东亮的名字不含糊,直呼孙钺的名字就更加得意。要讲对历史的贡献,有人把电码译成汉字,又有人把汉字送到你手中,这才是最大贡献。

牛小伍呼喊孙钺并非第一次,第一次给孙教授送电报时,他还不认识那个古怪的"钺"字。他高喊着"孙诚"就进了楼。孙教授听见呼叫,知道那是有人把"钺"读错了音。他打开房门不显丝毫懊恼地说:"小伙子,那个字念钺,不念诚,下次请记住。"说真的,牛小伍当时还真有些不好意思呢。他挠了挠后脑勺没说话,就跨上了他的"加瓦"。当然,他并不是因为直呼教授其名而不好意思,他是想到,为什么知识分子都爱起这种古怪的名字,这种怪字好像又把腻歪送给了他。

这是一年前的事了。

牛小伍一年多没给孙钺送过电报,老教授给他的更正他早已忘记。这次当他发现他的帆布兜里又装上了这个古怪的名字时,还专门搬出新华字典查找了一遍。他拼出了那个字的音:yuè,古代一种兵器。刀、枪、剑、戟、斧、钺、钩、叉,钺便是这八大兵器之一。

人心中有了数,做起事来就更有底气。所以牛小伍这次对孙钺的呼喊,似乎比那次更响亮、更坚定、更具做人的尊严。

孙先生先是一惊,但很快就镇静下来,他知道来人是谁。就像在那个凄风苦雨的年代,那些戴着红袖标的小将直呼着他的名字,把他的名字倒写在铁牌子上,又一次次挂上他的脖子,他也从未因此而心跳过。当时他遗憾的是他那中断了的研究。

老教授现在已是满头银发,不久前由于老伴儿的去世,他成了只身一人,但研究毕竟给他带来了新的乐趣。现在这一惊一乍的呼叫虽然又使他想到了那个年代,但仅是想到而已,他并不相信那个时代还会重演。

老教授摘下花镜,从容、自若地站在牛小伍面前。牛小伍因这次念对了"钺"字,显得格外轻松。他从夹子里取出电报,以一个很潇洒的手势递到教授面前,只用极简约的语言说了声:"你的。"然后扭头就走。

教授却叫住了牛小伍:"同志,你忘记了让我签字。"

牛小伍停住脚步,自知忙中有错,才又不好意思地打开夹子,看了看教授,把电报回单亮了出来。像上次一样,他心中忽又升起一股腻歪的滋味。他不知为什么这座楼专给他难堪,不,不是楼,他自信这难堪还是因为那个蹩脚的"钺"字。

牛小伍的"加瓦"在街上跑得更快了,喷出的烟雾更浓了,躲闪它的同类们更多了,但他还在粗鲁地轰赶着它们,用以抵消刚才的不快。

牛小伍远去了,孙教授打开了电报。

电文:三期学报近日发排盼速寄论文

5

豌豆胡同九号,是个门户严紧、四周安静的独院。院子的主人是当代一位颇具声誉的中年女作家。牛小伍对那过人高的灰砖院墙,对那两扇墨绿色院门,甚至对那位瘦高挑儿、戴一副深度近视眼镜的女主人都不陌生。他不止一次地、毫不例外地呼喊过她的名字。他感到呼喊她的名字,比呼喊本市任何人(包括那位教授在内)的名字都更为自豪。当全国千万人正翻阅着当天的报纸、新出版的杂志,用眼睛盯着文章标题下面她那个温文尔雅、一般都用黑体字排成的大名时,牛小伍就站在和她一墙之隔的位置上,把那两个温文尔雅的方体字变成声音而呼喊着,天下还有比这更巧妙、更气魄、更够意思的事吗?

只有这一点,牛小伍也说不清为什么,呼喊起她的名字,嗓门和调子不那么奔放,甚至对自己的声音还有些装饰。虽然事情过后他认为这是大可不必的,但每当他站在豌豆胡同九号的绿门前,还是考虑到一个演奏员在演出前的定调问题。

但,这位瘦高挑儿的女主人,似乎并没有注意这些,没有注意牛小伍喊她出来时在声音上作了什么装饰,没有注意他在呼喊她时和呼喊一般人有什么不同,更没有注意到,电报投递员怎样处理送、收这两个情节才具情理。也许她连牛小伍和他的大"加瓦"的存在都没有注意。电报怎么落到她手中的?谁知道。也许它是随着一阵清风翩翩而来吧。因为此刻她的脑子正被屋内桌上稿纸堆里的那个人物行为所占据着,那个用钢笔、墨水、将来变做铅字所描绘出来的人物,才是她脑子里的真人。

牛小伍没有把自己当做一阵清风,他可注意到了女作家那种涣散的眼光,那种有些神不守舍的神态。每逢这时,牛小伍便感到一阵遗憾。

此刻,当女作家走出院门,牛小伍便故作漫不经心地把电报交到她手中,请她在回单上签字。女作家接过牛小伍的竹管圆珠笔(这也算是牛小伍给作家的特殊待遇),在回单上落下了她那个尽人皆知的大名,然后拆开了电报。

牛小伍知道这种电文大都和什么出版、改编、印刷、校对、送审、稿酬,还有什么清样联系着,这也许就是作家对电报不像别人那么敏感,那么大惊小怪的原因。她神不守舍、眼光涣散,也是由她那些大同小异、司空见惯的电文决定的吧。

女作家读过电文,牛小伍转身要走,谁知,她这次却喊住了他。

"同志。"

牛小伍刚跨上"加瓦"的腿又迈了下来,他不自主地向女作家扫了一眼,却意外地发现了她的眼光和以往的不同。

"同志。"女作家又叫了他一声。在牛小伍听来,声音有几分沙哑,还有几分颤抖。"进来坐一坐,喝杯凉开水。"她望着他让烈日蒸烤得通红的脸。

这意外的邀请使牛小伍又扭头照料了一下大"加瓦",看来他是要按女主人的意思行事的。

牛小伍走进作家的书房,并且真坐在了一张本市少见的藤沙发上,面前也早已摆上了一杯加了冰块的橘子水。

现在牛小伍是局促不安,还是大模大样,连他自己也不清楚。他只是感到女作家的眼睛正牢牢地盯着他。那眼光分明有些异常,是惊恐?是悲哀?是绝望?是痛苦?牛小伍虽然一时拿不准,但能肯定一点,那里没有欣喜。牛小伍观察人虽不具作家的眼力,但在这方面,由于职业的熏陶,也仅次于作家了。

"喝吧。"女主人把杯子往牛小伍跟前推了推,牛小伍只是用手扶了扶杯子。

"你一定有二十三岁了。"她对他说。

"二十三。"牛小伍暗自叹服女作家的眼力。

"我的小虎比你大五岁。"

牛小伍知道小虎是谁,那是她的独生子,一个气度不凡的宽肩青年,前年大学毕业后到边疆去了。他替他妈妈收过电报,签过字。牛小伍忽然预感到电报是小虎的事,又预感到一件足能引起女主人悲痛的事,他心中忽然升起一种久已忘却了的不安。

"小虎怎么了?"牛小伍直截了当地问。

她把电报递给他。

电文:高山考察雪崩遇险虎正在抢救中望保重地质局

牛小伍和女主人又无言地坐了一会儿。他知道女作家的眼光还停留在他身上,也许她是从他身上发现了和小虎的什么近似之处,也许她是通过二十三和二十八这两个醉人的年龄在思考着什么,也许仅仅因为是他把这一难忍的不幸及时送给了她。尽管是不幸,但这样及时,还冒着高温、烈日,仅为这一点,她也应该感激他。

牛小伍本来要找两句他不善于运用的语言安慰她一下的,但他没有想出来。他红着脸离开了女作家的院子,腿脚有些缺少力气地踩着了"加瓦"。在"加瓦"的满腹牢骚声中,他听见了背后的关门声,但声音同样缺乏力气,就像他刚才踩油门的毛病一样。

牛小伍跨上"加瓦",继续想着他刚才应该想出的几句哪怕是最平常的安慰人的话,他还是想不出来。他想,人的脑子好比是开药铺,平时药不全,临时是抓不出来的。这时,他心中就只剩下了一个盼望,他盼望刚才女作家真的没有听见他叫喊的那个"出来",盼望她从来就没有听见过那一声"出来"。

牛小伍的"加瓦"被修长、优雅的"凤凰",朴素、稳重的"飞鸽",机灵的"金鹿",轻捷的"蝴蝶"簇拥着前进。他本来要放出烟幕去驱散它们的,但那只就要去加大油门的手又松缓了一下。也许"加瓦"不需要加油就能冲出这群同类的包裹,也许正在燃烧的汽油还可放出适量烟雾,只需对它们加以警告。分寸感,这是他重新领悟到的。就像那扇没有砰砰作响也可关上的门,是关着的又是随时开着的。

不是吗?牛小伍真的又跑在了前面,但他忽然扭头朝左后方扫了一眼,眼光落在一个骑"凤凰"的年轻姑娘身上。牛小伍猜测着她住哪儿,是否住在他的服务范围里,她的电文该是什么内容,对她要不要运用"出来"二字?

牛小伍又扭头朝右后方扫了一眼,眼光遇到一位穿蓝工作服的中年工人,油迹糊满了那工人的衣裤。牛小伍想,啊,机务段的工人,刚从车头底下钻出来。他住铁路第几宿舍？他的电报内容该是什么？我怎样呼喊他出来？

他又打量着别人,一路考虑着,怎样呼唤他和她……

1983 年 7 月 6 日

世 界

即使在梦里,年轻的母亲也知道要过年了。

即使在梦里,年轻的母亲也知道她应该往旅行袋里装什么了——都是些过年的东西,她将要与她的婴儿同行,去乡下的娘家团聚。

就这样,母亲怀抱着婴儿乘了一辆长途汽车,在她座位上方的行李架上,摆着他们母子鼓绷绷的行囊。车子驶出了母亲的城市,载着满当当的旅人向广阔的平原飞驰。母亲从不记得长途汽车能开得如此快捷,使她好像正抱着她的婴儿擦着大地飞翔。她忽略了这超常的车速,也忽略了车窗外铅一样沉重的天空,只是不断抬头望望行李架,用眼光照应着它。那鼓绷绷的行囊里盛满了她的心意:有她为母亲亲手织成的毛衣;有她为父亲买的电手炉;有她给妹妹精心挑选的红呢外套;有她猜测着弟弟的心思选购的"巡洋舰"皮靴。还有她换洗的衣物,还有她的婴儿的"尿不湿"。

就这样,长途汽车载着母亲和婴儿一路飞驰,不想停歇似的飞驰。

许久许久,城市已被远远地抛在了后边,而乡村却还远远地不曾出现。铅样的天空锅似的闷住了大地和大地上这辆长途汽车,这长久的灰暗和憋闷终于使母亲心中轰地炸开一股惊惧。她想呼喊,就像大难临头一样地呼喊。她环顾四周,满车的旅人也正疑虑重重地互相观望。她喊叫了一声,却听不见自己的声音。她用力掐掐自己的手背,手背很疼。那么,她的声音到哪儿去了呢?她低头察看臂弯里的婴儿,婴儿对她微笑着。

婴儿的微笑使母亲稍稍定了神,但随即母亲便觉出一阵山崩地裂般的摇撼。她的眼前一片漆黑,她的头颅猛然撞在车窗玻璃上,玻璃无声地粉碎了,母亲和婴儿被抛出了车外。

母亲在无边的黑暗里叫喊。她听不见自己的声音,也无法移动自己的双脚。她知道她在呼喊"我的宝贝",尽管婴儿就在她怀中,就被她紧紧地拥抱。她想要知道这世界发生了什么,她想要知道世界把她们母子驱赶到了什么地方。当一道闪电凌空划过,母亲才看见脚下的大地正默默地开裂。这是一种令人绝望的开裂,转瞬之间大地已经吞没了不远处母亲的长途汽车和那满车的旅客。这便是世界的末日吧?母亲低了头,麻木地对她的婴儿说。借着闪电,她看见婴儿对她微笑着。

只有婴儿能够在这样的时刻微笑吧?只有这样的婴儿的微笑能够使母亲生出超常的勇气。她开始奋力移动她的双脚,她也不再喊叫。婴儿的微笑恢复了她的理智,她知道她必须以沉默来一分一寸地节约她所剩余的全部力气。她终于奇迹般地从大地的裂纹中攀登上来,她重新爬上了大地。天空渐渐亮了,母亲的双脚已是鲜血淋淋。她并不觉得疼痛,因为怀中的婴儿对她微笑着。

年轻的母亲怀抱着她的婴儿在破碎的大地上奔跑,旷野没有人烟,大地仍在微微地震颤。天空忽阴忽晴,忽明忽暗,母亲不知道自己已经奔跑了多少时间。这世界仿佛已不再拥有时间,母亲腕上的手表只剩下一张空白的表盘。空白的表盘使母亲绝望地哭了起来,空白的表盘使母亲觉出她再也没有力量拯救婴儿和她自己,她也无法再依赖这个世界,这世界就要在缓慢而恒久的震颤中消失。母亲抬眼四望,苍穹之下她已一无所有。她把头埋在婴儿身上,开始无声地号啕。

婴儿依旧在母亲的怀中对着母亲微笑。

婴儿那持久的微笑令号啕的母亲倍觉诧异,这时她还感觉到他的一只小手正紧紧地无限信任地拽住她的衣襟,就好比正牢牢地抓住整个世界。

婴儿的确抓住了整个世界,这世界便是他的母亲;婴儿的确可以对着母亲微笑,在他眼中他的世界始终温暖、完好。

婴儿的小手和婴儿的微笑再一次征服了号啕的母亲,再一次收拾起她那已然崩溃的精神。她初次明白有她存在世界怎么会消亡?她就是世界;她初次明白她并非一无所有,她有活生生的呼吸,她有无比坚强的双臂,她还有热的眼泪和甜的乳汁。她必须让这个世界完整地存活下去,她必须把一世界的美好和蓬勃献给她的婴儿。

母亲怀抱着婴儿在疯狂的天地之间跋涉,任寒风刺骨,任风沙弥漫,她坦然地解开衣襟,让婴儿把她吸吮。

母亲怀抱着婴儿在无常的天地之间跋涉,任自己形容憔悴,任大雪覆盖了她的满头黑发。她衣衫褴褛,情绪昂扬地向着那个村子进发,那里有她的娘家,她们母子本是赶去过年的。

母亲曾经很久没有水喝,她便大口地吞咽着白雪;母亲曾经很久没有食物,她便以手做锹,挖掘野地里被农人遗漏的胡萝卜白萝卜。雪和萝卜化作的乳汁照旧清甜,婴儿在她的怀里微笑着。

天黑了又亮,天亮了又黑。当母亲终于看见了娘家的村子,村子已是一片瓦砾。在杳无人迹、寂静无比的瓦砾之中,单单地显露出一只苍老的伸向天空的手。老手僵硬已久,母亲却即刻认出了那就是她的母亲的手。母亲的母亲没有抓住世界,而怀中的婴儿始终死死抓住母亲那棉絮翻飞的衣襟,并且对着他的母亲微笑。

瘫坐在废墟上的母亲,再一次站了起来,希望的信念再一次从绝望中升起。她要率领着她的婴儿逃脱这废墟,即使千里万里,她也要返回她的城市,那里有她的家和她的丈夫。母亲在这时想起了丈夫。

　　母亲怀抱着婴儿重新上了路。冰雪顷刻间融入土地,没有水,也不再有食物。母亲的乳房渐渐地瘪下去,她开始撕扯身上破碎的棉袄,她开始咀嚼袄中的棉絮。乳汁点点滴滴又涌了出来,婴儿在母亲的怀中对她微笑。

　　……

　　年轻的母亲从睡梦中醒来,娇她爱她的丈夫为她端来一杯热腾腾的牛奶。母亲错过牛奶跃下床去问候她的婴儿,婴儿躺在淡蓝色的摇篮里对着母亲微笑。地板上,就放着他们那只鼓绷绷的行囊。

　　母亲转过头来对丈夫说,知道世界在哪儿么?

　　丈夫茫然地看着她。

　　世界就在这儿。母亲指着摇篮里微笑的婴儿。

　　母亲又问丈夫,知道谁是世界么?

　　丈夫更加茫然。

　　母亲走到洒满阳光的窗前,对着窗外晶莹的新雪说,世界就是我。

　　丈夫笑了,笑母亲为什么醒了还要找梦话说。

　　年轻的母亲并不言语,内心充满深深的感激。因为她忽然发现,梦境本来就是现实之一种呵。没有这场噩梦,她和她的婴儿又怎能拥有那一夜悲壮坚韧的征程?没有这场噩梦,她和她的婴儿又怎能有力量把世界紧紧拥在彼此的怀中?

1995年2月14日

沙　果

冬天,下午五点天色便显得朦胧了。来牛奶站取奶的左邻右舍,面目模糊地互相打着招呼。

牛奶站设在一个很大的大单位,各家的奶被安置在一个长城般的木格架子里。我们这些来自附近小单位的零星订户,总像是这奶站的外人。我们零零星星地掺杂在"主人"订户之间,很少遇到熟人,也免去了相互间的寒暄。

经管这牛奶站的是一位退休老大妈,每天这个时间她按时迎接着奶场的奶车,然后便麻利地把属于各家的塑料奶包,分发到属于各家的位置。老大妈还不失时机地为奶场推销各类酸奶:水果味儿的,巧克力味儿的,还有一些更具时尚的鲜奶制品。这时,她身旁总有一个胖胖搭搭的白净女孩子很兴奋地帮着忙活。这女孩子常是夯着两只胳膊,笑嘻嘻地眯起双眼,时而摸摸这里,时而捅捅那里。很慌,很忙,却又显得实在帮不上什么。遇到大妈不在,订户向她询问点什么时,她便更加慌忙,一双使人觉出乏力的手在你眼前摇晃着,且显出答非所问。开始我猜这女孩子十六?十七?十八?最多也超不过十九岁吧。

每天我来取奶,都习惯成自然地分析着这女孩子和这奶站的关系。我得出了一些结论,自己又一次次推翻着。女孩子对我,也像对其他零星订户一样，总显出些冷漠。

我一次次来取奶，在五点钟的朦胧里，终于直接或间接地了解到这女孩子的一些"蛛丝马迹"：她不是这奶站的主人，也不是客户，她是一个义务帮手，她所以愿做这奶站大妈的帮手，只因她不愿在家待着——她与她妈不和。她由于患过乙型脑炎，智力受到明显的损伤，这使得她在家里慢慢成了一个局外人。此外，她不是十六、十七或十八，她已二十大几，有丈夫，且有一个三岁的儿子。据说因了家人对她的疏远，连儿子也有意无意地回避着她。只有这位经管牛奶的大妈说："我喜欢沙果。"这女孩子名叫沙果。大妈从沙果背后把沙果环肩抱住，沙果笑得很惬意、很踏实。后来大妈告诉我，沙果小时候十分聪明，她的伶俐聪慧当年在这大院甚至很出名。

我试图和沙果认识，沙果终于对我额外地热情起来，而且这热情已属非凡。每天，当她在五点钟的朦胧里看到我的身影时，便兴奋地跺起双脚冲大妈喊："来了！来了！"她热情地在我和大妈之间奔波一阵，便从属于我的那个小木格子里拽出我的奶袋，投入我的提兜。当然，她也有将那小木格认错的时候，把别人家的奶拽出来向我面前伸。那时大妈就冲沙果奔过来，不客气地夺过她的奶袋，然后把属于我的那份交给我。这时候沙果的脸很红，她尴尬地原地转上两圈，自惭地把眼笑成一条线，使人觉出一阵酸楚。

由于我行踪的漂游不定，在这奶站终归不是一位稳定的订户。我的取奶方式是现买现吃，像我这类客户在这里也不乏其人，于是每次买奶时或许就有个找零问题。沙果从不受理他人的找零儿，对我却是例外。有一次大妈不在，我把整钱交给沙果，说："你把这钱交给大妈，明天再找给我零钱好了，这是三块钱。"沙果接过钱，慌乱一阵之后问我："要找你几毛？"我说："找六毛。"沙果便在棉衣兜里抠索起来。她抠索一阵，抠出一个小烧饼大的钱包，又在钱包里抠索一阵,终于找出几张零钱说:"你看这是几毛?"本来我是不准备接沙果的零钱的,却又觉得拒绝沙果的零钱实在就是拒绝了沙果的一片心意;拒绝了沙果的心意就等于拒绝了沙果那份处理问题的能力。于是我帮沙果数出六毛钱,把多余的零钱交还给她。沙果的脸立刻又红了,她这次的红脸显然与上次不同,这次是为自己具有这找零儿的能力而兴奋不已。

第二天大妈还是提醒我,以后不要把钱交给沙果了,因为她不识数。还说起哪一次沙果处理这类事时,就出现过零整不符的情况。

从此我不再和沙果交待关于钱的问题。但沙果对此并不在意,和我的关系反而更显出不一般起来。一次沙果对我说:"哎,今天我看见你了。从我家的窗户里。我们家就住那座楼。"她朝一座带阳台的宿舍楼一指。我们这个小单位的人有时上街为了抄近,就从这个大单位的院里穿过。原来沙果今天对我的看见,是从她家的窗子里,而不是在牛奶站。这件事竟给了她如此的惊喜,看上去她很为自己能够在奶站之外的新地方发现我的存在感到得意。而更使她惊喜的,仿佛是因了我在她眼前的这次意外出现给她带来了更好的运气。

又过了一天,沙果告诉我,她找到真正的工作了,有人"要了她"。也许在此之前她还不曾做过一个"社会人"。她告诉我,她将在一家饭馆洗碗和剥蒜,每天的报酬是五块钱。那个饭馆有八张桌子。

沙果当真去洗碗、剥蒜了,可我还是能在牛奶站看见她。每天,她早早干完一天的工作量,就来到牛奶站,来到大妈身边。我不认为她是专为等我而来,我看出她是舍不得这个引导她步入社会的岗位和这岗位上的大妈。

每天沙果都有新消息。今天她说,她半天就洗了上百上千的盘和碗。明天她说,她给饭馆洗碗比给她自己洗碗都干净。还有一天她说,她一高兴半天就剥了足够顾客半年吃的蒜。对于剥蒜这件事,我始终有些疑惑不解:第一,我不知顾客半年要吃多少蒜;第二,即使半年要吃的蒜她半天就能剥出来,这少了皮的蒜瓣儿将是一种怎样的保存方法?第三,沙果所说"半年的蒜",当真经过店老板的确认了么?但我不愿就此事去和沙果深究,我愿意沙果高兴,不愿意因了客观对此事的一点怀疑,使她也对自己的成绩产生怀疑。

初冬过去了,数九天来临。天黑得更早,五点,牛奶站的屋子里显得更模糊。这天我来取奶,发现站内唯一一张桌子上趴着一个人,她把头埋在自己的大棉袄袖子里,丰腴的背弓个满圆,凭感觉我认定这是沙果。我问大妈:"是沙果吧?"大妈说:"是她,哭呢。"我说:"怎么了?"大妈没有立刻回答我。我扶住沙果的背,沙果知道是我,把头从袄袖子上抬起来,看着我说:"他们不要我了。"她的声音颤抖得很厉害,舌头也有些不听使唤。我说:"为什么?"沙果不说话了。黑暗中我只看见她脸上的泪痕很亮。大妈说:"别问她了。"我已猜出事情的复杂,便想到那些碗们在沙果手里的运动,和那够顾客半年吃的剥了皮的蒜瓣儿。我摸了摸她那一头短发想给她些安慰,她的头发很密很硬,像带着对那饭馆的愤怒。这时她告诉我,饭馆对她说:"厨房太小了,你回去吧。"从此沙果就告别了那家有八张桌子的饭馆,告别了她的碗盘和蒜。

我还是安慰了沙果几句,我说:"别难过了,将来再找个更好的工作!"说着又于心不忍着,我知道我的话带着明显的敷衍。哪知我这敷衍却使得沙果立时停住了她的悲哀,她脸上忽又露出那常有的笑容。那笑容很憨,很不着边际。

我出门时,她送我,愤愤地说,对,他们(那饭馆)还少给了她五块钱,她在那里干了整整四十天。

1995 年 12 月 31 日

醉 年

我想起我是极少在外面过年的。这"外面",无非是亲戚家、朋友家、同学家、同事家……外面的除夕自然也会是喧腾的,但外人置身其中,却不一定能获得那份真正的自如。丰子恺先生曾经在一篇散文里专门叙述过在外做客的种种心境。似乎说,若是主人冷淡倒还次要,假如主人过于热情,比如,热情到吃饭时夺你的饭碗强行添加饭菜;告别时藏你的行囊使你无法动身等等,实在就是将客人逼到了惊恐交加的悲惨境地。

那么,还是在家过年的好。

于是,为了回家,春节前的任何一个车站、码头都无限的慌乱;在那里,任何一张面孔都无限的魂不守舍。一切的委屈在这时都能忍下:反正是要到家了,反正! 人们鼓舞着自己。

然而,有时为了一个缘故,你还是要在外面度过除夕。那缘故有时是难以预料的……

在村里干了快一年,总算熬到腊月,总算有了盼头。县里却下了通知,说知青下乡第一年,春节应该在村里过,过一个革命化的春节。

我们那两间一明一暗的房子一沉,住在里边的我和赵丹丹,心也一沉。

赵丹丹蒙起被子就睡。我也不出工了,守着秋后分得的那二十斤花生发愣。

丘玲却不以为然,跨在炕沿说:"至于么至于么!不让回家就不回,在这儿乐得自在。"

说完,她围上围巾下地去了。今天的活儿是拉土垫地。

我依然坐着发愣,赵丹丹依然蒙头昏睡。直到太阳落山,我们也不点灯。

丘玲收工回来了:"怎么还不做饭哪!"

丘玲在院里一边用围巾摔着身上的土,一边朝屋里喊。

我们屋外间一盘灶,里间一盘炕,三人的口粮合在一起,一直是搭伙做饭。

见无人搭言,丘玲火了,从院角抱起一捆棉花秸,进屋哗地扔在灶前:"至于么!"她又重复着老话。

"你当然不至于了。"我在屋里说,"你有什么牵挂?"

"那又怎么样?就是没牵挂!"丘玲在舀水添锅。

"别人可有牵挂。"我说。

"别人?怎么不说是自己。"丘玲抓挠着柴火开始点火了。

"你算说错了,正好不是自己。"我说。

"不是自己就更不至于了。"丘玲点不着火,一连划了好几根火柴。

"那可不一定。你不知道赵丹丹她妈妈得了心脏病?"我站起来堵住了门。

"噢,她妈得了心脏病,全世界就得跟着她一块儿愁?"丘玲终于点着了棉花秸,狠狠地拉着风箱。烟从外屋冲进里屋。

不知为什么,看见丘玲平白无故地烧棉花秸,我格外地冒火。那棉花秸是硬柴火,只有蒸干粮、煮饺子才烧。我从里屋一步冲到灶前：

"平白无故你烧什么棉花秸？"我抓住丘玲的风箱杆说。

"烧什么不行？"丘玲说。

"棉花秸就是不能烧。"我说。

"怎么不能烧？"

"就是不能烧。"

丘玲的嗓门想压倒我，我却早已压倒了她。终于，她从灶前站起来说："不出工，不做饭，连柴火也不让烧，干脆分家算了！"

"分就分。"我说。

"你说怎么分？"丘玲嚷。

"你说怎么分？"我嚷。

"你说！"

"你说！"

我和丘玲在外屋吵，赵丹丹在里屋突然哭起来。她边哭边说："别吵啦别吵啦！都怪我不好。不让回家就不回还不行么！"

我们不吵了，却仍然对视着。我一眼扫到了丘玲那双粘满橡皮膏的手，丘玲或许瞧见了我那两只长满冻疮的耳朵。她哭了，我也哭了。

这一哭，屋里的气氛却突然变得那样的温柔、融洽，一股暖暖的无须赔礼道歉的谅解，霎时间笼罩起我们，渗透了我们的心。棉花秸生出的青烟在屋内缭绕，也渗透着我们的心。

我们的和睦，惟有靠了这周期性的争吵、赌气、诅咒、哭嚎，靠了这烟熏火燎，才变得更加真实和牢固。或者说，没有这周期性的争吵、赌气、诅咒、哭嚎，我们的和睦便算不得真实的和睦。

我们三人并排坐在炕沿上，哭了好一阵才渐渐平静下来，回家的事立刻又从心头升起。我们共同想着主意。丘玲虽然是个无父无母的孤儿，也一起动着脑筋。三个人切盼着好运气能够降临，那么,只有去找娃儿王。

娃儿王是我们的队长,五十多岁年纪,好脾气。知青找他请假,大都能得到准允。有时你站在他面前,还正为自编自述的荒唐理由而心惊胆战呢,他却早以为一切都是千真万确的了。如果你怕由于"政策的"的原因使他受牵连,他就会开导你说:"这怕什么,政策是死的,办法是活的!"

面对任何死的政策,娃儿王总有活的办法。那些年,花生属于农作物中的稀世珍品。政策越是不许可种,那东西就越发神秘珍奇。可这种珍奇的物件,在我们队却神不知鬼不晓的人人都可分得一份。比如我眼前这二十斤。

这年春天,麦子长到没了老鸹高时,娃儿王来到我们屋里,说:"今儿个,队里的学生都跟我走,我领你们去种点好物件。"我们互相看看,随娃儿王来到一块麦地边。地头戳着几个装满种子的布袋,有人好奇地问布袋里是什么,娃儿王说:"不用问,这里头还有点儿不能公开的成分。这么着,我在前边刨坑儿,你们在后边闭着眼睛自管点;一个坑里四个籽,不许可多,也不许可少,更不许可一边儿点一边儿吃。要吃,秋后少不了你的。"

娃儿王绰起锄头,脚踩刚浇过麦垄的湿土,半步一个坑。我们解开口袋一看,才发现口袋里是颗粒饱满的花生。于是每人将种子装满衣兜,跟随娃儿王的脚印,四粒一个坑,四粒一个坑,埋好,再用脚踩实。点完一垄又是一垄。

花生刚点上三天,消息就传到公社。公社派干部找到娃儿王,问及私种花生的事。

干部说:"是你们队种花生了?"

娃儿王说:"谁说?犯禁的事找不到娃儿王。"

干部说:"有人反映哩。"

娃儿王说:"也得有个证据。"

干部说:"证据好找,领我上地里走一趟。"

娃儿王说:"我在前,你在后。"

干部说:"我在前,你在后。"

娃儿王说:"一样。"

果然,干部在前,娃儿王在后,来到我们队的地边。干部说:"哪是你们队的地?"

娃儿王说:"都在眼前。"

干部说:"眼前是清一色的麦子啊。"

娃儿王说:"不假。麦子,清一色。"

于是,干部在前,娃儿王在后,围着麦地转了一个整圈。没有发现可疑的迹象,干部走了。

就这样,花生在麦垄里默默地生长着。麦子收割了,花生已经放花坐果了。

就这样,花生收获了。

我们三人能分到娃儿王的生产队,实在是福气。那么,我们决定明天去找娃儿王请假。

第二天晌午,我们来到娃儿王家,娃儿王正猫腰站在灶前蒸糕。他双手蘸着凉水,把一团团半熟的黄米年糕在屉上攒成一大坨,又将那一坨年糕噼噼啪啪拍得滋润、溜光。几个高出锅台的孙子围在锅边,不错眼珠地盯着他手下那金黄诱人的吃食,脸上显然是欲望和幻想。娃儿王宽大的巴掌拍在糕上,打出那有节奏的花点渲染了周围的气氛,就像预示着这里的年节才是真正的年节。

"这是半熟,还得蒸,差不多还得半天。"娃儿王显然是对我们说的。他顾不得看我们,但已意识到我们的存在了。

我们是来找队长请假的,可面对眼前的景象,却不坦然起来。仿佛由于我们的节外生枝,一定会使娃儿王的年节、使整个村子的年节变得扫兴。于是我们在娃儿王背后互相轻轻推打着,那推打不是为了鼓动谁去先张口,而是一种无言的默契——这,还能张口就提回家的事吗?

自己发问,自己回答。我们悄悄退出了娃儿王的厨房。

"有事?"娃儿王直起腰来问我们。

"有……噢,没有。"我回答,领头朝外走。

我猜娃儿王是目送我们走出院门的。

路上,赵丹丹说:"我看,咱们索性就在这儿一块儿过年吧。"

事情就这样决定了,决定按政策在村里过个"革命化"春节。

除夕这天上午,我们进县城办了"年货":一瓶八毛九分钱的葡萄酒,二斤冻柿,两个猪肉罐头,一斤水果糖。

回到家里,我和赵丹丹再贡献些花生,放在锅里炒炒,一切算是齐备了。

晚上,我们换上干净衣服。为了那瓶酒,丘玲先插死院门,又插死屋门,因为这一带女人是滴酒不沾的,除非坏女人。

我们在稀疏的炮仗声中磕开瓶盖,把酒分进三个大碗,然后端起碗,连连喊着干杯。三个人第一口喝得都很深。

赵丹丹的脸立刻就红了。她拿起一个冻柿子,咬了一口说:"我这是平生第一次。要是在家,我……我再喝一口。"她又自顾自地喝了一口,并偷眼看看丘玲。

丘玲白了一眼赵丹丹,似乎说,没妈也有好处吧,在家守着妈,还会有你的酒喝?她喝着酒,发狠地捏碎花生皮,将皮向很远的地方投掷着。

三个嚼了一会儿花生,丘玲说:"赵丹丹,其实人还是有个妈好。"

我和赵丹丹对视一下,没想到丘玲会说出这句话。

"算了,说点别的吧,丘玲。"我说。

"还说什么呢?"丘玲继续说,"现在可倒好,就像是因为我没有妈,也连累了你们,落得在这儿过除夕了。我恨我。"

"算了丘玲,拣高兴的说。"我又说,"祝咱们三人永远一个锅里抡马勺。"

碰着,喝着。

"祝咱们永远跟着娃儿王干。"

碰着,喝着。

"祝咱们永远不打架、不骂街。"

碰着,喝着。

"祝咱们早日上调。"

也许这才是真正该祝的,但我们谁也没再喝,都把碗重重地放在眼前。想想眼前的现实,我们才是一年不到的新知青。

我无意中看了赵丹丹一眼,发现她的脸成了紫红,嘴唇却发白,眼直愣愣的,身子几乎瘫在炕角,一只空碗翻在脚边。

"嗨,你怎么啦?"我抓起一把花生往赵丹丹手里塞。

"吃,吃啊。"丘玲也对赵丹丹说。

"我可能是喝醉了。"赵丹丹说着,身子往下一滑,竟躺了下来。

我和丘玲慌了,剥花生往赵丹丹嘴里送,心想多吃点东西也许解酒。赵丹丹吃不下,又将花生吐出来。丘玲说茶水能解酒,下炕沏了一大碗浓茶灌她。赵丹丹喝了茶还是嚷心慌。我摸过她的脉搏,那脉搏快得竟没有间歇。我慌了,说得喊小臭来。小臭是大队赤脚医生。

赵丹丹却央告着我们不让去,说传出去丢人。

我们依了她,可她竟在炕上打起滚来。我撩起她的衣服一看,那脊背上一片片的红肿,如老橘皮一般。伸手丑丑,也有砖头般硬棒。

我和丘玲这才感到问题的严重。

"喊小臭吧。"我坚持着。

"我去。"丘玲说。

可赵丹丹只是摆手,坚决不让。她的脸仍然紫红,全身依旧肿胀,心跳还是那么快,我们该拿她怎么办呢?

急中生智。我忽然想到热敷可以消肿,决定给赵丹丹用热敷法先试着消肿。

我抄起水瓢,狠狠添了一满锅水。丘玲摸黑抱进来一抱麦秸。我说:"麦秸不行,快抱棉花秸,用壮火,用壮火。"丘玲抱来棉花秸,我使麦秸引着,便拼命拉起风箱。壮火终于把一锅水烧得沸腾起来。丘玲将水舀进脸盆,我搜罗了所有的毛巾、枕巾,浸进热水,拧成半干敷在赵丹丹背上、腰上、胳膊和腿上……

不知折腾了多久,热敷终于使赵丹丹沉沉地睡了过去。我摸摸她的脉搏,渐渐正常起来;丑一丑她的皮肤,也比当初柔软了许多。

"她没事儿啦!"我轻轻对着丘玲的耳朵说。

"真没事儿啦!"丘玲又对着我的耳朵说。

"没事儿啦!"丘玲将我打倒在炕上。

"没事儿啦!"我拽过一只枕头向丘玲投过去。

一个百年不遇的除夕,一个百年不遇的欢乐时刻。到处充盈着温馨和暖意。

大年初一,赵丹丹奇迹般地恢复了正常,只有脸上未褪尽的淡淡红潮使她显得很害羞。

有人敲门。

我下炕打开屋门,又开了院门,娃儿王端着两大碗热气腾腾的饺子站在门口。

后来娃儿王端着饺子进屋,审度了我们这里的形势,蹬上自行车跑了十二里地,到县邮局给赵丹丹家里拍了电报,意思是赵丹丹病了,让赵丹丹妈妈到村里来一趟。

后来赵丹丹的妈妈收到了电报,但没有来。电文使她心脏病发作,死了。

原来娃儿王不识字,电文是口授给营业员的。营业员问及发报人姓名后,随手将娃儿王写成娃儿亡。于是电文变成:

速来村里赵丹丹病娃儿亡。

我再也没问起赵丹丹,那晚她究竟犯了什么病。只是许多年之后,一些间接的经验告诉我,她一定是酒精中毒。据说那很可怕,严重者会立即死亡。

1987年4月

老 丑 爷

先前,老三股分家时,只有两处没分:一处亩大的苇坑,一处亩大的枣树行。

老三股指的是我父辈的父辈。我父亲说。

老三股兄弟三人,虽家居冀中乡间,但名字文雅。他们以德字相排,即德惟、德吾、德馨——显然出自《陋室铭》。三"德"各得一子,成为中三股。他们的名字再无排列,且不文不雅,逢丑便丑,逢俊便俊,名字是信口道来。老丑爷便是老大德惟的儿子。

老三股像是作为问题,又像是作为团结和睦的象征,把苇坑和枣树行遗留了下来。中三股以下的小三股们,称那地方为"老伙"的。

苇坑靠近村边,坑底平时旱得干裂,雨季才从村里排进些泥水。中三股也不关心那芦苇的生长。只到深秋,地光场净时,他们才想起对于那芦苇的收获,也才会有一股派出"使者",去串联其余两股。那"使者"一般都由小三股们充当。

"我就常去充当那'使者'。"我父亲说。

"使者"招呼起小三股,在坑里胡乱收获些谷草一样长短的苇秸,胡乱分作三堆,又由着各自的智慧胡乱拖回家中,和柴草堆放在一起,然后再和柴草一样慢慢填入灶膛。

三股们对于枣树行都是重视的。

每年端午过后,枣树行便活跃了起来,端午是枣树呈现出价值的标志。那时,枣子长到可以塞住鼻子眼,三股的女人们便在树下纺线、络纱,防备猪羊和孩子的糟蹋,仿佛守卫枣树的女便衣。七月七过后,枣树会得到更进一步的重视,这时女便衣换成了小三股的兄弟姐妹,他们是专职守护者。直到收获,他们的岗位责任制才被解除。收获的仪式也是隆重的,那时,老三股以下的所有男女老少,执杆拿棍一齐出动,鼓峥峥的枣子和树叶同时被梆在地上,人们就近敛成数堆。分配时也不马虎,总是先用斗排出属于三家的大数,再用升分配零星。那分配的执法者便是老丑爷。

老丑爷执法总是要表现出些力量和才干的,他以那高大的身躯、铜钟样的声音赢得了这个职位。他先是走近各堆,信手抄起一把,内行似的掂量一下成色,亮起大嗓,招呼各股拿筐箩和布袋。然后就斗满升平地把散堆着的枣子排成三堆,由各股装入自己的家什。老丑爷行使职权时,其余两股的男人女人,都表现出了对他必要的尊敬。他们和气地接受着老丑爷的斗、升,和气地将分配所得背回家中。

小三股们却总是从老丑爷的力量和才干中看出些破绽。他们走近属于老丑爷的枣堆旁,互相捅捅说:"看,大荷包。"

大荷包是枣树行中的上品,体态、分量如青核桃,核儿才如寸枣大。此外,行内还生有属于中档的大串杆和属于低档的二串杆。打枣时大荷包落在大荷包树下,属于老丑爷的那堆,大都是从这里撮起来的。

除却枣树行里的大荷包树,老丑爷家还有一棵大荷包树,那是德字辈时从枣树行移来的。现在枣枝已扑散过房,秋天沉重的果实压弯树枝,扫着泥皮屋顶。

"那两股没移过枣树么?"我问父亲。

"移过。"父亲说,"都是大串杆和二串杆。"

尽管小三股们不断发现老丑爷在分配时的手脚,但老丑爷还是掌握着分配大权。他们的忿忿然终敌不过老三股遗传给中三股那一切从团结愿望出发的气度。他们便在老丑爷身上另打起主意,合伙去计算老丑爷家里那棵大荷包。当大荷包又扫住房顶时,小三股们常趁中午老丑爷歇晌,从房后爬上房顶,先吃个撑饱,再拣些肥大的塞进衣兜。但他们的动作再轻,老丑爷十有八九还是能被惊醒。还有他的老伴老跟,警惕性更高于老丑爷。小三股们常常想到,老丑爷是被老跟推醒的。这时老丑爷便在屋内大喝一声:"谁?"那声音立刻隔着窗纸传出窗外,再升至空中。接下来便是老跟——老丑奶奶的声音。她不喊"谁",却喊"谁呀!"喊完,爷和奶奶就一起出现在树下。他们行动之迅速,常常出乎小三股们的预料。小三股们为了不披露"自家人"的身份,便匍匐下来,通过空隙观察树下。奶奶和爷都光着上身,正朝房顶张望。老丑爷那两块多肉的颧骨涨得通红;老丑奶奶拿把蒲扇,一面拍打着身上什么地方,一面不停叫骂。但那骂声里并无脏话,只是些:

"你家里没有啊,专来糟践俺家的。"

"看我不上去!上辈子还在一个锅里抡马勺哩!"……

她一边说,一边推搡老丑爷:"你上去,看看那是谁。上呀!"随着她的推搡,她那吊在肚子上的两只长奶,在抿裆裤的裤腰上不住捆打。

老丑爷不上,也不再喊"谁",两块颧骨涨得更红。他只是一味地倒退着朝房上张望。小三股们早已趁着奶奶和爷的推搡,溜下屋顶。

老丑爷捡起他们遗弃在地上、被认为不合格的果实,在手上蹭蹭,一个个摆上窗台。

老丑爷的窗台上,还是不断增加着"不合格"的新枣。

老丑爷和老跟注重大荷包,却不注重其他,包括自己的后代。因此小三股的哥儿们中没有老丑爷的后代。老跟并非不能生养,过门不久添过一个也有着两团胖颧骨的儿子。那儿子几个月时得了惊风,请了个医生让发汗。六月天,老丑和老跟拿床被将儿子盖严,被子三边再压以枕头。半天过后察看汗情,仍不见汗,便决心再捂半天。当再次察看汗情时,才发现他们捂住了一个死儿子。那时老丑爷和老跟也不悲痛,老丑爷用个荆筐将儿子背入祖坟,溜边掩埋。后来,两人似有过默契一样,永辈子不再生养;并且对于那些小三股们,也常做些个不屑一顾的神色。

没有儿女的拖累,老丑爷和老跟奶奶的日子过得自由、散漫。两口人的口总是好糊的,况且他们还有六亩水田、一头大驴。耕地、下种时,只要在六亩田中拿上苗,人和驴便闲散起来。水田不比老丑奶奶的肚子,种子撒下去,地里总会有所收获。许多年来,老丑爷的家景还能把上小康,那小康之家却只锻炼了老跟用白面拌疙瘩的炊事本领。遇到二人对疙瘩汤腻烦时,老丑爷便到后街饭铺端烩饼。他用个大海碗捧着热气腾腾的烩饼,也不避人,走回家来夫妻同享。

饱暖生闲事。那时候可以用饱暖来形容老丑爷的家境,但他们并不生闲事。因为闲事大多是贬义。他们只有嗜好。老跟的嗜好是摸纸牌,摸起牌来能忍饥挨饿。那时老丑爷就不必再把烩饼端回家来,一人泰然坐入店中用餐即可。

老丑爷的嗜好较老伴高雅。他年幼时在城里上过"高等",不仅能读懂通俗文学的《施公案》《彭公案》,且能读懂半文言的《三国演义》。老丑爷的读是为了讲,讲便成了他的嗜好。他的口才和表现能力无论如何都是可以和当今的专业评书演员相匹的。他精选出来的段子情节紧凑、跌宕有致,讲述时再掺些当地方言,确实能使听众进入一个理想的境界。各种年龄层次的乡亲常把老丑爷挤在一个角落"激"他,受"激"便是老丑爷最最得意的时刻。他将情绪稍加酝酿后,张口便可出奇制胜:"话说圣上丢了三桩国宝,就给施大人施不全下了一道圣旨。圣旨下,施大人一跪跪在地溜平,大太监把圣旨唰一打开说:'施不全听旨,找着三桩国宝,高官拣作,骏马拣骑;找不着三桩国宝,居(举)家犯抄,河(活)灭九族,连你施不全的官职一抹到底。'"

圣旨的原意或许书中不曾记载,但经过老丑爷精心杜撰,便成了这个段子中的精华。能否一口气道出,更是考验讲书者功夫的所在,老丑爷每次都是一口气读完的。然而这个段子却不是老丑爷最喜爱的段子,他只须稍施小技便可收到意想的效果。他最喜爱的段子当属关云长挂印封金,直到过关斩将。那是由他的真情实感谱写而成的,当然,也不是任何一个场合都能将他激得开口。那要看听众的层次和相应的环境气氛。那时他仿佛关公的化身,他那高大的身躯,有些弯曲的双臂,那多肉的涨红着的颧骨,那铜钟样的声音都一齐调动起来了。人们不止一次看到他声泪俱下地讲完,用两只飞出棉絮的袄袖揾着眼睛,半天才能归于平静。

冬夜漆黑无边,老丑爷在他的小屋里,面对如豆的油灯,用他的声音他的泪,用他那投印在黄泥墙上的巨大身影,为乡亲创造出一个神秘、生动的世界。人们忘却了身上的寒意和家中的空锅,和他一起诚心为古人担着忧愁。

老跟反对他讲"挂印封金",她说那要伤身的。她常常突然出现在老丑爷的面前,轰开听众对丈夫说:"还讲,能当吃当喝?你这也算是为'嘴'伤身。"

人们回味老跟的话,这才想起老丑爷为关云长付出的心血,仿佛做了一件对不起这"二老"的事。他们站起来拍拍身上的土,双手抄进袄袖,摸黑回家。

老丑爷并不在意老跟的斥打,仍然愿意听到听众对他的撺掇。

英雄无用武之地就等于不是英雄。

老丑爷并非没有将施不全、关云长和吃喝联系起来过。那是一九六〇年。那时,当他彻底和疙瘩汤、烩饼决裂后,曾下决心下海入梨园,赶集上庙摆书场,谁知终因对于"一天等于二十年、举国都已进入共产主义"的精神准备不足,受到县文化馆的干涉而告终。他没有新段子献给那个时代,之后也没人再撺掇他讲书了。后来加上那个枣树行也被砍伐一空,老丑爷和老跟就像和这个地球割断了联系。只有他们院里那棵大荷包不知用什么办法保留了下来。夏天中午时,人们偶尔还能听见老丑和老跟为孩子上房摘枣发出的呐喊。那自然已不再是小三股们。老丑爷声音照样洪亮,但细心人能听出那是缺少底气的。

我只见过老丑爷一面。那年我回到了老家,受到了乡眷们的特殊待遇,连请我吃饭各家都要排队。

老丑爷不在排队之列,但我总要去作拜访的。

那棵大荷包果然还在,树皮黝黑,树枝却繁茂。据说枣树生长慢,形状难变。我猜它和我的父辈——小三股偷枣时没什么两样。只是老丑爷的房子比我想像中的要小得多,听人讲是被老丑爷"吃"去的,先吃外面的表砖,再吃些檩梁,最后只剩下一个形状不明确的角落,像蹲在地上的一个立体锐角。老丑爷就从那个角中走出来,把我让进去。

角中仅有一炕,炕前一口空大的深锅,炕沿上坐着一位白发老婆儿,头发打着绺儿,脸上皱纹繁多,很细碎。这当是老丑奶奶了。老丑爷身板虽显佝偻,但高大的身躯和这个三角地带仍然显得很不协调,一头雪样的发茬,将颧骨衬得更红。我免却"老丑"和"老跟",只叫过"爷爷"和"奶奶",他们亲热地叫我"妮儿"。这是老家对姑娘们的昵称。

"妮儿,你看你爷爷。"老丑爷说。

他不愿使我看穿他们的不景气,但这又是无法掩饰的现实。

我一时不知说些什么,只是出于礼貌问问他们的生活和身体。

"好。"老丑爷说。

"好。"老丑奶奶说。

幸好屋里刹那间就挤满了人,半大姑娘居多,大都是老三股的后代们。人们多年不听老丑爷讲书了,这次趁我来,他们一定要撺掇他讲一段给我听。

我不想加入这撺掇,总觉得老丑爷是我的长辈,况且这房子、这炕、这口锅……但是撺掇的人更多了。除年轻人外,堵着门的还有不少长者。人们一面撺掇着老丑爷,一面观察着我的眼色,那眼光像是对我说:因了你老丑爷的存在,你应该兴奋;又像是说:你不是作家吗,和老丑爷总有些职业的联系吧。

我不知老丑爷的热情是怎样被激起来的。一切迹象证明,他是蠢蠢欲动了。他在那唯一的旧木圈椅里局促不安起来,颧骨绯红,眼里跳跃着火花。人们感应到了那火花的不同一般;面对一个远道而来、被称为作家的晚辈,老丑爷终究又忘却了"为嘴伤身",也忘却了六〇年被县文化馆轰出县城的"前科"。

"这云长自从挂印封金、离开曹营后,保护二位皇嫂就上了路。再者,那赤兔马日行千里……"

这当然是一个高规格的开始。人们立即雀跃了,眼里都跳跃起火花。再下面当是"过关斩将"了。

我有幸听完了老丑爷的段子,他的选材、取舍、叙述才能果然不凡。但我心中却充溢着几分凄凉。那故事我最多只听进了三分之一,其余时间只是走神。我无意中还发现,就在和那盘不方不正的土炕濒临着的窗台上,散落着几颗大枣,那便是大荷包吧?也许是灶膛的烟火将它们烘烤得时间过久的缘故,它们并不是我脑子里旧有的那种大荷包。它们显得干瘪、瘦弱,和所有枣子没什么两样,它们使关云长过关斩将的形象,显得也不那么英武了。

有人喊我吃饭了,人们也四散开去。老丑爷从椅子上站起来,伸出两条弯曲着的胳膊,说:"妮儿,在……这儿吧。"意思当然也是吃饭。我再次看看炕前那口黑洞洞的空锅,只是说以后吧,我还有机会回来。

这时老丑爷麻利地爬上炕,从窗台上收敛起一把枣,一面往我口袋里塞,一面说:"大荷包。"

我把手斜插进衣兜,从那棵大荷包下走过。干硬的枣枝将蓝天割成无数无形的块,我回头望望"二老",映衬他们的便是这面被枣枝割得细碎的天空。

我离开老家不多日,就传来老丑爷去世的消息。他一生从不得病,也从未吃过药,人们说是无疾而终。中三股的这一股,算是永远地消失了。

老跟依然活着,没有人再去骚扰那棵大荷包。活着的人再无机会听老丑爷讲书,夜也不复那样漆黑、神秘。晚上,人们都坐在电视机前去看世界,从那玩意儿里,连七名宇航员离地几十秒就丧了生都能看到。

1987 年清明

砸 骨 头

　　会计坐在白茬儿柳木桌前打算盘，村长坐在他的对面，死盯着会计手下过来过去的算盘子儿。

　　入冬前，正是税收季节，乡税务所已经来居士村催过税款，税款仍然没有筹齐，还差六百块钱。来人说，全乡十二个村，就剩下居士，是居士拖了全乡的后腿。来人还给规定了三天的期限。

　　村长是个好脸面的人，说居士拖了全乡的后腿，他受不了；给他规定三天的期限，他更受不了。

　　村长亲自收税，来到于老茂家。于老茂有一小片苹果树，按比例，应纳林果税五十四块，那凑不齐的六百里，就包括着他这五十四块。

　　村长说："纳税的道理我也不说了，取之于民用之于民咱们也别多讲了，好歹你得给我个面子，交了钱，一了百了。"

　　于老茂说："不是我不给你面子，是老天不给咱们面子。伏天那场雹子可不是我瞎编的吧，树上剩的那几个果子，统共才卖了六十块钱。交五十四块钱的税，剩下六块还不够我买二斤蒜薹呢。你是村长，你应该反过来问问乡里，遭了雹灾怎么还不减税？"

　　伏天是有一场大雹子，村长想。他接过于老茂递上来的一支"春耕"烟，点上，抽抽，愣了一会儿，去了于喜开家。于喜开喂了几栏猪,下雹子也没砸死猪,他应该交割头税。

于喜开正歪在炕角的被窝垛上哼哼,村长问他怎么了,他说他正在拉红白痢疾。

村长说:"这月份哪有闹痢疾的?"

于喜开说:"刚才我还拉了多半碗呢。"

于喜开的媳妇从自来风炉子上拿下个水氽要给村长倒水喝,村长推开碗便说税。

于喜开哼哼得更厉害了,说他这红白痢疾就是猪传给他的,说他那几栏猪眼下都得了红白痢疾,说得了红白痢疾说死就死,不论是人还是猪。死猪又不能卖,不卖猪还交什么割头税。

村长说:"于喜开,你拉痢疾有什么证据?"

于喜开说:"半碗痢疾还在茅厕里,不信去看看。"

村长说:"于喜开你他妈真不是东西!"

于喜开说:"主要是这红白痢疾他妈不是东西。"

村长去找光棍儿于海,于海在坡上有几棵花椒树。于海说:"我把我自个儿当税交了吧,正愁没人给做饭哩。到了乡里叫干什么干什么,管吃管住就行。"

村长又去了几家,各家有各家的说法。最后到了于四嘎家。于四嘎不让村长进门,在门上贴了副对子:自古未闻屎上税,如今放屁也纳捐。

会计还在打他的算盘,村长就给他念这副对子,一边嗤嗤哈哈地捂着腮帮子。他正在上火,牙床子肿着。

会计说:"看,听你念对子,叫我打错了算盘。"

村长说:"还有个什么打的,打来打去,也是差六百。"

会计说:"大清早的你就这么大忘性,不是你非让打来着。"

村长苦笑着说:"我就那么一说。"

会计说:"当官的一动嘴,小兵子跑断腿。"

村长说:"我看你是吃了枪药。"

会计说:"我没吃枪药,我吃了半块月饼。"

村长说:"八月十五早过了,哪儿来的月饼?"

会计指指桌角一个黄纸包,说是于四嘎刚才送来的,头天没让村长进门,他表示歉意。

村长扒拉开纸包,拿出一块月饼送到嘴边咬,咬不动,这才开始端详这块被称之为月饼的月饼。月饼上的花纹模糊不清,只隐约地看出"提浆"二字;放在桌上磕磕,简直比做月饼的木头模子还硬,简直像从于四嘎家祖坟里刨出来的物件,村长想。他的牙更疼了。他扔下月饼看会计,会计手下的算盘噼里啪啦又一阵紧响,表演一般。村长烦躁起来,便说:"别耍把你那算盘子行不行?"

会计停住手说:"怕是你还耍把不了这几下子。"说着,脸上带出明显的不悦。

村长伸出巴掌把会计的算盘一拍说:"我要是会耍算盘就把你辞了。"

会计不紧不慢地说:"辞了我不打紧,你别拿算盘撒气,没看见快散架了。"

村长看看算盘,两头用细铅丝箍了好几道,是快散架了。可是,他听不得会计那不紧不慢的口气,那不紧不慢的口气像是故意激他。

会计这一激,村长的牙果然又疼了些,火气果然又盛了些。他抓起算盘哗啦啦地就摇,摇着说着:"散架就散架,不就是架算盘!"

会计扑上去夺算盘,说:"一架算盘也得十来块钱!"

村长把算盘背到身后说:"居士村凑不上税钱还买不起一架算盘!"说着举起算盘就往墙上摔,算盘散了,算盘子儿溅得到处都是。

会计在这时才真正变了脸。他心疼这架算盘,他心疼这一盘被他摩挲了许多年的算盘子儿,这一盘光润如珠的算盘子儿显示着他的为人。虽然居士村是个穷村,可会计从来没在算盘上做过对不起村人的事。现在村长摔了他的算盘,就好比模糊了他的为人,于是他决心要还击一下村长。他打算把桌上的一只暖壶投过去,转念想到一只暖壶也得七八块钱,何况村委会就剩这么一只,就放过暖壶找别的投村长。这空空荡荡的屋里实在找不着别的,除了桌椅就是一盘炕,炕上只有一领破了边的炕席。于是会计奔到炕边去掀炕席——炕席禁摔。

会计掀起炕席,村长早抓起了月饼。这月饼不好吃,好用,放在手上沉甸甸的,像铁饼。

村长说着"看家伙",一块月饼从他手上飞出去,正砸中了会计的膀子。

会计领略了月饼的分量,也奔到桌角去抓月饼。

他们相互投掷了起来,十几块月饼眨眼间就用光了,最后一块砸在玻璃上,"扑嚓"一声玻璃碎了,招来门外一些看热闹的人。为首的是光棍儿于海,他望着屋内两个愤怒的人说:"稀罕啦,怎么共产党打开了共产党啦!"

村长和会计用完了月饼,或许想到就此罢手的,但是因了这些围观的人,他们变得欲罢不能了。他们各自把住桌子的一方高喊着,开始了战前的叫阵。

村长说:"今儿个我豁出去了!"

会计说:"我也豁出去了今儿个!"

村长说:"有本事你出来!"

会计说:"不出来算你没本事!"

村长说:"出来呀你!"

会计说:"你出来呀!"

于是他们真的觉出了这屋子的窄小,真的觉出了出来的必要。于是他们奔到院里,面对面地望着,原来院子也狭窄了。

"咱们河滩上见,砸骨头去!"村长说。

"妈的砸就砸!"会计说。

"砸不烂你我不姓于!"村长说——村长姓于。

"砸不酥你我不姓李!"会计响应着——会计姓李。

"妈的砸!"村长叫着。

"砸个妈的!"会计叫着。

村长在前往河滩里走,会计在后走向河滩,河滩就在居士村西。

居士村里许久没有人砸骨头了。砸骨头是居士村男人之间战争的极致。每当他们由争吵到扭打,由扭打到打得不知怎么打的时候,便会从心底升发出砸骨头的愿望。一句砸骨头的过瘾宣言,会使他们的骨头缝里立刻迸射出寒气。这寒气能叫他们的眼睛冒火、嘴唇哆嗦。当他们真的在河滩里的鹅卵石上站定,他们在彼此的眼里便真的没了皮肉,眼前只晃动着一副骨头架子,亟待对方去砸酥。这便是砸骨头和上河滩之间的必然联系。

村长和会计来到河滩,一人抄起一块鹅卵石,开始了他们的战争。他们互相躲避着对方投来的石头,他们又互相伺机将石头砸向对方。鹅卵石穿梭般地在他们之间飞起来,很快他们都挨了对方的石头。村长砸破了会计的脸,会计砸了村长的额头。他们都流了血。血再次鼓荡起他们的激情。他们望着各自对面的血人儿,发出愤怒的呻吟:"啊哈!""啊哈!"

绿幽幽的河水哗哗地流向远方,太阳跃上山巅,照亮了河对岸那陡峭的黛色山壁,照亮了那满坡遍野金红的苋草。晨风吹拂着它们,像吹拂着女人热烈的头发。太阳照耀着河滩,河滩上聚满了村人。倘若有不知情的外人闯入其间,会以为人们正在这个灿烂的早晨欣赏两个男人豪迈的舞蹈。

村长和会计确也逐渐地砸出了章法,他们的喊声也逐渐地显出了韵律:

"我就不信我砸不烂你!"村长喊。

"我就不信我砸不烂你!"会计喊。

"砸不烂你我是大闺女养的!"村长喊。

"砸不烂你我是大闺女养的!"会计喊。

"砸你个大闺女养的!"村长喊。

"砸你个大闺女养的!"会计喊。

"砸你个大闺女!"村长喊。

"砸你个大闺女!"会计喊。

"砸你……"

"砸你……"

后来声音在他们中间突然消失,他们住了喊,只一门心思地砸下去,直砸得天昏地暗,直砸得眼花缭乱,直砸得赤身裸体,直砸得两个血人儿突然想搂抱在一起。于是两具遍体鳞伤的身子扭结了起来,扑通倒在了河滩上,朝着绿幽幽的河水滚去。

围观的村人这才关心起村长和会计的命运。于老茂连忙寻找起交战双方的女人,于四嘎想起应该给乡里挂电话。

村长和会计的媳妇正远远地站在一起,事情一开始她们就不曾劝慰她们的丈夫。她们就那么安静地站着,像是心中有数,又像是一无所思。只待她们的丈夫双双滚进了河里,她们才一前一后各回各的家,各自拿来了洗得干净、叠得平整的衣裤,拿来了撕成宽条的白布,拿来了烧酒走下河滩。她们各自的丈夫,在这时正搀扶着彼此的胳膊跟跄着往河岸上爬。

围观的村人退到了远处,只有这两个媳妇敢于面对鼻青脸肿的裸体丈夫。她们安抚着他们在河滩上坐下来,为他们擦净身子,穿上干净的衣服;她们用烧酒为他们清洗伤口,将撕好的白布缠在他们血痕斑斑的头上。

已近正午,河水变得白花花地刺眼,村长和会计互相看看,觉得对方很模糊,模糊得像个半截石碑。他们都笑了,觉得脸上头上很凉爽。

村长眯着乌青乌青的眼睛对会计说:"上谁家?"

会计眯着乌青乌青的眼睛对村长说:"上你家。"

会计的媳妇则对村长说:"上我家吧,知道中午准有用,刚才我买了驴灌肠。"

村长的媳妇就对会计的媳妇说:"待会儿我把枣酒送过去。"

他们出了河滩往家走,村人也出了河滩往家走,于老茂、于喜开、于四嘎和光棍儿于海也一路沉默着往家走。

他们去了会计家。会计和村长在炕桌上就着驴灌肠喝枣酒,两个媳妇站在炕下照应。

两人先是用三钱的酒盅,后来换了五钱的酒盅,再后来改用了茶碗,再后来上了饭碗。村长捧着饭碗刚喝两口,就呜呜地哭了起来。他哭得是如此的伤心,如此的软弱,如此的无所顾忌,如此的没有出息,好像一个受了冤屈、无处倾诉的窝囊孩子。他哭着,抽抽咽咽地说:"谁叫我没本事呢,生是要不出这六百块。"

会计没有劝阻村长的哭,只说他盘算了一下,想把给儿子定亲的二百先垫出来。他问了媳妇,媳妇在炕下说:"嗯哪。"

村长不再哭了,说他也盘算了一下,把给儿子盖房攒的三百先垫出来。他问过媳妇,媳妇也在炕下说:"嗯哪。"

"剩下的那一百呢?"会计问村长。

"也让别的干部们凑凑。"村长说。

村长和会计放下碗睡了,四仰八叉地打呼噜。

傍黑,乡长骑车赶到居士。从乡里到居士三十里地,尽是坎坷的山路,自行车好比是陪衬。只待进了村,乡长才把它骑了一会儿。乡长进了会计的家,会计和村长还睡在炕上。乡长闻着满屋子酒气,虎着脸问会计的媳妇:"这是为什么,又砸骨头又喝酒的?"

媳妇说:"也不为什么。"

乡长说:"给我把他们叫醒。"

媳妇轻声说:"怕是得明天了。"

明天了,又是一个阳光灿烂的早晨,乡长带着村长和会计要回乡政府,还说,这件事要在全乡通报,通报这两个不嫌寒碜的干部。此外,带他们去乡里还有两个目的,一是在乡里边检讨边学习,二是去乡卫生院打打消炎针。

睡了一夜,村长和会计的脸更肿了,肿脸把眼睛挤得只剩了一条缝。

村长和会计头上缠着白布顺着河滩走,于老茂领着一伙村人追了上来,交给会计一个纸包,说六百块钱和一张清单都在里头,说正好顺便交到乡里。

会计眯着肿眼审核着清单,数了钱,钱和清单竟是分毫不差。会计和村长不约而同地看居士村,居士村口聚集着更多的乡亲。村长和会计都有点心酸,这纸包像是居士村给他们意外的馈赠。

村长和会计越走越远,站在村口的人渐渐看不见他们的身子,只见两个大白脑袋在太阳底下晃。

秋风吹拂着漫山遍野金红的荞草,像吹拂着女人热烈的头发。好山好水,居士村理应是个富裕的地方。

1992 年

灯 之 旅

正月里不能没有十五，十五里不能没有灯会。

天一黑傅家峪就点起了灯。高悬在门梢上的天灯照亮了喜庆对联，沿墙根摆下的地灯勾勒出蜿蜒的龟背石街道。然而十五这天，傅家峪人看的不是这些，它们不过是灯会的陪衬。要看灯得上灯场。灯场设在村西口三面环山的一抹平地上。

刚放下饺子碗，人们就在当街传递消息：今年来闹灯的各路花会有十八道。十八道也好，十七道也好，总之一切迹象都表明，今年是要大闹。文家佐的"高跷"，东沟的"跑驴"，西河的"旱船"，东河的"二鬼摔跤"，还有不常进村的"寸跷""百叶龙"都要来。

要来就来。傅家峪向来以待客厚道而闻名。今年，窖里还有够出口规格的保鲜苹果；柜里有的是家制多味瓜子；没人把不带"嘴"的烟卷、不带奶的糖摆上桌子。

站在十字街的中年男人，怀里抱着孙子，指点着灯上方那鲜艳的画面，告诉孙子那个穿黄袍的是刘备；那个红脸大汉是云长；那"一口吞个牛尾巴"的灯谜是个"告"字。姑娘们显出一年中少有的悠闲，艳丽的高领毛衣托起她们的下巴，使她们显得格外骄矜、动人。她们嘴对耳朵自在地讲着不能公开的小话，角落里偶尔炸出爽快的笑声。小伙子却不多见，他们正聚在大队扮着"大鬼"

"二鬼""头和尚""二和尚"……傅家峪的高跷会也是远近驰名的。外村的"高跷"要来,他们欢迎;闹过客队,才是他们的真正目的。

村口响起"二踢脚",唢呐声咿呀着飘上夜空,鞭炮声也连成了片。来了,来了! 各路花会进村了,为首的就是文家佐的高跷会。

十字街的人们兴奋着让出一条窄道,迎候着那红白相间的开路牙旗,迎候着青面红发、高过房檐的"大鬼"。"大鬼"迈着两条丈把长的硬腿笑着、跳跃着一路领先,那悬在门楣的天灯才齐着他的胸;紧跟其后的是"头和尚"、"二和尚",他们故意摇着满头蓬乱的黑发,显示着豪爽和洒脱;俊媳妇和小生步态文雅,互相做着躲避;丑婆子则摇着芭蕉扇,竭力在他们中间散布着阴谋……唯有渔翁清高,只是冷漠地关注自己的渔具,表现出非凡的悠闲和超然。

各路花会汇集在十字街,十字街已变得水泄不通。过十字街,那是进入灯场的关口;过十字街,那是考验各路英豪的关卡。过不去傅家峪的十字街,就没有脸面进入傅家峪的灯场。

"来个小翻身吧!"人们给"大鬼"下了战表。

"大鬼"腰身轻轻一扭,带起两条镐把似的长腿,接着便稳妥地站回了原地,动作完成得干净漂亮。

"来个大翻身!"人们提高了要求,追回正要拔步逃走的"大鬼"。

"大鬼"犹豫片刻,一个大步跨出丈把远,又一个鹞子翻身,两条长腿火轮一般在空中一忽闪。虽然趔趄一步,但还是站了起来。有人喝彩,有人喝倒彩。褒贬皆有。

"给他架上板凳!"这是考验"大鬼"的最高形式了。

有人抬来条凳横在当街。"大鬼"倒退着,选择着最佳起跑点。锣鼓也越发紧密了,催促着他,也暗示着他。"大鬼"犹豫一阵,甩开大步蹿向条凳,却又停在了凳前,在凳前捯起碎步。

人们一阵欢腾,尽是倒彩声。"大鬼"庞大的影子在黄土墙上扭动,只看那影子的节奏,就知道他想钻个空子绕开条凳溜掉。人们不让,人们轰赶着他,再次把他轰到起跑点。锣鼓也打出了不常有的点子,像是在数叨他、警告他:难道文家佐的高跷会,真要栽到傅家峪不成?

有人把一支点着了的"过滤嘴"扔给"大鬼",通红的火点在"大鬼"那油黑的脸前狠狠闪了两下,他便开始了第二次起跑。一步、两步、三步……一个三百六十度转体,他跳过了傅家峪为客队设置的障碍。

对"大鬼"的考验就是对一个花会的考验。文家佐的高跷会大摇大摆过了十字街,向灯场进发了。

"旱船""跑驴""二鬼摔跤""寸跷""百叶龙"……跟上来了,逐一经受了傅家峪对他们特有的考验,也浩浩荡荡向灯场进发了。

最后是对主队的考验,主队压阵。人们对主队的考验更严格、更刻薄。"大翻身""小翻身",那都是小噱头,跳过单板凳,还要在板凳上摞板凳。跳双凳,那才是傅家峪高跷会祖辈传下来的正统。这也就是傅家峪有资格做东,摆下灯场,请来十八花会大闹特闹的原因。

傅家峪的"大鬼"去年当了兵,现时正在老山。新补上来的"大鬼"过去一直扮着小生,头年练"大鬼"跳板凳时,时胜时负。对于今天能不能成功,傅家峪人都捏着一把汗。

主队拥上来了,"大鬼"的影子铺天盖地。紧锣密鼓伴着他:一个"小翻身",一个"大翻身"外加一个"海底捞月"拾烟卷,动作完成得潇洒、利落。跳板凳开始了,一条板凳磕磕绊绊就有些勉强,两条板凳一摞,他便举步迟疑,乱了方寸。

此起彼伏的人声皆是抱怨,只有一人高喊着冲向"大鬼"。他站在"大鬼"膝盖以下,嗓音洪亮地朝上嚷着:"稳住!稳住!还没叫你进灯场哪,就把你吓成这样!"

他摸了摸"大鬼"的腿子,又给他紧了紧绳子,指示他再次回到起跑点上。"大鬼"又做了起跑,又一次失败了。看来今年傅家峪的失败已成定局。人们从眼前的懊丧里,不自主地作着对往年那一次次胜利的回忆。胜利当然紧联着历届的"大鬼"。有哪些"大鬼"为傅家峪争得超越三乡五里的荣誉?人们想得更具体了。比如此时站在本届"大鬼"面前的这个身材短粗、嗓音洪亮的人,他也曾是"大鬼"的扮演者,他叫傅双印。可惜能把"大鬼"的形象和他联在一起的,大多是中老年人。中年以下的乡亲,只能把傅双印和乡干部的形象联在一起。傅双印曾是公社党委书记、乡党委书记。二十多年来,傅双印也和他的乡亲一样,差不多已经忘记自己扮演"大鬼"时为傅家峪争得的荣耀了。

现在傅双印又站在了十字街,因为不久前他已告老还乡,又变成了傅家峪的一个村民。

傅双印在十字街一面为高跷队打着场子,一次次就地给"大鬼"讲着要领,那"大鬼"距胜利者的形象却越来越远了。末了,锣鼓沉闷着,领头的牙旗低垂着,伴着主队朝灯场走去。

傅双印独自立在突然变得冷清的十字街,就像自己犯下了一个错误。虽然没有人追究他的"政治责任",但他忽然觉得政治里也应该包括着灯会和"大鬼"的胜利。他失掉了去灯场的兴致。

十八道花会聚集灯场,那块三面环山的百十亩平地却没有立刻热闹起来。六百根齐腰高的木桩布成的"卍"字迷宫,要摆上六百只被称做圣灯的灯碗,那迷宫的"卍"字才能从黑谷里凸现出来。

方圆几十里,人们都在盼着那个时刻:一队穿红棉袄的少女高举圣灯走出灯棚,六百只香油圣灯亮了。在那跳跃的火苗照耀下,你看清了少女们被风吹拂着的黑发；看清了她们虔诚地抿起来的双唇；看清了她们从"卍"字中悄悄退出时的羞涩神情。那时黑暗隐去了，跳跃着的光明把人的巨影投映在幽暗的山壁上，山舞了起来，于是唢呐叫起来了："大四景""小五更"；锣鼓敲起来了："水底鱼""紧急风"……各路花会进场闹起来了。闹，要拥进那九曲十八弯的灯场闹；在那灯火通明的"卍"字中间疾步、跳跃、奔跑。跳出一身热汗，跳走一身晦气和灾难，跑出一个"卍"事如意。当然也要闹出一个输赢。没有输赢就没有闹的本身。

现在灯场依旧黑着。如同没有太阳就不存在颜色，没有六百只燃亮的圣灯，山谷仍是一片迷蒙。

灯场依旧黑着。各路花会和傅家峪的乡亲在等时辰，等一个人来喊"上灯"！往年他们要等的就是乡党委书记傅双印，那时傅双印就是时辰。今年等谁，人们心里明白：等傅双印的女儿傅巧银。傅巧银头年接替了傅双印。

灯场依旧黑着。人们在等时辰。等虽难熬，却像灯会一道必不可少的程序。乡亲们耐着心。

月亮从山背后升起来了，"鬼"和"和尚"们戴着腿子躺在土坳里抽烟；"毛驴"卧下来嗑瓜子；踩寸跷的姑娘扯起头巾遮住嘴脸；人们从远处那星星点点的地灯里感受到寒冷。"时辰"不到，没人来喊"上灯"。

是谁发现了奇迹，首先高喊起来？人们随着喊声朝村口张望，只见傅家峪的龟背石街里突然冒出一个高大的黑影，晃荡着正向灯场奔来。那不是一个"大鬼"吗？傅家峪怎么多了一个"大鬼"？

没有人能从他那抹着锅底黑的脸上认出他的模样，但人们终于辨出他那加长了的五短身材。那是傅双印。

"傅双印来喽！傅双印来喽！"沉寂的灯场一阵欢腾。

傅双印选准一个高坡站上去，仿佛就要高喊出那神圣的旨令了。但他没有喊,他明白自己已不再有那资格。他现在是"大鬼",是傅家峪高跷会的一员。他一身披挂出现在灯场,是要为傅家峪保住那以往的荣誉。他靠住一棵大树站下来,也被凝结在那漫无边际的寒冷里。

灯场依旧黑着。

傅双印没有立刻意识到往年人们是怎样等他来喊"上灯"的,他只是想到了属于他的那些等待。等指示,等部署,等计划,等指标,等口号,等上级的临场指导,甚至看戏也得等一两位不到不开幕的人。几个椅子空着,大幕就永远紧闭。

现在傅双印绑着五尺高的腿子,背靠这棵植根于山地的老树,那些"等"的滋味一下都涌上了心头。有着几十年革命经历的他仿佛就是伴着"等待"告老还乡走回傅家峪的。

他没有勇气去问一个乡亲,过去人们等他来喊"上灯"时是什么滋味。他忽然觉得这些年乡亲们并不是等他来发"上灯"的号令,而是等他回来扮"大鬼"。只有绑上腿子,你才会意识到"闹"是属于自己的。自己的事为什么要等别人发号施令?原来人活一辈子才能明白一两件事情。

傅双印离开身后的老树,大步跨到灯棚前,朝着黑漆漆的山谷,朝着隐没在山间的"吉"字大喊一声:"上——灯!"

于是大山泛起了回音,那回音喊醒了每一个山民。

"毛驴"尥了个蹶子跳起来了;

"旱船"悠悠地飘动了;

"头和尚"的梆子敲响了;

"俊媳妇"和"小生"掐掉手里的卷烟,打起了精神……

灯棚里六百只灯碗亮起来,穿红袄的少女排成了队,小跑着把六百盏圣灯送上六百根木桩。

一个灯的世界,一个"吉"事如意的世界。

傅双印被裹进了傅家峪的高跷会，人们簇拥着他走进了那个灯火通明的"占"字里。他大声作着鼓励，大步踩出一套套花点。

十八道花会闹到高潮，傅巧银到底来了。她是来喊"上灯"的，然而灯场已经亮了。是谁抢走了她的权力？她茫然四顾。

一个点灯的姑娘发现了她，把傅家峪的"大鬼"指给她看。那"大鬼"正跳跃摞在一起的两条板凳。傅巧银认出了那五短身材的"鬼"，心中一阵委屈。

时间并不久远，傅巧银也曾身穿红袄、手擎圣灯，虔诚地站在山风里和乡亲们一同等过。那时她就强烈地感觉到，被人等待就是一种权力。那时他们等的是傅双印。

她远远站在灯场之外，那从小就熟悉的一切不知为什么竟模糊、生疏起来，眼前那三面冷漠的山谷也仿佛并没有被那六百盏圣灯照亮，只有那五短身材多事的"鬼"在她眼前晃荡。于是她想到了明年，明年她应该拥有这个被等待的权力。

正月里一定还有十五，十五里一定还有灯会。

1985年1月

晕 厥 羊

老马醒来,觉得心情和往日不同。往日,或者干脆说一辈子,老马醒来后的心情总是灰秃秃的——老马六十多岁的人了,已经有资格用"一辈子"这个词。今天他的心情不那么灰秃秃,这叫他有点不情愿相信,好像这心情与往日的不同纯属他没有醒透所致。他于是又使劲儿醒了醒,唔,这回是真醒了。老马心里盛着一点货真价实的惬意,并且清晰地找到了这惬意的缘由:只因为一会儿——早饭之后他的老伴要出门几天,而他,尽可以在这独处的几天里放肆地吃蒜。

老马一生没有什么特别的嗜好,就是喜欢吃蒜。但是,这个通俗而又廉价的嗜好并不总是能够顺利地被满足,原因是他的老伴绝不能闻大蒜的气味。她对他说,蒜味儿让她脑仁儿疼。"脑仁儿"这个形容使老马想到杏仁儿、桃仁儿,这都是水果的核心啊,脑仁儿便也可以说是人脑的深部了。老马没有权利让老伴的脑袋深部疼痛,也想过戒掉吃蒜,终于没能成功。他曾经在白天上班时——大多在午饭时的单位餐厅里抓空儿吃些蒜,下班前再使劲刷牙漱口嚼口香糖。虽然经历了整整一个下午,可一进家门就被嗅觉异常灵敏的老伴发现。她挡着门不让他进家,她鄙夷地盯着他说,你这人怎么就是和别人不一样,蒜味儿怎么在你嘴里胃里能存活那么长时间？老马很沮丧，只好回到大街上散步，指望着在长夜来临之前慢慢散掉嘴里和肠胃里的浊气。

老马常在这样的散步中拿自己和同龄的男人作些比较，他觉得自己在哪方面都不如他们。首先他觉得自己脏。这脏并不是由于他不洗脸不洗澡，只是再怎么洗也洗不出来的那么一种意思。好比一件新衣服，第一次洗得不认真，以后就永远透着那么不清楚、不明快了，有人把这样的衣服或人称为"自来旧"。老马常常暗想，自己当属于人群中的"自来旧"吧。他不愿意照镜子，镜子里那张萎靡不振的、汗毛孔里滋着油的脸他不怎么敢看，那会使他对自己的评价更低。或者，老马在年轻时对生活也是有过一番抱负的。不过也可能，他对生活的要求从来就不高。退休前他在一个局里工作，直到退休，他始终是个不重要的科里一个不起眼的科员。而他大学里的同班同学，分明有人做到了省长那个级别。人是不能和人比的，人比人，气死人。这来自民间的常理老马一向是认可的，他的麻烦在于，即使他不和什么人攀比，他自己的生活里也经常出现不大不小的倒霉事。比方他们局大门口的不锈钢电动栅栏门，上班时间自然是打开的，干部职工出出进进一向无阻，偏偏有一天老马早晨进大门时，这电动栅栏门突然启动且快速闭合，一瞬间就把正骑自行车行至门口的老马给死死挤住。传达室的师傅赶紧按动电钮想把大门启开，谁知那开关一下子失灵了。骑在车上的老马双手撒开车把高声呼救，但他就像一只被钳子紧紧钳住的活螃蟹，可以手舞足蹈却终是难以脱身。那次事件使老马的右脚踝骨受了轻伤。他没有得到同事更多的慰问，因为——就因为这事出在了老马身上。有人仿佛就是为了摊上某种事才来到这个世界的，还说老马吧，别人不容易碰见的事都能叫他赶上。

一次他偶尔听科里哪个消息灵通人士说，别看咱们是干部，实际还不如局里一个司机。司机修车，一年光是拿修理厂的回扣就拿多少啊。这信息使老马心里生出几分不平衡,他一生都没想过高攀什么,现在往低处看看,原来他活得还不如一个司机活泛——老马私下里是把司机放在低于自己之处的。这样一想老马就有点把握不住自己。不久上边有领导要来局里视察工作,老马这个科负责接待。科长派老马去买些花生瓜子、水果茶叶什么的,老马就在这件事上搞了点小动作——吃了一小点回扣,鸡毛蒜皮的,却很快就被科里人发现并有确凿的证据。老马受到科长批评,当月的奖金也被取消。这事真是难看:老马这么一个有着几十年工作经历的人。不过看看四周,过错比他严重得多的人有的是,怎么偏就他被抓住了呢?

老马退休那一年,局里组织了一次出国考察。以往的欧美线路谁也想不起老马,这次是越南、柬埔寨,而且老马是要退的人了,一辈子也没沾过局里什么光,科长动了恻隐之心,他推荐了老马。老马顺利出了国,回国时却又遇见了倒霉事:在机场他怎么也找不到自己的返程机票了。老马找不到机票,整个考察团都不能走。大家就在机场一块儿帮老马找机票。他先翻遍自己全身,然后又打开箱子和手提行李,他的所有个人物品立刻就暴露在众目睽睽之下。人们在翻找他的物品的同时,也明目张胆地把他的"隐私"抖搂了一个遍。其实老马箱子里也没有什么隐私,有几样旅馆卫生间里的香皂、浴液,马桶旁边的女士专用卫生袋他也收进了箱子。可这些东西本来就是给客人准备的,别以为只有中国人财迷,别以为那些常出门的外国人就不拿。当然老马不知道这些,他有点不愿意别人看见他敛进箱子的卫生袋、浴液什么的。可是,谁让他把机票给丢了呢!大家乱翻一通老马的行李,机票仍然不见。老马几乎要哭了,因为他从大家的脸上看出了考察团全体对他的恼火和鄙视。这叫他恐惧,他的腿一软,不觉就跪在了散乱的箱子旁边,一面绝望地叨叨着:我早就知道我是个倒霉蛋,我天生就是个倒霉蛋啊……老马的失态众人没有料到,可能老马自己也没有防备。但这种必要时突然的泄气和懦弱和自己糟蹋自己,却能产生强硬有力的效果和某种自我保护的效应。老马往箱子旁边这么一跪,即刻缓解了大家对他的恼火。开始有人和颜悦色地劝他了,还有人递给他一瓶矿泉水。是啊,一个活人已经被一张机票折磨成这样,旁人再给他摆出冷脸子,至少是不够厚道。就在这时,有人终于从老马箱子的一只皮鞋里掏出了那张该死的机票。在飞机上人们断不了一阵窃窃私语:真不知这老马是什么意思,为什么非把机票塞进皮鞋不可——自己又记不住。

老马啊,这就是老马。他也常常为了这些莫名其妙的倒霉事而厌恶自己,并有一点轻微的自虐倾向。比方他的被老伴禁止吃蒜,他一边有一点被压抑的难受,一边又觉得自己活该被禁止,不禁止他禁止谁?过日子其实就是卤水点豆腐——一物降一物的事。总有一些人要对另一些人说"不许",总有一些人要听另一些人说"不许"。再说,总处在被禁止状态的人(如老马本人)和总在禁止别人的人比起来,谁活得更省心呢,其实是那个被禁止的人。比方老马因为吃蒜而不能进家,那就意味着他也不用参与晚饭的炮制了,这不也是另一种划算嘛。世间所有的不自由里其实都包含着某种自由。

然而,有朝一日能够自由吃蒜仍旧是老马生命中一个既卑微又热切的期望。这时,醒透了的老马带着这近在咫尺的期望从床上坐了起来。他侧耳细听,卧室外边没有动静,老伴肯定已经走了。老伴和老马分房睡觉已经多年,昨晚临睡前她已经向他交代了这几天他一个人在家应该注意的事情:查煤气表的可能来,煤气卡放在哪里;冷水表里的存水不多了,水表好像有点不准——不过还是先抓紧去小区的物业公司买十吨水。老伴把事情交代清楚,也就算和老马告了别。老伴一生瞧不上老马,却也从来没想要离开他。在这不咸不淡的几十年里,他们甚至缺少短暂的分开。如果不是在外地工作的女儿要做乳腺癌手术,老伴也不会连续几天离家。现在,老马穿好衣服来到客厅,又推开老伴房间虚掩着的门观察片刻,在确认房子里真的没有老伴之后,便疾步进了厨房,拉开柜橱的最下边一只抽屉,拿出预先藏好的两头蒜,三下两下地剥起来。这时有人按门铃。老马不觉浑身一激灵:莫非她丢了什么东西又折回来取?慌乱中他把蒜藏进抽屉赶紧去开门——他从来不敢怠慢老伴的门铃声。门开了,唉,原来是单位的出纳给他送工资来了。老马接了工资信手放在门厅的餐桌上——这不算宽绰的门厅也兼作着老马家的餐厅,然后他虚让了出纳一下请他进来坐坐,出纳说不啦不啦,老马你是刚起床吧?边说边告了辞。老马关好门,想想,出纳都看出他是刚起床,可不是嘛,牙也不刷脸也不洗就站在厨房里剥蒜,老马你是着的什么急呀。

老马一边嘲笑自己一边赶紧刷牙洗脸,接着赶紧回到厨房继续剥蒜。眼看着那些象牙色的、光溜溜、鼓绷绷的小蒜瓣在他手下越聚越多,老马心中那鬼祟的激情和暧昧的欲望说什么也按捺不住了,他抓起一瓣丢进嘴里猛嚼,一股热辣辣的蒜香伴着脆生生的响动在老马口腔里爆炸。这就是幸福了,咀嚼中的老马暗自思量。那么,早饭就大蒜当是福中之福了。想到这儿,老马手疾眼快地把老伴留给他的剩粥和剩馒头片在煤气灶上热热,旋即坐在门厅的餐桌上开始了他激情四射的早饭。老马的早饭习惯是传统中国式:他得喝粥,主食馒头包子油条皆可。但是喝粥吃馒头就蒜,却不是一般中国人的习惯。有个老相声形容这种不和谐的搭配时说:有喜欢糖葫芦蘸蒜的,就有喜欢切糕蘸虾酱的呀。意指其荒唐。老马不管这些,他吃任何东西都可以就着蒜。反过来,他吃蒜也可以不就着任何东西。这个早晨的老马,已经两头大蒜下肚的老马,一脸热汗,浑身通泰,每个毛孔都洋溢着熟腾腾的无须躲闪的蒜气,健康的,又臭又香的。老马整个人不觉就带出那么一点终生少见的理直气壮的得意。

这时又有人按门铃。

老马下意识地屏住呼吸,似乎要把满身的蒜味儿立即埋进肠胃深处。门铃又响了一声,喑哑的,犹豫的,这么一细听,听得老马倒放心了:这不会是老伴,她按门铃是命令式声音,急迫又果断,好比一生对老马所有的发令。这么一想,老马就把呼吸调到了正常,站起来去开门。

门开了,一个背着帆布工具包的青年出现在老马眼前。不过他不是正面对着房门,而是转身要走的样子。

正在享受大蒜的老马本来不愿意此刻有人造访,但是,正因为几头大蒜下肚,经常打不起精神的老马,现在是精神昂扬力量充沛。尤其当他看见门口没有老伴,门口是个全新的陌生人,可这个陌生人按了门铃又转身要走,老马就非常想要把他拦住,他觉得现在他既有拦住这人的力量又有拦住这人的权利。他对陌生人说,哎,是你按的门铃吗?

陌生人含混地答应了一声。

老马说那你怎么按了门铃就走啊。

陌生人说,你这是201,我找错门了。

老马说你想找谁家?

陌生人说301,说自己是小区物业公司的水工。

提起物业公司,老马更不想放这人走了。我正想找物业公司呢,他对陌生人说,你先别去301,你先进来看看我们家的水表。这水表肯定有问题,为什么说呢,我们上次刚买了三十吨水,怎么不到两个月就又该买啦?我们家只有两口人,两口人打着滚儿用,五十多天也用不了三十吨水啊。现在又不是夏天,我们又不是天天洗澡,就算天天洗澡也用不了这么多水。我说你呀,你必须进来先给我查查这表。

老马的态度是不由分说的,陌生人却显得犹豫,也许还有几分不易觉察的慌张。但这犹豫和慌张显然敌不过老马的不由分说,于是他跟着老马走进了老马的家。

其实老马也未必想到陌生人这么听话,他一向缺少让别人听他发令的体验。现在他发令了,陌生人居然听令了,老马终于体验了命令别人的愉悦。他愉悦着自己,领陌生人穿过狭窄门厅的小餐桌,拐进与厨房相邻的卫生间。陌生人摘下身上的工具包,站在水表跟前似是而非地鼓捣了几下。如果是明眼人,会本能地发现一点破绽,因为这个所谓的水工显然鼓捣不成什么,而且他连冷水表和热水表都分不清。他鼓捣不成什么,就又回到门厅,急于离开的样子。他站在餐桌前对老马说,他也不知道这表有什么问题,领导没批准,他也不能做主把表摘下来。他说回去汇报之后再说吧。

陌生人的态度很让老马恼火。尤其在他刚刚体会了对这人不由分说的命令之后。老马的一生多半是处在被别人不由分说的状态中的,所以他觉得他还远不够尽兴,他愿意把这一生罕见的愉悦状态继续进行下去。他的这种情绪,直接影响了他对"水工"本来应有的理性推断。他开始厉声谴责站在门厅里的这个人。他说你们物业公司的问题大啦,这刚刚是一个水表的问题,还有煤气表呢,谁能保证不是伪劣产品?你们的经理吃了卖水表的多少回扣呀,一块水表看着少,这个小区有多少户,总有上千户吧,一千块水表是多少钱,最后挨坑的是业主你们知道不知道!业主是什么人?业主不是活该被你们物业公司领导,业主是养活着你们的人!可是你看看你们,对养活着你们的人是什么态度?让你进来检查一个有问题的水表都这么不痛快。今天我告诉你,你必须把这个坏表给我摘下来,给你们经理送去,再给我换块新表来。要不然我就上业主委员会去告你们……

陌生人低眉顺眼地听着老马谴责，不争辩也不反驳，当然，也没有要去摘水表的意思。就为了陌生人的低眉顺眼和他的不争辩不反驳吧，情绪激昂的老马还获得了一种前所未有的意外满足感。原来人都有看别人低眉顺眼的欲望，对别人低眉顺眼一生的老马今天终于也尝到了别人对自己低眉顺眼的甜头。这真是一种难以名状的甜，和吃蒜不同，这甜不是暴烈的，是丝丝缕缕地从心尖儿往里渗。感受着这奇异的甜头，老马越发觉得自己高大起来无所不能起来，他忽略了陌生人并不行动的可疑，只一个劲儿地继续着他的谴责加教育或者说教育加谴责。他由可能是伪劣产品的水表说到业主的权益，由业主的权益说到现在政府是多么强调诚信强调以人为本，而真正实现以人为本又是多么艰难，人到底意味着什么呀，汉字里"人"最好写了，生活里人最难活了……很可能他在这样的即兴演讲中还想到了自己作为一个人的一生，他所有的平庸所有的倒霉事所有的低眉顺眼难道不都是因为人们——包括他的老伴，在对待他的时候从来没有把他当个平等的人吗？很可能他还想到了那次他找不到飞机票，因为害怕众人的集体责难突然就跪倒在机场的丑态。后来很长一段时间里，每逢想起那次的丑态老马都不敢闭眼，生怕当时的情景会再现。老马头上冒着热汗，满嘴喷着不散的蒜气，借着不请自来的某种珍贵的快感连想带说连说带想，从务实说到务虚又从务虚返回务实，最后，他终于向面前这个沉默而懦弱的"水工"喊出了他此刻打算实施的计划：他说既然你做不了经理的主，我也就不再怪你。他说他现在就要给小区物业公司的经理打电话，叫他到老马家亲自检查那个肯定有问题的水表。他说把你们经理的电话告诉我你听见没有。

　　沉默的"水工"就在这时突然把身子晃了几晃，接着双膝一弯就软软地倒在老马家门厅的地上。

　　怎么了这是怎么了？老马并没有把他怎么样啊，这么年轻怎么说晕就晕了呢。慌乱中的老马赶紧蹲下看看陌生人的脸,只见他面色正常却双眼紧闭,呼吸、脉搏倒还都有。难道他是被我吓晕了不成?或者是被我要找经理的话吓晕了不成?这么一想,老马有点惭愧,然而,让老马不敢承认的是,这惭愧里却又掺和着某种莫名的满足。是的,那的确是一种满足:原来他老马也有今天,他也能对一个年轻力壮的活人充满威慑力量,他也能让一个活人低眉顺眼,最后他也能把一个活人吓晕过去。他太熟悉一个活人的这种状态了,就像他一生中多数时间经历的那样,就像那年他当众跪倒在机场那样。从前他已经认了命,服了"软",今天他发现,闹了半天他无时无刻不在窃想着叫别人也服一服他的"软"。这窃想压根儿就是存在的,只因为机缘的稀少不得不长期在老马灵魂里穿着隐身衣。如果不是晕在地上的人发出了一声仿佛特别痛苦的呻吟,老马的满足感还不知要无边无际地漫延到哪里。呻吟打断了他的满足,使他猜测,该不是这人得了什么急病吧——就算是被他老马吓出的病,一个陌生人,真病在他家里他可也担待不起。老马这才站起来跑进客厅去打电话,给"120"急救中心打电话。救死扶伤,老马知道自己该做什么。

当他要通电话叫了对方来救人,很快从客厅里出来时,发现门厅地上那个晕着的人已经不见了。他打开房门追出去,走廊和楼梯均不见人影。老马的心紧缩了一下,好像刚明白了什么。真是无巧不成书,那人听见201门里有人本来要走的,为什么老马非请他进来不可呢。那人可不是夺门而入或者撬门而入,那人可真是老马请进来的!惊慌中的老马赶紧回屋,进门先看餐桌,餐桌上他那沓不算厚实的工资也不见了,确实不见了。一切都在瞬间。

老马在餐桌旁坐下,人像瘪了似的,翻来覆去只有一个感慨:这个"水工"跟我配合得多好啊。

这晚老马不吃不喝和衣睡去。

老马再次醒来并不是早晨,可能是深夜一点钟左右。他再也睡不着,耷拉着一张更显"自来旧"的脸爬起来看电视,一个澳大利亚的电视片,讲他们那里有一种奇怪的羊,那是一种长不大的小羊,害怕声音,害怕风雨,害怕比它们大的动物,外界稍有响动就会导致它们晕厥,动物学家命名它们为"晕厥羊"。屏幕上的晕厥羊体态羸弱,四肢细瘦,神色懵懵懂懂,步履磕磕绊绊,说晕就晕,一天能晕数次。伴着它们的晕态,画外音介绍说,时下对晕厥羊的存在有两种不同意见,一种主张灭绝这个品种,因为晕厥羊的存在就是为了观赏,而这是人类对动物的不人道。反对派则说,在越来越没有安全感的这个世界,正是晕厥羊这种动物带给人类柔软的慰藉和确凿的安全感。从本质上说,人类更愿意和比自己弱小的东西相处,所以晕厥羊这种看似不健全的羊才成为新世纪很多家庭的宠物……

老马一直弄不清自己应该倾向哪一派。他本能地对画面上那些晕厥羊有好感,那是活脱儿一个他自己啊。可是,早晨晕在老马家地上的那个人他又是谁呢?

老马想说那人不是羊那人是——那人是人,可是什么人才能害怕老马这么一个手无寸铁的人呢,那人可不是手无寸铁。老马猛地想起那人是背着工具包的,包里铁锤、钳子和改锥都有,那人如果冲老马一锤子下去……老马不敢再往下想了。不管怎么说,眼下老马失去的只是一千多块钱工资,他得到的可是一个囫囵个儿的、毫发无损的自己呀,而且是一个能让贼(老马已肯定那陌生人是贼)感到害怕的自己。至于那害怕是真还是假,也许真假均有,但老马这一方宁愿相信那害怕是真的。如此说,那个贼的身上也就还保有着某种晕厥羊的部分。

一只晕厥羊兴许完全有能力去恐吓另一只晕厥羊。

2004 年

来了,走了

二舅和三舅同住村里一条街。二舅住东头,三舅住西头。

二舅比三舅大四岁,今年六十五。三舅从来不管二舅叫哥。

二舅、三舅都还结实,都是满口白牙,颧骨红着;身材中等,手脚却粗大。

三舅留平头,二舅留光头。三舅的平头是请理发挑子上的师傅理,每次两毛五;二舅的光头是三舅给剃。有一回二舅很久不找三舅剃头,一层白发茬儿匀匀地冒出来,那光头几乎就成了平头,几乎都是和三舅差不多了。三舅看见,沉下脸说:"这不该剃么?"说罢将二舅叫进家来,按在条凳上,拿了剃刀就动手。

二舅的头在三舅手下躲闪着。

"你躲个啥?"三舅说,扳正二舅的头。

"俺也想留一回。"二舅说。

"你想留个啥样儿?"

"就留你那号的。"

三舅不答腔,剃刀却已经在二舅头上耕作起来。不一会儿,白花花的脑袋便罩上了青光。

二舅不再言语,三舅垄断着二舅的光头。

二舅的老伴儿早死,目前跟儿子儿媳过日子。这地方靠山,山上只有花椒，不生果木，地荒粮少。春天一到，儿媳每隔三天蒸一锅嫩杨树叶掺着棒子面的"苦力"，全家便一顿接一顿地吃下去，吃完再蒸一锅。有钱是个稀罕，打酱油打醋也少有。二舅想赚个活钱，在门口挂了个车轮胎修车。可这村，十天半月街上也看不见车过。就算有自行车从街上过，也保不准单单骑到二舅家门口就出毛病。

三舅是县铁厂的退休大师傅，每月有三十几块退休金，有定量分配的国库粮——粮里固定着有数的白面，所以三舅不管二舅叫哥。

三舅的老伴儿刚死，没给他留下儿女。远在北京海洋局工作的养子又不能回来守着，三舅的日子寂寞得突然。

后来，三舅每集做一顿细粮，做好就去东头叫二舅一块儿吃。开始二舅忸怩着推让，可三舅一片实心，二舅只好跟三舅走。

二舅来了，三舅端上白馒头，两人开始吃饭。三舅一向以教训二舅作为吃饭的陪衬，比如说他降不住儿媳，活该让她尽给他蒸"苦力"；比如说他这一把年纪了，早该懂得怎样收敛眼光，为什么路过当街那棵大槐树，就是不能走快点儿？偏要踩着树下的上马石提鞋……大槐树底下是个寡妇的小院。

三舅见了女人是不错眼珠的，自然有资格嫌弃二舅在大槐树下的磨蹭。

二舅年轻时就手巧，但他不爱修耧、修耙、修犁杖，专爱修女人使唤的家什：锥子、纺车、织布机……谁家的妇女唤二舅修纺车，他满口应承，却不急于跟去。他要看准了时候。这家男人下地了，二舅进门去修纺车。修起来是很费工夫的，边修边同物件的主人上着闲话谈话。直到男人快回来，纺车才修好。二舅仍不急于离开，他要亲自坐上蒲团，将纺车摇得嘤嘤轻叫，摇成一轮满月，摇得身后的女人叫了好才住手。出了门还要扭头叮嘱一声："不好使就招呼一声。"那时节他的颧骨更红了,白牙更白。

听着三舅的教训,二舅不多一句嘴。在西头吃了几顿细粮,他已弄清他要为吃细粮付出的代价,就是听三舅说话。让三舅在那振振有辞的演讲中获得满足,也属理所应当。二舅只顾低头吃馒头。吃完饭,趁三舅不注意,二舅以极快的动作将一个馒头或一块烙饼揣进衣兜,偷着送到大槐树底下去。

槐树底下那上马石把一条街分为两段,寡妇家正是街中间。寡妇带着十来岁的儿子过日子,儿子不爱笑闹,院里整天没有响动。

本来,寡妇不想领受二舅的心意,可是她疼爱儿子。每当二舅在街黑人静时滑进她的院门,将馒头掏给她,那馒头衬着黑夜,就好像一轮白月亮在二舅掌上跳跃。寡妇忍不住拿过来,再换只手托住,却从不让二舅进屋。二舅不泄气,毕竟,她没有驳回他的心意。那心意一点一滴地存进她的手心,存进她儿子的身体,积少成多,滴水也能成河。二舅离开寡妇回到家,静心等待下一个集日。

又一个集日来临,二舅又去三舅家吃馒头。照例,三舅又开始了:"就说你在门口修车吧,该拿龙了就拿龙,该补胎了就补胎,不用生别的花样。"三舅说。

"俺生了什么花样?"

"车轱辘朝上翻,还往车座子底下垫块布。"三舅揭发了。

"不垫块布,人家翻过来一骑还不骑一屁股土?"二舅说。

"车座子是他的,布可是咱自家的。"

"让人家沾一屁股土,总是不好。"

"裤子是他的,布是咱自家的。"三舅又说。

"反正,那么块布也当不了裤子穿。"二舅一时认真,竟忘了服输。

三舅大不高兴了。二舅原本应该服从三舅的一切论点。三舅若说煤球是白,二舅就该说:"白得晃眼。"同时,二舅的一切论点永远不对。二舅若说:"软面的饺子硬面的汤。"三舅必说:"抻面你吃过?抻面的面非软不中!"不如此,世界便是出了毛病,二舅又怎么对得起三舅按时请他的细粮呢。

话题仍然是修车时该不该往车座子底下垫布。三舅坚持说那是糟蹋自家东西;二舅坚持说修车的不能给人家修走一屁股土。于是三舅说:"这阵子白面吃得费!"二舅明白了,下集不再来。自己不吃倒没什么,只觉得有点对不住那寡妇。想起每次她从他手里拿过馒头时,冰凉的指尖在他手上轻轻的一碰,他那颗皱巴巴的心便舒展开了。他一集一集地熬着日子,等待的似乎就是那轻轻的冰凉的一碰。

三舅的日子又寂寞了。退休金和国库粮用来统治二舅原本富足有余,丧失了这统治的对象,便丧失了生活的大半乐趣。熬过一个集去,三舅又开始做两个人吃的细粮,做了细粮又去东头叫二舅。二舅来了,照例听三舅演讲,照例趁三舅不备揣一个馒头在兜里。大槐树下依旧积攒着他的情意。

日子不快,日子也不慢。

有一天三舅接到妹妹的来信。妹妹叫环环,几十年前出去闹革命,现今住在杭州当干部。用三舅的话说,妹妹是个厅长,妹夫是个副省长,很阔气。

三舅正坐在屋里念信,二舅来了。

"今日不是集。"三舅只抬抬眼皮。

"知道不是集。环环来了信!"二舅有些兴奋地举起一个信封。

"环环也给你写了信?"三舅不相信似的打量着二舅手中的信封。往日环环总是在给三舅的信里向二舅捎好的。至于捎到捎不到,那就要看三舅高兴不高兴了。

二舅仍然举着信封:"真是环环写的。找人念了一遍,说让咱们上杭州住一程,还寄了路费来。信上说你的路费寄给你了,当真?"二舅坐下来。

三舅哼了一声。

三舅所以"哼",是对环环的安排不满:事先也不打个招呼,也好有个研究的余地。"研究"这词,县铁厂领导们吃饭时常用。再说,二舅跟他一同外出享福,也配么?可是二舅的路费已经在二舅手里攥着。

三舅知道大局已定,但他仍然沉思半晌不开口,就像城里那些说话算数的干部一般,背起手在屋里转圈。就像考虑是否应允二舅的杭州之行,就像这杭州之行非他批准不可。末了,他显出宽容地说:"带上你也中。省得你没出过门,走岔了道儿。"他用"带上"二舅划开了他们俩之间的等级。

二舅并不计较,三舅的确是住过杭州的。那一年,环环信里也约了二舅去,可到杭州的只三舅一人。环环问起,三舅就答二舅不爱走路。环环心里明镜似的,二舅却始终不知底细。

临走前,三舅又给二舅剃了一次头,说到了杭州,进一回理发馆贵得吓人,修一百回车也不过够进一两回理发馆。

二舅、三舅搭伴来到杭州,一住就是三个月。

两位哥哥从乡下来,环环很高兴。她也是五十多岁的人了,出来几十年,一直惦着老家。有福同享,是娘死前留下的话。环环敬重老家唯一的亲人:两位兄长。

三舅没有瞎吹,环环的丈夫是个副省长,她本人也是厅局级干部。独住一幢两层小楼,房子还宽敞。她把两位哥哥安排在二楼一间背阴通风的大房子里,一个人一张床,桌上摆了电扇。前次三舅来,就住这间屋。

二舅怕热,一躺下就开电扇。三舅说:"关上,我吹不得风。"三舅的口气俨然是这房间的老主人。

二舅只好关上,躺下却无论如何睡不着,胸很闷,三舅又打呼噜。

第二天二舅对环环说了自己的苦恼。环环说,院子里储藏室旁边的平房可以睡,只是堆了些杂物,得清理出来。另外,平房里的那张竹床也需要擦洗。二舅说:"这不怕,正闲得慌哩。"说完就去楼下收拾房间,一收拾就是两天。他把平房里的杂书、旧报纸打整得井井有条,没用的家什也一样样刷洗干净搬进储藏室。竹床抬到院里,用毛刷蘸了洗衣粉一遍遍地擦洗,擦完又冲,直冲得竹床通体透亮。环环看二哥累得一身汗,颧骨更红了,说:"二哥,歇一歇。"环环的颧骨也透着淡红。

"不累,不累。"二舅抹着脸。

三舅站在阳台上看二舅收拾屋子,一直不吭气。竹床擦洗好,刚搬进平房,三舅便下楼来躺到竹床上去。

"我睡这儿,你上楼吧。上面有电扇。"他对二舅说。

"三哥,你不要太霸道嘛。"环环望着二哥满头满脸的灰尘说。

"怎么霸道?问他喜不喜欢电扇?"三舅说,躺在竹床上不动。

环环还想说什么,二舅摆摆手:"有电扇好,电扇通风。"

二舅睡到楼上去,一人一间房,晚上听不见呼噜声,倒也清静。

白天,家里总是很清静的。副省长因患肺气肿住在医院里;环环和外甥、外甥女都上班;老阿姨因为女儿生孩子,请了假回家去。于是楼上楼下只剩下二舅三舅。二舅找不到事情干,从储藏室里翻出一捆不知什么年月的烂麻,天天坐在院里搓麻绳。

三舅倚在阳台上喊:"搓也白搓,城里人用麻绳做什么!"三舅手里拿着一本"毛选"五卷。他是要读书的,白天他坐在客厅里读"毛选"。

三舅所以读"毛选",是因为他第一次从书架上抽出来的书就是"毛选"。如果抽出来的是别的,他也会照旧读下去。读什么并不重要,重要的在于读书和搓麻绳是个鲜明的对比。

他知道碰上什么场面应该怎样讲话。和二舅一块到医院看妹夫,二舅穿着和尚领背心,三舅却冒着炎热,套上一件咔叽布中山服。进了高干病房,二舅的脚踩在地毯上几乎就站不稳,而三舅早已落座在沙发上同副省长聊起了天:"怎么样,眼下这省里怎么样?"他以讨论全省形势作为开头,弄得副省长竟不知说什么好。副省长住了半年院,省里怎么样,并非他心中的主要话题。

三舅很得意。他分明看见二舅脸上流露出望尘莫及的神情。

当着外甥和外甥女,三舅则说他们不知道的北方乡下事。"一二百号人吃饭,就凭了我一个人。蒸馒头、熬菜……那锅大得能装进十几个孩孩儿。"三舅说。

"馒头一定不好蒸。"外甥说。

"有什么不好蒸。"三舅双手比画着,"发上一缸面,一块一块拿到案板上,面团中间挖个坑,往坑里倒上碱水就揉呗,前一下,后一下,左一下,右一下……"

第二天外甥女上班前对三舅说:"三舅,厨房里什么都有。我们下班晚,你就先做饭吧。"

三舅却一字一板地说:"孩儿啊,俺是来你家做客的,可不是来你家做饭的。"

三舅是说话算数的,从不进厨房做饭,只是在客厅读"毛选",一直读到饭菜摆上桌,他还要指点一番,诸如这菜太淡,那个汤没有颜色等。

吃过晚饭,家里开始热闹。三舅最喜欢看电视,从"新闻联播"一直看到预告第二天节目。不仅看,还配以评论。三舅评论最多的是带"世界"的节目,比如"今日世界""世界各地""世界体育""动物世界"。越远越好评,反正大家都没有去过。其次是有关海洋和鱼的镜头。三舅评论的方法很别致,他从不具体分析每一个画面,只说:"看这!看人家这!"边说边斜了眼睛,观察旁边二舅的反应。

一个"看这"虽然简短,容纳的想象却无尽。看什么呢?你自己想去吧,三舅未必能说清究竟看什么,但他懂得怎样使别人以为他懂得更多。

久之,二舅看出三舅并不真懂多少,便开始试着反驳三舅。有一回电视上出现了海洋和鱼的画面,三舅又兴奋了,叫着:"啧啧,看这!看这!"

"看啥哩?"二舅在边上冷不丁冒出一句。

"看啥?看鱼呗!"三舅对二舅不屑一顾。

"是啥鱼?"

"海里的鱼。"

"海里的啥鱼?"

"海里啥鱼都有。"

"俺问的是眼前,你能说出个名儿来?"二舅紧追不放。

"俺怎不能说出名儿来。"三舅有些吃不住劲。

"你说那是啥鱼?"

"啥鱼你也没见过。"

"你见过你怎么叫不上名儿来?"

"俺怎叫不上名?俺孩儿就在海洋局!"

"海洋局大门朝哪开你见过?"

"俺孩儿接俺进过北京!"三舅声音高了。

"哼,还'俺孩儿俺孩儿',那是你亲孩儿吗?"二舅嘴也厉害起来。

"俺没有亲孩儿,你有。亲孩儿还天天给你蒸'苦力'吃,咹?"

三舅转过椅子,和二舅坐个对脸。"有亲孩儿你还上俺家吃白面?"

一句话问哑了二舅。终究,他不是三舅的对手。但是两个人几天不讲一句话。二舅吃饭不上桌,吃完就坐在院里搓麻绳。搓完麻绳搓线绳,搓完线绳搓纸绳。绳子挂了满院,弯弯曲曲,草蛇一般。环环也不好意思说没用。

三舅懂得争取群众的重要性,借机会向环环告二舅的状。自然是要说到女人的,说到村里人怎样在背后拿了二舅当笑话讲。

二舅、三舅都是环环的哥哥,她能说谁呢?最后环环把两人叫到一起,掏出十块钱说:"我也没时间陪哥哥们出去玩,你们自己出去散散心,杭州还是很好看的。以后,每月我给你们一人五块钱,算做游览费吧。"

环环的主意缓和了二舅三舅之间的紧张气氛,两人拿了钱,出去逛了。三舅在前边故意走得很快,显示着他对于街道的熟悉。他在纵横的巷子里出其不意地穿插,像个织布的梭子。二舅几乎跟不上,在后面喊:"不兴慢些个!"三舅停下来等二舅,一下子又走得极慢。他们去了"柳浪闻莺",去了"花港观鱼",去了"儿童公园",去了"孤山"……但确切地说,他们只去了这些地方的门口。走到门口脚就再也抬不起了,要买门票的,可是谁也不愿意破费那五块钱。

"其实,就是看个湖。"三舅说。

"也是。"二舅说。

二舅、三舅的意见达到了前所未有的统一,有了默契似的离开公园门口,沿着湖畔走半晌。看湖是不必花钱的。

"看这,这就是西湖。"三舅边走边说。

"就是人忒多。"二舅说。

"上有天堂,下有苏杭,这就好比是到了天堂。"三舅给二舅讲解。

"唔,像个大水库。"二舅说。

"啧啧!水库还用上这儿来看?"三舅不满地说。

"那你说不像水库像个啥?"二舅说。

三舅不再轻易作答,两人便一前一后地回家去。

回到家来,三舅也不似先前那样爱发议论了。环环问起这里好不好,那里好不好,二舅、三舅便像听到了号令一般同时说:"好哩,好哩!"

三个月过完,三舅的"毛选"念完了。"毛选"暂时还放在沙发上,心里却已腾出来想别的去。近来他总是想起在西湖边上看见的那些男男女女。打伞的,坐船的,挎着胳膊走路的,合影照相的……一时觉得身子下边的竹床很空。他忽然想到,年轻时他怎么没有琢磨过修纺车、修织布机的手艺呢?后来他只会蒸馒头、熬菜。女人是用不着向他请教那馒头的碱大碱小的。再说,村里人逢年才蒸一两回馒头。一棵枝叶繁茂的大槐树立在眼前,那上马石上坐着一个寡妇……

三舅忽然明白,他早就在想那寡妇,不敢真想罢了。论岁数,三舅比人家大不少;论条件,别人可也敌不过三舅。再说,环环不也劝他寻个人么。想着想着便如同真事一般,似乎就差回去一句话了——三舅对自己在村里的位置充满自信。

三舅拿定了主意,一刻也不愿等,通知二舅一起回去。来去的自由他独占着,这自由里也容纳了对二舅的自由支配。三舅容不得二舅单独住在环环家:精米白面不知要比三舅多吃多少顿,多住一个月还多五块钱游览费。三舅算计得不含糊。

"该回了。"三舅对二舅说。

"住得好好的。"二舅说。

"再好也不能住一辈子。"三舅说。

"那你先回吧。"二舅说。

"你一人回去认得路?"三舅说。

"怎么不认得?鼻子底下长着嘴。"二舅说。

"搭伴来的就得搭伴走,不要叫环环觉得咱们闹摩擦。"三舅说。

"你就不能等过了年?"二舅说。

"住到过年,你搓那麻绳院里还搭得下?"三舅说。

"还是你先回吧。"二舅又是那句话。

"你就是住一年也还是要回,回去你可不要再想登我的门。"三舅说。

两人都愣着。

好一会儿,二舅认输了。想到那每集一顿的细粮,想到寡妇那冰凉的手指在他掌上轻轻的一碰,他由不得心中一颤。他同意和三舅一块儿走。

本来,二舅打算再住些时候。多住一个月就多五块钱游览费,他要把钱攒上,给那寡妇买块衣料,买双塑料底布鞋。

三舅跟环环说了要走的事,叫环环给他们订火车票。环环很意外,问又问不出名堂,最后说:"二哥也走么?"

不等二舅开口,三舅便抢着说:"商量了的。"

环环不再言语。过了一会儿,见三舅下楼进了平房,她来到二舅房间,塞给二舅一百块钱说:"三哥每月有钱,我就不给了。这钱,回去要省着花。"

二舅接了钱,趁中午溜出家门,到街上买了一块什么纤维,一件男孩子穿的针织背心,还想,再买双女式塑料底布鞋,犹豫了一阵,没买。他躲闪着回到家来,将东西裹在一件汗褂里,剩下的钱则全部缝进贴身口袋。

二舅、三舅离开杭州时,环环一家都去车站送。在站台上,环环拿着两张卧铺票嘱咐三舅："三哥,这是一张中铺,一张上铺。叫二哥睡中铺吧。"说完把上铺的票塞给三舅。

三舅接过票,答应着"中、中",刚上车就跟二舅换了票。

列车徐徐开动了,环环在车下红了眼圈。一千多里地呢,见一面是少一面了。

回到家来,一院子的麻绳扭着股垂挂在半空里;进了客厅,沙发上撂着一本"毛选"五卷。

一千里外,二舅和三舅平安回来了。大包小包背了满肩,走出一身热汗竟不觉疲劳。离村还远就望见了那棵大槐树,脚下更觉轻快了,二舅和三舅。

走进街里,街上出奇地静。槐树下的上马石还戳在那里,好似露在唇外的一颗牙。寡妇的门上却锁了一把黑锁。黑锁重得仿佛一块黑云彩,压在二舅心上使他喘不过气,更不敢向人打问。两人在树下立定了。

一个汉子从东头走过来,冲二舅诡秘地一笑。没停脚,走到西头去了。走远了,又回头诡秘地一笑。

三舅也看见了那笑,觉得腿软,竟在上马石上坐下来。头顶的槐树是秃的。

不知过了多久,三舅站起来回身看二舅,二舅正盯了三舅在看。

他们彼此盯住对方的脸。他的脸上有他;他的脸上有他。忽然间,都看明了彼此的心思。

个人拿了个人的东西,二舅和三舅一个向东,一个向西,走得很累。

背对着背走了一阵,三舅忽然回身喊:"哎,今日是集。"

"哦。"二舅站住脚应了一声,继续向东走。

210

三舅又喊:"哎,面是发不起了,咱烙饼行不?"

二舅低下头没应声也没回身,一直走,一直走,走进自家梢门。

街面闲了。从东头到西头,从西头到东头,仿佛很长很远。轻易是走不过去了,轻易也走不过来。

1986年4月

六月的话题

一千九百八十三年五月二日,省报在头版右下角,刊出一封加了编者按的读者来信。信中揭发S市文化局四位局长借现代戏调演之机,大搞不正之风。信中所涉及的问题虽不具爆炸性,但编者的口气却十分认真,大有一追到底之势。

来信者署名:S市文化局莫雨。

当S市文化局传达室的达师傅把这天的报纸分送到各个办公室后,局内不免出现了一阵不大不小的骚动。

S市文化局没人名叫莫雨。不仅现在没有,历史上也没有。这一点达师傅比谁都清楚。可这位写信人莫雨,对当时的一切却了如指掌。哪位局长偕同夫人、子女在宾馆住了多少天;哪位局长利用机动票牟取私利;哪位局长驱车游山玩水;甚至哪位局长少交了几顿饭费他都一清二楚。很快,省里派来了调查组,局长们在"铁的事实"面前,不仅做了检查,还掏出自己腰包补上了那些被称为"占国家便宜"的部分。

事情了结后,局里表面上安静了下来。可你在走廊里,在楼梯上,在食堂,在厕所,在一切有人出现的地方,又分明感到一种压抑着的激动,你甚至觉得每一把椅子,每一只暖瓶都在窃窃私语,都在互相打听:谁是莫雨?莫雨是谁?

莫雨自然是化名,这一点达师傅也不比别人傻。解放前他在城里做过地下党的交通员,比一般人更懂得化名在非常时期的重要意义。

一千九百八十三年六月二日,达师傅收到一张报社寄给莫雨的汇款单。"汇款人简短附言"里注明那是稿费,一千字按十二元算,共二十四元——达师傅每月工资的一半。按照惯例,达师傅接到汇款单后,应在小黑板上写明:某某取汇款。然后将汇款单贴着玻璃靠在传达室的窗台上,让收汇者来领取。这次,他从邮递员手中一接过它,经过片刻思考,却迅速塞进了一个带锁的抽屉。锁子咔嗒一响,达师傅留心了一下四周,传达室只有他一人。千载难逢的时刻,这正是达师傅所希望的。

晚上,达师傅躺在床上翻身。翻一次身,眼前出现了一个莫雨,那是司机大刘。大刘在局里干了一年临时工,说话、做事却没有临时工特有的驯顺和谨慎,老是咋咋呼呼。除了诅咒老婆就是吹嘘技术,好像他是全世界最不幸的丈夫和最高水平的司机。前不久大刘被辞退了。那次调演,从头至尾他都是局长们的司机。司机的眼睛、耳朵是常人不可匹敌的,单是首长们车里聊的那些茶余会后的事儿,就能毫不逊色地被称为第一手材料。

达师傅又翻一次身,眼前又出现一个莫雨,这次是财务科长杜彦荣,一个刚刚发胖的、好脾气的中年妇女。账面上的事她最清楚。也许就因为账面清楚,前不久才被调到剧团当会计去了。调演,什么开支不下账?

达师傅又翻一次身,眼前又出现一个莫雨:机关卫生室的鲁大夫。那次他也被抽到会上服过务。别小看鲁大夫,他不只懂得打针开药,从他那儿传出来的趣闻真不在少数⋯⋯

达师傅不断翻着身,眼前不断出现着莫雨。他愿意凭自己这双老眼,不动声色地认出莫雨,又不动声色地把汇款单悄悄塞给他

（或她）。就像当年搞地下工作那样,他的任务是传递,临走连个眼神都无须留下。那时莫雨会感激他,因为他也一直在感激着莫雨。

第二天一上班,达师傅心中的莫雨一个也没出现,主管文物的副局长史正斌却破例来到传达室。他漫不经心地扫了一眼靠在窗台上的信件说:"达师傅,今天的信好像比昨天来得早呵。"

"那是昨天的。今天的还没到,得九点钟。"

"下午呢?下午几点到?"史副局长又问。

"四点半。"

史副局长走了,达师傅觉得他出门时分明又扫了一眼那只带锁的抽屉。难道他发现了什么?发现了达师傅把通常都靠在窗台上的东西锁进了抽屉?如果那样,在史副局长眼里,达师傅岂不成了莫雨?

达师傅不是莫雨,也从来没有充当莫雨式人物的打算。家里小儿子正待业,准备接达师傅的班呢。如果领导真盯住你的抽屉,那就是对你的怀疑,七怀疑八怀疑,就可能把儿子的饭碗葬送。想到这些,达师傅还是从腰里拽出了开抽屉的钥匙。

九点钟,当天的信、报到达之后,传达室门口挂出了人们熟悉的那块小黑板。在几个领挂号、汇款的人名中,也排列着莫雨。

五十九天过去了,小黑板上的名字更换了五十九遍,只有莫雨的名字凝结在那里。莫雨的汇款单也依旧矗立在达师傅的玻璃窗上,六月的太阳已经把它烘烤得又焦又黄。

传达室本是人们过路留步的小天地,但在这五十九天里,传达室突然变得冷清起来。常找达师傅"杀"两盘的研究室主任不来了;那个头发剪得短短的、最爱跑传达室的打字员孔令兰也有意无意地躲着达师傅。她生活里本来是少不了达师傅的,她正在恋爱。达师傅只好把那一只只沉甸甸的信封送到二楼。心照不宣。孔令兰抱歉地笑笑,达师傅也自不去计较。

整整五十九天,好些人路过传达室时,都尽量做到目不斜视,达师傅那面窗子仿佛成了让人惊恐的暗堡。只有那几位局长显得光明正大,他们不仅毫无畏惧地从那张小纸片跟前经过,还常常对坐在门内的达师傅投去意味深长的一瞥。这使得达师傅老是回忆起当交通员的那些时光,好像他们是来找他对暗号的。

他们站在窗外应该说:"芝麻大饼。"他就要对答如流地回应:"油条火烧。"

他们说:"柜上想进十匹杭罗。"他应该回答:"没有杭罗,只有香云纱。"

他们说:"哈德门卖几毛?"他应该说:"没有哈德门,有老刀。"

但整整五十九天,没有人和他对暗号,窗外也没有出现过达师傅想像中的眼神。那几位局长在达师傅眼里,似乎成了想冒名顶替的假同志。达师傅想好的接头暗号,只好一遍又一遍在心里更换着。

五十九天中间,史正斌来传达室次数最多。来者不善,善者不来。每次史正斌一进门,达师傅都是先拧开半导体,然后就开始不停地转换电台。嗞嗞啦啦的噪音弄得史正斌几次欲言又止,只好讪讪地退出传达室。达师傅暗笑:找电台,就是不给你开口的机会。报上虽然没点你的名,可那次的事儿你也在场。没点你,是因为你掺和得不深,是念你年轻。可你想从我这儿打开缺口,和我研究谁是莫雨,那是妄想。

接头就是要等待。一想起该来接头的那个人,达师傅就禁不住抬眼看看日历。日月如梭,明天,是汇款单抵达文化局两个月整。汇款单上写得明白,两个月不取汇款,邮局就要退回寄款人。

一想起明天,达师傅忽然一阵焦躁不安。他关掉半导体,长久地注视起窗台上那张小纸片。他抱歉地瞧着它,懊悔两个月来自己对它的疏远、畏惧和冷落。

……

第二天早晨八点钟,当人们陆续走进文化局大门时,几乎同时发现传达室的玻璃窗忽然变得敞亮起来。敏感的人立刻意识到,是那张焦黄的小纸片不翼而飞的缘故。一方薄纸的消失,使大家不约而同地松了一口气,又不约而同地凑近传达室门口,就像同时听到了解除戒严的命令,就像逾越了一道不宽不窄的深沟……就像什么?每个人还有自己的感觉。现在人们最关心的一件事是找到达师傅,问清是谁认领了汇款单。

短头发的孔令兰眼最尖,她像获得解放一样冲人们喊着:"门锁着哪!"

"这个老达,我还想找他杀一盘哪!"研究室主任也开始兴奋起来。

"老达?我知道,回家给老伴儿买煤饼去了。"这是鲁大夫,眼镜片朝大伙儿一闪一闪。

"达师傅怎么会上班时间买煤饼?"史副局长原来也掺杂在人群里。

史副局长的出现好像扫了大伙儿的兴。人们正要离去,达师傅出现了,他蹬着一辆平板三轮进了大门。但车上装的不是煤饼,是一车墩布,擦地板用的墩布。他把车停在传达室门口,看看众人,立刻明白了大伙儿围在这里的意图。他跨下车座,不慌不忙地掏出一块灰不溜秋的小毛巾擦着汗,只等人们发问了。

"达师傅,汇款单有人取走了?"还是史副局长先开口,他一字一板地问道。

"不错,领走了。"

"那,莫雨……"

"莫雨就是我,我就是莫雨。"达师傅说完,靠在身后毛茸茸的墩布上。

人群一阵骚动,各种眼光纷纷落在达师傅身上。史正斌也久久盯住达师傅,但谁也没有觉察到他眼光的异常。

当人们散尽后,史副局长才又悄悄问达师傅:"这么说,信是你写的?"

"不是我写的,我怎么敢做主领钱,还敢做主买墩布?各办公室的墩布都用秃了,也该换换了。"

"那……信是你写的?"史副局长强调了"是"字。

"你怎么还不信,看我文化浅是不是?不客气说,当年教我文化的那个排长,现今在中央当部长。"

"是你写的,可那信的笔体……"

"你见过?写给报社的信,莫非也会落到你手里?那可真成了大怪事儿。"

达师傅从车上抽出一把墩布塞进史副局长手里。史正斌没再说话,接过新墩布,向办公楼走去。本来,这些天他最忌讳人们说笔体。

一千九百八十三年十月,几位老局长离职另作安排,史正斌被任命为S市文化局正局长。每逢他路过传达室,都不自主地朝窗户看一眼,仿佛那张焦黄的小纸片还摆在那里。上任以来,他总想再找达师傅深谈一次,但总是被一件更重要的事情所耽误。他找他谈话,是想就势向他说明,写信人不是达师傅,是……是谁?他又觉得已经失去了在全局披露那次事件真相的必要,他现在是局长。

勇士身上常常存在着懦夫的弱点。史正斌不相信这个不能称为逻辑的逻辑,可每天路过传达室的窗口时,他心中还是常常泛起这个不伦不类的逻辑。

1983 年 11 月

1956年的债务

父亲临终的时候，托付给万宝山一件事：1956年，父亲很肯定地回忆说，就是万宝山出生那年，他向老同事李玉泽借过钱。父亲说，好像就是你妈去医院生你，家里钱没凑够，我就找当时住对门的李玉泽借了五块钱。后来，也忘了为什么……为什么就是没有把钱还给人家。今年是2009年吧，五十三年了。六娃，无论如何，你要亲手替我把钱还上。

万宝山在兄弟姐妹中排行老六，人称六娃。六娃——万宝山，这个五十三岁的男人站在病床前，看着蜷缩在床上说话再无底气的父亲，不停地点着头。父亲见他点了头，吃力地撑起身子，从枕头底下抽出一个皱皱巴巴的牛皮纸信封托在手掌上说，这里装着该还的钱，当然不能是五块。五块钱按定期存款五十三年算利息，咱就按1956年的定期利息算吧，我记得是百分之五，加起来是五十八块左右。这一阵我天天计算这五块钱的利息，大齐概不会错。

万宝山从父亲手里接过信封，发现信封下方有红色仿宋体"福安市人民医院"字样，不觉在心里感慨：到底是父亲，一辈子精打细算，都病成这样了，也不知在什么时间、用什么办法弄到了医院不花钱的信封。可父亲说话却常常颠三倒四，比如他喜欢把"大概齐"说成"大齐概"，比如他永远把沙发说成"发沙"。这使他的思维看上去仿佛异于常人,同时也掩盖了他的心机。成年之后的万宝山想,父亲其实是有心机的,只是他一生的心机大都放在持家过日子上了,父亲一直掌握着家中的经济大权。万宝山将轻而薄的信封叠了个对折塞进衣兜,他无心核对信封里那连本带息的钱数,都五十三年了,多一分少一厘的真那么重要吗?这时,已经躺上枕头的父亲突然又奋力抬起身子,冲他的六娃张开了两条胳膊。那像是一种企望,好比儿童对大人撒娇时要大人抱抱;或者那也是一种对托付之事的再次确认:我们爷儿俩抱了,你才算真的答应了我。万宝山对父亲的这种姿态缺乏心理准备,虽然他排行老六,是家中最小的孩子,但他和父亲从来没有这种亲密的身体接触。父亲也从不娇宠他,很可能是他不允许父亲娇宠。从小他就不喜欢父亲,在他印象中,父亲朋友很少,因为他那出了名的吝啬。父亲的吝啬也不时带给年幼的万宝山一些难堪。现在生命垂危的父亲用这种类似外国人的方式要和万宝山拥抱,他顽强地张着胳膊,白发蓬乱,眼球浑黄,面目黧黑,四肢枯瘦,宛若一只凄风中的大鸟,干脆更像是大鸟的标本,万宝山想。紧接着万宝山就被心中的大鸟标本这个比喻吓了一跳,刚才的忸怩才转换成一种不期而至的怜悯——刚才他忸怩了。他想,这拥抱的示意本不属于父亲的风格,但谁能判断一个行将结束的生命会有哪些意外举动呢?他微微弯下身子,小心地抱了一下父亲。父亲是肝癌晚期,这时已经轻若无骨。他还闻见了父亲身上的一股哈喇味儿,如同厨房里陈年的老油。

几天后,父亲去世了。

万宝山很想尽快完成父亲的嘱托。倒不是因为那五块钱的债务,而是父亲在病床上那奋力张开胳膊的姿势。正是那病鸟般的姿势提醒着他,他不愿意父亲死前的那个瞬间总在脑子里盘旋。

只有还了钱，那形象才能从他脑子里消失。父亲特别提出要他"亲手"还钱，他理解这是当面归还的意思。那么，他必得亲自去一趟北京了。他向父亲工厂的老同事打听李玉泽在北京的具体地址，厂里很多人都知道。他们把地址写给他，还告诉他，李玉泽退休以后跟儿子住，那地址是儿子家的。

父亲在春天去世，但万宝山执行父亲的遗嘱一直拖到秋天。万宝山成人之后在一所中等卫生学校当水暖工，刚结婚就和父母分开单过。他的小家经济收支大致平衡，偶尔略有盈余。可万宝山出门也要算成本，假若他去还钱的成本超出了他要还的钱数，那他绝不贸然行事。秋天了，学校借着新中国六十年大庆的气氛，在国庆节之后分批组织老师和职工去北京参观，这才给了万宝山当面向李玉泽还钱的机会。学校组织的参观是学校花钱，也可以看作这是一次公费旅游——北京公费一日游。

出门之前，万宝山才认真想到了债主李玉泽。其实他并不记得李玉泽，有关李玉泽一家，万宝山都是从大哥那里听说。从前李玉泽和万家住对门，两家都住在纺织厂宿舍。万宝山的父亲在厂办宣传科编厂报，李玉泽是厂里的技术员。在大哥印象里，李玉泽家总是比他们家吃得好，李玉泽的儿子李可心和万宝山的大哥是小学同学，他对万宝山的大哥说，夏天他爸每天都给他买一角西瓜。而万宝山的父亲只会号召万宝山的哥哥们攒牙膏皮卖钱。卖了钱也得上缴父亲，父亲每次返还三分钱，规定一个月吃一根小豆冰棍。后来李玉泽调到北京去了，那一年，万宝山还不到三岁。

但是，关于父亲的借钱不还，万宝山仿佛从记事起就知道。小学一年级的暑假里，他和几个孩子围着宿舍楼门口推冰棍车的奶奶买冰棍。他们都知道，这个卖冰棍的奶奶是可以赊账的，她是厂里工人的家属，认识这些孩子，他们可以先吃冰棍再回家拿钱。万宝山也想先吃冰棍后给钱，旁边一个大点的孩子立即指着他，揭短似的说,"他们家大人借钱不还!"万宝山已经伸出去的手,像被这喊声烫着似的赶紧缩了回来。那时的他还没有能力用"羞愧"来形容自己,却明白地知道,借钱不还会让一个人抬不起头。再大一点,他知道了五块钱在1956年的价值,便愈加意识到问题的严重性。1956年,在外省这个离北京三百公里的城市,父亲一个月挣三十六块钱就能养活全家八口人。虽然日子拮据,但总能将就着过去。

1956年,一间高级寄宿小学学生一个月的伙食费是十二块五毛钱。

1956年,一件斜纹咔叽布中山装是六块三毛钱。

1956年,母亲生了万宝山之后回乡下娘家坐月子,下了长途汽车在县车站小饭馆花一毛钱吃了一碗荷包蛋,那大海碗里足足有十个鸡蛋啊,一分钱硬币大的香油珠子飘了一层,硬是把碗都盖严了。这是母亲百讲不厌的一件往事,而父亲更愿意让她在全家吃饭时开讲,他说,这样就可以不炒菜了,一人举着一个窝头,就着故事里的香油荷包蛋吃。

1956年,五块钱是一个普通中国人家的一笔大钱。父亲从对门借的,对门邻居,正所谓低头不见抬头见,他用了什么办法,能够在长达两年的时间里拒不还钱呢?假如两年之后李玉泽没有搬出对门调去北京,父亲又将如何天天面对债主?这需要铁一样的脸皮钢一样的神经。万宝山在买冰棍赊账遭"揭发"之后问过母亲,母亲双手一拍,一只手的手背啪啪地砸着另一只手的手心说,她一看见对门李家的人,就恨不得有个地缝钻进去。可是,她不掌握钱,她是个没有工作的家庭妇女,花二分钱买火柴都得提前和父亲打招呼。长大一点的万宝山鼓足勇气去问父亲,父亲却不似母亲那么激动,他说,那五块钱啊,第一我没说不还;第二李玉泽家只一个独子,比咱家条件好不少,他又不急等这五块钱用;第三,人家李玉泽都从来没催过我还钱，你们着什么急呢！还有第四，父亲说，就在他准备好还钱的时候李玉泽调到北京去了，一下子就隔了一个城市啊……父亲对自己的不还欠债振振有辞，但全家人都明白他更像是强词夺理。比如他说李玉泽家只一个儿子经济条件好，自己家是六个，仿佛李家的钱活该给他用。母亲有一次曾经抢白他说，知道人家背后都怎样讲吗，讲咱们生得起孩子还不起钱！父亲立刻对答道，是呀，所以六娃之后咱不就打住了么。万宝山想，这倒是真的。母亲的生育打住了，父亲的借钱行为也打住了。据万宝山所知，自从那"著名"的五块钱之后，父亲终生没再向别人借过钱。也许他心里很在乎厂里同事在背后的议论，特别是这议论已经伤及自家孩子的自尊。李玉泽固然没有当面催他还钱，但人们背后的议论最初肯定是来自李家。

父亲的借钱典故随着李玉泽一家的离开渐渐告一段落，他的另一种习性凸显出来，他吝啬。或者换句好听的话，他极端地节约。他嘱咐上街买菜的母亲说，你买茄子，是买一个大的呢还是买两个小的？依我看你要买一个大的。为什么？两个小的会多出一个茄盖儿，占分量。在家里他身体力行，带头喝隔夜的已经馊了的菜汤，吃过期的药片，不许点十五瓦以上的灯泡。家里不买手纸，他利用编厂报的职务之便，把那些油印小报带回家来，亲自裁成幼儿巴掌大小做如厕之用。当孩子们抱怨纸面太小擦不干净时，他会耐心给他们讲授方法，这曾经让年幼的万宝山很有一种说不出的别扭。他还锯煤——把一整块蜂窝煤拦腰锯成两块，说这样分两次添煤烧得更透（可能是谬论）。他给煤盖了煤"屋"上了锁，钥匙挂在腰上，他不开锁，你休想取出一粒煤渣，哪怕你正要蒸馒头炒菜，炉中火急待添加新煤。家中的米、面、油更要上锁，每餐饭他都用自备的量具——母亲娘家一个核桃木的木碗量米量面。在万宝山印象里，他的童年和少年时代老是觉得饿，他和哥哥姐姐们从来没有放开肚子吃过饭。他们都在私底下盼着父亲出差,那样说不定就能获得饮食的暂时解放。可是父亲不出差——纺织厂无差可出。

2009年秋日的这个早上,万宝山坐在去往北京的城际列车上,衣兜里装着父亲嘱他要还的钱。他不吃一口零食,不喝一口需要花钱的水。车厢里的售货车来来回回在他眼前过了几趟,卖"娃哈哈营养快线"饮料的,卖快餐火烧、茶叶蛋的,还有黑瓜子白瓜子,奶油花生口香糖……同车厢的老师们把售货车上那些食品袋扒拉来扒拉去的,他则看得淡然。他只是忽然想到,自己这习性是不是受父亲的影响呢?售货车上那装在食品袋里烤得焦黄的看上去很香的火烧,只是让他想起少年时吃过的唯一一次火烧。那一次,父亲空前绝后地出差了,一走就是十天。省里举行大型职工业余汇演,纺织厂一个名叫《太阳光芒像金梭》的女声小合唱被选中,父亲参与了歌词的创作,因此有机会和演出队一起去省会。但父亲的短暂离家并没有让家人得以放开肚子吃饭,父亲对此早有准备。临走之前他已经把十天的米面提前备好,并不忘刨去自己的那一份,其余的自然又上了锁。母亲在父亲给粮食上锁之前及时申请出小半碗白面,她必须用它打糨糊。万家人是不买鞋的,全家都穿母亲纳底子做成的布鞋。纳底子需要糊袼褙,糊袼褙就要用糨糊。母亲在炉火上打糨糊时万宝山愿意栖在她跟前,他愿意闻那白面和水搅拌在一起,经炉火的熬制散发出的诱人清香。当糨糊打好时,他更会趁母亲不备,伸出食指挖出一坨糨糊迅速送入口中。吞咽完糨糊他还会长时间地嘬食指,他自认为面糊的暖香能在这根食指上存留好几天。每逢这时,母亲又会站在父亲一边劝慰她的六娃,她说你爸锁住米面是为了家里别吃了上顿没下顿,咱们的粮食有定量管着。万宝山知道定量是什么意思,定量之外,你就是有钱也没处去买粮食——何况万家也没有多余的钱,万家从来没有多余的钱。十天后父亲从省里回来了，万宝山盯着父亲手中那个他十分熟悉的、印着一架白色飞机的墨绿色帆布提包（直到2009年腊月父亲住院，这只"飞机"模糊、拉链破损的老提包依然跟随着父亲），他发现提包有点鼓，这让他兴奋，父亲该不会给他们带回了什么好吃的吧。在食品匮乏的年代，很多孩子特别关注外出回家的大人手里的提包。父亲的提包里果然有内容，他带回了八个火烧。

事情是这样的，父亲和纺织厂的演出队乘火车去省城，火车路过一个大站时，车厢里突然有广播说，这个大站的站台食堂专为旅客提供火烧，车上旅客可以凭车票购买，每张车票限购火烧一个。广播里特别强调说"椒盐发面火烧五分钱一个，不要粮票"。坐在火车上的父亲立即注意到了这则广播，他尤其注意了"不要粮票"这句话。在中国的票证时代，不要粮票的火烧几乎等于不要钱白给。这是当时国家对出门旅行的公民的优惠政策，除了在火车站的站台，其他地方几乎没有不要粮票的食品。父亲反应敏捷地开始行动，他挨个问同车的厂里同事一会儿是不是要下车买火烧，几个正忙着打扑克的女工都说不买，她们知道去省会参加汇演是有人管饭的。父亲立即把她们的车票敛到自己手中，一边说着借我用用。说话之间火车进站了，父亲飞速下车，在站台上那个瞬间形成的买火烧的队伍里，他的位置是前三名。父亲借到手七张车票，加上自己的那张，他买回八个火烧。厂里工人对父亲那著名的习性深有所知，现在他突然一下子买了八个火烧，大家忍不住尖刻地当面议论起来：精于算计的万师傅啊，这回可没算准。火烧不要粮票是占了便宜，可你什么时候吃呢？你要把它们放十天吗？回家时早长绿毛了！

父亲还有一个特点就是从不忌讳人们议论他的吝啬，父亲认为这和议论他借钱不还有本质的区别。为此他不仅经常像欣赏自己的优点一样欣赏人们奚落他的吝啬,还会适时做些补充。只见父亲把火烧藏进提包,对大家解释道,我听说在省里参加汇演这十天是统一发餐券的,要是用不完,最后凭餐券还能退给你粮票和钱,一张餐券少说也值四两粮票三毛钱吧。我准备每天吃一个火烧顶一顿饭,省下餐券就可以退成粮票和钱啊。你们有谁想到了?

父亲这构想居然对大家产生了吸引力,有几个工人也跃跃欲试。只是,她们没能如父亲那般手疾眼快抢购到不要粮票的火烧,而到达省会之后,父亲的预谋也没能"得逞"。原因是那次汇演的用餐方式没有采取餐券制,所有参会人员不领餐券了,大家可以随便吃。这是一个让与会者即刻狂欢的优待:随便吃!在那样的岁月里,"随便吃"带给人的惊喜就如同天天有人给你涨工资。在这做梦一般的餐饮狂欢面前,父亲的八个火烧果然如人们的预料,三天后就长毛了。但你不要以为父亲会抛弃它们,他把招待所房间的窗台擦净,将长着绿毛的火烧一字排开,在太阳下晒火烧。晒好一面,他用扫床的小笤帚扫去火烧上的绿毛,把火烧翻个儿再晒。十天里,翻晒火烧是出差在外的父亲一个不大不小的乐趣。十天后,他重又把这八个干火烧或者叫火烧干背回了家。后来,父亲的"火烧事件"在厂内广为流传。在宣传科,在车间,在夏天里人们乘凉的家属院,和父亲同去省城的人公开把这事当成故事讲,并且不断添油加醋。每逢这时,作为听众之一的父亲甚至一块儿帮着补充材料,比如用"小笤帚扫绿毛"这个细节就是父亲本人贡献的。众人因为父亲对"事件"的当场证明而更加开心。

万宝山始终记得父亲带回火烧的那个晚上,那是一个欢乐而奢侈的晚上。晚饭时分,出差归来的父亲先是制止了母亲熬玉米面粥的计划,他说今晚能省下一顿粥了,今晚有干粮。说着,父亲郑重地从提包里捧出八个火烧分给围桌而坐的全家八口人。最后他把属于自己的那个递给万宝山说,六娃最小,吃个双份吧。哥哥姐姐们都看着万宝山笑,母亲阻拦说,还不到出力气的年纪,吃什么双份呢。又把火烧推到父亲眼前。父亲笑笑说,你没看见我胖了呀,开会吃的。这次汇演,不限制饭量,让我们随便吃。说着拿起火烧塞到万宝山手里。万宝山一手攥着一个火烧不撒手地看父亲,他发现父亲是胖了,腮帮子鼓着,脸上泛出油光。让他感到有趣的是,父亲脖子上还戴了个西式衬衫的假领子,这个假领子是母亲用几块蓝白方格交织的手绢拼在一起缝成,连带一部分肩膀,肩部以下是空的,腋下有松紧带前后衔接固定在身上。父亲从来不买真衬衫,假衬衫领子也是做"礼服领"之用。刚才进门后他脱掉外衣就忙着给孩子们拿火烧,忘了把假领子摘下来。他戴着假领子,假领子下边是补丁叠加的纺织厂自产的灰色针织秋衣。这使他看上去就像一个幼儿园里戴着布围嘴的孩子,至少也是一个正在扮演孩子的大人。万宝山冲着戴假领子的父亲笑了,他不客气地咬起那难以咬动的火烧,火烧干硬如铁,使牙齿在上面打滑,他还是咬出了这椒盐火烧不一般的香。夜里躺在床上,牙缝里残存的芝麻粒大的碎花椒被他用舌头舔了出来,他舍不得咽下去,小心地含住这喷香的花椒睡得很酣。后来他从旁人那里知道了父亲晒火烧的故事,他像以往听到这类故事一样的恼火,但这次的恼火并没有抵消那天晚上吃火烧的所有美好感觉。

　　三十几年过去了,万家的孩子都已长大,告别父母各立门户,且都先后离开了生养他们的这个城市。就仿佛他们共同被父亲的吝啬吓怕了,他们心照不宣地拒绝再和父亲近距离地生活。只有万宝山留在离父母不远的地方:他自己的家和父母的房子相隔两条马路。票证时代过去了,生活渐渐好起来。大米白面可以自由购买,人们炒菜也开始舍得放油。但父亲的吝啬却一如既往。他照旧把粮食锁进橱柜,为了便宜,他只去农贸市场采购那些快要孵出小鸡的鸡蛋。上世纪八十年代,万宝山给父母买过一对人造革的仿皮沙发,第二天就被父亲卖掉,卖沙发的钱也被他理直气壮地揣了起来。他逢人就讲:"发沙",又花钱又占地方。退休以后他时间更多了,他曾经要求万宝山把正在读小学的女儿放在他们身边照顾,被万宝山的爱人坚决拒绝。他无事可做,干脆就独自承担了买菜的任务。说他买菜不如说那是捡菜,每天下午市场快要收摊他才前往,他坦然捡拾着菜贩们遗弃的菜帮、菜叶,弄好了也有完整的收获:一个正在生芽的土豆,或一棵筋络粗大的老芹菜。院子里的老邻居们为此嘲笑他,他们说,老万什么时候捡到一块肉就好了,也改善生活做一顿红烧肉给我们看看。父亲说改善生活还用得着捡肉啊,我今天就改善。邻居们问他怎么改善,父亲自豪地说,他准备做一份红烧芹菜。众人笑起来,父亲却不觉得这是玩笑。吝啬在他,已不是生活所迫,那就像是他人生的一个信仰,或者生命的一个动力,简直须臾不可离开。吝啬在他,也没有什么不光彩,能够做到尽最大可能地不花钱,那才叫光彩。这的确,的确和借钱不还不同,这是一个人给自己找乐儿,碍着谁啦。

火车进站,北京到了。万宝山跟随卫生学校的同事们下车走出站台。在学校的安排下,他们参观了天安门广场、鸟巢和水立方。万宝山和同事们一起感叹,到底是首都,到底不一样啊。到底是开过奥运会的首都,到底是六十年大庆刚过的首都,到底是不一样啊。天空湛蓝,鲜花怒放,新楼们如森林一样错落,大街上的人个个神气活现……大家忙着在每一个参观点拍照。万宝山没有照相机,他请一个老师给他在鸟巢拍了一张留念照,就向他们此行的领队——一位副校长请假:他要去一个熟人家办点事。想到在北京打手机是漫游的价码,太贵,他又谎称自己的手机没电了,借用副校长的手机,按照父亲厂里老同事提供的号码给李玉泽打了电话。

电话是李玉泽本人接听,万宝山听出那是一个有点耳背的嗓音洪亮的老人。他大声向老人报出父亲的名字，简单说明是代父亲来看望他老人家的。他没在电话里提到还钱也没告之父亲已经去世，他觉得这话应该放在当面。李玉泽显然还记得父亲，五十多年前外省纺织厂那个住对门的邻居。他很痛快地答应万宝山来家中拜访，又详细告诉万宝山乘车的路线。他说儿子今天在家里办个大party，人多有点乱，不过没关系，他来了可以同他们一块儿喝酒。万宝山没听懂party这个词，他推断这大"趴替"反正和人多、喝酒有关。他挂掉电话，在鸟巢乘地铁8号线，顺利找到了李玉泽的住址，一个名叫绿水庄园的地方。原来这是一片别墅，当万宝山确凿地站在庄园门口，盯着眼前那两扇巨大的、铸有一对鎏金麒麟的黑色铁艺大门，他才又想起父亲厂里老人们的介绍，他们说李玉泽的儿子李可心做的是房地产生意，李玉泽跟着儿子养老，有福了。万宝山正犹豫着不知如何进门，一个身穿藏蓝色制服、肩上缝着金色肩章的门卫从警卫室里跑出来，问他贵姓，他报了姓名，保安客气地说，刚才A8座的业主已经通知我们，对您放行。

保安引万宝山进了大门，热心地指给他去往A8座的路径：右转，上那座罗锅桥，下了桥一直向前二百米就是。万宝山机械地按照保安的指示走上那座弧度并不太大但跨度不小的罗锅桥，他看见了桥下的水池，水中的睡莲，环绕水池的大片草坪、喷泉、木椅，一些树种珍贵的树们。他下了桥，走二百米，路过了几幢白房子黄房子，他看见了一幢屋顶覆盖着铁灰色龟背形油粘瓦的红房子，他不知道为什么会特别注意这红房子的龟背形灰瓦，也许是因为他在外国电影里见过它们。一大片修剪整齐的毛茸茸的草坪由房脚处伸展开来，形成一个足有上千平方米的庭院。院门的浅褐色毛石门柱上，镶嵌有A8字样的紫铜门牌。万宝山站在门口，隔着院墙——半人高的漆成白色的木栅栏，看见一大片落地窗和一个从落地窗探出的白色大阳台，几位老人正闲坐在那里，晒着秋日里干爽的阳光。在他们当中,应该有一位是李玉泽吧。庭院草坪上有铺着雪白台布的长方形餐台,锃亮的银盘里是各种水果、点心和烤肉——一定是烤肉,因为不远处还有一架烧烤炉,两名头戴雪白高帽的厨师站在炉前忙碌,油烟加着肉的香气不时飘扬过来。一些男人、女人,一些尖叫着的孩子,他们或坐或站或走来走去,吃着什么,喝着什么,聊着什么。一个五岁左右、留着分头的小男孩跺着脚正冲他的母亲(一定是母亲)大叫:我不喝法国的"依云",我不喝法国的"依云",我要刚才那种二十六块钱一瓶的"无量藏泉",二十六块钱一瓶的矿泉水……

本打算进院的万宝山,站在 A8 的木栅栏之外背过身去,一阵莫名的瑟缩。他忽然不想让草坪上的人们看见他。他想,这就是刚才他在电话里听见的那个 party 吧?虽然他早已知道李玉泽父子的富裕生活,但眼前的场景还是远远超出了他的想象。那孩子要的二十六块钱一瓶的水,还让他立刻想起衣兜里父亲嘱托的那五十八块钱。五十八块钱在这样的院子里,也就刚够买两瓶水的。李玉泽或者李玉泽的儿子会怎样看待一个老邻居的儿子奉还的这五十八块钱呢?以他们今天这生活的气派,难道当真会记得五十三年前被别人借过的五块钱吗?万宝山继而对自己有些怨愤起来:他这是干什么,也是五十几岁的人了,不远几百公里,又打电话又问地址,最后煞有介事地向这幢别墅交出一个皱巴巴的轻薄的信封,这简直有点滑稽。

一想到"滑稽"这个词,万宝山决意离开 A8。他沿着来时的路,迅速朝着远远的那座罗锅桥走。他步履轻快,不一小会儿就行至桥下。他拔腿往桥上走,过了桥,就离这庄园的大门口不远了。就在这时,他的腿出了问题:他的腿忽然迈不开步了,他没有办法上桥。他定定神,换一条腿再迈步,不行,他还是走不动。他站在桥下发愣,不相信自己遇见了鬼,不相信这是鬼使神差。片刻,他镇静着自己慢慢调转身向着相反的方向——A8试着迈步,两条腿立刻又听他的使唤了。可当他借着这股劲儿转回身再次上桥,他的腿就再一次地抬不起来了。

万宝山僵着身体无助地站在罗锅桥跟前,好像一个正在思考高深问题的哲人。夕阳西下,在桥的两岸开阔的草地上,几个仰着脸放风筝的孩子引起了他的注意。既然他的腿像被施了法术似的不能动弹,他便只好随着孩子们的目光仰望天空。他看见了一些高高飞翔的鸟:燕子、蜈蚣、老鹰……一只红嘴的黑鹰展着双翅飞得最高,威风凛凛地俯视着大地。一个形象忽然在万宝山脑子里复活了:病床上的父亲张开胳膊对他的那个企望,凄风中的大鸟样的企望。他仰望着空中的黑鹰,该不是父亲的魂灵正俯视着他吧?他并不迷信,但那一刻他心生畏惧。他就在这样的俯视之下回转身,朝着A8迈步。他的步子顿时就迈开了,原来他的腿没病,他确信自己的腿是两条好腿。

他脚步均匀地再一次朝着 A8 走,那空中的老鹰依然在他头顶的天空翱翔,似是监督,似是护送。万宝山看看天空,又看看四周。天高气爽,四周无人,在这样的人居超低密度的地方,经常是四周无人。他就破天荒地在这陌生的庄园里,向着天空不好意思地参了一下他的胳膊,宛若与天上的大鸟打着默契的招呼。他发现,当他勇敢地把胳膊舒展开来的时候,久已潜藏在身体内的什么东西嘎巴巴地奔涌了出来,他那颗发紧的心也略微感觉到了平安。

2010 年 3 月 19 日

胭 脂 湖

好像很久很久以前,老车曾做过本地区水利部门的领导,现在他被人称做"老同志"。如同所有退居二线的老同志一样,老车也按标准享受着应该享受的一切,从三居室住房到省、市报纸和每月一本的《中国老年》。

入夏以来,市报一连几天刊登广告,号召人们到胭脂湖去旅游。那委婉华丽的措词,句句都充满着对人的鼓动和诱惑;并且明确指出,去胭脂湖度星期天是地地道道的一日游,因为它距市区仅四十公里。

广告越是显赫,措词越是委婉,老车就越感觉出那里面的水分,如同那些名目繁多的"开发公司"、"贸易中心"、"股份有限公司"。他想,"株式会社"一定也为时不远了。一次,他看到一幅漫画,一个卖糖葫芦的老者,身旁竖一块高大的木牌,上书:多利斯糖葫芦贸易中心。老车指着漫画对儿媳说:"看,好画。怎么想出来的?天下就是有能人。"

然而号召人们到胭脂湖旅游的广告不顾老车的愤慨,还在继续着。广告不但出现在报纸上,还出现在电视屏幕上,一位裸露着胳膊和腿的姑娘侧卧在一些活动着的条纹中说:"你想度过一个愉快的星期天吗?你想接受大自然的陶冶吗?请到胭脂湖来吧!"下面还有些零言碎语,诸如"交通方便、服务周到"之类。四岁的孙女受了那广告的诱惑,每逢星期天从幼儿园回来,扑进老车怀里,扭着身子仰着脸就央告起来:"爷爷,去胭脂湖,去胭脂湖……"

"什么胭脂湖?方圆几百里有河、有淀,有水库,就是没有湖。"老车说。

三十岁正在发胖的儿媳提醒了他:"有,就在四十公里以外的山底下,我们厂有人都去过了,说好着哪。"

四十公里山底下,老车终于被提醒了。莫非就是那儿,就是他开发过的那个地方?现在老车终于也想到"开发"这个词了。难道三堵山兜着的那个人称"大西洋"的水库,如今也能联系上旅游之说?煽动,广告的煽动。

对,"大西洋"就是胭脂湖,胭脂湖就是"大西洋"。

当初,那里叫大斜杨,"大西洋"这名字是当年修水库的民工赋予它的。也许,他们觉得只有这样称呼,才能和当时所发生的一切遥相呼应,才豪迈,才具时代感。赶英国,放卫星,下大西洋……不都是突出了人的作用吗?如同那时当地人曾把共产主义具体为两件事:"小高炉","大西洋"。老车当时就属于"大西洋"的人。在地区里那庞大的领导兴修水利的机构中,他属于中层。当那里尚是一片三面环山的原始低洼地时,他和他的几个部下就捷足先登了。他的任务是移民,把那个地处山涧小村的居民移出来,移到一个更利于共产主义建设的位置。他就是那个被称做移民委员会的主任。

现在,他想起了那个地方,还找到了"胭脂"的来历。胭脂,就是水底下那个小村的名字。那些带廊子的黄土小屋,那些几乎和黄土小屋颜色一模一样的土黄色棉袍,那些穿花棉裤、系黑腿带的姑娘……人们在街里一面拿嘴拱着大海碗喝粥,一面用敌意的眼光看着老车他们从眼前走过。但老车还是把那一双双怀着敌意的眼光动员走了。他愿意用"动员"这个词来形容那时的一切。"动员"显得高雅,且符合革命阵营中的传统用语。当然动员里也不免混合了种种难以名状的不快:除了和敌意的眼光相遇,还有那些更富于顽抗精神者。那时,老车便用"想阻止共产主义到来"这些措词提醒他们。当村干部——乃至他的部下对村民实行皮肉之苦时,老车也默认过。他知道时间不等人,现在办事讲速度,那时讲步伐。虽然他没有认真研究过当时国家已被宣布进入共产主义的真实性,但他深信,一种主义是靠人在掌握,如同他在掌握着移民一样。移民,自然是通向共产主义的一部分。后来老车又得出更准确的结论:那主义说穿了就是那步伐本身,胭脂村阻止了这步伐,就等于老车阻止了这步伐,也就是他阻止了共产主义的实现。

谢天谢地,老车总算跟上了步伐,半年后他轻松地离开了胭脂村。两年后,当那个黄土小村被水吞没后,胭脂村便从地球上消失了,便从老车的心目中消失了,连个具纪念意义的空名也没留下。大斜杨是岸上一个大村,水库工程指挥部所在地。

人是越活越聪明,如今不知哪位能人又想起水底下那块"胭脂"了。

老车顶得住广告的煽动,却没有顶住孙女的央告。一个星期天,他到底揣上一本《中国老年》,按照广告所提示的一切,和儿子、儿媳、孙女乘上一辆什么旅游开发中心的面包车,去实行胭脂湖一日游。

没有人比老车更熟悉通往"大西洋"的路了。从移民委员会主任到"库长",他一连在这条路上奔波了八年。那时路面还没铺柏油,道边也没有这么挺拔的钻天杨。老车常常挺胸站在卡车车厢里,饱尝着一路滚滚的黄尘,豪迈而来,豪迈而去。

眼下,旅游车轻而易举地就来到"大西洋",老车没有吃到滚滚的黄尘,但心中却有几分凄婉;现在分明是这辆灵便的面包车在向他显示潇洒和豪迈了。

车把他引进了人的世界。老车手拉孙女,沿着他熟悉的一条黄土小路和人摩肩接踵,开始上湖。他到底又看见了那块水,那块曾经属于他的水。但他没能立刻走近它,因为有人设了关卡:路中摆下两只木凳做湖"门",进"门"要买票。老车越发想到那张"糖葫芦贸易中心"漫画的妙处了。他想起水库建成后他留在库上当"库长"的那些日子,"大西洋"岸边常常只有他一人。那时想花钱请个人坐在那棵老榆树下聊聊都找不到。现在这儿不仅聚起了人,还出现了门。并且在儿媳所买的"门"票里竟然也有他一张。原来开发者就是借了你所开发过的,又去开发着你的心灵,开发着你的钱包。

进了"门",老车眼前才正式出现了更具旅游性质的场面:一大片赤裸的胳膊和赤裸的腿。他又想起电视广告上那个忸怩作态的女子,她好像坐在一个大盆里,水渺小得像受着人的压制和耍弄。不像眼前的"大西洋",成百上千的人在"大西洋"里原来才像一小片色点。老车这才觉出几分骄傲,也才体味到这次和家人为伍出门的意义。这才是开发。人和水,水和人,谁见识过?老车站在坝端估计着"大西洋"此时的蓄水量,他发现水位快挨到分洪闸上标出的最高水位线了。他估计出了它的立方数。一条红线,那是他亲手画上去的。

老车没和家人为伍,投入到那个赤裸的天地里。当家人从他眼前消失后,他找到了他那棵老榆树。谁知那里也躲不开人。一个女子更衣室就横在他眼前。放眼四望,这种用白洋布围起来的无顶帷帐原来比比皆是。女性们从一个狭小的门口进进出出,拥挤的帐内不时发出尖叫,单薄的白洋布也常被撞出一个个鼓包。像进湖"门"一样,帐门也有人把守收费。那守门者看来是位铁面无私的老妇。有人把什么东西丢在帐内,想回去拿,老妇让她再次交费,两人吵嚷起来。终于老妇胜利了,她接住那女子甩过来的钱,仍旧猛力拍打着大腿,向坐在榆树下的围观者叙述着那女子的无礼和她的胜利。老车遇到了那老妇的目光,他认识她。

那是水库修成后。在移民问题委员会里,老车仍兼着那个问题委员会主任。早已搬家的胭脂村民,像受了什么鼓动一样,纷纷来到老车的办公室,要求他赔偿那些当时未估计进去的损失:土坯、灰砖、猪槽……一位妇女要求赔偿的是她家房后十棵核桃树。她双手比画着那树的粗细,对老车怒目而视。虽然问题渺茫、棘手,一时也无证人,最后那妇女还是取得了胜利。当年她也是像今天这样,一边拍打着大腿,一边向众人叙说委员会的无礼和她的胜利来之不易。

老车闪过白色帷帐,又和人们摩肩接踵而去。他想找家人,但是要从那五颜六色的光点里认出他们,看来是不可能的。脚下的碎汽水瓶和面包纸似乎也给他辨认家人增添了困难。他后悔分手时没和他们约好会面地点,也许他们还以为他能不动声色地一直站在那棵老榆树下呢。

"大西洋"的水到底又把老车吸引了过去。那水的气味,水拍着堤岸的声响,都像在提醒着他,招呼着他。塑料凉鞋早已泡在水中了。一条铁皮游船很快就向他划了过来。

"坐船呀?来吧!"一个红铜似的年轻人向他打着招呼,露出一口整齐的白牙。"价钱公道,随意游玩。"年轻人用模仿出来的普通话继续拉拢着老车。

"坐一圈多少钱?"老车无意地问。

"不论圈,论小时。"年轻人答。

"就算小时吧,一小时多少钱?"

"给三块半吧。"

"两块半行不行?"

老车不知不觉和划船的年轻人讲起了价。也许他没有想到来人会那么痛快地接受他的条件。然而顾客无心,船主有意,船早已划到老车脚下。年轻人从船上灵巧地跳入浅滩,老车紧走两步,竟然扶住船帮迈了上去。船主扭过腕子看看表,船便平稳地向湖心驶去。

老车在"大西洋"坐过船,那是库上的一艘机动船。探水位,撒鱼苗,匆匆而来,匆匆而去。那时他从没有注意过船下就是水,就像他从没注意过走路时脚下就是路,吃饭时嘴下就是碗一样。现在他才感到船漂泊在水里,总像存在着要翻的可能。再看看岸上那些熙熙攘攘的人群,就更有些心慌意乱。他努力避开对岸那些人的斑点,朝着远方,朝着没有人烟、水山相接的地方望去。那里是阳光和水创造出的光点,那光点引起他一阵阵醉意,使他忘却了身后的一切。船剪开一路光点,向更远的地方驶去。

他努力搜寻着"大西洋"的变化。他发现了一些掠水而过的鸟。"大西洋"时代这里没有它们,现在它们来了。它们飞得很低,有时就在船头擦过,像故意引逗老车欣赏它们的丰姿。他不知道那鸟是不是就叫海鸥或海燕,可惜他不懂鸟,他只懂鱼:黑鱼、白鲢、鲫瓜……不知它们是否还生活在水中,怎么看不见鲤鱼打挺,看不见成群结队的白鲢的反光?鸟终于又被什么吸引过去了。也许是另外一条游船吧,那条船上有伞,有鲜艳的色彩和笑声。而这里只有老车,和一本《中国老年》。

老车觉得很孤单,他也翻过腕子看看表,船刚刚行驶了半小时。但对岸模糊了起来,太阳和空气吞食了那些颜色和声音,耳边只有桨声。从那沉闷的桨声里和湖面袭来的阵阵凉气中,他估计出了这里的水深。那么,这就是"大西洋"的最深处了,那个小村此时就在船下。他准确地测出这条铁皮游船此时就在胭脂村东口,那里有一棵两人抱不住的白果树。水库放水时,当一切都被淹没,只有它还露出水面,远远望去,像块礁石,像个跪在那里终日乞求的老人。水位再次升高,吞没了它。船超过了白果树,现在是村口那家烧饼铺。当时因共产主义不再需要个体烧饼,所以它不过是胭脂村有过商业的象征罢了。刚进村时,老车他们就住在那个黑色大门里,案板和饼铛都盖着厚厚的尘土。店掌柜是个有着两只白手的中年人,每天也和他们一起到公共食堂领白薯粥。再往前走该到大队部了,他就是在那里展开动员工作的。多少个日日夜夜,多少副难以描述的面孔……当"库长"时,他不知为什么会把他们忘得那么干净,而现在,他们突然都浮现在眼前。

空气更加凉爽,周围一切都不见了,只剩下水、天。

"你是哪村人?"老车问船主。

"在这儿划船的甭介问,不是大斜杨,就是小斜杨。"年轻人吐字缓慢,语调平和。

"你呢?"

"大斜杨。"

"那你不准知道胭脂村的事。"

"这村?"年轻人看看水面。

"哦,这村。"

"家里老人知道。谁让他们位置低呢,听说当时人家可不愿意搬了。"

老车没说话。他感到在青年们看来,修水库、搬家就像上古的故事一样,他们讲起来冷漠、客观。

"你说这里的水有几房深?"年轻人问老车。当地人用房的高度来计算水深。

"那可说不清,再说也不能用房来计算。反正能没过树。"

"树,那当然。"年轻人也不满意老车的回答了,"不能用房计算,用树就那么准？树还有个高矮呢。要说还是用米准确。"

"你说有多少米？"

"没计算过。反正那边的人不敢到这边来游泳。"

"你是说水太深？"

"不光水深,下边还有东西呢,闹不好就给拽下去。"

"你说的东西是什么？"

"人呗。"

"有人被拽下去过？"

"有,不出半个月的事。"

"就在这儿？"

"就在这儿。"

"你看见了？"

"可不是瞎吹。"

老车坐直腰板,不自主地朝水里张望,墨绿的水在桨下猛打着漩涡。

"多少条船都没打捞上来。"年轻人有些惋惜地说。

他向老车详细描述了那件事的经过。那是一个外地姑娘,在岸边租了他的船。一路上也是向他问长问短,高高兴兴的。他不知不觉就把她划到了这里,谁知姑娘还要下去游泳。他左劝右劝没劝住,姑娘一个鱼跃就跳了下去。开始还仰着身子向他打招呼,转眼间就不见了。他还当她是开玩笑,谁知左等右等没见上来。后来,他站在船上呐喊了好大一阵,喊来了船和人……

船主没有详细描述那姑娘的形象。那是一个丰满得有点偏胖的姑娘,身体又白又干净,说是穿着游泳衣,实际只有几个带颜色的布块遮掩着几块地方。这使他一路竟无缘无故地冒汗,生怕自己的眼光触到她身上的哪一部分。可是几秒钟之内一切都不见了,那丰满的身体,那带颜色的布块……

"你说水底下真有人?"船主问老车,口气又变得冷静、客观。

老车没说话,他真的想起一个人。这人叫邢老月,是胭脂村一个孤老头。动员搬家时,他决心跟胭脂村同归于尽,说那样就省得给食堂添麻烦了。老车专门找过邢老月,邢老月插上门闩、跳上炕,手扒没糊纸的窗棂朝老车喊:"来摘门吧,抬我吧,抬吧,来吧!"到移民的最后时刻,老车真给大队干部下过命令,布置抬邢老月的事。但是干部们没有把老车的命令当命令,他们留下了他……过后当老车知道搬迁的移民中没有邢老月时,胭脂村已是一片汪洋了。

现在他还能清楚地想起邢老月的模样:齐门楣高的个子,瘦骨嶙峋,说话嗓门洪亮:"来抬我吧,抬吧,来吧!"人们说不清他的岁数,或说八十,或说九十。能说清的,倒是他年轻时的一桩风流事。邢老月年轻时外出贩核桃,领回一个如花似锦的闺女。那闺女眼看就要给邢老月生儿养女了,却又被娘家人追了回去。有人把"领"说成"拐",有人把"领"说成"跟"。问邢老月,邢老月闭口不答,却终生没再娶。如今胭脂村来了一位姑娘,是无意落水,还是真像年轻人描述的那样?老车想,一个骨瘦如柴的山民,能习惯那个在他面前赤身露体的年轻妇女吗?移民时,胭脂村的姑娘们穿的还是花棉裤。

船差不多是从胭脂村南口通过的。船主调回船头,争速向岸边划去。他们身后只留下一条白花花的直线。两人一路无话。临到岸边,年轻人才又突然问起老车:"你说那时候闹这水库有没有意义?"

"怎么没有?"老车本能地肯定着。

"你说意义在哪儿?天旱它也旱,天涝它也涝。"

意义在哪?老车从没考虑过这个问题。修水库时他只想到那是一个标志。拿什么来证明进入一种主义呢,拿水库。后来当没有人再信这个标志时,人也就忘记水库的存在了。现在是谁发现了这片水,发现了它的另一层意义?老车终于想出了答案。临上岸时他说:"有意义。没有水库,你怎么能划船赚钱呢?"

"照你说,那工夫修水库的人就有这份眼力?"

老车借着急于上岸找家人的理由,回避了年轻人的问话。

太阳西下,散了场的胭脂湖,像散了场的庙会,没有人,没有车,只留下一片有过热闹的痕迹。幸好一辆入时的摩托停在老车眼前,驾车人分析了老车的行踪,动员他上了车。

他一路想着胭脂村的事。如今村里有一男一女。那里很湿很冷,柴火那么潮,他们能点着吗?

1985 年 10 月

无忧之梦

你六岁。

你六岁。

每每从心底念出这个数字,我就想起一位北欧的朋友。她向我夸奖过她六岁的儿子,说儿子随她来到中国,很快地学会了一句汉语便是"六岁"。因为他只会这么一句汉语,又因为他喜欢这汉语的干脆,于是他就用"六岁"来对付一切东方人的提问。

"今年你几岁?"

"六岁。"

"你是哪国人?"

"六岁。"

"爸爸喜欢你还是妈妈喜欢你?"

"六岁。"

"北京好看吗?"

"六岁。"

……

忽然间你就觉得,"六岁"原本是个多么昂扬的词。就好像这北欧的男孩其实还会别的汉语,而他的统一答复不过是心血来潮的随意——六岁的人才拥有的那份随意。

我在你六岁时遇见了你。

你不是北欧的男孩,和我一样你是中国人。我大概二十八岁或者更老,老到足能让你一看见我就唤我做阿姨。曾几何时,我还被儿童们一口咬定地称为姐姐呵。

北去的火车驶向北方的草原,适逢夏季来临,车厢里满载着北去避暑的人。我想我也是去避暑,随着一个公家出钱的小旅游团。我是谁呢,公家为什么出钱让我去旅游?也许我是谁并不重要,我是人们在各种行政机关的走廊里、收发室里、秘书科里经常看见的那么一种步子匆匆的人,这样的人多一个不显多,少一个也不显少。人们所以记住了我恐怕因为我是女人,一个未婚女人。你是女人你又未婚,你就难免叫人惦着。于是轮到我有了这么一次公费旅游。虽然我老是觉得确定旅游者名单的行政领导对我的慷慨有点可疑,因为我的机关原不该放一个让人惦着的女人出去。但我既已上了火车,为什么要让我这可疑伴我一路?要知道领导们有时候那一不小心的慷慨也会像他们精心经营的不慷慨那么随意。一个普通的人物就在这随意之中得了好处。

路途遥远。车到北京南站,旅途才仿佛刚刚开始。所有的车窗全打开着,热风吹麻了人的脸。我有多长时间没出来没坐火车了,我差不多已经忘记生活是什么样子。我朝着窗外探头探脑,竭力寻找着生活的脸。近的树远的山浅的水坑和深深的大庄稼倒退着被火车甩下去,大约就是这个时候你的爸爸领着你走过来。

原来你们也属于我们这个旅游团。后来你告诉我说,你的家在北京,所以你们才从北京上了车。一对北京的父子居然加入了这个团,使人想到我们机关与各地关系户的关系之密切、之深远。

旅伴们显然喜欢你,拉你坐在他们腿上和他们一道打扑克,对面的女伴还把一个挺大的沙瓤西红柿递给你。你们玩"争上游",你的牌技不错,连赢好几盘使大人丧失了再玩下去的兴致。他们换了花样,嚷着"木木"——原来你的名字叫木木,但你可不像屠格涅夫笔下那只可怜的小狗。他们要你说出在座的阿姨哪一位最好看,说出来还要去亲那阿姨的脸。

我觉得我有点心慌,尽管脸上装着不在意。我想这团内的女伴们也未必都无所谓,尽管大家只不过面对一个六岁的男人的考核。女人永远也不要相信女人的夸奖,只有一个时刻,只有当你遭到女人咒骂的时刻,你才能知晓你真正的价值。我却常常遭受女人的夸奖,使我明白我是多么没有分量!

三五张女人的脸转向了你,而你差不多一开始就望着我。你是多么虎头虎脑,一头黑发,两只弯弯的笑眼。然后你伸手指着我,宣布了你的判断。大家笑起来,我松下了心。我挺快活,就为了一个六岁的人的肯定。说为这个而快活,还不如说因为你给了我一个好运来临的征兆。人的脆弱也就在此了,他们往往笃信一个莫名其妙的意外。

我得迎候你来亲我,可你忽然逃向你的爸爸。你勾住他的脖子拼命亲他的脑门他的鼻尖他的脸,亲出挺响的声儿,就像故意冲着所有的人显出你刚才的那个判断是多么不重要,只有你们父子才是父子情深。接着你又绕到背后使劲儿亲他的后脖梗,你吸附在他的脊背上,像一只疯狂的正在撒娇的小兽。这样的亲吻不知怎么却叫我觉出一种焦渴,你们父子情深这无人怀疑,那焦渴感来自你没有母亲。

你没有母亲,我刚刚知道。

是谁在耳边说,你母亲很早就离开了你父亲。然而你的衣服干净又整齐,使人想到你父亲的自尊。你很忌讳听"妈妈"这个词,每逢幼儿园同学说起妈妈你就赶紧打岔,赶紧夸耀自己如何会在煤气灶上煮方便面——你们会么?要是有妈妈,难道你们能学会煮面?你们连点燃煤气灶的打火枪都不会使。可是我会,木木会。

你会的可真不少,快到终点时你的一个小故事把旅途的气氛推向了最高潮:"从前在一条大街上。"你说。你说街上出了车祸,行人里三层外三层地围观。一位在最外圈的人怎么也挤不到里边去于是他就高声喊道:"请让一让,我是死者的父亲!"这话很是灵,人们果真给他让出一条路,他走进去发现躺在地上的死者是一头驴。

整列火车差不多都笑了。

车厢里渐渐凉爽下来,天黑时我们到达了终点,一座靠近草原的小城。

我站起来背好旅行袋,你站在座位上恰好和我一般高。这时你才想起亲我的脸,并且叫我:"曲阿姨。"

"好乖。"我说。

"不是好乖,是木木。"你纠正我。

我们的日程第一项就是参加草原上一个那达慕大会。我久已盼望的"那达慕"叫我失望,在草原的这个五彩缤纷里,汉文化正凶猛地吞并着蒙文化,几乎所有欢庆的游行队伍里都是牛仔裤和柔姿纱衬衫,你甚至无法在一个卖刀的店里买出一把真正的蒙古刀。我们离开会场跟随导游去骑马照相,骑马照相也是一种附庸风雅。草坡上摆着一匹厚道的母马,专供游人照相时骑。可怜的母马一个上午已被人骑了无数回,却仍安静地一门心思迎候游人。我接近了马闻见了马味儿,在那浓密睫毛覆盖着的马眼里我似乎才看见一点儿"那达慕"的意义。

那时我附庸着风雅骑马照相,你站在马下像个小不点儿,却高声叫着:"别怕,我是你的保镖!"

你太乐意充任我的保镖了,这样你就有理由老和我待在一起,你喜欢挽住我的胳膊和我一起走路。我那么高,得在你的小步子面前放慢脚步,你就焦急地问:"为什么我这么矮?"

有一天早晨我被敲门声惊醒,开了门看见门口站着你。你扑进我的怀里说:"曲阿姨昨天我忘了亲你。"

"我并没有要求你每天亲我呀。"我说。

"可是我要求你每天让我亲。"你说。

"为什么?"

"因为我喜欢你。"

"我也喜欢你。"我说。

"为什么?"你问。

"因为你是个可爱的孩子。"

"不是可爱的孩子,是可爱的木木。"你又纠正我。

"好吧木木,现在请你回你的房间,我要洗脸。"我说。

"那好,你洗脸,我撒尿。"你说。

你跑进了我的卫生间。

你刚跑进去就被你的爸爸揪了出来。你大概挨了一顿打,因为当你再次站在我跟前时脸上还挂着泪痕。你揉着屁股向我诉说有人告了密,说你正在我这儿捣乱。"她白吃了我的大白兔奶糖。"你忿忿然。"她"是导游的孩子,一个十岁的女告密者。

你和这女孩一直关系不好,她聪明伶俐,全然不把你放在眼里。"争上游"你老是输给她,输了你揪她的辫子她就嚷:"我去告诉你爸!"

为了这句话你对她又恨又怕,要是她和我在一起你就嫉妒得发疯。这时候你开始嫉妒,嫉妒所有和我在一起的人。还记得那次乘大轿车去牧场参观么,我与几个青年挤在后排座位上唱"康定情歌",然后我们又做字头咬字尾的游戏,然后导游的胳膊上起了个脓包,我给他涂上我随身带的药,那药专治毒虫叮咬名叫"无比膏"。你跪在最前排的座位上远远地冲我说:"曲阿姨你都快忙不过来了吧！"

　　人们哄笑起来笑你的焦急，我赶紧跑到前排与你坐在一起。你枕着我的胳膊，一下子就睡着了，很快我发现你在装睡因为你的眼皮直跳。要是你不装睡怎么能够让我抱着你？

　　我和你在七月的草原上手拉着手。青草茂密，云阔天低，阳光照耀着我们，你不住皱着鼻子。

　　"亲亲我。"你说。

　　我俯下身子亲吻你沁着汗珠的脑门，心中陡然一热。

　　"他就在一个夏天里死了。"我说。

　　"谁呀？"你问。

　　"一个叔叔。"我抱紧了木木。

　　为什么我会想起告诉你？他死于白血病。他高大、强健，但我能记住的永远是他宛若一个小男孩似的那些瞬间：一条毛毯就要从他脚上滑到床下，我告诉他"别动，让我来搭好！"他却偏偏故意伸脚把毯子踢下了床。他死了，留给我那些永远的瞬间。一个真正的男人必得有小男孩那般的瞬间才能赢得女人那升自心底的爱和冲动吧，那是一种疼痛的怜爱之情，一种母亲一样的心胸。

　　我和你躺在草原上脸朝着白太阳。"你是谁？"你问我。

　　"我是你的曲阿姨。"我说。

　　"你是妈妈。"你说。

　　"那么你呢？"我问。

　　"我是爸爸。"你告诉我。

　　"原来我和你是一家人。"我笑起来。

　　"你的床很软吗？"你说。

　　"很软。"我说。

　　"我们的床也软。"你一下又忘记了你的身份。

　　"你为什么总是挠腿？"我用胳膊支住身子问你。

"这里有一个小包。"你指着腿肚子。

我看见了你腿上发亮的小红疙瘩,判断是草丛里的小虫子咬的。我给你涂了"无比膏",你说:"真凉!"

"让我把裤脚给你塞到袜筒里,这样虫子就进不去了。"我扳起你的腿。

"别扳我的腿,你看我腿上的小包像什么?"你问我。

"像红豆。"我说。

"不像红豆像奶头,像小奶头。"你说。

你把头藏在我的怀里,就像在寻找你从前失掉的什么东西。

太阳真亮,蓝天真蓝,草原芬芳,如同你六岁的呼吸那么新鲜。我把你搂在怀里任你亲我的眼睛和鼻子,心中一片柔情。怀抱着你犹如怀抱着一种新的日子一种朦胧然而的确存在的可能。这是不是生活?在草原上一个我拥抱着一个你。

"那个叔叔怎么死了?"你仰起脸问我。

"死了。"我说。

一条毛毯被他故意地踢到床下,我看见他那两只如儿童一般顽皮的脚。

你的小脑袋顶住我的脑门,你试图亲吻我的嘴唇。我本能地别过脸去,我不愿意你这样待我。

"你是妈妈!"你对我喊。

你仍然寻找我的嘴。

"我是爸爸!"你对我喊。

你顽强地寻找我的嘴,罂粟花在我们四周擎着血红的酒盅。

我生气地松开你,你扑上来咬破了我的嘴唇。

"你看你把我咬破了。"我掏出手绢擦嘴。

"我就是要把你咬破。"你站起来跺着脚下的青草。

"你算什么保镖啊!"我说。

"我是！保镖就是永远跟着你的那种人。"你说。

我不能问你是不是想永远跟着我,我知道草原之行即将结束,这个旅游团就要解散。

我们都猜出回程的沉闷。虽然导游的女儿亲自来火车站送你,分别时你们终于和好还握了手;虽然你坐在我的身边仍旧是我的保镖,可你一路都绷着脸。

"九月份就要念小学了。"我说。

"讨厌。"你说。

"学校里会有许多新朋友。"我说。

"讨厌。"

"你会给我写信吗?"

"讨厌!"

"你的嘴唇很干你应该吃一个苹果。"

"我讨厌你说话。"你突然打了我一拳,"我讨厌你们所有的人。"你把脸扭向窗外。

北京南站就在你的"讨厌"声中到了,这么快又这么不容置疑。我们全体都下车去送你们父子。在闷热、拥挤的站台上我张开两臂等待着你向我告别,你突然蹲在地上大口地呕吐起来。你把我们吓坏了,我听见是谁在说:"中暑了,可怜的孩子。"

我跑过去试图把你抱起来,你的父亲拦住我说:"别这样,让我一个人来吧。"

你吐得更加厉害,肩膀抽搐着,汗和泪冲花了你的脸。

我不再管你任你被你的父亲扛上了肩。你号啕着在他的肩上扭动你指着我,一脸的绝望一脸的谴责:"噢,胆小鬼!你是一个胆小鬼!噢……噢……"你们很快就被出站的人流淹没。

我只看见你那不断舞动的茁壮的小胳膊,我只听见你那渐渐微弱的哀号,我明悉了你那"中暑"的全部。可我不能追上你,我无法扔下火车随你而去。

日子是不能倒退的,就像我重又登上的这列火车,就像我再也不会遇见六岁的你。

可我毕竟遇见过你的六岁。你给了我一个六岁的男子汉所能给予的全部挚爱,那绝望的哀号也许不是悲恸实在是一种气势和气概。我被你打得落花流水我什么也不曾给你,我要斗胆询问自己什么是真挚的生活。

岁月无情。日子不能在那白血病者死后就打住,事实上日子从未打住过,是你打住了你自己。你得学会敲门,你不敲门怎么会开;你得学会倾听,门铃不响你怎么知道门外有人。每一个早晨当你睁开眼看见天花板,本该发现你的生命就始于今日的清晨。

亲爱的木木你终会长大成人,从前的一切你终会忘得干干净净。那么故事就存在我这里,假如有一天在我风烛残年我们能够遇见,我将告诉你我新的生命就始于那个七月的草原。

不是么,女人在创造男人的过程中就懂得了应当如何创造自己。

"你看你把我咬破了。"

"我就是要把你咬破。"

余音袅袅,不绝如缕。

1987 年

没有纽扣的红衬衫

1

我和我妹妹喜欢在逛商店的时候聊天。

说实话,平易市的商店不够我们逛的,尽管它有一千七百年历史,地理位置又优于其他城市——离首都比离省城还近。尽管它有明、清两代皇帝的行宫、书院,有军阀时代中西合璧的官邸花园,有近百年史上的著名学府,算得上是座文化古城,但商店却有限。数得过来的几座商店分布在数得过来的几条街道上,老店大都是一两孔拱形门面,一两级青石台阶,门窗的颜色是黄配蓝。新店虽然门窗宽广,台阶高筑,而门窗的颜色还是黄配蓝。加上老店、新店都挂起清一色的葱绿绸窗帘,叫人觉得又热闹,又单调。

几个大而空的商店和我的年龄差不多,都是近三分之一世纪以来的产物。三十年前,这座灰蒙蒙的古城被四周农村紧紧包围着,后来城墙被突破了,才形成了城乡错综的局面。不知怎么的,城墙的突破使我总觉得和我们这一代人的大膨胀有关。现在,穿宽脚裤的青年骑车上班要穿过农村,而驴车又经常在繁华的大街上轧轧前进。冬天,单看自行车后货架上那鼓鼓囊囊的面口袋,就知道要过春节了。这时大小饭馆门前一律是郊区农民的长队,他们买上成百成百的馒头,把能装百八十斤麦子的口袋塞得满满的,然后将它们绑上自行车后货架。这些蒸腾着热气的口袋就开始满街奔跑,在三九寒天的空气里,到处弥漫着发酵面粉的香甜。而城里人这时正驮着鲜肉、大枣、活鸡、韭黄,从很近的集市上往回返。

如果再花点笔墨来描写我们所在的城市,就该算矗立在人行便道上的"小高炉"了。不过那里面冶炼的已不是理想主义的钢铁,而是实事求是的大众食品——白薯。这些被烤得又烫又软的食品,本应不折不扣地叫做"热狗",谁知"热狗"一词偏偏早已被外国食品占有,致使我们这种又烫又软的古老食品只是凭着它那出炉后嗞嗞浸出的糖汁,吸引那些夹着提包出差的外地人了。从冬到春,连续两季,马路边高炉林立。那些戴着白套袖、操着长长火钳的主人,不顾炉里高温扑面,把脸贴近炉口,用火钳将烤软的白薯掐腰夹起,在炉口码成一道半圆形的围墙。他们的脸被炉火烤得通红,眼睛淌着泪花。

现在,由于季节关系,街上不见了小高炉,位置被更富于现代特征的食品代替着。那是什么?我妹妹会告诉你。

"我买膨香酥!"我妹妹望着路边一个戴迈克镜的青年农民说。他推着一辆崭新的"飞鸽加重",车上是两筐粉黄相间的膨香酥。

这种以玉米面、糖精为原料,经过加热膨胀的新型小食品,由于生产工艺简单,近郊农民早已把它作为生财之道了。目前膨香酥已由蚕豆般大小、塑料袋包装发展到拐棍一般长短。并且,根据儿童喜欢恶作剧的心理,生产者真模仿拐棍的样子,在一端弯个大钩,来进一步满足孩子们的好奇心。我以为十岁以下的孩子举着这样一根越吃越短的拐棍,也许有一番情趣,可我妹妹已经十六岁了。我假装没听见她的话,继续往前走。

她没有跟上来。当她再次和我并肩行走时,手里真的多了一根"拐棍"。但她没有吃,却举着它朝着停放在商店门前的汽车、自行车,朝着路灯电杆,朝着果皮箱,朝着邮筒指指点点。"嘭嘭嘭嘭!"她一边敲打着它们,一边用只有我才能理解的词儿奚落大街上的行人。她管卖冰棍的老太太叫"木刻",管交通警却叫"卖冰棍的"。迎面走来的一个白脸青年被叫做"贤惠大嫂",一个戴太阳镜的女孩子她叫她"欢欢"(熊猫)。她管和我们擦身而过的一位香喷喷、暖烘烘的胖女人叫"珍珠鸡",因为人家穿了一条灰底儿白点子的长裙。她的嘴一分钟也不停,好像有满肚子话要说,好像有话不说出来就堵塞了延续她的生命之路,她立刻就会……怎么说呢?

"嘭!"拐棍断在一个果皮箱上,她顺手把它扔了进去,原来又发现了"新大陆"。她拉着我在一家服装店的橱窗前停了下来。是站立在橱窗里那两位男女模特儿吸引了我们,他们的样子实在叫人不得不多看两眼。在气温高达三十六度的季节,他们还未换下厚呢大衣,二人蓬头垢面,脸色焦黄,目光呆滞,躲在半开半闭的葱绿窗帘里,无可奈何地向街上行人摊着两手。

"怪可怜的。"我妹妹说。

"连衣服也不给换。"我说。

"店里的美工一定在闹情绪。"

"那女的好像有黄疸型肝炎。"

"不——防冷涂的蜡。"我妹妹把"冷"字念得拐了个小弯儿,就像京剧道白那样。

说完,她便大笑起来,一笑又是那么无所顾忌,把嘴张得那么大。这使我又一次想到她的年龄,十六岁,还不懂得什么叫掩饰。我分明看见两个挎着菜篮的老太太直冲她撇嘴,几个穿T恤的小伙子也停下来莫名其妙地朝她张望。

"走吧,安然,去家具店。"我说。安然是我妹妹的名字。

她对家具一向不感兴趣。在这种年龄,家具对她又有什么意义呢?在学校,一只四脚凳,二分之一课桌;在家里,一张完全属于自己的桌子,难道还不够吗。桌子抽屉上要是再带一把小锁,那简直就是奢侈了。我对家具有兴趣,我快步走入店门,她也就毫无怨言地跟了进来。这是平易市唯一一家家具店,里面陈列着一些做工粗糙、木质低劣的板箱、衣柜等。一股鳔胶和劣等油漆的混合气味直扑鼻子。我的眼睛从这些东西上掠过,不自主地盯住了一个角落,那里摆着一张崭新的烤漆席梦思单人床。我一点儿也不否认它吸引了我。在我的年龄,对舒适的床发生兴趣有什么奇怪呢。我径直走到它跟前,看出它不是本地产品。平易市能购进这样一张床,真算是革新之举。我俯下身子看看商标,产地上海,标价二百二十元。

"我真想买这张床。"我说。

"姐姐,你……结婚吗?"安然小心、警惕地观察着我。

"不是——你没看见,这是张单人床。"

"为你自己?"

"啊。"

"不明白。"

"结了婚就不需要买单人床啦?比方说,两个人吵了嘴,你就可以到单人床上去睡。"我对安然解释着。我什么也不想瞒她,尽管我比她大八岁。

"结婚就意味着吵嘴吗?"

"不能那么说,可世界上没有不吵嘴的夫妻。"

"比如咱们家那两位,二老。"安然立刻接上了话茬,当然是指我们的父母。

我们已经来到街上,我不愿在街上谈论父母,因此没有接下去。她却没完没了："在他们身上我看不见……就是人们常说的那个爱情。"

"没有爱情怎么会有你我？"我小声说。

"不懂，实在不懂。"安然低头看着脚面，"你说妈怎么会爱上爸？妈那么漂亮，爸那么不漂亮。"

"我不这样看，什么叫漂亮？"

"佐罗就漂亮。"安然把头猛然转向我，就像等待我的反驳，"特别……特别是他的下巴。我顶喜欢佐罗的下巴。"安然说。

我抬头盯住她的脸，她脸红了。我第一次看见她脸红，我第一次意识到，我妹妹是个女孩儿。

2

其实，她是个地道的女孩儿。尽管她爱和人辩论，爱穿夹克衫，爱放鞭炮，爱大声地笑，有时候还爱趁人不备吹一两声口哨。看起来这全是男孩子的秉性，可是，有谁规定过女孩子不许对这些发生兴趣呢？

从家具店出来，我不由自主地重新打量起身边的安然：身高一米六六，体重五十九公斤，穿三十八号半的鞋。头发很好，乌黑、厚密，整齐的刘海儿齐着眉毛盖住了鼓圆的脑门；面孔不漂亮，但招人喜欢——至少招我喜欢。安然的皮肤不算白，却异常细腻、匀净。她常骄傲地告诉我，班里的祝文娟脸上长"青春美丽痘"啦，米晓玲有雀斑啦。而她，从来和这些斑斑点点无缘。在安然胖乎乎的、光洁的圆脸上，紧靠右边的耳朵，只有两颗并排的黑痦子，就像排在铅字里的冒号——"："，仿佛安然爱说话都是它的缘故。它印在那里，又像专门引逗别人说话似的。每当你瞧见这个"："，就忍不住要对着她的耳朵说上点儿什么。

可是,她顶讨厌别人对着她的耳朵小声说话。她喜欢在一定距离内,毫无顾忌地对着你说,也希望你像她一样对着她说。她还喜欢什么?喜欢快节奏的音乐,喜欢足球赛,她知道马拉多纳在西班牙一蹶不振的原因,还知道鲁梅尼格为什么不参加意大利的"尤文杜斯"俱乐部。喜欢黄梅戏(怪事儿),喜欢冷饮,能一口气吃七只雪糕。喜欢游泳,喜欢读短篇小说,喜欢集邮,喜欢练习针灸,喜欢织毛袜子(仅仅织成过半只),喜欢体育课上的跳"山羊",喜欢山口百惠。她打开录音机,随着山口百惠朴实、动情的歌声,抄下中文的谐音:

"希啦呀瓦哩卢达塞,撒里希多奎哇,希啦呀瓦哩卢达塞,喏恩嗒噢……"

这首《温柔的歌唱》叫她给学得惟妙惟肖。

也许因为她具有异常惊人的模仿力,她学外文像是得天独厚。她没有当什么大"家"的奢望,只想做个好翻译;幻想着当她走在那些学者、名流或大政治家身边时,怎样才能把他们的语言准确无误地翻译给对方。她常指着电视里那些风度翩翩的翻译说:"那就是我。"但她对其他功课也挺认真,各科成绩都算突出,我曾经怀疑她的学习态度,因为她总是一边听录音机,一边写作业。她说那是她的习惯,尤其思考物理题时,听着录音机,思维相当活跃、灵敏。但我老是觉得她有点儿煞有介事。

"喂,你必须立刻关掉录音机。"我站在房间一头,像船长命令船员一样向她发布命令。

"那好,你必须立刻给我洗一个苹果。"她服从了我的命令,但又和我讲起条件。

我不能不满足她,因为我喜欢她超过喜欢我的父母,就像她喜欢我那样。我递给她一个苹果,自己也吃一个,然后就坐在桌前开始做自己的事,耳边只剩下清脆的咀嚼声。苹果吃到一半,我抬头看看她,她也刚好吃完一半。

"怎么你今天吃得这么慢?"我嘲笑她。

"哈,对不起,这是第二个了。"她冲我做了个怪相儿。

顺便提一句,我妹妹吃东西也有着惊人的速度。这速度是她小时候跟父母在"五七干校",在集体宿舍草铺上养成的。

那时她才三岁,每当宿舍里的妈妈们下地干活时,草铺上的一群孩子就立刻实现了世界大同。他们有福共享,有难同当,各取所需。大孩子瞧见小不点手中的吃食,会蜂拥而上把它们抢走。我妹妹在这个大同世界里慢慢总结出经验:东西要想不被别人抢去,就得快吃。柿饼、黑枣常常把嘴填塞得难以嚅动。这使得她老是闹病,不是肠炎就是胃疼。妈妈发现这点,只好把她送到北京外婆家,那时,我早已寄居在外婆家了。记得那是一个下雪天,她穿着一身辨不出颜色的棉衣,穿着一双紧挤着脚的单鞋,焦黄的头发上沾着干校草铺上的草籽儿,脸蛋儿叫野地里的风给吹得粗糙、通红。她就那样跟在妈妈身后走进了外婆的四合院,扑进了我的怀里。从此,我和安然一直在一起。当时她把头紧紧贴在我瘦弱、单薄的怀里,把我当成她唯一的保护人。尽管那时我也是孩子,我也需要人的保护,可是想到我能去保护一个人,这又是一件多么骄傲的事啊。我敢说,我和一切欺侮安然的大人和孩子较量过;我敢说,那时在我小小的心灵中孕育着的爱是伟大的。我听说吃核桃能使人长头发,就把所有的零用钱攒起来,都给安然买了核桃。我盼望她的头发变得滋润、光亮。现在我常想,她终于有了一头乌黑、闪亮的头发,那是因为小时候吃了我给她买的核桃。安然会不会这样想?我猜也会。可我们谁也没有谈论过这件事。有时越是那些微不足道、看起来荒唐的事,越能使两个人的心紧紧连在一起。

我就常这样想,是那段经历使安然变成现在这样的安然,使我变成了这样的我;培养了安然吃东西的速度,也培养了我们俩这种特殊感情。也许还培养了我们总是以外来人的眼光,居高临下来看待我们所在的城市——平易市。

"姐,你怎么不说话了,你想那张床?"安然问我。

"哪儿啊,我在想今天是个星期天。"

"是个沉闷的星期天。"

"是个快乐的星期天。"

"是个害怕的星期天。"安然说完竟停下来不走了。

"怎么呢?"

"明天进入复习,一星期后就要期末考试了。"安然眼睛看着别处,有些心不在焉的样子。太阳把她的脸烤得通红,鼻尖上沁出一层细密的汗珠。

"当学生总要考试。你可不像个害怕考试的人。好了,你看都到家了,我希望你唱着歌上楼。"我推了推安然的肩膀。

"唱哪个?"安然脸上出现了片刻的阴转晴。

"就是那个'希啦呀瓦哩卢达塞'。"

我听着《温柔的歌唱》,心直往下沉。我完全明白安然害怕的不是考试,而是考试后的三好学生评选。我故意安慰她勇敢地迎接考试,其实我怎么能忘记,安然从初一到高一,从来就没当选过三好学生。

她害怕评选,刚才在街上那一阵阵欢乐,是忧郁的欢乐吗?

3

我家所在地,是一座陈旧的灰色两层楼房。这种五十年代初建造起来的木结构筒子楼,房间宽敞,但家家鸡犬相闻,似乎缺少必要的遮掩。走廊虽宽,人们又在那里划界为防,垒起各种形状的炉灶、煤池和一些面目不清的家什,将走廊占去大半。冬天,当各家生炉取暖时,烟筒就从门上探进走廊,刹那间便会狼烟四起,伸手不见五指。烟把走廊熏得乌黑,我妹妹就给这座楼起了个外号叫"古堡幽灵"。古堡也罢,幽灵也罢,反正大白天进来也要走"夜路"。

我和安然一前一后迂回着穿过"夜路",刚拐上楼梯,就听到一阵忽高忽低的争吵声。"是二老。"安然扭头告诉我。

"等他们吵完再进去。"我没好气地说。

"咱们不进去,他们就总也吵不完。"安然说着,紧跑几步,推开了家门。

果然是他和她在吵。耐心听听,原来是为熨衣服的事,他说她把他的裤子熨成了百褶裙,她说他对她的要求太苛刻。我径直走过去关窗子,关窗子是为了不叫邻居听见;安然径直回到我们的房间打开录音机,开录音机是为了混淆邻居的听觉。这在我们已经是老习惯了。每当他们大吵起来,我们就充当遮丑的角色。遮丑,这大概是人类的本能吧。

"平常我要求过你什么?看看我这一身打扮,就这样到大学里讲美术欣赏课,欣赏欣赏我吧!"爸爸一面嚷,一面抖着身上那油彩斑驳的肥裤腿。

"我熨得不好,怎么你不熨呢?"我妈妈用熨斗敲着桌子。

"要是我自己会熨裤子,干吗还跟你结婚?"

"当初你为什么不找个裁缝!"

"那又有什么不好?"

"现在也不晚,我什么都不怕。我又不是家庭妇女,生来专为你熨衣服的!"我妈妈坐到藤沙发上,用蒲扇拍着膝盖。

"你当然不怕,连孩子们笑话都不怕。安静、安然都过来,谁替我说句公道话?"爸爸冲我们嚷道。

"我求求你们,别吵啦!天这么热。"我心中异常烦躁,根本不打算评出个谁是谁非。

"你少抹稀泥。天热怎么啦?天热就不存在真理啦?你有没有自己的是非观?"爸爸抖完裤子,又抖抖贴在身上的背心,冲我说。

"我有看法!"安然走到二老面前,"妈妈不对!"

"怎么不对?你有什么资格说这种话?"妈妈从沙发上猛地站了起来。

"熨不好裤子,为什么不让人说?"

"你熨得好吗?"

"我?根本不会熨。"

"那就少教训我!"

"你的逻辑是错误的。我不会熨不等于没资格批评你。"

"我用不着你给我讲逻辑。看你那样子,从哪儿学来的这一嘴油腔滑调,啊?我辛辛苦苦把你养大,就为了听你在我跟前耍贫嘴教训我吗?"妈妈嘴唇直哆嗦。

"安然,别说了!"我怕事情闹大,推着她的肩膀就往里屋走,尽管我也觉得妈妈是不占理的。

"为什么不说?"安然甩开了我,"不说就等于不存在吗?爸爸五个扣子掉了三个,叫你缝一下,你反过来问他为什么不自己缝;爸爸的袜子找不到,请你帮忙找一下,你又反问他,为什么不自己去找?这就是妈妈!要是有工作的妈妈都这样,那我宁愿要个家庭妇女妈妈!"

"这可都是你说的。没有心肝的东西,你可别后悔。我这就走!"妈妈做了一个要冲出屋去的姿势。当然,我把她拦住了。安然讲理比我勇敢,可每次围、追、堵、截都是我的任务。

"你有心肝,你真正管过我吗!"安然并没有被妈妈悲恸欲绝的姿势所吓倒。也许,任何一种再吓人的姿势,重复多了也就不吓人了。

"怎么没管过?抱你躲武斗,抱你去干校,抱你满世界奔跑,抱你……"妈妈又返了回来。

"人不能光吃老本!"安然有点故意气人了。

"安然!"我拼命冲她使眼色。

"安然,没你的事!"爸爸也不希望事情一环套一环地恶性发展下去。

"你们干吗不让我把话说完?"安然说,"还记得求你帮我找英文老师的事吗?"

"别说了安然,我求你!"我真上前捂住她的嘴。

她拿掉我的手,一甩胳膊回到沙发上,半天不动。四周突然寂静下来。谁家收音机里传来歌声:

"海风你轻轻地吹,海浪你轻轻地摇……"

找英文老师,是啊,那次也伤了我的心。

我妈妈现在就是一所中专学校的英文教师。但不客气地说,由于种种原因,她的英文程度已经达不到教授安然的水平了。安然呢,口语虽好,但语法需要加强。她得知平易市十九中有一位英文教师辅导高考很有经验,曾经培养过不少学生考入大学,这位教师又正好是妈妈当年的大学同学,便和妈妈谈起这件事,要妈妈领她去登门拜访,想利用星期天请老师辅导。妈妈考虑了一下,先说他们好多年不来往了,不便开口;后来,安然再三恳求,她才答应去试试。但不知什么原因,她一直没有去。每次安然提醒,她总是推托。

后来安然自己去了,当然有点儿赌气。她打听到地址,一个人找上了门。当时她只把这件事告诉我一个人。我还帮她挑选了第一次见老师要穿的衣服,帮她拟订了一个"谈判须知",特别嘱咐她要给老师朗诵一段课文,这样准会成功,因为她的口语得到过专家的鉴定。她就那么兴高采烈地走了,从妈妈面前吹着口哨走了。

可她哭着回来了,手里攥着一团揉皱的湿手绢回来了。"他不要我,他不收我!"她扑在床上号啕起来。

"为什么你不给他朗诵?"

"他不听。"

"你应该一定要他听,他一听就会喜欢你的。"我一边说着也流下泪来,我觉得我受了比她更大的委屈。

"他不听,就是不听,就不听!"安然嘟囔着,仿佛在说她自己不想听别人的话。

"你没提妈妈的名字?"

"当然没提。我要凭我自己,凭……"

"我们都太自信了。"我叹着气。

"这有什么不好?"

"可是……"

"可是他留着连鬓胡子,戴一副眼镜,镜片冲我一闪一闪,连眼睛都叫人看不清。唔唔……"安然抽抽搭搭地诉说着。

那天,她哭了很久。在从前和以后,她都很少这么哭过。从此,她学习英文更加刻苦了,除出色完成学校规定和自己设计的作业外,还搬着《牛津英汉双解辞典》翻译了好几首诗,其中有史蒂文森的《风》《城市的灯火》……接着又毛遂自荐,把译稿拿给平易大学里的英文老师看。到底有人称赞了她,并欣然同意对她进行辅导。

我始终没有弄明白,妈妈为什么不去找那位老师。也许同行找同行,有伤自尊心;也许还搅和着什么陈年旧事;也许什么都不为。但这件事给我和安然都留下了很深刻的印象。在安然和妈妈的关系中也留下了永远抹不掉的暗影。每当爸爸和妈妈之间的争吵发生转化,转成妈妈对安然时,就像刚才那样,安然总是搬出这件事使自己立于不败之地。这时我就暗自同情起妈妈来。人不能得寸进尺。再说,对于妈妈和爸爸的关系,安然又了解什么呢?

当然,我也不是解释他们关系的权威。小时候对于他们的关系印象很淡漠,从幼儿园,从寄宿小学回家,虽然也遇到过他们脸色不好看,晚上睁开眼时,好像谁还到椅子搭的铺上睡过。有时也吵,但比现在要温和,可算温和派。那时爸爸就干他的本行,专业绘画;妈妈在一个农业研究所当翻译。

那时我只觉得妈妈是世界上最好看的人,就像她挂在床头的那张放大照片一样。那是一位站在蓝天白云下的姑娘,她微笑而自信地直视远方;一绺鬈发斜搭在前额上,一件带垫肩的西服随便往肩上一披,风正把衬衫一角掀起。阳光在她脸上印下几个很有分寸的阴影,构成了一个完美、潇洒和富于幻想的形象。有一次我意外地发现照片后面还有她自己写的一首诗:

> 蓝天,白云,
> 我为什么这样热爱你们?
> 因为你们就是祖国,
> 就是拥抱着我的母亲。

诗的逻辑虽稍显混乱,但谁能否认它是出自一个有热情、爱幻想的年轻人之手呢。

如果不是"文化大革命",也许那张照片会永远挂在她的床头。但后来照片不见了,妈妈也像变了一个人,阳光投在她脸上的阴影似乎不那么有分寸了。仿佛是照片的消失,给妈妈引来了厄运。

她把自己的青春贡献给了那个研究所,还在那里度过了那个火红的年龄。谁知运动过后,她不仅没有回到她那个研究岗位,在和爸爸的关系上,矛盾也达到了逐步升级的地步。"运动"像给一架本来就转动着的发动机加大了油门。为什么?我们谁也说不清。可妈妈在运动中的几件小事却总在我脑子里出现。

运动初期,妈妈比爸爸日子好过些。爸爸早已进了"牛棚",妈妈却积极投入了运动。一个"左派会"、一本"十六条"都能使她心花怒放。有一次我看到她兴致勃勃地替小将抬着糨糊桶在街上贴大标语,一个字,四整张纸,比我的个子还高许多,写的好像是要打倒谁,火烧谁,气死谁。寒风凛冽,糨糊粘在身上冻成了一片片的硬嘎巴儿,可她仍然昂首挺胸,走在小将前面。每到一处,挥起笤帚呼呼就刷。还有一次她忽然戴回一个红卫兵袖章。这下连我也觉得比她提着糨糊桶乱跑要气派得多。我高兴得差点儿跳起来:我们家到底也进入了红五类的行列。爸爸这下也可以受到这块红袖章的保护了,说不定很快就会回来和我们见面。晚上,当妈妈摘下它时,我就别在胳膊上,在屋里对着镜子举胳膊喊口号。有时还别在刚会走路的安然胳膊上,教她举胳膊。但是后来我才发现,原来这个袖章不是真正的红卫兵袖章,在"红卫兵"三个字下面,还有两个一分硬币大小的字:"外围"。我脸红了好几天,再也不去戴妈妈的袖章了。不久,她也突然摘下了那个有点儿鱼目混珠味道的袖章,愁眉苦脸地抱着安然去了干校。在干校大概还吃过点儿苦头,除了出身偏高,还因为运动前和哪个民主党派有过点儿瓜葛。但绝未构成什么冤、假、错案,之后更不在落实政策之列。从此,她人很消沉,脾气一触即发,使她那本来就不甚清楚的思维逻辑更加混乱起来,就像安然说的那样。逻辑混乱的结果,使"温和派"们不温和了。

有时我总想,妈妈倒不如真是个"叛徒""特务"或"反动权威"什么的,构成个冤、假、错案,落实政策后不仅能回到她的研究单位,在一定场合,人们还会刮目相看。可惜,一身糨糊、一个"红外围"袖章,给予人的不过是一种莫辨是非的印象。既不曾飞黄腾达,也不会时来运转。

4

我们的家里一场争吵又平息下来了。我打开窗子,安然关掉了录音机。大家胡乱吃点儿东西,安然就坐在了她的书桌前,手里玩着抽屉上的一把小锁,"咔哒""咔哒"。

天完全黑了下来,潮湿、闷热的风一阵阵吹进屋里,更使人烦躁难耐。我拿起一本书又放下,放下又拿起来,最后还是一个人走了出去。在街上,我快步逃过路旁那些乘凉的邻居们,拐上一条僻静的林荫道,才正式思念起一个人来,那是我的男朋友,他在一个不远不近的城市工作。

啊,要是安然知道我现在的思想,一定会感到悲哀的,她自信我永远只想着她。她曾经郑重其事地"警告"过我:

"姐,你可不能结婚!"

"为什么?"

"你结了婚我怎么办?"她说得多么认真。

当时我多想按照她的要求答应一声啊,可我又不敢。果然,这样的事还是没按安然的理解,悄悄闯进了我的生活圈子。我一直拿不定主意是否要告诉她,我害怕我和她的友谊发生变化。我就这么忍着,还用忍耐的形式来安慰自己。是啊,我第一次体会到,世界上不单存在着需要忍受的痛苦,还存在着需要忍受的幸福。我不是已经忍了一段不算短的时间吗?现在我又要一个人在这条林荫道上享受埋藏在心中的幸福了。

铺在林荫道上的树影就像一架走不到头的梯子,我一步步地攀登着。如果不是有人喊我,我一定会走到尽头。但是有人喊我了。我停住脚步,发现面前站着的是韦婉。她是安然的班主任,我的小学同学。小学分手后我们再没有见过面。那时她在我们中间算大个儿,现在却比我还矮,最高也就一米五八。看看脚上,还有一寸多高的鞋跟。她头发有意无意地向高处蓬松着,穿一条碎花尼龙绸连衣裙,领口开得很低。看来她很知道打扮自己了。我想到小时候她可不是这样,腰带经常耷拉在外面,引起男生的哄笑。可那稍显低哑的声音,那眼光——有些早熟的眼光,却又使我想起我在寄宿小学的那些时光。

那时我和她关系一般,可在宿舍里我们的床却紧挨着。韦婉当时在我们中间个子最高,懂得很多神秘莫测的事情。一年级时,有一天晚上熄灯后,她忽然问大家:"哎,我说你们长大了都想生小孩吗?"大家先是嘻嘻笑了一阵,然后有人小声说:"想啊。"说完又是一阵嘻嘻的笑。韦婉在黑暗里又以神秘的口气说:"生孩子,可不是谁想生就生。"后来她详细告诉我们,那要看肚子上有没有一条竖线,凡是有线的才可以生。不知谁"啪"地打开了电灯,十几个人都从被窝里爬起来,开始察看自己的肚子。韦婉则像个女预言家似的光着脚在地上一一审视着,并指出谁行谁不行。我当时就是第一个被肯定有那条竖线的。当时我是多么骄傲啊,但身上反而一阵痉挛,起了好多鸡皮疙瘩。有个头发黄黄的同学因为没有那条线而流了泪,那时,我们全体都真心实意地替她惋惜。

后来"文化大革命"开始了。

后来"文化大革命"结束了。

后来我在农村插队的时候,只听说她被推荐上了大学。现在,她从外地调回平易市,做了中学教师,正巧还是安然的班主任。按说我们住在一个城市,又是小学同学,又有安然这层关系,是应该有接触的。可不知为什么,从没有往来。小时候我虽然为她对我的肯定暗自高兴过,还增加了对她的敬佩,但也就是从那时起,我对她还产生了几分恐惧心理,我觉得我们并不是一种人。现在碰上了,看来还得站一会儿。

"没想到在这儿碰见。你在等人吧?"我和她站了个对面,问她。

"啊。"她显得热情地答应了一声,"早就听说你抽回来了,你看咱们整天谁也见不着谁的面。你也等人?"

"不,我一个人出来走走。"我说。

接着就是有问有答地把小学时的同学都扼要地谈论了一遍,然后把话题转到安然身上。现在要是不谈谈她的学生安然,我们一定会愣在这里的。

"安然在班里表现怎么样?"我问。

"怎么说呢,其实我是准备专门去家里和你谈谈的。"韦婉语气郑重,像是在模仿着我们哪位老师的神情。"她很聪明,也很用功。就是……"

当然我等的就是这个"就是"。

"用形容成人的话来说,就是群众关系不怎么好。"

"她爱讽刺人。"我试探着。

"怎么说呢?"这似乎是她新添的口头语,"安静,你作为安然的姐姐,作为我的老同学,应该协助安然把路子走正。"

"你是说安然她……"我的心一阵紧跳。小时候我从来都是把老师的话作为金科玉律的,韦婉又让我回到了那个年代。

"也许我用词严重了一些,但消防知识里有句话叫'防患于未燃'。"

"到底怎么啦?"我有些沉不住气了。

"班里有个叫米晓玲的同学,最近和安然闹翻了。经过调查,我觉得责任在安然,她不应该用唱歌的办法伤害同学。并且,那支歌也……我不便在这里重复。总之吧,这事不应该发生在她身上。"

原来这样。我长出了一口气。

"还有什么事没有?"我问。

"怎么说呢?安然除了唱歌讽刺同学,最近还有……怎么说呢,比如……"韦婉说到这里顿了一下,我又在等待那个"比如"了,"比如她总和一个叫刘冬虎的男生在一起。还有,过去她挺朴素,现在也打扮起来了。上星期她好像穿了一件大红衬衫,对了,没有扣子,背后带一条拉链。"

"那是……新买的。"我差点说出那是我给她买的。

"对,问题就在这儿。"韦婉正要说下去,但她要等的人来了,一个呆板的方脸青年。

韦婉忘了给我介绍,我们谁也不便和谁打招呼。一刹那,韦婉像忘记了我的存在,丢下我就走。碎花连衣裙和一件"特丽灵"衬衫保持着一定距离,在树下一闪一闪。

难道她真认为那件没有纽扣的红衬衫刺眼吗?它真能和"问题"这样的字眼连在一起吗?

我顺林荫路往回走着,路灯夹杂在高大的杨树里,把树干上那些眼睛模样的疤痕照得很清楚。我在"众目睽睽"下,继续走自己的路。

5

人要是真能按照自己的意志走自己的路,那是一件多么艰难的事啊。它显得荒诞可笑,却又其乐无穷。

拿我爸爸来说,他就是一直在走自己的路,尽管老是像个醉鬼(他不喝酒)一样跌跌撞撞。他是风景、静物画家,五十年代毕业于美术学院油画系,现在省画院搞专业创作。专业创作是个既魅人,又叫人紧张的词儿,它意味着创作时间的充裕和由此招来的精神上的压力。有些年,他的画连省美展都通不过。人家说他的画无法为工农兵服务,人家说从他的画面上看不到社会主义的脉搏在跳动,人家还给他定了一些不成文的流派。总之一句话,他的画起不到齿轮和螺丝钉的作用。他在画院是个不被人注意的角色。我想,一定还会有人暗中埋怨:画院怎么供着这样一个废……物(我愿把"物"改成"人")?

他的画面上不常有人,没有甩开膀子开山的队伍,没有站在棉田里用手背擦汗的大嫂,没有人伸出胳膊做指向前方的姿势,许多画甚至连标志新农村的拖拉机、高压线都没有。有的是北方深秋棕红色的大山,明丽、爽朗的蓝天,缠绵、散漫的河滩、流水,缠绕在山腰间的毛茸茸的小路,和那随风战栗的羽毛扇似的小白杨;有的是早春充满生机的果园,那鼓鼓的花苞缀满枝头,正默默地等待时机,只等大自然一声令下,好像就会同时爆炸出颜色和芬芳;有盛夏时节的原野,五彩缤纷的花束:怒放的玫瑰,羞涩的矢车菊,铃铛般的草芙蓉和信手从路边采来的不被人注意的那些金色的星星点点。

不管怎样被议论、冷落,爸爸的画倒是我和安然生活中不可缺少的一部分。我们从这些画面上感受到的是大自然的生机,感受到的是生活的节奏和旋律,它们就在你耳边、眼前洋溢。就是这些节奏和旋律对我们产生了强烈的诱惑,这诱惑也许来自画面上的形象,也许就是他那奔放、朴拙的笔触,热情、斑斓的色彩。总之,祖国、大自然、生活……这些名词在我们脑子里是再具体不过了。

可我有时也希望爸爸的画应时一些,也许那会一下改变他的处境。

"爸爸,您不妨画一些说明性较强的东西。"

爸爸不说话。

"您在画院是专业画家,总得……"

"总得什么?"爸爸扬起眉毛,但没看我。

"我是说——"我是想说总得被人承认呵,可我说不下去了。大凡人在讲违心的话时,心情在充满矛盾时,总是吞吞吐吐吧。时代把我们这一代造就得比父辈要世故,我从来就不否认这点。

"你喜欢吃糖吧?"爸爸没头没脑地问。

"当然。"我说。小时候不是还拔过一颗虫子牙嘛。

"你满心欢喜地吃完一块糖,转脸就声明,这糖是苦的,对不对?"爸爸再次扬起眉毛时,看了我一眼。瞧他那神情,倒真和安然挖苦人时差不多。

"我还不是为您,我当然爱您的画,可是……"

"坐下,安静,我明白你。但我想告诉你,假如一个人整天'可是、可是'地过日子,日子就没法过。更不用说去追求点儿什么了。高更①当年在塔希提岛上拿自己的画换顿饭吃都没人要。你一定会说,高更先生,饭总归要吃的呀。当然,我不是高更,这太不自量。可也不是他的追随者。"

安然不知什么时候凑了过来。她举起一支油画笔,站在我们面前,神气活现地说:"我,作为一个画家,一辈子要用自己的眼睛,自己的。契诃夫说过:'有大狗,有小狗。但小狗无须因大狗的存在而惶惑。所有的狗都叫,但都按照上帝给予它的声音去叫。'对吗?"她显然是在替爸爸说话。

爸爸不吭声。我总觉得他有点宠着安然。安然的话真让我有点无地自容,"还不放下笔!"我无话可说,开始斥责她。

"哼,要是上帝把所有的狗都创造成一种声音,多好!"她放下笔,"我们班有个女生怕人看她,每次去车棚推车都拉着我。我说,就怪你和别人长得不一样。"安然说完又拿起画笔,找张纸东

---

① 高更(1848—1903):法国后期印象派画家,由于厌倦都市生活,向往异国情调,1891年去南太平洋的塔希提岛居留作画。

抹西抹地画了辆自行车。

安然,别又煞有介事,我什么不懂!人活着,应该不断追求,不断思索,不应该去学着迎合。我不禁想起我所心爱的一本书中的一段话:"为什么你认为美——世界上最宝贵的财富——会同沙滩上的石头一样,一个漫不经心的过路人随随便便地就能捡起来?美是一种美妙奇异的东西,艺术家只有通过灵魂的痛苦折磨,才能从宇宙的混沌中创造出来。美在被创造出以后,它也不是为了叫每个人都能认出来的。要想认识它,一个人必须重复艺术家经历过的一番冒险。他唱给你的是一个美的旋律,要是想在自己心里重听一遍就必须有知识,有敏锐的感觉和想像力。"

这些,安然你懂吗?现在你拿起爸爸的笔,重复爸爸的话,只不过是刚刚跟在爸爸后边捡起了路旁的一块石头。你显然没有重复艺术家的冒险,可我已经在经历着了。

后来我和爸爸又以"到底是作者造就读者,还是读者造就作者"为题,没完没了地讨论了好久。结果是不了了之,爸爸还是那句老话:"我要用自己的眼睛去发现,假如我还看得见的话。"

或许是我们经常变换花样的谈话影响了安然,或许是爸爸那一幅幅叫人激动、叫人想跳想唱的画面滋养了安然的灵魂,或许还有别的什么,我注意到安然最近爱照镜子,过去她可不这样。有一天,我发现她躺在床上,面朝墙,正抽抽搭搭地哭。

"喂,你笑什么?"我故意冲她说反话。这招儿很灵,她真的破涕为笑了。

"我早就知道你们都拿我当男孩子看,其实我是个女的,女的!"她笑了一下,就又变得严肃了。

我也严肃地说:"过去,我对你是有点儿——有点儿男女不分。现在,我觉得你是个完完全全的女孩儿,是个挺不错的女孩儿!"我把她从床上拉了起来,"不信你照照镜子,你瞧你的眉毛多好,皮肤多细。"

"可是我的眼睛小,嘴巴大。"安然一伸手,把一面小镜子举到眼前,冲着镜子挤眉弄眼。

我想这时她内心一定早已平静了,她的脾气属"雷阵雨""茅草火"之类。不过,她后来讲的两句话叫我久久难忘。她说:"现在我怕别人说我像男孩儿,人们可千万别永远拿我当男孩子看。"她的语气十分郑重,她的眼睛里流过一丝很少见的淡淡的忧愁。

我想起那个是非颠倒的年代,那个以被人称"铁姑娘""假小子"为荣的年代,那些不男不女的装束,那些不女不男的发型。虽然我没有朝着"铁姑娘""假小子"的目标打扮,可也很少注意自己是男是女。插队时,有一次生产队长让我去集上卖豆腐丝,我脖子上系条白毛巾,推起小车就走,没有半点儿犹豫,因为那是领导对你的信任。领导信任就能换来美的享受,何止是美的享受,那是你的前途,简直就是你的一切。哪怕你的领导是个人人皆知的流氓、恶棍。想起那个年代,心里一阵阵发冷。

是啊,随着年龄的增长,安然对美有了新的认识,有了新的渴望。生活在向她微笑,青春正朝她奔涌过来,她的身体在发育,她的年轻的胸脯正悄悄地膨胀。我的安然,难道她的代名词能是"永远的夹克衫"么?

我去南方出差,给她买回了一件红衬衫,一件没有纽扣、带一条纤巧的银色拉链的红衬衫。

"我真漂亮!"她穿上衬衫,毫不掩饰地举着胳膊向爸爸、妈妈和我宣布。

我一向敬佩她的坦率,也许正是这些毫无顾忌的坦率,使我仍然觉得她像个小男孩儿。

可谁能想到,安然的班主任韦婉竟一本正经地提醒我要"防患于未燃"呢。燃烧的"燃"!也许,韦婉真的从这件火红的衬衫里看到了火,想到了消防队。但当我再次想到这件衬衫时,为什么也像真的看到了火这个怪物?看来火又要把安然今年的"三好生"希望给烧掉了吧。不知是想到了这点,还是因为走进了漆黑的楼道,我的心突然一沉。

我摸着黑,熟练地绕过重重障碍走上楼梯,关于是不是要和安然谈话的事,竟一点儿也没有想。

我究竟是用自己的眼睛呢,还是违心地去用别人的眼睛?

6

电扇在安然背后摇头晃脑,安然还是一脸大汗。一盏自制伞式台灯照着她合着的英文课本,大约是默写单词吧,一沓白纸,不留天地写得满满的。她拿笔的姿势叫人看了很累,笔杆握得很低,拇指和食指几乎要触到笔尖,手腕过分用力,仿佛不是写字,而是刻字、刺字。正面笔触凹下去,背面凸出来。或许这是她不断出汗的一个原因吧。

我为她拧了一把凉毛巾。

她擦过脸,一绺头发贴在脸颊上,下巴上还有一道淡蓝色的圆珠笔印。她脸上时常出现颜色深浅不一的圆珠笔印。

"他们呢?"我问。

"妈在楼下乘凉,爸在对面房间备课。"

"裤子呢?"

"等你回来熨呢。"

我立即把扔在桌上的熨斗插销插好。我不愿意爸爸穿着"百褶裙",像宋代《八十七神仙卷》①里的人物一样,去给大学生讲美

---

① 画中人物以衣纹繁密、潇洒著称。

术欣赏。

夜很深了,安然把笔往桌上一摔,两只手背过去抱住后脑勺,用力往椅子上一仰,椅子的两条前腿翘起来,变成了摇椅。这说明她又累又困了。她摇了一会儿,连手脚也顾不得去洗就要睡觉。

"防患于未燃"!"防患于未燃"!这句话又开始在我耳边重复。

"米晓玲怎么不常来了?"我终于憋不住了。

"她不理我了。"安然脱掉裙子,坐在床沿上,两只黝黑、滚圆的膝盖紧紧靠在一起。

"你冲人家唱歌了,对吧?"

"对呀。"安然平静地说,"你怎么知道?"

"这你别管。"

"别管就别管。我实在受不了了。她老是告诉我,这个男生看她,那个男生看她。好像她是太阳,男生都是向日葵似的。你说,一个女生总说这些干吗?后来我就唱了。"安然把嘴唇一抿,眼皮一垂,又把胳膊背过去扶住床,显然是做好了一切准备。

"唱的什么?"

"《假正经》。"

"你怎么能对同学唱这种歌?"我一听这歌名就火了,放下熨斗,转过身子又说了一遍,"你怎么能对同学唱这种歌?"

"怎么不能啊。她老是缠着我,扒着肩膀跟我说些乱七八糟的事。我一唱歌,她就躲开我了。还真灵!"

"那歌儿怎么唱?"我问。

"你想听?"

我不说话。

  你不要以为你真美丽,
  你不要以为我一见你就爱上你。

不要太多情,
不要假正经,
我看你一眼是因为你
太滑稽呀太滑稽。
……

安然看着天花板,真的小声唱了起来。

说实话,我有点儿想笑,可还是忍住笑,继续保持住刚才的神情说:"你,你太不尊重人了。"

"是她自己不尊重自己。她老是抄我的笔记,动不动就一拍胸脯:'咱姐们儿,没说的!'然后拿起我的练习本就走。你听听,还是个中学生吗?什么'姐们儿、姐们儿'的,腻味!又是同学,你让我怎么办?"安然说完把双腿往床上一放,躺了下来。

谈话不能继续了,刚才像要冲锋陷阵的我,很快就败下阵来,只好转过身去熨衣服。熨完衣服,我回到自己床上,关掉灯,黑暗中浮现出米晓玲的脸。

一张又圆又白的脸。她父亲好像一直没正式工作,今天在这儿刷油漆,明天换个地方给人拉车送煤。她母亲在一家糖果店当售货员。米晓玲是老大,她下面还有三个小弟弟,家庭生活不算富裕。但是,她很爱打扮,她的所有衣服上几乎都绣着金丝银线,据安然讲,她铅笔盒里还珍藏着一枚三毛钱一只的戒指,经常把手伸到桌斗里试戴。每逢星期四她戴手表上学——那天是她妈的休息日。她能分清许多合成纤维衣料的名称,什么涤纶、快巴、弹力呢、美国大纹哔叽……走在街上常指着人家毛衣上的花样说,"大阿尔巴尼亚""小阿尔巴尼亚""菠萝花""太阳花"。她的书包里总是装着几本关于电影方面的通俗读物,她对那些男女明星都熟悉得要命,每次来我家,都给安然带来一些莫名其妙的消息,据她说还都是千真万确的。有一次她来找安然借历史笔记,一进门就说:

"你知道吗安然,刘晓庆把她丈夫给杀啦!"还有一次她告诉安然,陈冲有十辆"丰田"。安然靠在藤椅上哈哈大笑,米晓玲还在竭力证明:"真的,赤橙黄绿青蓝紫都有,还有白的,黑的,还有……反正一共十个色儿,信不信由你。"她说得很认真,仿佛是陈冲昨天刚告诉她的。后来她突然转移话题,好像刚才的一切都是些无关紧要的事,然后拿起安然的笔记本走了。

这个孩子给我留下了不好的印象,我奇怪安然为什么会跟她来往。我问过安然,她说:"米晓玲办事说到做到,讲信用,讲真理,还爱打抱不平,面对最难斗的男生,脸不变色心不跳。就这点来讲嘛还是'姐们儿'比'老帽'①们强。"

"老师喜欢她吗?"

"老师?看都不看她。"

我没仔细追究"老帽"都包括着谁,也没追究韦婉为什么不喜欢米晓玲,还是规劝安然少和米晓玲来往。

"她又不是流氓。"安然说,"再说,她为什么非影响我不可,我就不能影响影响她吗?"

"影响她的办法就是给她笔记抄?"

"开始没这样。我给她讲题特耐心,后来她老走神,一会儿说商场新来了尼龙绸棉袄,又买不起,一会儿又说不上学了,接她妈妈的班。我有什么办法?干脆让她抄得了,还省我好多时间呢。"

"还口口声声影响人家呢,早不耐烦了。"我冷静地说。

"我?"安然为我的结论吃惊了。显然,她感觉到我这个简短结论的冷酷,却又千真万确。"谁知道呢。"她嘟囔了一句。

米晓玲好久没来我家了,原来这样。

"你呀,安然!现在你又失掉了一个群众,评选时你又少了一

---

① 当地中学生对装模作样者的称谓。

票!"我在黑暗中不由自主地低语着。回答我的,是安然那一阵阵均匀的呼吸声。

十六岁的女孩子的呼吸,是人人羡慕的,香甜、酣畅,节奏均匀。

7

又是一个闷热的早晨。

安然照例比我早起。床上团着一堆毛巾被,人早跑到楼下跳绳去了——期末复习也没改变她这个多年养成的习惯。

她深信跳绳能使个子长得更高,目前她可以一连跳一百多个双摇。

往常,我从来没有兴趣下楼欣赏她的"绳技"。除了骑自行车兜风,我对任何运动都不感兴趣。我早晨不愿起床,愿意躺在床上想心事。这时候我的思维分外活跃,我的思绪像一头精力充沛的小鹿,灵妙、敏捷地奔突、跳跃,不受拘束、无遮无拦地四处冲撞。我能从苔丝德梦娜想到烧茄子;能从百褶裙想到萨特的存在主义;能从毕加索的《格尔尼卡》想到插队时有一次半夜里错割了别的生产队的麦子;能从轰动一时的英阿争端想到我的头发该烫了;能从咖喱牛肉想到我的房东大娘当年怎样用小板车拉着我,走几十里土路去县医院看病;能从大熊猫想到中学时期一年一度的忆苦饭……我还常在这短暂的时间里拟定全天工作计划:上午去报社发广告,下午约某青年诗人来编辑部谈稿。这是我的职业——文学杂志诗歌编辑的日常工作。晚上写八封信,读六页《拉奥孔》和《邓肯自传》的最后两章;再用二十分钟时间学会第五套探戈。当然,还想我的朋友,回想他的一句动心的话,那句话执拗地在我心中重复,就像有时候一首歌、几行诗会突然平白无故地在我心中重

复起来没完一样。每到这时,我的心便仿佛给分成了两半,一半说:"别唱了,别唱了。"另一半却一遍又一遍地唱下去:

在路旁啊在路旁啊有个树林,
孤孤单单人们叫它撒力登……

这时候,意志真不知藏到哪里去了。直到闹钟告诉我,还有十五分钟就到上班时间,我才猛地从床上跳下来,跑着蹦着梳洗完毕,再往书包里塞六块饼干,然后推上自行车,冲出"夜路",来到街上。当然,一走上大街,我就变成了十分安静的安静。

不知怎么地,今天我忽然想早起一会儿到院子里去看看安然了。也许还可以继续昨晚的谈话。昨晚,我们等于没谈。

谁家已经扭开了收音机:"刚才最后一响,是北京时间六点整。"

现在院子还没有苏醒,只有邻居家笼子里那些鸡朝我咯儿咯儿地打着招呼,还以为我是它们的主人,过来喂食的。安然肩上搭着跳绳,站在远处,背对着我正和一个比她稍矮的男生说话。她正教他念英文单词,我听出他把"咳嗽"念成"母牛"。安然顿时大笑起来。笼子里的鸡有点儿莫名其妙地伸出脑袋,警惕地看着她。

这不是那个刘冬虎么,韦婉提到过的那个刘冬虎,他家就住在马路对面,可他从来没到我家来过,平时见到我也总不好意思地贴近墙根儿。我倒是和他聊过几句,还是在火车上。

那是去年冬天,我去北京组稿,安然送我上车。每次我出门,只要她能赶对时间,总要坚持送我。"我要给你占座位。"她威风凛凛地走在我身边,像个保护人似的说。她还会首先冲上车去,架起胳膊,目光专注,勇往直前。即使人很少,也要把我安置在她亲自选定的座位上,再满足地和我并排坐上三五分钟才离去。那时,我明知安然的举动并不具有什么特别价值,但还是觉得所有座位,唯独我这里最舒服、最安全、最凉快、最暖和、最安静、最方便、最好。

那次,由于春节将至,旅客空前多。我又是中途上车,找个座位简直是不可能的事。而安然好像也没有过去那种热情了,还有点心神不定,不时抻抻衣角,捋一捋头发。我有些奇怪地望着她。她发现后才又赶紧挤到前边去了。其实,我并没有埋怨她的意思。她又不是孙悟空,怎么能有本事对付这多人呢。我喊她不要再徒劳了,但声音一下就被人声的浪潮给淹没了。安然也被淹没在人潮里。为了从前边截她,我从另一个车门上了车,却还是看不见安然。这时,一个刚坐下的男孩子站了起来。

"刘冬虎!"我认出了他,"先帮我看一下东西。"我把挎包放在他身边。赶快挤过人群又去找安然。我在两段车厢相接处碰见了她。

"安然!别找啦,你们同学刘冬虎让给我一块地方!"我冲她嚷。

"本来我能找到座位。那个乘务员把我……把我给揪下去了。"安然眼睛看着车窗外,嘴唇直哆嗦。

"为什么?"我觉得血涌到了脸上,仿佛被揪下去的是我。

"她说我扰乱秩序。呸!你看,就是她!"安然指指朝我们走来的一位梳两根辫子的胖胖的女乘务员,"我非跟她吵一架不可。"

"别……"我想把安然推下车。

可是,她们已经吵了起来。

"大胖子!你就会欺负我是学生。别人挤,你怎么不敢揪?"安然大声嚷道。

"你怎么骂人?"胖乘务员脸憋得通红。

"就骂你,大胖子!欺负小孩儿。没脸!"

"你还是学生呢,懂不懂礼貌?"

"你还是乘务员呢,靠揪小孩儿立功。那也不给你加奖金!"

"我要维持秩序!"

"就是你堵塞交通!"

"你……你年纪轻轻太不学好!"

"你管不着!反正我姐姐有座位了,你揪了白揪!我姐姐的座位还靠窗户呢。气死你!"

安然这句话逗笑了许多旅客。人们很有兴趣地望着她。显然,谁也没有把她看成一个不学好的女孩子。开车铃响了,我趁势把安然轻轻推下车去。就在这时,我看见两大滴眼泪从她眼睛里滚落下来。接着,更多的泪水又蒙住了她的双眼。车身颠动了一下,徐徐开动了。安然站在月台上,扬着冻得通红的脸,嘴里吐出一团团白色的哈气,一边流泪,一边挥舞着一只胳膊,朝着火车指指画画。她的嘴唇飞快地动着,她在发泄。因为没给我占上座位吗?被人揪了下来吗?还是因为——事到如今我才突然明白,那是因为有人当着一个男同学,一个叫刘冬虎的男同学伤了她的自尊心。当着一个男生被揪,还有比这更有伤自尊的吗?

开车后,我和刘冬虎都没有提刚才的事。我只是随便问了问他的功课。后来他把座位让给了我,自己站得远远的。当时也许只好这样。

今天呢,是他主动找上门的,还是她约他来的?他每天早晨都来,还是偶然相遇?我为什么要追究这些?现在我忽然觉得,我怎么变得这样鬼鬼祟祟?我应该向安然学习。

我走到他们跟前。"你好呀刘冬虎。"

"您好。再见!"刘冬虎一看见我,卷起书本赶紧走了。

安然对我的突然出现显然没有思想准备。她像是有点儿遗憾。

"你怎么不把他叫住?"我说。

"叫他干吗。发音……简直,没治!"

"同学向你请教,你应该耐心。"我说。

"噢,谁让我耐心我都耐心!你没听见吧,愣把'咳嗽'念成'母牛',还 cow 呢!"

"我觉得刘冬虎很有礼貌,那回在车上……"

"一个男生光有礼貌也没劲,你没看见他长得那样,根本就不像个有礼貌的人:嘴唇那么厚,腿又短,脖子又黑……"安然一边说着,又跳起了她的双摇。

我只是微笑着看着她,眼睛已经告诉她:"得了安然。干吗跟姐姐撒谎啊。"

安然看懂了我的眼神。她埋下眼睛,跳绳不知什么时候都缠到胳膊上去了。后来她终于抬起头来对我说:"其实,帮他复习英语是我约他来的。我觉得和男生在一块儿讨论功课比和女生在一块儿还好,废话少。我觉得没什么。"

"可不没什么。"

太阳升起来了,带着令人头昏目眩的光环。阳光照耀着安然的脸,照耀着她脸上纤细的茸毛,就像一层金色的丝绒。

我接过她的跳绳,也跳了几下双摇。

一个二,

两个二,

三个二,

……

8

由于早起,时间显得很充实。我和安然梳洗完毕,吃过早饭,各走各的路。

往常,我骑车到编辑部只需十五分钟,今天却在路上费了半小时。我骑得很慢,吸吮着夏日的晨风,或者说享受着晨风的吸吮。

我们的城市没有受人称道的法国梧桐,有的是朴素、平凡、七月放花的中国槐。女中学生在树下从容、自信地走着,那样子就像只有她们才配占有槐树下的阴凉。一些顶着阳光赶路的男生,仿佛是从便道上被挤下来似的,一只肩膀高高地挑着沉甸甸的书包,显出男子汉的宽容和大度。可女学生对他们还是做出不屑一顾的样子。但我相信,她们勾肩搭背地小声议论着的,并非和男孩子无关。我就记得我上中学的时候,教男生跳起"大寨'亚克西'"来,是那么不辞劳苦,甚至觉得那些机械、僵硬的动作也有几分可爱之处,而对女生却缺乏应有的热情。那时有个跳"亚克西"的瘦瘦的男生跳完舞总来找我,每次都揣着一个不大不小的理由。他长得很纤巧——原谅我对男性使用这样的形容词,后来我好像也总盼望他来(在这里用"盼望"来形容,分量重了些)。为此,爸爸还严厉斥责过我。他竟然也运用着他很不擅长的政治术语说:"你,你的思想……复杂啦!"这样的词虽然我听过不少,但经他一用,还真有些恐惧。那个年龄,那个时代,谁不怕人家说你"复杂"。"复杂"联着什么?当然不是革命,不是雷打不动的"天天读",不是带头多吃一碗忆苦饭。"复杂"联系着的是落后和路线。想到这些,我真不理那个纤巧的男生了,可心里却盼他出现(现在用"盼"较合适)。幸亏后来他没毕业就当兵走了。临走那天晚上,还来向我告别。那天家里只有我自己,这才觉得事情更加复杂了。我惊慌失措地用三言两语就把他轰走了。谁知,他临走又从裤兜里掏出一只装有磁石的泡沫塑料铅笔盒,说要送给我作个纪念。还记得那天全楼停电,我借着蜡烛发出的昏黄、战栗着的光盯住那个纪念品,心中升起了一种模模糊糊的、可怕的满足。当然,最后我还是又想起了那个有点儿背叛味道的词儿：复杂。我毫不犹豫地把铅笔盒还给了他。他是怎么接过去的，又是怎么摸黑下楼的，我一概不知道。我只是又感到一种莫名其妙的、可怕的满足。

几年后我们长大成人，曾在街上碰过面。原来他参军后入党、提干，还被保送到一所什么学院学习过。不知怎么的，他人更显得纤巧了，那满身经过修饰的气质，给我留下了很不好的印象。面对这样一位同学，我突然感到委屈。爸爸为什么连这个识别人的机会都不给我？如果多接触一下，对人我会有能力鉴别的。用一个"复杂"去堵塞我的思想，反而增加了我对一切的神秘感。那时我也十六岁。

我想着，车子加快了速度。

编辑部到了。这是一座北方城市常见的旧四合院，据说当年是一位绸缎资本家的偏房的住宅。我的办公室在西耳房。尽管目前生存空间的危机几乎威胁着三分之二的中国人，但在我们这种中等城市，这种危机还不甚明显。十平方米的办公室，只有两个人。这比起大城市那些令人生畏的编辑部，十来个人挤在一起，摩肩接踵，午休时连那些上了年岁、头发斑白、受人尊敬的老编辑都要爬上办公桌，枕着报纸、杂志去睡觉，不是又显得优越多了吗？

组长老马早已坐在办公桌前了。我跟他打了个招呼，他头也不抬，继续低头看稿。老马是这间西耳房的另一位主人。他高度近视，因此我把靠窗那张桌子让给了他，我自己则占领着靠北墙的那只旧写字台。老马多次建议我把桌子也移到窗前，可我还是坚守着这块阵地。我不喜欢和人面对面地办公。尽管那里光线明亮，老马也叫人尊敬。

老马在省里算老诗人了，"文革"前出过三本集子。当然，这并不是我尊重他的全部原因。还有什么呢？是因为他发现了我？那时他到我插队的村子去体验生活，我把我写的一首叫《浇地歌》

的诗拿给他看,他笑着把诗装进手提包里拿走了。其实,当时我并没有想叫它们变成铅字的奢望,不过是想得到老马的指教而已。谁知后来它们不仅真变成了铅字,出现在《繁星》上,我还因此被调回来,在《繁星》当了编辑。

老马发现我那是千真万确的,只是现在我使用"发现"二字有点儿不自量。因为这个词通常只在绝对相反的两种人身上使用,一种是"天才",一种是"坏蛋"。我当然不是坏蛋,那么天才呢?更不是。变换一种说法,为了突出老马吧,说他是伯乐?后果是我又成了千里马。我算什么千里马呵,不过是骑一辆"大凤凰",整天四处奔跑的一个普通编辑。再说当编辑后,我连《浇地歌》那样的诗也很少写了。老马之所以叫我敬重,是因为他还能和我们对话,他从不以审判者的姿态出现在哪位年轻诗人跟前。有一次他读了外省一位年轻女诗人的一首长诗,竟激动地擂着桌子大叫道:"完蛋了,我们完蛋了!世界是你们的,太阳是你们的……"诗人的激动并不叫人诧异。我当时平静地望着他想到,凭着老马这样真挚、坦率的激动,就足以证明他和年轻人的心是相通的;他愿意理解我们,就说明他的心还年轻。

"怎么了安静,坐着发愣?"老马问我。眼睛仍然盯着稿纸。

我冲他笑笑,说着无关紧要的话。就开始翻阅摞在桌上的诗稿。我一首接一首地读着,映入眼睛的,首先是作品的各种字体:圆的,方的,长的,斜的,疏的,密的,还有那种龙飞凤舞型的。遇到这样奇形怪状的字体,你血管里的血液简直就控制不住地往头上涌。你一边读诗,就觉得作者仿佛一边向你呼喊:瞧我这一手字怎么样?还挺帅吧!就凭这一手字,你也得考虑考虑吧?

按说,一个合格的编辑是不应该对作者抱有成见和偏见的,但说也奇怪,操这种字体的作者,写的大都是那么一类诗句,什么"姑娘的笑靥里升起绚丽多彩的醉人的朝霞"啦,他将"把一颗炽热的红心双手托着抛入水中"啦等等,外加无数删节号和惊叹号。我常常忍不住扭过头去,给老马高声念上一两句。老马仅是微微笑着,并不像我那么义愤填膺。这使我忽然意识到,我是多么缺少修养,多么不够格啊!

今天,当我又看到"姑娘的笑靥"们时,赶紧翻过去放在一边,想等冷静下来再慢慢拜读。下一首,下一首叫做《我们是新时期的急先锋》。字体还工整,内容是写青年应如何站在"四化"建设的前列,甩开膀子大干特干的。但那满篇慷慨激昂、时代感不怎么清楚的诗句,又使我想到了那些帽檐朝天的红卫兵小将,想到了在满山遍野的红旗下搬石头、造平原的场面。我往下读着,喉咙像要冒烟。"加强修养加强修养",我暗暗勉励自己,到底读完了最后一行。谁知当我冷静下来寻找作者的名字时,竟在诗的末尾发现了"韦婉"二字。再翻过去,是她给我的一封短信,信写得很矜持,很有分寸。大意是说,她近半年来对诗发生了兴趣,作为语文教师,这也是必要的锻炼。现寄上一首,希望听到编辑部的意见,不能用也不必为难。

读完信,把手边的稿子清理开,我重新读韦婉的诗。不知为什么,嗓子不那么干燥了。不知为什么,稿纸上的诗意也开始萌发。不是吗,要表现出我们这个伟大时代的伟大人民,需要的不正是这样的诗吗?再读下去,又发现作者显然是在追求新意了:

> 我高攀着民族灵魂的火箭,
> 我执着光丽的赤诚,
> 用自己的痴情,
> 遥望那布满宇宙的红旗。
> 啊,甩开膀子,
> 去创造明天的壮丽画卷!
> ……

好诗,就是一首好诗。我对我的心说:你瞧,调子多明快,立意也高,一点儿也不隐晦,比起那些"朦胧派",不是要壮丽得多吗!应该送审,可以发表。我简直像对着我的心叫卖了!现在我才体会到,为什么有人在说谎话时,反而把声音提得那么高。

当我的心勉强迎合了我的叫卖后,又一个忧虑出现了:怎么往老马那里送呢?难道他也会认为这是一首好诗?难道他相信这是我选出来、送上去的?两个月前,老马的一个在供电局工作的外甥送来一首七律,不是叫我铁面无私地给退回了吗?不,慎重啊慎重,慎重中出修养。现在既不是送审的时候,也不能退稿。现在,现在我应该做的,是先给韦婉写信。

我铺开印着"《繁星》编辑部"的信纸,笔开始在纸上滑动。开头稍作寒暄,之后便称赞起那首诗了,还说做些小的改动就可送审。天哪,鬼才知道这算一封什么信。

下班时,我几乎是躲闪着老马走出了办公室。街上,炽热的太阳烤得人昏昏欲睡,柏油路面变得像柔软的海绵。这时你才体会到,清晨对于奔波在大街上的人是多么珍贵。清晨使我在今天有这么好的心绪,使我的"修养"在慢慢加强,使我发现了那首"光丽""赤诚"的甩膀子诗。这就是生活。生活逼着你在不想笑的时候也要笑,不想哭的时候也要哭,不认为好的时候也说好。生活隔开了你和你喜欢的人们的交往,却牵着你去亲近那些你不想亲近的人。不,这不是生活的全部,这是此时此刻置身于生活漩涡里的我。

安然的学校再过十天就要评选三好学生了。清晨,一个把跳绳缠在胳膊上的女孩子的形象,会永远印在我的脑子里。

9

语文考试结束了,全家陪着安然松了一口气。为了不影响安然的情绪,爸爸妈妈这些天还算温和。有一回双方的面色刚有点儿激动,我立刻横眉立目地说:"你们别忘了现在是什么时刻!"两人的情绪果然稳定了下来。

考试打破了我家以往的气氛,全家仿佛都紧张地、全神贯注地进入了一种角色,走路踮起脚尖,说话打起手势,房间里安静得像没有人。直到每天中午安然放学回家后,我们三人才不由自主地迎去,欢腾一阵。

"今天怎么样?题难不难?"

"有偏题、怪题吗?"

"检查得仔细吗?看没看错题?"

……

接着又是问这个、那个考得怎么样,直把我们知道的同学名字都重复一遍,才算了事。

安然拿起筷子,敲敲刚摆上饭桌的饭碗说:"女士们,先生们,请不要大声喧哗,按次序提问。"然后把书包往椅子上一摔,就在饭桌前坐了下来。那神色已经告诉我们她考试的结果了。于是我赶紧给她盛饭,爸爸把好菜换到她面前,妈妈也动了感情,早把菜夹到安然碗里了。

安然端起碗开始大口吃饭,我们却像忘记摆在眼前的饭碗了。当她再也忍不住时,才举着筷子,回答我们刚才的提问:"……我看看表,离交卷还有十五分钟,就开始从头到尾检查卷子。哎呀,不好!漏了一道大题!做完这道大题,起码得用二十分钟。怎么办?我毫不犹豫,连想连答,写得飞快,终于答完了。就在这时,坏啦!"她忽然停住不说了。

"怎么了?"妈妈先表现出恐慌,嘴一下张成"O"形。

"看把你吓的!"安然接着说,"怎么也没怎么,铃响了,我交了卷和同学一对题,哈,就错了一个字。"

"作文呢?"妈妈又问。

"唉,你这问题太……不合时宜。作文是活的,我怎么对得出来?那句话怎么说:'世界上没有两滴相同的水。'"安然说。

"妈妈问的是作文题目。"我赶紧替妈妈解释着,其实未必。

"是啊,当然是问作文题目。"妈妈历来喜欢顺水推舟。

"题目是《记你熟悉的一位同学》。"

"你写的谁?"这次是我问了。

"我们的班长。"安然说。

"什么?"我一放筷子,嘴大概也成了"O"形。

班长是谁?班长不就是韦婉喜欢的祝文娟吗?

"怎么了?"安然有些不耐烦地盯了我一眼。她把"了"的调子挑得很高。

怎么了?不怎么。一个普通的中学生,一个普通的班长,一个普通的祝文娟,有什么不可以写的?但此时我却觉得她俨然是一个了不起的、不能碰的大人物。贵族?女皇?总理?文部大臣?也许比这些都显要。

"快吃饭,快吃饭,别刨根问底了。吃过饭再让人家讲作文也不晚。"爸爸说。他这种故作镇静还能瞒谁,其实,遇事最沉不住气的是他。

"你怎么不喝汤?"我问安然,实际是想冲淡一下即将紧张起来的气氛。

吃过饭,在我再三追问下,安然讲述了作文的大概。果然不出我所料,她在作文中对祝文娟那些致命的缺点很表示了一番不满。她差不多是按原文背了一遍:

> 在我很小的时候,爸爸就告诉我,对人要诚实。后来我慢慢懂得,诚实是人的美德。可是,有人总在受表扬,却并不具备这个美德。

一些同学谈起我们的班长时,总说她尊重老师、团结同学,从不和人吵架、红脸,仿佛已经具备了做人的美德。我不这样认为。原来班长把同学们那些小小的缺点都捅到老师那里去了,甚至连谁上课讲话、谁在走廊吹口哨、谁叫了女生的外号她都不放过。但是,遇到关键问题却缺乏起码的勇气和正义感。一次,全班在校外操场打排球,王红卫勾来外校男生打了刘冬虎。事后刘冬虎把经过告诉老师,老师去问班长。班长当时明明在场,却一口咬定她根本没看见。这是为什么?就是因为王红卫站在她跟前,就因为怕报复。一个班干部连这点起码的诚实和正义感都不具备,我对这样的干部很不以为然。

　　我以为,青年很重要的两种品质是正义感和诚实。我愿意和诚实的同学交朋友,哪怕他们有别的这样那样的缺点……

　　安然的作文大体背完了。我看看妈妈,妈妈正盯着爸爸。我看看爸爸,爸爸不动声色地"嗯"了一声。

　　有什么可"嗯"的?"嗯"不就是肯定吗?

　　"就凭这作文,韦婉还会给你好分数?"我愤愤地说。

　　"那是她的事。"

　　"那还用问。可分数出来后你总不能去找老师吵架。"我说。

　　"那要看她公平不公平。"安然说。

　　"你说过,作文是活的,还不全在老师掌握。"我提醒了一句。

　　"今天你怎么啦?"安然皱起眉头瞧着我,"外语和化学还没考哪,你可别把我情绪全给破坏了。"

　　"好吧,不说了还不行。"

　　是呵,安然说得对,我这是怎么啦?正义感、诚实,难道我不也整天在教导安然吗?后来我想起下班时韦婉给我来过的电话。我们有问有答,那友好气氛可以说是空前的。但双方都没提安然,就像安然从来没有在这个地球上存在过一样。我们心照不宣:只有不提她,这友好气氛才能持久一些。最后韦婉还邀请我到她家去玩。我竟然答应了。如今,安然这篇作文肯定会破坏我们那种日益增长起来的"友好"气氛。

幸好,安然有一天举回一张成绩单,我的心才算稍平静。成绩单是这样的:

数学	语文	外语	物理	化学	政治	历史	体育	总分	平均
97	99	100	95	87	99	97	86	760	95

10

安然的语文是九十九分,在我预料之中,又在我预料之外。这使我忽然想到了那首"甩膀子"诗的"社会效果"。那诗经我大改特改,除了作者名字还是"韦婉"二字外,其他拼拼凑凑,主编通过,已经发排了。想起韦婉的名字就要变成铅字,我心中升起一股又苦又甜的滋味儿。下一步呢,下一步是在评选之前嘱咐安然老实做人,别得意忘形。

现在,她穿着红衬衫歪在沙发上,正一面啃桃子,一面翻着一本外国画册。

"哎,我希望你这阵儿老实点。"我说。

"我又怎么啦?"安然用两个指头捏着桃核问。

我斟酌片刻,终于更明确地提示了她一下:"你最好先别穿这件衣服。"我的眼睛看着别处,故意显出若无其事的样子。

"哈!"她发出了一个怪声,怪声里所包含的意思远非几句短话能说清。

"别冲我这样,我是真话。"我说。

"这衣服怎么啦?不是你买的吗?不是你夸了半天漂亮吗?真的,我还舍不得穿呢。可就冲你一说,我非连着穿三天不可,考完了,庆贺一下。"

"学校有反映。"

"说是奇装异服吗?不就是红泡泡纱吗?不就是前边没扣子、后边一条拉链吗?噢,非得穿花的确良、狗舌头领才算不奇异?哈!"她又来了那么一声。她把如今多见的那种又长又尖的领子叫"狗舌头"。

"你们哪天评选?"

"哪天评选我就哪天穿!"

"别穿,太红!"我声音很低,但很果断。

不要太多情,

不要假正经……

她竟然哼哼着唱起来。

"别觉得你考得不错就这么放肆,就,就目空一切。想想你对同学都是什么态度吧:讽刺人家米晓玲,还有你那作文。虽然韦婉放过了你,可下一步呢,你知道?在这种事上占上风多没意思!"我终于给自己找了个不高不矮的台阶。何止是台阶呢,显然还占了主动。我做出旁若无人的样子,开始看书。

我感到她正斜着眼角在看我。我没抬头。

"姐,"安然终于换了口气,"我知道我不是什么都好。就说对米晓玲吧……唉。"她短叹一声,"米晓玲要走了,你知道吗?"

安然现在已经端端正正坐在书桌前的硬木椅子上,眼睛有点儿出神。

"搬家?"她到底还是勾出了我的话,其实我对米晓玲的事并不关心。

"不,是上班,接她妈妈的班。"

"她妈妈还很年轻吧?"

"年轻有什么办法。米晓玲知道考不上大学,连高中都不想上了。也许这叫顶班吧,把她妈妈给顶下来了,这还不是常事。"

"也好。"我说。

"这两天我总想过去的事,越想越觉得对不起米晓玲。我想,请她到家里来玩。"

"那好啊。"

"我还想请她来吃饭。"

"那倒没必要。"

"你怎么这样说? 你不是刚批评我,说我对她不好吗?"

"那也不一定用吃饭的方式表示对她的友好啊。"真的,就这么个米晓玲,难道让我们全家陪她吃饭,听她给我们讲哪位男演员又杀了他的妻子吗?"你可以送她一样礼物。"我说。

"不,就请她吃饭。你的同学、同事能来,为什么我的同学不能来?"

"那是我们。"

"我们也是我们。"

"你们还小。"

"我们不小,十五岁以上就是青年。"

"那好吧。不过你还是放假以后再穿这件衣服。"我说。

"你怎么还想这件事? 如果你用衣服和吃饭作交换条件,那我宁可不叫米晓玲来吃饭也得穿这件衣服。"安然说得很果断,像在朗读宣言。

"你……"

"求求你,姐。"她走过来,碰了碰我的手臂。

我躲开了她。尽管我们很亲近,却很少使用这种亲昵的表示。

我怕她搂我、碰我,那时我的心一下就会彻底软下来。果然,现在一闻到她身上那股淡淡的汗香味,瞧着她由于穿着红衣服更加显得容光焕发的脸,我已预感到一切都将由她了。

安然呀安然,我对你又有什么办法,谁叫你是安然呢!

穿衣、吃饭我都让了步。

第二天一早我就开始张罗。爸爸自然不管这些,然而和妈妈怎么也达不成协议。她坚决不同意在家里招待安然的什么同学,说要搞你们搞,她一天不回家。她要在学校判卷子。

采买的事自然落到我头上。为了叫安然高兴,我尽力按照招待同学的规格买了些东西。下班回来,谁知爸爸早忙上了,这在他来说是非常少见的。现在他正蹲在煤气罐旁边,笨手笨脚地择着青蒜、扁豆,两只手显然缺乏必要的目的性。和他站在画架前真是判若两人。

"爸爸,您可别把该留的扔了,该扔的留着。"我说。

"哪有的事!"他很严肃,像在完成着一件了不起的事业,"谁离开谁也能活。"他自己叨叨着,这当然是冲妈妈来的。

"那,我给您系个围裙吧。"

爸爸站起来,让我替他围了条花围裙。

中午,我和爸爸终于把饭菜准备停当,这时,安然和米晓玲一前一后进了门。

"米晓玲,你好呀。"爸爸摘下围裙,恭恭敬敬地招呼米晓玲。

"您好,我……"米晓玲显得十分紧张,特别是当她看到爸爸也上了阵,就更是一副受宠若惊的样子。

今天她穿得很朴素,身上没有那些金丝银线。但脸上却搽了薄薄一层粉,尽管她的脸本来就很白,雀斑被模糊起来,倒失去了自然。

吃饭时安然话多极了,显然是为了叫米晓玲松弛下来,因为她不是把汤匙碰到桌上,就是把菜翻到桌上。有一回一个丸子没夹住,又落到盘子里,油汁溅了我一脸,可我却装作不在意。爸爸也不时开个小玩笑来调节气氛,有时米晓玲真能笑得上气不接下气。果然,她话也多了。

"你马上就上班吗?"我问。

"啊,还是我妈妈那家商店。其实你们常去,挨着家具店那家。"米晓玲说。

"那个店不小,货挺全的,有时好像还有天津咖啡糖。"我说。

"那当然了,全市第三大。新修的门脸,都换成钢窗了。听我们经理说,还要装霓虹灯呢。"米晓玲自豪地讲述着,俨然一副老营业员的派头。

"到时候我一定常去看你。"安然诚心诚意地说。

"咱姐们儿……"她看了看我,"咱们老同学,没说的。我们那儿处理罐头、处理水果特多,杏酱才五毛钱一瓶。我保证给你留着。"

"太棒了,买它十瓶!"安然大笑起来。

"来什么新鲜货,我就给你打电话。那天我妈领我去熟悉环境,我一看,不错,还有电话。就在鲜货、糖果那边。唉,我要能分到糖果组就好了,可以随时给你打电话。"

"你多美,想什么时候打就什么时候打。"安然说。

"那可不,整天守着哪。我们电话是4723。咱们学校呢?"

"我不知道。我没在学校打过电话,怕传达室大爷说我。"

"他不说,连着叫他两个'大爷',高兴着呢。"

安然你听,这就是你身上缺少的。

"哟,那是一张画吧?可真大。"米晓玲忽然发现了我爸爸那张未完成的创作。

顺便说一下,爸爸的画室就是厨房的一半。

"是啊,你知道它叫什么名字吗?"安然问。

"那是树,那是树叶,还没画上人吧。画上人我就能猜得出来。"米晓玲看着眼前那张正在铺满颜色的画布说。

"这幅画永远也不会有人。不过它已经有名字了,它叫……"安然稍微考虑了一下。

"叫什么,叫落叶呀?"米晓玲蛮有兴致地问。

"叫——《吻》。"安然清清楚楚地说。

"叫什么?"米晓玲没听明白。

"《吻》。就是一个'口'字加一个'勿'字。"

"你可真行啊安然!你都能说出这个字来!"米晓玲满脸通红。

"这有什么,哪个字生来不是为了让人念。"安然说着走到画布前,"你看,深秋时节,挺拔、俊秀的白杨树叶子黄了。它们就生长在这块肥沃的平原上,大地养育了它们,大地就是它的母亲。夏日,它们把阴凉献给大地;秋天,当大地不再需要这种安慰时,它们才开始用金子般的颜色来打扮自己。其实,把世界上所有的黄金都集中起来,也不够打扮一树叶子。现在,它们就是穿着这种盛装飘向大地,去亲吻母亲的胸膛。你看,母亲也敞开胸膛,在欢迎它们的归来。这就是它们献给母亲最好的礼物——一个庄重、深重的吻。"

"怎么不说了?"原来安然的描述也吸引了爸爸,他早已聚精会神地站在画面跟前了。

显然,连爸爸也没想到,安然对美术作品的分析竟是这样内行。我都有点嫉妒了,我是写诗、编诗的呀。

"不说了,一阵胡说八道。米晓玲,你喜欢它吗?"安然转过身问米晓玲。

我把目光也转向米晓玲,看她的反应,没想到她哭了,泪水把脸蛋上薄薄的香粉冲开两道小沟。我和安然互相看看。

"怎么了米晓玲?"安然问她。

"我……看你多好,懂那么多。说得我都……你以为我就那么想上班吗?刚才我是胡说,好像我多高兴,其实我是怕叫人瞧不起。你不知道现在我多后悔,为什么当初我不好好学习。现在你们全家陪着我,送我上班。你知道,我多怕同学们到商店找我去呀,你们都背着书包,我却站在柜台里,站着约这、约那。"米晓玲突然趴在桌上,毫无顾忌地哭了起来。

现在我倒有点认识米晓玲了,我后悔没有多买回些好吃的来。

"别哭了米晓玲,我去看你时保证不背书包。"安然拿块毛巾给她擦着脸。

……

爸爸不知什么时候已经拿起了画笔。他望着他的画面沉思着,眼光久久不动。安然的分析乃至米晓玲的哭似乎给了他新的启示。

艺术是什么?是认识的不断形象化,和这种形象一次又一次的飞跃。

11

爸爸在画布前一直站到黄昏。当室内的光线再也不允许他画下去时,他才把笔擦干,浸入松节油里,然后垂下两只大手在藤椅上坐下来。不知是由于黄昏光线的照射,还是由于握笔时间过久,他两只大手松弛着搭在膝盖上,显得很疲劳。

我和安然都崇拜爸爸这双大手。手指又长又直,指尖饱满,仿佛凝聚着无穷的智慧。它们常使我想起罗丹那件著名雕塑《上帝创造亚当和夏娃》。罗丹创造的就是一双这种类型的手,富于弹性的手指充满激情地塑造着人类的祖先。记得爸爸曾经告诉过我们，罗丹的雕塑也是以一个艺术家的手为模特儿的。

其实爸爸的手并不一定只能成为艺术家所独具的，本来很可能成为另一种手。抗日战争时他是一所后方医院的小鬼。缠绷带，自制土蒸馏水，配制各种软膏……那时这双手虽然还没有发育定型，也许就已经显示出它们的智慧了。如果当时不是接触了一位曾在东京学过美术的日本伤员，我相信今天他会是一名出色的外科医生。是那位伤员的出现，使他那在当时只装着敷料的脑子里，又多了和战争不相干的幻想。解放后党号召青年向科学文化进军时，他没有投考医学院，却报考了美术学院。

有时我会突然觉得，爸爸当外科医生更合适。外科医生除了具备内科医生应该具备的一切外，还需要一双灵巧的手。再说，还会省去多少烦恼啊。就说眼前这幅高两米、宽两米的风景创作吧，在我们眼里它无疑是一幅杰作。可是画展需要它吗？而爸爸还偏要给它起个带有刺激性的名字。换了我，至少要回避一下这个最容易产生麻烦的字眼，尽管经安然一分析，它是那样切题。是啊，《吻》，这个叫人听来心跳的字眼，难道只能是男女恋情的专利？它的内涵，远比那些要深厚、庄严得多。现在这里包含的难道不是画家对中华民族的赤子之心么！既是赤子之心，又怎么能躲躲闪闪地去表露这种痴情呢？李贺就曾用"有酒惟浇赵州土"这样的诗句来表达他对家乡土地的那种深厚的感情。也许李贺的时代还没有这个字，不然他可能就不用"酒""浇"这两个字去抒发他的热情了。可中国古代建筑上作为装饰用的"兽吻"又起源于何时呢？"兽吻"，这分明是中国古代建筑家、艺术家把自己的感情凝聚于飞檐、屋顶的象征。

可我还是觉得换个名字好些。我的心常常分裂成两半，两半心常常发生激烈的辩论，有时这一半得胜，有时那一半得胜。此时此刻,当我再次端详爸爸那双累得不打算再抬起来的大手时,才意识到应该放弃这种争论,现在是让他吃点儿东西的时候了。

我点着液化气,坐上锅,一阵铿锵声过后,饭菜准备好了:腊肠炒饭,西红柿鸡蛋汤,一碟盐渍黄瓜,当然还有一碟炒花生米。花生米是他必不可少的一道菜,一碟花生米几乎就代替了他所有的嗜好。

我的手虽然不具备爸爸大手的魅力,但做起饭来还是力争色香味俱全的。我刚把菜摆好,妈妈一掀竹帘走了进来。

不知怎么的,我对手的思索还没结束,我一眼就盯住了妈妈的手。她的手又短又宽,小拇指还弯曲着,显出乏力和没有主意。我心里忽然升起一股无名火,暗想:今天你可真有主意,在外面一躲一天。

"黄瓜撒盐了吗?"妈妈放下手提包,奔到饭桌前,煞有介事的样子。

"你就会干些锦上添花的事!"我模仿安然的口气愤愤地说。

妈妈看我,没说话。

"你跑到学校一躲一天,家里都快忙死了。"我接着说。

"我要声明,我是有工作的人。党的教育事业和请同学吃饭,哪个重要?"妈妈一面说着,从手提包里掏出一沓卷子重重地按在桌上。

"谁没工作,爸爸没工作?照样跟着忙。为了什么,你心里明白就行了。再说,你知道我手下多少稿子等着看吗?"我嚷着。

"我早说过没这个必要,那是你们自找。"

"你还是妈妈呢!"

"你混!妈妈怎么啦?妈妈就一定得是家庭妇女?我还没当够哇,一当就是十年,满脑子油盐酱醋,还得跟着喊,举着红旗喊,举着语录喊,举着刷子喊,举着……举着……喊!"

"你扯到哪儿啦,谁让你跟着喊啦?"

"谁?你!"妈妈狠狠盯住我。

"我?"

"就是你!"

"妈妈说得对,为了使你我不变修。"原来安然出现了。

妈妈一时没答话,好像还没有意识到安然的出现。可当她猛然转过弯来,矛头立刻就指向了安然。

"又是你。别觉着考得不错就……就不知天高地厚。我还有话要跟你谈呢!"妈妈说完掀起帘子穿过走廊,直奔对面卧室。

我像暂时获得解放,安然却又紧追过去。爸爸只是低头吃饭,好像眼前什么也没发生。最后,我当然还是尾随过去。

果然,安然和妈妈又开始了激烈的对话:

"你说呀!"妈妈盯着安然,脸上似乎掠过一丝难以觉察的得意。

"不是你要说吗!我听着还不行。"安然坐在床沿上悠打着双腿。

"我说,可以。考完体育那天下午,你到哪儿去了?"妈妈终于摊牌了。我倒松了一口气,我是了解一切的。

"我反对你这样审问我。"安然还是悠打着双腿。

"反对?反对也得问。别当我什么都不知道。"

"妈,你既然什么都知道,干吗还拿人一把?"我实在看不下去妈妈那种故弄玄虚的样子。

"我就知道你得站到她那一边。当姐姐的,当姐姐的……考完体育,不抓紧复习,去划船,还跟男孩子!"

妈妈终于披露了"爆炸性"的要闻,重点自然不在于划船,而在于男孩子。

"那又怎么样!我们考完了,累了,不能玩玩吗?"

"为什么偏跟男孩子玩？就你一个女生。"

"就一个女生，更得找男生保护。船翻了怎么办？遇到坏人怎么办？"安然分明要狡辩了。

"安然！"我拉拉她的胳膊。

安然做了个若无其事的表情，看来不想说了。可妈妈的话还没完："那也应该跟我打个招呼，何必那么偷偷摸摸的！"

也许妈妈的话是脱口而出的，也许是在语言逻辑上又发生了问题，但这下却把安然彻底激怒了：

"好啊，原来你这样想我。告诉你，妈妈，我从来不会偷偷摸摸，我恨死偷偷摸摸了。我……"她嘴唇哆嗦着，眼里蒙上一层泪花。但她竭力咬住嘴唇，像是要咬住就要夺眶而出的泪水。泪水还是滑了出来。"妈妈，我看不起你！"

安然说完，头也不回地跑了出去。

"妈妈，你不对。"我说。

"怎么不对？"妈妈反问我，但声音不高。我想她没有预料到事情会这样演变下去。

"你不懂得尊重人！"爸爸不知什么时候奔了过来。

"专找男生玩，你考虑过影响没有？"妈妈问爸爸，但声音更低了。

"什么叫专找？我看你真像上个世纪过来的人。"爸爸说。

"那个男生我认识，叫刘冬虎。"我说。

"那你了解现在的孩子吗？复杂着哪！"妈妈又转向我。

争论到此结束。现在我到底又从自己的长辈嘴里听到了用这两个字来形容自己的孩子。我不愿再讲话，扔下爸爸妈妈，又跑到对面房间。

那边又传来爸爸的声音。

"我不能不说几句。今天的事是从请同学吃饭说起的，咱们就说吃饭。引起你不满的根源,也在这里。你走了,满以为地球停止转动,谁知地球不但没停,还转出了一桌饭菜。这就难免引起一个人在自尊心上的那个……那个受不了。可为了维护自己那点儿自尊心,也不能毫无分寸地去伤害孩子。我尤其不愿听你在孩子身上使用什么'复杂'二字。记得有一年安静她……"

嘭!对面屋子关上了门。

我坐在爸爸的画布前面,没有更多地想过去的一切,想在那个漆黑的夜晚,一个纤巧的男孩子给我送过铅笔盒。那像是十分遥远的事,就像我听来的历史故事。我只想到那双创造亚当、夏娃的手。它们不仅充满激情地创造了人类,在那一个个关节里、指尖上,还包藏着矛盾和哀伤。它们仿佛预感到了人类将来的一切,创造了他们,而他们又将去趾高气扬地互相厮杀。因为什么?就因为他们是那双手创造出来的人类,又都有一双只有人类才具备的手。

我还想起了什么?我还想起了安然。

12

我在附近一家冷饮店里找到了安然。她正靠着柜台吃雪糕。估计是第六根了。

店里人很多,坐着的,站着的。挤在一起摩肩擦背,举着那些方块形、圆棒形的水和一些填料的凝结物咬着、说笑着。悦耳的、极富抑扬顿挫的高音和粗鲁的、夹杂脏字的低音在烟雾里缭绕,在四壁跌撞。这里分明是个温暖的大熔炉,只有迎门那台企鹅牌柜式冷冻机的呼呼声,还能使人想到这里和"冷"联系着。

安然站在冷柜旁边,脸朝里吃着,柜台里那位白衣白发老师傅,不时好奇地打量着她,但眼光里显然没有恶意。

我上中学时,从来没有一个人进过什么冷饮店。平易市那时也还没有学会做雪糕,更没有门口画着企鹅和冰块的店铺。有的只是写着"南饮""北饮"的冰棍车。三分一根小豆的,五分一根牛奶的。"南饮""北饮"是它们所属公司的缩写。就是因为多这"南""北"二字,两个推车妇女还会为地盘问题发生争执,用"老×""小×"或更不堪入耳的字眼叫骂一阵。最后其中一人从腹前的白围裙兜里掏出语录说:"都是一根藤上的苦瓜,这是何苦。打开,咱俩学一段。""没那工夫!""你再说一遍!""没那工夫!""好,等的就是你这句话。"这时那个大喊"没工夫"的,才自知说话有失,看看众人,赶快推车溜走。

是啊,当时一个戴着红卫兵袖章、在学校正闹批林批孔的学生,难道能举着这种东西边走边吃吗?我虽然没想到有损英雄形象,起码也有损于我们这一代红卫兵小将的形象吧。再说,不知为什么,那时候我一见到举着冰棍边走边吃的同学,总是和孔老二接受人家的腊肉那件事联在一起,当然这种联想还见于其他方面。比如哪个女同学穿了一双尚在初级阶段的单丝袜,哪个同学拉练时多吃了半根咸萝卜,哪个同学吃忆苦饭时脸上稍有难色……我都会很自然地和孔老二接受腊肉联系起来。一直到后来插队当农民后,见点上有人到社员家偷偷摸摸买花生往家里捎,我还想到过那几条用麻绳系着的干东西。当然,后来就那么不知不觉地忘了。在挖菜窖、刨白薯、熬粥、烙饼、赶驴车、翻山药蔓儿、闹意见、劝解、思索……的疲劳中忘记了。

宣传的力量。我常想。对,我那时就是团支部宣传委员。

安然不管这些。孔子接没接过别人的腊肉,在她看来就和刘备卖没卖过草鞋一样无关紧要。她甚至胆大包天地对我说:"哼,柳下跖怎么成了法家?有没有这个人都值得怀疑。"

是啊,谁让你比我晚生八年呢?谁让你是安然呢!

因为你是安然,现在你才不仅一根接一根地靠着柜台吃雪糕,还居然和卖雪糕的老大爷攀谈起来。

"老师傅,你们的雪糕应当改进。"她说。

"哦?吃着不对口吗?"老师傅把两只又白又瘦的手扶在柜台上,笑眯眯地看着安然,真像要虚心请教一番似的。

"牛奶、鸡蛋少,香精太多,比北京的差多了,可价钱一样。"

"小同学,你说得对。冷库里的鸡蛋不新鲜,多放点儿香精,遮遮腥味儿。得改进,得改进。"我想,老师傅一定会惊讶安然的味觉。

"香精放多了还发苦哪。总之么,你们应该去北京取经。"安然简直要得寸进尺了。

我走了过去,挤在安然旁边说:"师傅,您别听我妹妹瞎说,你们这儿的雪糕做得不错。"我说完拉起安然就走。

背后传来老师傅的声音:"这孩子,有意思,有意思。"他声音很柔和,我猜他一定还在微笑着。

我们一来到街上,立刻就接上了家里的事。

"爸爸对划船的事怎么看?"安然吃完最后一口雪糕,把那根又扁又黏的木片顺手投进路边的果皮箱。

"你觉得呢?"我说。

"我猜不透。大人的心,没把握,猜不透。"

"你这是不信任爸爸,也不信任你自己。你干吗这么没精打采。"我看着她那垂头丧气的样子。

"我是想不通,妈妈为什么拿我当特务似的。"

"可是爸爸和我都信任你。妈妈嘛,她算是邪火。有时我们也应该体谅她。过分单纯,五十岁了还像个孩子。过去跟人家变换着花样喊了半天,耽误了业务不算,原单位还总排挤她,不让她回去。"

"那也不能整天信口开河啊!"

"咳,我们是没处在她的地位。走,放心回家吧,不是爸爸派我来揪你的。"

"真的?"

"当然!"

她忽然攥住了我的手,带动我前进了。可我,我又想起了那首诗,韦婉二字将用几号铅字排,有没有题图、尾花……伸着长颈的路灯向马路投下橘黄的光,一群金牛子围绕光柱横冲直撞,有的竟然使出那样大的力量,把高高的椭圆形灯泡碰得乒乓作响。我总觉得我们的美编,一定会为那首诗画一幅带路灯的题图。

"其实,谁也不理解我。"安然说。

"也包括我吗?"

"当然不。我有好多话要跟你说。你知道吗,原来我满以为刘冬虎没有缺点呢。后来,就是那天下午去划船,我发现根本不是那么回事。他总想占便宜。买门票少买一张,还把租船票的时间往后改。坐在船上吧,还爱出个风头,大声念英文,发音又不准。整整一下午,我的心里很不是滋味儿。现在我心里忽然特别平静了。姐,现在我向你承认,从划船那天起,不,从吃了八根雪糕以后,我才真正把刘冬虎当做一般同学了。我感到骄傲,因为我靠自己的眼睛、自己的分析能力,可以独立去认识同学、认识朋友了。今后我还会和刘冬虎在一起学习,不过,他只是我的一般同学。真的,你信不信?"

"我信。"我说,心里却七上八下,眼圈也有些湿润。我装作看路灯,围绕灯泡飞翔的除了金牛子,还有蠓虫。

"你信,韦老师就不信。你们俩还是同学呢,又教了我那么长时间。是真不理解我,还是假不理解,真不懂。你跟她说刚才那番话吧,她准说你狡辩。你一看她脸上那种表情,就什么也不想说了。"

"你有不尊重老师的地方吗?"不知怎么地,我不愿让她再谈刘冬虎的事了。我心里委屈,就像那天晚上接不接铅笔盒一样委屈。

"也有吧。"安然想了想说,"有一次韦老师讲《吕氏春秋·察今》时,把镆铘念成'镆邪'。我发现念错了,祝文娟也在下边小声说:'错了,错了。'她就坐在我前一排,桌角上还有一本《新华字典》呢。这下我有了把握,就举手站起来,指出了韦老师的错误。"

"她怎么样?"

"她愣了一会儿说:'你说的也不一定对。先按我的讲,下课后查查字典再说。'我告诉她课堂上就有字典。韦老师脸红了,突然硬声硬气地说:'那好吧,谁有字典请拿出来。'我往祝文娟桌上扫了一眼,发现她的字典不见了。'哎,祝文娟,你不是有字典吗?'我冲着她的后背说。'没有,我没有字典。'祝文娟扭过头来告诉我,还冲我使了个眼色。我根本没想到她会这样,我站在那儿真不知道怎么办了。全班同学的眼光都聚集在我身上,好像我是个故意捣乱的人。那是什么滋味儿,你尝过吗?"

"后来呢?"

"后来我还站着不动,又对祝文娟说:'不,你有,我看见你带来了。''你看错了,那是《英汉小辞典》。'祝文娟这次是对着韦老师说。'坐下!'韦老师看看手表,对我命令道。我差点儿哭出来,拼命想着:不能哭,不能哭。我狠狠抓住铅笔盒,总算没哭出来。我不记得那天韦老师还讲了些什么,只听见她讲了有的同学专爱表现自己等等。"

"原来是这样。"我自言自语着。

"回家后我立即查了字典,韦老师就是错了。可是,她再也没提起这件事。如果说不尊重老师,这算一件吧。"

"这不叫不尊重,这叫……这叫,是她欺负人!"我语无伦次地嚷道,已经失去了最后一点儿冷静。我竟然嚷出了一串根本不该对着安然说的话:"祝文娟心眼太多了,这样的班长应该撤!她简直不像个中学生,简直……诡计多端。太不可思议了,像她这样的人竟然年年是'三好'!"

"是啊,韦老师最喜欢她了。不过,她学习不错也得承认,特别是古文,反正她学得比我好。还有历史,入迷。讲《三国》她一套一套的。"

"学习好,这有什么可标榜的。关键是她们的灵魂……可怕就可怕在这儿。算了,咱们往回走吧。"我说。我觉得我的声音有点儿变调儿。

我们又走上了那条林荫路。一对对恋人从身边走过,我的心不时紧缩一下。我忽然攥住了安然的手,尽管她的手叫雪糕给弄得很黏。我觉得有她走在身边还踏实些。她对我赤诚、坦白,现在我多想把我的一切都告诉她啊,我实在憋不住了:"安然!"我站住了。

"干吗?"她冲我歪了歪头。

"我……你对这次评选把握大吗?"我忽然又把话题转到"三好"评选上去了。

"没把握。算了,不当了!"

"凭什么不当?就得争一下。哪天开始评选?"

"明天。"

明天,一个迫在眉睫的可怕的日子。我们进入了"古堡"。

临睡时,我把她脱下来的红衬衫洗干净挂好,然后走到她床边说:"明天别忘了穿。"

"唔。"安然翻了个身,把脸埋在枕头里。

半夜,我忽然觉得有人摇我的胳膊,睁眼一看,原来是安然。

她两手扶住我的床沿,脑门顶住我的枕头说:"姐,我睡不着。给我半片利眠宁吧,就吃半片。"

"不许你吃那种药,对脑子不好。"我侧过身子拧开了台灯。

安然还弯曲在我枕头旁边,就像一只小狗、小猫。脸上,平时嘲弄人的神情完全没有了,挂上了一层忧愁。

我找不出一句安慰她的话。

"快去睡吧,啊。"我抚摸着她的头发。

"我选不上倒没什么,可是有人就更得意了。比如……我也不说谁了。她们会说,那是因为我总和男生在一起,影响不好造成的。"

"别想那么多了,别人爱怎么说就怎么说。瞧你耳朵边上那个冒号,不就是为了听人说话吗?"我撩起了她耳边的头发,两颗黑点在灯下十分清晰。

她笑了,捋了捋头发,轻轻回到自己床上。

不久,安然就睡着了,我却一直醒着,直到天蒙蒙亮。

13

上午一进编辑部,我就看见桌上压着一张电影票。一定是老马留给我的,他今天去听报告。

这种淡粉色的特大号电影票,是电影公司发下来的。每次接到它,编辑部都少不了一阵欢腾。因为谁都知道那意味着什么,那不是一般电影。不是参考片,就是外国过路片,或者干脆说是一般人看不到的片子。能拿到它的,在我们这座不大的平易市也算是个"特权阶层"了。

我捏着它到隔壁问了片名,果然是两部我没看过的进口片,时间是下午两点。

我把这张已经属于我的"特别通行证"暂时压在台历下边,就开始看稿。于是各种类型、各种风格、各种行距的字迹又开始在我眼前流动起来。有希望的挑出来,没希望的附上一张印好的退稿信,放在一边待退。这叫筛稿。

筛啊筛,我的眼光不知为什么总是从稿纸上溜下来,盯住台历下面那张粉纸片。或者说它像一个有生命的东西,不时在窥测我,忍不住要告诉我点儿什么。哦,想起来了。我推开稿子,向电话机走去。

通常,人们都说大脑支配行动。但此刻,我的手指已经在拨动号码盘子,大脑还没明白过来我要干什么。这完全是受了那张粉纸片的驱使罢了。

"喂,你找谁?"对方已经有人讲话了。

"请找韦老师,韦婉老师讲话。"

一阵杂乱声音过后,韦婉的声音就贴上了我的耳朵。我告诉她下午有两个内部电影,问她去不去。她说当然想去,又问我为什么不去。我告诉她这两个片子我都看过了,是去年在北京科影礼堂看的。她微微喘着气,声音通过电流更显低哑,像是高兴,又像有些紧张。她说下班时拐到编辑部来拿票,然后就挂断了电话。

话筒还在我手里握着,仿佛是为了再次提醒我:刚才我确确实实给韦婉打了电话。我这才急忙丢开了它,就像扔掉了一件烫手的东西。其实那话筒的颜色很冷——银灰色的。弹簧似的电话线也缩成一团。回到办公桌前,我喝下半杯凉开水,才使心绪稳定下来,接着筛稿。

筛完诗稿,原来下面还有一沓要校对的清样。这又是老马给我留下的。一看到清样,我立刻想到了韦婉那首"甩膀子"诗,还有已经变成铅字的"韦婉"二字,因为它们就在其中。现在我很害怕看到它们,索性将清样卷进书包,准备回家关在屋子里校对,这样也许心情会坦然一些。

现在我应该干点什么？应该等韦婉，假如刚才我真打电话的话。我多么希望刚才的行动是一种幻觉啊。

翻报纸，翻杂志，翻参考：人口普查，台湾社会透视，波苏贸易的后果，一九八一年诺贝尔文学奖获得者卡内蒂，非洲第三大语言斯瓦希里语，英国的"格拉摩根号"驱逐舰在福克兰群岛被击中，中国的大熊猫在外国一个什么公园产仔，托尔斯泰的遗产之争……差一刻十二点，她来了。

我请她坐下，替她倒杯凉开水，尽量显出既随便又庄重的样子。别小看这个小四合院，在拥有六十万人口的平易市，这是多少人向往的地方！如果再加上它和全国各地的诗人、作者的关系，它简直要算宇宙里一颗小小的恒星了。现在我和韦婉就坐在这颗小小的恒星上，谈了谈天气越来越热，谈了谈西瓜却又落了价。还谈什么？我们都在思考着。今天她也显得拘谨起来，那种女预言家的眼神似乎有些犹豫不定。她可能也预料到，再谈，不是"甩膀子"诗，就是学校评"三好"的事了。可我们好像都不打算接触这两件事，是因为它们太重大了吗？重大得都不值得一提了。她，嘴在茶杯边上抿了一下，推托要赶回家做饭，就从椅子上站了起来。我也急忙从台历下取出电影票，再次强调了它来之不易，嘱咐她千万别浪费掉，才交到她手中。

韦婉把电影票折起来藏进钱夹。没再做什么寒暄就向我告了别。我送她到门口，无意间打量了一下她的装束。今天她可比那天黄昏要朴素得多。天蓝色尼龙绸衬衣里面，连胸罩都没戴，只穿了一件如今已不多见的大背心，一见这个"朴素"的大背心，真想跟她吵一架，最好像两个女中学生那样，尖着嗓子，不顾声音高低地吵一架。

韦婉没有侵占我的下班时间。我回家之后，爸爸不在，妈妈正忙着炒菜。安然一个人坐在饭桌前,捧着一本军事幻想小说《第三次世界大战,苏军在日本登陆》,见我进来,头也没抬。联想到韦婉刚才在编辑部那种忐忑不安的样子,我已预料到评选的结果了。

还有脸来拿票,小市民!我愤愤地想着。

但我们谁也不提这件事,就像世界上从未存在过什么评选之类的活动。

我把比平常显得鼓的书包,不放心地这儿放放,那儿放放,最后还是放在自己要坐的椅子上,然后坐在了它前面。

"书包里有什么?"安然把眼睛从书上挪开。

"没什么,清样。"我说。

"得了,别骗我了,肯定是吃的。肯定是给我这个三好学生带来了奖赏。"

听了安然的"反话",一股无名火涌上心头:"那是清样。"我竭力镇静着自己。

"给张看看。"安然放下书,走过来要拿书包。

"别动!"我到底涨红了脸,声音异常粗暴。

"干吗这么激动?"安然回到自己的座位,脸也通红,莫名其妙地看着我。

"不信,你就看吧。"我主动掏出一沓清样,放在饭桌上。

我想,难道你真能从这一沓厚厚的、没头没脑的纸上发现什么吗?谁知天不长眼,第一页就是那首诗。安然一眼就盯住了四号方黑体的"韦婉"。她茫然地看看我,拿起最上面这一页,用她那曾经参加过全市朗诵比赛的喉咙和"感情",把那首诗从头到尾一字不落地朗诵了一遍。

天哪,此时我才第一次懂得什么叫恨天无路,恨地无门。哪怕上帝把我造成个苍蝇、蚊子,让人整天驱赶着我,也比做个驱赶它们的人好。可安然还不饶我。她朗诵完,恭恭敬敬地把清样放回原来的位置,往椅背上一靠说:"这可真是怪事。莫非这是伟大的编辑发现了一个伟大的天才诗人?只可惜李贺、杜牧、郭沫若都已不在人世,不然,也可以得到个学习机会呀!"

安然离我很近,我却觉得她的声音离我很远,就像远在天边。现在她没有用那古怪的眼光盯着我,她的目光有些涣散,很难说清它们表现着什么。如果不是亲眼看见,我怎么也不能设想一个十六岁的孩子会有这样复杂的、难以琢磨的目光。

"你不懂这是怎么回事吗?"我听见我在一个很遥远的地方说,"这是为你。"声音更遥远了。

"噢,我懂了。"安然说,"也懂了,也该是替你脸红的时候了。"

她站起来,大步出去,回到我们的房间。

我想了想,也跟了过去。我后边是妈妈,她不知又发生了什么事。

"看你那个样子。"妈妈摇晃着炒菜铲子,"没当上三好,冲家人撒什么气!"

"我就知道你得过来。"安然说,"可是,妈妈同志,对不起,你又错了,错得更远啦。不是我撒气,是因为有人不尊重自己。"

"越说越糊涂。"妈妈说。

"妈,你就出去吧!"我把妈妈推出了屋。

房间里一片寂静。我低下头,眼睛盯着自己的手。两手碰在一起,一个大拇指抠着另一个大拇指。随着那细小的声音,全身一阵有节奏的悸动。

"安然,你能再听我说几句话吗?社会就像个……"

像什么?安然如果这样追问我,我一定回答不好。

但她没问我,或者说她饶过了我。她正趴在床上用两只枕头堵住耳朵,变得无声无息。看到她那宽阔的后背,我的后背好像突然萎缩了,脑子也一下空空如也。我只是拼命想找出一个形容词形容自己。

14

"三好生"评选之后,家里的生活节奏随之发生了变化。全家那种紧张心情不见了,代之而来的是少见的"轻松"。大家围着饭桌一坐下,爸爸的话就格外多起来:古典主义,巴比松画派,后方医院是怎样配制硼酸软膏的,摩西为什么要出埃及,红汞是什么,为什么有的毛笔叫"七紧三羊",在解放区一针盘尼西林要二斗小麦,他第一次坐火车坐的是闷罐车,并没感到不舒服,还满以为那就是客车呢……

我们都了解爸爸,他创造出来的这种气氛,说是轻松,倒不如说是在酝酿苦酒。但我们还是附和着,有时还装出些兴趣。只是谁也没有发现,我和安然已经四十八小时不讲话了。这在我俩是史无前例的。我几次试探着找个理由和她开始对话,她总是一言不发。不说话可做多种解释,有人说无声就是默许,有人说沉思便是最大的蔑视,还有人说以沉默表示抗议。我实在不愿把安然的沉默想成是后面两条,可又不能相信那是前者。

现在我唯一的渴望就是了解安然。四十八小时,她在想些什么呢?四十八小时,同步卫星已经伴随地球转两圈了;四十八小时,我仿佛经历了两次人生。渴望变成了对自己的折磨。从窗子到门,从门到窗子,每逢安然不在家时,我就这么走着,像一个掉队在草地里的红军战士一样一脚一陷地走着。有时坐在我的书桌前遥望安然的书桌,就像遥望一个我永远也走不到的神秘孤岛。那桌上的伞形台灯也许是印第安人村寨里的棕榈树吧。树下是什么?练习本?课本?三洋盒式录音机?集邮册?还是村寨里的房屋和沙丘?

有一天,就是这个孤岛上忽然多了一样东西,像一艘红色的舰船停在了"沙丘"附近。就是这只红色的"舰船"才使我一下回到现实中来。那是安然丢在桌上的日记本。忍不住,我还是奔了过去。

安然呵,我愿意了解你,也希望你能像过去一样愿意了解我,包括我现在的行动。我的目标当然是关于评选的事,你写了些什么?又有多少是关于我的?我心跳着,眼前出现了安然那种长而斜的"凹版"字体:

"我真傻,昨天晚上为了评选的事睡不着觉,还向安静要毒药(利眠宁)吃。我为我自己脸红,有时我的样子一定像个小丑。

"今天评选结束了。全班四十八人,我得二十一票,和去年同期相比增长了百分之十一。祝文娟票最多,也是空前的——四十票,比我多十九票,当然入选。我祝贺她,也替她庆幸,庆幸那么多人注意到了她的优点。可缺点呢?对于她那些不易被人发现的缺点,我保证在任何时候也不替她张扬。让别人自己去认识。我愿意别人相信我认识问题的能力,我也应该相信别人认识问题的能力。比如那天关于带没带字典的事,课下有许多人问我,我闭口不谈,因为要说的我已经在课堂上说过了。

"那天在课堂上的事就算是我的缺点大暴露吧。

"我的缺点被那么多人了解,可以说是件好事。让别人用自己的认识能力去认识我,这又有什么不好?但我所忍受不了的,是有人在课堂上替我当众'总结',这也像是一种'拔苗助长'的行为。同学们的认识果然一下就'提高'了不少。纠正'错'字、写作文的事在评选会就成了我的主要罪状:

"①爱表现自己,不自量,当众纠正老师的错字;

"②爱贬低同学。丑化班干部,并写到试卷的作文里去。这也是自我表现的表现。

"我不明白,既然自我表现是我的主要缺点,韦老师为什么偏偏还在课堂上念我的作文,还说是优秀作文。其实,这不过也是当众宣扬我的缺点罢了。除了能挑起祝文娟对我的仇恨,挑起祝文娟的拥护者们对我的仇恨,还有什么作用呢?

"好了,大功告成!!!"

我继续看下去。

"现在我很高兴,因为我没为评选的事去乞求过谁,也不懂得拉帮结伙,当好货物去拍卖自己(可怜)。我高兴,还为我的票数增加了百分之十一而高兴,因为又有百分之十一的同学真正了解了我。

"三好学生为什么非等别人评选?自己给自己定个标准不行吗?按照我给自己定的标准,我已够了条件。在评选会上,我没有勇气为自己举手;在这里,我为自己举手,我同意自己当选为本学年三好学生。"

我合上了安然的日记。

为自己高兴:没有乞求谁……不,安然,了解你的,比百分之十一还要多,还有我。过去我对你不是了解,而是溺爱,是手足之情的偏爱。

坐下来,闭起眼睛等安然。等她回来先把看日记的事告诉她。然后,我怎么能预料然后呢?这然后是属于安然的。

爸爸推开门,递给我一封信。这是他来的,那个我常常思念的人。

关于他,爸爸妈妈是知道的。不,应该说是知道一些。知道他爱我,我也喜欢他,这些最通俗易懂、现在最为流行的几个字。知道尽管他是学化学的,和我这个"半瓶子"诗人、"半瓶子"编辑还有话可谈,或者叫做有共同语言。真的,不知为什么,每当我看到小说中一写到那些搞理工的人,全是呆呆傻傻,架一副"瓶子底"眼镜,就火冒三丈。这等于丑化人。生活可不是这样,机智和幽默感往往就在这些人身上。我还认识一位骨科大夫,他总是把年轻人的骨头比做春天的树枝,还以"春天的树枝"为题给我们写过一首诗。当然诗写得并不高明,但这和只把人看作一副骨头架子、外面包些皮肉、再填进些心、肝、肺什么的人相比,不是要好多了吗?这是什么?这是感情,是人对于人的感情,再不是人(大夫)对于一堆肉包骨头(病人)的冷漠了。春天的树枝可以任人剪接、栽培,又用它们体内流动着的津液去抚育花蕾和果实。这就是诗了。当然,来信人的幽默也许还不仅这些。

爸爸对我能认识这样一个人,除了感到有点儿奇怪,还没有明确表示过什么。

"怎么认识的?"他问我,"组稿组到化学家头上了,想约点儿科幻小说吧?"

我告诉他,是去年在省青联会上认识的(我可不是代表,是去采访),可以说是一见钟情。爸爸说:"唔,也并不坏。"我心想,爸爸,你先别来这幽默感。我们农村里有句土话叫"出水才看两腿泥"。等待你的绝不是"并不坏";等待我的也绝不是"科幻小说"。

妈妈自然有妈妈式的角度。她听说后首先问我他在哪儿工作?形象怎么样?个子多高,你到他哪儿?鼻子以上还是以下?去年调级有他吗?是啊,货卖两张皮,也算是妈妈对我的关怀。

我背着安然拿出照片请他们过目,一面按次序回答妈妈的提问:在省城工作,个子一米七八,我在他鼻子以下。工资么,我说,还没好意思问,不到那火候。但他们谁也没预料到,我隐瞒了最关键的一部分(可你们也没问我呀),他有过妻子,五年前死于难产。她给他留下了一个小女孩,孩子当然是四岁。

也许世上没有刚结婚就愿意被别人喊妈妈的人,可刚结婚就被人喊妈妈的人并不是没有。谁能讲清这里面的理由?那理由听起来也许玄妙得令人难以置信,也许乏味得不值得一提。但如果有人问到我,我的回答将是再简单不过了:这为什么不能呢?有"蜂成群、蝶成对"的比喻,有些人的结合是"蝶",另一些人的结合就一定要双方一凑,成为一群"蜂"吗?

我打开了信。天下真有这样的巧事,信中正好是关于他女儿的事。他急切地告诉我,他的女儿得了病毒性痢疾,生命垂危。他一个人承受不住这种灾难,问我愿不愿替他分担,比如说亲自到他那里去一趟。"当然,"他在信的末尾还是使用了这么两个字,"如果感到不方便,或家里不同意,也不必勉强,以上仅是我的希望而已。"

我拿着信慌慌张张地奔到爸爸妈妈面前,向他们说明我必须立刻去省城。

"他那里出了什么事?"爸爸问。

"我怎么看你神色不对?"妈妈有些诧异地问。女人最能观察女人的神色。

"有点儿急事,他的小孩病了。"我一边收拾东西,故意轻描淡写地说。就像告诉他们今天我不回家吃饭一样。

"你先别收拾。什么孩子?"妈妈又表现出比爸爸敏感。

"他的孩子。他和他妻子的孩子。"我真有些平静了。

嫁出去的女,泼出去的水。现在我真自觉地把我比做一盆水,从家里泼出去了。这是一种姿态,当然我也清楚地意识到等待我的是什么。

"他妻子?那不就是个女的吗?"爸爸到底反应过来了。

"死了。"

一阵沉默。我又开始东抓件衣服,西抓一条毛巾。

"孩子多大?"这又是妈妈。

"四岁。"我对答如流。

叮当！身后是什么响？原来是爸爸碰倒了他的油画箱。各种颜色的锡管、各种型号的画笔洒了一地。黑马头、白马头、雄鹰、松鼠①乱成一团,仿佛代替爸爸向我提抗议。我扔下手里的东西,走过去替爸爸捡。

　　"你别动!"爸爸叫道,"我有手!"

　　果然,我等待的时刻到来了。爸爸的手扶在桌子上,开始神经质地到处摸索。我很清楚,这是一种征兆,就像雷雨之前,天空四处游走着闪电。

　　我原以为大雷雨要开始于妈妈呢,因为她愤于风吹草动,看来一点小小的风吹草动,将被这滚滚而来的阴云压下去。

　　不知为什么,暴风雨没有骤然而至,爸爸只是语无伦次地低声自言自语:

　　"然而,安静……安静,然而……"

　　"爸,这件事是应该早告诉你们的。可现在……等我回来再说不行吗?"我提起旅行袋站在爸爸面前,又可怜,又威武。

　　"我需要的是你立即把东西放下,放下!"爸爸终于暴跳了起来,那声音像要摧毁这座"古堡",不,摧毁宇宙。

　　我放下提包,一切都从眼前消失了:家具、墙壁、爸爸、妈妈……只剩下了那张大画。我看见金黄的叶子正纷纷飘落。它们飘落在那块散发着泥土馨香的土地上,安静地吻着母亲的胸膛。

　　啊,《吻》,在这里又变成了另一种专利的代名词。

15

　　喜事很少接着喜事,灾难却总连着灾难。祸不单行,地球上真

---

①　这都是颜料和画笔商标。

像是有个幽灵在四处游荡,专捡"祸窝"落脚。

我没有走。

家里却没有因为我暂时不走而平静下来。没到中午,爸和妈妈就为什么事大吵起来,双方态度的激烈程度是空前的。我深知酝酿成这场恶战的根本原因是什么。尽管这样,我再也没有过去关窗子或开录音机。我就这么沉默着、坐着。我的沉默不是默许,也不是抗议。我的沉默包藏着一种强烈的报复心理。

果然,在没有我和安然作为调解人的情况下,妈妈终于一摔门走了,并留下一句话:"告诉你,一切由你负责!"

我不了解妈妈这句话的含义,也许这是指他们关系中的后果,也许是指其他,比如指我。就算是指我吧,"负责"意味着什么?意味着让我这只蝴蝶再去抖动着翅膀寻找另一只蝴蝶吗!

人哪,我们的正义感为什么那样廉价;我们做人的准则,为什么又是那样容易被击溃。爸爸对于安然和男同学去划船的事,可以表现得那样超脱、大度,而我在他面前却变成了洪水猛兽。当然,划船就是划船,就是坐在船上用几只桨激荡着水面的游戏。不富哲理,更不蕴藏着伟大的奥妙。可你又用什么准则构思了你那张那样富于人情味的画呢?还为它起了个那么别致、那么富于刺激性的名字。但是现在,当一件实实在在的爱情事件波及你们(实际是我)时,你,为什么又那样惊慌失措,不能容忍呢?一个男人带着一个幼小的女儿,需要重新开始生活,就成了大逆不道吗?叶公好龙——我终于看到这个典故在我们家变得形象化了。

我也想把这样两个字形象化:创造。冲出这个"古堡",迎着暴风雨去创造一切。可几次拽门,又缩手缩脚。仅仅是害怕那双哆嗦着的大手吗?不是。那是因为一个人的目光总在我眼前闪现,我才又停滞不前的,那是我意识中的安然。

她回来了。穿着红衬衫,哼着"希啦呀瓦哩卢达塞"。一见我,故意把嗓门提得更高,然后目不斜视地从我身边蹭过,向她的"塔希提岛"走去。

我就要告诉她看日记的事了。

又有人敲门。我镇静一下自己,过去开门,站在我面前的是一个没见过面的女孩子,一个彬彬有礼的瘦高个儿,脑后梳起两把很普通的短刷子,裙子也不怎么合身,脸蛋上还有几颗红疙瘩。祝文娟,我一下就意识到了。安然到底也迎了出来。我赶紧闪到一边。

"有事吗?"安然站在离祝文娟两米开外的地方问。

"没事,我想找你谈谈心。"祝文娟并不理会安然对她的态度,人显得落落大方,说完还看看我。

"快进来吧!"我说。

祝文娟走进房间,自己找到椅子坐了下来。那神情使我想起那些憨厚的、不会察言观色的中年妇女来。

"你觉得有可谈的吗?"

听这口气还能是谁!

祝文娟不说话,两只眼睛求援似的看着我。

"再说,该谈的作文上都谈了,韦老师在课堂上也念了。你不是也听了吗?"安然站着,两眼盯着桌子。

我实在有点儿过意不去了,拿过一盘洗好的桃子放在祝文娟眼前:"来,吃桃子吧。"

"谢谢您。"祝文娟冲我点点头。

"安然,其实你有许多地方做得也不够好,比如……"祝文娟转向安然,也不避我。

"比如什么?"安然打断人家的话,又追问人家。

"比如,有时候过分爱面子。"

"得,得,你们哪年不是这样。平时眼观六路,耳听八方,当上'三好'后又到处征求意见,腻透了!"

我冲安然使个眼色,安然没看我,也没任何反应。我都沉不住气了,可祝文娟却没有因安然的态度而有所不安或紧张。我暗自想着:在老师眼里——不,应该说在韦婉眼里,这当然是个再合适不过的班干部。如果不是发生意外,祝文娟再坐上这么一会儿,安然的态度一定会软下来,说不定真可能再给她提点儿什么。安然,别看你张牙舞爪,和祝文娟比起来,你只不过是个"傻闷儿"。但偏偏就在这时,一件百年不遇的事发生了。

我们家着火了。

写到这里,我很紧张。我的紧张不是因为那毫不留情的魔怪降临我家,我是因为害怕读者而紧张。聪明的读者一定会说,你这是不好收尾了才撰出个火警来。我也看过不少写英雄人物的小说、电影,结尾时总是来个救火、抢险之类的场面:主人公奋不顾身,推开众人,或抢出国家物资,或救出长者幼儿,然后是身负重伤,然后又睁开眼睛说一声"不要管我"。安然每次坐在电视机前遇到这种场面时,总是把这类语言说在"英雄"张口之前,说完还得补充一句:"没劲!"所以,我是多么不愿写出个"火"字来呀。但偏偏这个时节,偏偏安然的班长祝文娟来访时,火,在我们家着起来了。好在我们眼前没有什么英雄,都是些普通人。

火在哪儿?火在对面的厨房兼画室里。火是从哪儿着起来的?是从煤气罐。煤气罐是由爸爸不小心点着的。

救火这个平凡而惊险的场面,我原以为只能在小说和电影里才能出现呢,没想到它会如此真实而具体出现在我的生活里。

当我、安然、祝文娟冲出门时,爸爸正奔拉着两手站在走廊里,那神色就像个闯了祸的儿童一样惶恐。浓烟翻滚,弥漫了整个"古堡幽灵"式的走廊。穿过浓烟,我看看厨房,煤气罐正把压缩在肚子里的热能化作火焰向外喷射。火舌直冲房顶,反转下来又扑向四周,屋里的一切都在经受考验,爸爸那幅即将完成的作品也在经受考验。

　　正是上班时间,邻居家大都无人。但几个妇女、儿童还是蜂拥赶来,并且根据"水火不相容"这个普遍真理,端来了盛满水的锅、碗、瓢、盆。他们奋不顾身,一盆盆、一碗碗,站得远远地向那个罪恶的东西泼去。然而火是那样嚣张、傲慢,水是那样软弱、无力。况且这点水对于燃烧着的石油又有什么作用呢?

　　也许是想到了这座木结构的筒子楼马上就要从平易市、从地球上消失,我们真将变成"古堡"里的"幽灵";也许是同楼的妇孺感动了我,我不知从哪儿来了那么一股劲儿,冲进厨房,机械地动作起来。但又实在搞不清眼前出现了什么,我又该做些什么。半天,我只清楚地看到了两件事。一是当火舌一次一次舔向爸爸的画布时,画布真的变成了落叶。它们一片片飞上屋顶,又翻滚下来。现在它们不是吻着大地,而是和火舌嬉闹着互相亲吻、拥抱,那么热烈,那么浪漫,就像一群没有任何道德标准的小鬼儿向人类进行不怀好意的挑衅,简直是猥琐的精灵对人类的亵渎。我还看到了什么?我还看到刚才还下意识地做着一些救火动作的爸爸,此时彻底垮了下来。他被人架到对面房间去了。

　　有人善于把复杂的事物简单化,也有人善于把简单的事物复杂化。现在不知为什么,周围的人一下都变成了后者:火是从煤气罐喷出的,罐被阀门控制着。要是关上阀门呢?火源不就掐断自灭了吗。最后,人群里还是出现了一个善于把复杂问题简单化的人。不知谁高喊了一声:"关阀门!"在慌乱中我听出来了,那是一个生疏的女孩子的声音:

　　"我想找你谈谈。"

　　"你有时太爱面子。"

　　"关阀门!"

　　我又在暗自钦佩她头脑的冷静了。我也才想到罐子顶端那朵

"梅花"——我每天都摸几遍的那个铁东西。现在那儿就是火的起点。可我的手又怎么能按上去呢?我忽然想到了安然,想到只有她能帮助我,只有她有办法帮助我。但我又怕她出现。我怕那件红衬衫,怕那红衬衫像那些金色的叶片一样飞入火海。再说我面前已是一颗地地道道的炸弹了,爆炸也许就在一秒钟之内。

跑上去,退下来,退下来,又跑上去。我没有勇气向那朵"梅花"伸手。

就在这时,不知谁狠狠抓住我的肩膀,又狠狠把我向门外甩去。我意识到这是谁使出了平生之力的。我被摔倒在门口。

熊熊火势骤然而止,像《一千零一夜》故事中的那些鬼怪被收进了魔瓶。那腾空的烈焰、火舌一下子不见了,只有烟雾和被火舌舔光,变成片片灰烬的画布、杂物还在飘舞。我蒙蒙眬眬地看到,在浓烈的烟雾中,有一条银色拉链,像时钟的秒针一样慢慢改变着角度:九十度、四十五度、三十度、二十度……

救火车呢?顺便提一句,我们平易市有消防队,可惜他们只做了些"锦上添花"的表演——把一场火灾变成了一场水灾。

啊,想起了韦婉那句话:"防患于未燃。"

16

灾难可以毁灭生活,也可以把一些破碎的心联结在一起。我们家到底发生了什么事?我常常扶着那扇烧焦的门出神。大火毁掉了那里能用眼睛看到的一切,剩下的是声音。有科学证明,人在离开人间时,最后听到的也是声音。我们谁都没有离开人间,声音倒成了重新唤起我们互相爱怜之情的媒介。

二十几年的声音现在都一股脑装在这个烟熏火燎、四壁如墨的黑屋子里。过去的、现在的、激烈的、温和的、沉闷的、欢乐的、男人的、女人的……像无伴奏合唱在延续。在这合唱里,一个声音总是最突出,仿佛统领着这个庞大的合唱队。那就是安然的声音。

"灯、灯!"那是她八个月的声音。

"卖东东喽!"那是她一岁半的声音。

"咱俩学《毛选》吧。"那是她两岁的声音。

"木、米、大、力、土、个、禾、几、去……撕布、割谷子……"她七岁了。

……

安然现在在哪儿呢?按照一般发展规律,她应该躺在医院里。对,现在她就躺在那个能使人起死回生的地方。幸喜她伤不重,并不需要医生的起死回生术。只是右手和胳膊被烧伤,右边脸颊被烧伤,一头又黑又密的头发烧去一部分。现在她头部和胳膊都缠着绷带,身穿住院病人的蓝条睡衣,躺在床上不声不响地看天花板。

妈妈整日眼泪汪汪,不管拉住哪位穿白大褂的,也是以乞求的眼光询问人家点儿什么,问题提得既具体又可笑。她还整天为着火时她不在家而表示遗憾。说:"要是我在家,哪用得着他去点煤气。我知道罐子漏气,减压阀螺口松。要不是两人整天赌气,早就告诉他了。再说,火着得那么大,怎么谁都没看见屋里就有一桶水?"好像只要发现那桶水,就能免去这场横祸一样。

爸爸倒没有为他半生劳动的毁灭而疯狂,也没有怨天尤人的牢骚。他整天像个闯下祸的孩子那样观察着人们的脸色做事,还总是替妈妈干点儿什么。

我呢,连可怜他们的心情都顾不得表达了,差不多总是守在安然身边,从早晨到深夜。她总是大睁着眼睛望着天花板出神。绷带包得严严的脸,似乎一下失去了过去的稚气,显得既平静又严峻,像是经历了人生旅途的大半。

我思念过去那个安然,举着膨香酥,"嘭嘭嘭嘭"!

我思念过去那个安然:"哈,这是第二个了。"

我忘记我们俩是从什么时候开始对话的,但中断了几十个小时的对话到底还是开始了。只是上帝把我们安排到这么个不吉利的地点。不,也许这是个中立地带,就像两个敌对国对话时寻找的那种中立地带:日内瓦、维也纳……

"姐。"她轻轻叫我。

"啊。"我轻轻答应着。

"我怕死。不,不能这样说,这样说对自己不尊重。是不愿死。"

"……"

"开始我真给吓破了胆,和祝文娟一起躲在别人后面,像个什么样子。"

"可最后还是你呀!"我轻轻抚摸着她胳膊上的绷带。

"那是因为我突然看到了你。"

难道我成了救火的英雄?居然是安然向我学习了么?不知是惭愧还是难过,我觉得眼泪就要涌出眼眶,赶紧转过脸去。

"不,你先别受感动!"安然发现我的样子,"在那一刹那,我并没有把你看成救火的英雄,请原谅。也不是替你去死……你猜是为什么?"

我没敢扭过脸来,生怕她的什么话引起我更大的悲痛。

"当时我只想到,在你脸上不能落下一点儿疤痕,一小点儿也不能。因为你比我好看,真的。这几天我躺在床上就想了这么一件事。"

泪水到底涌出了我的眼眶,几天来这是我第一次流泪。我原以为我的眼泪已经随着大火被烤干了呢,谁知在我心房深处,还蕴藏着那么一部分,这最不易流出来的一部分。如果不是在这个

"中立国",我一定会放声痛哭的,就像个不懂事的孩子那样号啕大哭。我相信我心中那涌泉似的眼泪会永远也流不完。但是此刻,在这种场合,我只能把脸埋在手掌里。

"其实,也许不光是为了这些。"安然接着说,"好看要是光为了给自己看,那又有什么意思。为了给一些不相干的人看也没什么意义。比如有人把自己打扮得花枝招展,在街上追求'回头率',无聊。"

我好像预感到了什么,抬起泪水模糊的脸望望她,想从她脸上看出她到底发现了什么。

"安静,"她有时这样叫我,声音很深沉,"你回答我一个问题。"

"行,行。"

"你说我长大了吗?"

"当然,十五岁以上就是青年。"我想起安然的话。

"那你有事为什么瞒着我?不够朋友。"

"瞒……"我支吾着。

"一米七八,C.(读 C 点儿)①。"

她微笑了。我猜,假如脸上没缠绷带,她一定又是在大街上奚落人时的那副表情,说不定还要给我起个外号呢。但是现在,连轻轻的微笑都使她难以忍受。她做了个痛苦的表情,闭上了眼睛,但话没停止:

"我愿意让你结婚,带着现在这副容貌去结婚。天下没有比这件事更使我自豪的了。噢,他一米七八,仪表堂堂,难道让你变个丑八怪,叫他去迁就你?……现在伟大的人物一定说我渺小;大公无私的人一定说我自私:仅仅为了她那好看的姐姐……"

---

① 中学生对英文"化学"一词的戏称。

她脸上又显出了痛苦,扭过脸去。是因为伤痛,还是想起了过去我向她宣布过的无声的"誓言"?她再没有转过脸来。我相信,在她这个年龄,是重视那些天真而美好的誓言的。

不知为什么,我现在倒有点儿恨我自己了。不是恨我没把这件事原原本本告诉安然,而是恨我根本就不该遇到那个一米七八的"C."。没有他的出现,怎么会有安然的痛苦呢?

安然啊,因为现在你就在我面前,我更加思念你。

几天之后,我还是去了省城,当然是在安然的再三催促之下。

当我再次和父母交涉这件事时,妈妈红着眼圈打开食品柜,拿出一盒酥糖塞进我的提包。爸爸却坐在沙发上不动。也许是看到我去省城已成定局吧,他才两眼盯着地板说:"先去一趟也行,可我的话还没有完。"

17

这几天,同学中第一个赶来看安然的就是祝文娟。她站在安然的病床边,没有表示出过分的关切和难过,也没有过多的安慰话。她只是告诉我,那天她也慌了,在别人后边站了半天才想起关阀门这个道理来。要是早想出来,就不至于这样。还有,喊了关阀门才想起去打电话叫救火车。

原来这样。关阀门,叫救火车,这两个关键步骤都是这个祝文娟想起来的。她还说,安然写作文的事,她永远也不会怪她。她自己是有许多缺点,比如那天光喊"关阀门",就是不敢冲上去。

"我胆小。"祝文娟说,"每逢老师一瞪眼,我更胆小。"

祝文娟的话似乎使我改变了一些对她的看法。是啊,人的胆量有大有小。比如有人怕耗子,有人怕蛤蟆,有人怕热,有人怕冷、怕感冒、怕穿堂风……你能说他不应该怕,或者说是品质问题吗?

当然,胆小和胆小鬼不是一码事。有人宁可因循守旧工作一辈子,也不愿迈错一步,这就有点儿胆小鬼的味道;带没带字典那件事,也有点儿胆小鬼的味道。但是面对熊熊烈火,能镇定自若地想到我们那一群人都没想到的事,这能说是由于胆小吗?那时胆小的倒像是我们,而胆略在这时分明是属于祝文娟的。对祝文娟,这有限的接触,我还没有能力去判断、了解这个孩子。我只是想到,社会不能没有她(们)。有了她(们),社会才显得完整。难道社会只需要像我爸爸那样的人:站在画布前海阔天空一阵,而当自己的劳动成果遭受厄运时,竟惊慌失措得像个儿童。那样清一色的社会怎么可以设想。

安然对祝文娟的到来没有任何表示,对于她的关于胆小的"赤诚坦白"也不置可否。祝文娟说话,她只是听着。但祝文娟走时,她脸上还是显出了她现在力所能及的热情。

第二个来看安然的是米晓玲。她拎个大网兜,装一堆没贴商标的各式罐头。她扶着安然的床头小柜说:"真没想到。那天我看见救火车过去了,没想到是往你家开。这回你救的要是别人家的火,明年的'三好'还不稳拿!"她把罐头一个个掏出来,摞在床头柜上,"处理的,我给你开一个吧。"米晓玲说着就要找刀子开罐头,我拦住了她。

"好好养着。评选的事我全知道了,还是那一套。别看咱巴结不上,不稀罕!我表姐那人,不怎么样。"

"你表姐?"我问。

安然也转过头。

"韦老师,韦婉。"

"啊?"安然更莫名其妙。

"没几个人知道。她不让我说,嫌我功课不好,给她丢脸。其实她那点儿水平,不说啦,咱姐们儿心里明白得了。"米晓玲没再纠正关于"姐们儿"的称呼,说完看着我笑笑,吐了吐舌头。

"知道吗?升教导主任啦。"

"谁?"我问。

"我表姐呀。"米晓玲说,"先当个副的,就不愁正的。又红又专,人人皆知。别看'没邪(镁锷)、没邪'地讲语文,会当领导。对,还会写诗哪。有个顾客丢到我柜台上一本杂志,我随手一翻,嗬,'韦婉'。什么'我扒着火箭'如何如何,对,是时代的火箭。这样的干部哪儿找。又年轻,又合乎要求。"

米晓玲一面说着,还是从什么地方翻出一把万能小刀,就着窗台撬开一罐水果罐头,又用上面的小叉子叉出一块,实心实意地递给了安然。

对于米晓玲带来的消息,我和安然只是小小地表示了一下惊讶。是啊,凭着她从小就已具备了的对人类的那种识别能力,凭着她现在管理学生的原则性,凭着她在学校连自己衣着都不顾的"忘我"精神,还有她的诗才(一般老师所不具备的),这又有什么奇怪呢?今天米晓玲的到来,无非是给我们揭开一个谜底罢了。

米晓玲看看手表,合上小刀,提起网兜告别了。出门后,她手扒门边扭过头来对安然说:"好好养着,过两天我还来!"

后来又来过不少老师同学,其中也有刘冬虎。他提个大西瓜,在门口站了半天,最后还是我把他领进来的。他抱个西瓜左放不是,右放不是,我给他安排了个地方。安然很大方地问了些学校的事,刘冬虎局促不安地一一回答着。人家离开后,安然说:"都是装的。"

"也不能那样说。"我赶紧关上了门。

至于安然的班主任、新上任的副教导主任、我的小学同学韦婉么,我们也见了面。但不是在医院里。

这几天我一直怕她出现,我无法想像我们三人单独在一起的情景,我想也许那是人生中最难忍受的时刻。好在我们是在街上碰到的,这给我们各自都带来不少方便。在街上,彼此都可以做到心不在焉。

在平易市的大街上,在离安然学校不远的地方,她迎着我走了过来。我打算就那么走过去了事,可她却冲我打招呼了。我只好停住。她灵巧地穿过自行车的洪流,飞速跃上我这边的人行便道,站得离我很近地说,她曾经去看过安然,谁知记错了医院,病房走廊里的一位护士还拦住她,把她呲儿了一顿。现在总算知道了确切的地方,一半天她就去。还说,过去对安然的要求也太严了点儿,现在总觉着对不起她。

"不过么,怎么说呢?"韦婉用眼角瞟着便道上的行人说,"对她好像是应该严格要求,谁让她是你的妹妹呢。不然你也不会饶我。就说那件衣服吧,我们还是重视不够,没想到她在评选的关键时刻还穿它。头一天我要是嘱咐她一句呢? 这话只能咱俩说。在教育战线上工作可不比你坐编辑部,你一时想不到,就可能给工作造成不必要的……影响,都眼巴巴地看着你哪。同学的工作、家长的工作,还得对上边负责。当初咱们住校的时候,哪会想这些。抓羊拐、跳皮筋……"我注意到她在说话时总把肩上那只人造革书包往身后背来背去。我清楚地看到那里边有一本《繁星》,就是刊有"甩膀子"诗的那期。听一个熟人说,她好像在市群众艺术馆还给一群青年以"诗和现代"为题作过报告,报告中不断举出自己的创作经验来论证。

关于安然,我们没再多谈。分手时我只告诉她,那首诗原稿上有个错字,就是第二十七行中那个"弁"字,应为"奔"字。即"奔四化",而不是"弁四化"。"弁"在字典里被解释为古代一种帽子。不知她注意到了没有。

听到这件事,她脸上大有惊讶之状。红着脸,也忘记了临别的寒暄,就慌慌张张穿过马路,跃上了那边的人行道。

我庆幸我们没有在医院碰面,还是让她和安然单独谈谈方便。遗憾的是韦婉再也不会看到安然那件"防患于未燃"的红衬衫了,它已成为碎片。

我像是又看到了火,但这是另一种火。看到它,我没再想到"防患于未燃"。只是觉得,人类的生存不能没有它,它点燃人类的热情,给人类以希望。

18

我和安然好久没有在大街上聊天了,仿佛过了一个世纪。其实仔细算算,才不过半个多月。现在我一个人在街上前进,但不是步行,是在公共汽车上,是躺在医院的安然把我逼上车的。我将大模大样地去趟省城。

汽车在自行车的洪流里扭捏着前进,一排排橱窗缓慢地、磕绊着从车窗外挪过。还是黄加蓝、蓝加黄;葱绿窗帘斜垂着半开半闭,"患黄疸型肝炎"的男女模特儿还在向行人摊着手;旁边还是淡黄色、淡粉色的"拐棍"。米晓玲的糖果店却装上了霓虹灯。笔杆粗细的玻璃管在一块大牌子上复杂地交错着,到了晚上,那里面一定会有一番出乎平易市人预料的表演。家具店也重整了门面,一辆载重卡车停在门口,有人正从车上卸货,货物用草袋包得严严实实。那是什么?是钢丝床,还是外地新式家具?看来他们也懂得千篇一律的膘胶、永明漆是和时代不相称的。别瞧不起那些四棱四角的草包,那里面包括了生活的步伐。明天那两个穿厚呢大衣的模特儿也一定会装扮得应时一些的。

车停了,上来几个举雪糕的人。他们风尘仆仆,像来自外地,边谈边吃,对雪糕大加诽谤:"嘛玩意儿,和凉粉儿差不多!"一面说着,汤汤水水顺手往下滴落,几只扁平的三接头皮鞋交错着躲闪。

我不时扭头看看他们。虽然我也知道我们的雪糕需要改进,但还是希望他们从我的眼睛里领略到点儿什么,让他们知道站在他们面前的是个平易市公民。可我没有安然那种勇气跟他们对答几句:"想吃凉粉儿啦?别忘了随身装几瓣蒜!"

话是想好了,但这话显然不是我应该说的。要是安然在我身边,我该多么自豪!我愿赶快从省城赶回来,把刚才的一切告诉她,看她将用什么语言对付这些大城市来的"观光者"。不,也许安然再也不会在街上、在大庭广众之下高谈阔论了。我觉得她真的变成了大人,就像今天我离开她时,她对我说话时那样。

"我希望你再给我买件红衬衫。"

我笑着点点头。

"准备明年评选时穿!"她怕我没听懂。

"你不是……"我差点说出看日记的事。

"我太天真。"她说,"我写过一篇日记,写着我自己给自己定了个三好条件,还要自己评选自己,自己给自己举手。自己定条件嘛,当然应该,可自己评选自己就太可笑了。我是害怕评选,跟那次向你要药吃一样。那可真成了胆小鬼。高二、高三,我还有两次参加评选的机会。再说,我也有需要克服的缺点。就说对祝文娟的缺点吧,不采取那样的办法也能帮助她。人要想看清自己,就得多看看别人。这次评选加上失火,我看到了一些没看过的东西。我是用自己的眼睛看到的。你知道吗?"

我没问清安然从这些事里看到了什么,我没有勇气去问,因为那里面也有我。

是啊,难道这样的安然还会站在大街上毫无顾忌地奚落人吗?

汽车在大街上缓慢前进,低垂的槐枝不断划过车头,淡黄的星星点点的花朵顺着车窗飘洒着;洒在人行道上,洒在那些举着毕业证书回家的女学生头上,装点着她们的青春。今天是放假的日子。

汽车驶进车站广场,没想到爸爸、妈妈早在等我了。进站上车后,没等开车,我还是打发他们走了,我愿意多留些时间想事。"二老"有些遗憾地互相看看,离开了站台。下地道时,我分明看见是谁还搀扶了谁一把。

就在这时,一副眼镜反着阳光从地道口飘了上来,戴着它的人原来是老马。老马手提一网兜桃子,开始沿窗寻找。昨天我找他请假时,怕他送我,故意没说车次,但他还是赶来了。我喊了他。

老马把桃子隔窗递到我手中说:"刚才我看到你父母来送你,才彻底放心了。"

"也许还不会那么彻底。"我说。

老马背过手想了想,笑着低声说:

>谁要是快乐就能笑,
>谁要是做就能成功,
>谁要是寻找就能得到。

他告诉我:"这是一首老诗,送给你。"在开车铃声中,老马和我握了握手。

火车开出站后,吼叫着加快了速度。小时候坐火车,总觉着火车是倒着开。这种感觉许多年没有了。不知为什么,现在我忽然又感到火车不是开向省城,而是向平易市开。我就要扑向安然身边,她已取下绷带,耳边只落了个不大不小的疤痕。但那个"冒号"还很清晰——像是要对我说些什么,又像是要我告诉她。

我诚惶诚恐地看着站在面前的安然。

1982 年 8 月初稿
1982 年 11 月三稿